T0244042

ESCÁNDALOS A LA LUZ DE LA LUNA

JENNIFER L. ARMENTROUT

ESCÁNDALOS
A LA LUZ DE LA LUNA

TITANIA
Argentina • Chile • Colombia • España
Estados Unidos • México • Perú • Uruguay

Título original: *Moonlight Scandals*
Editor original: AVON BOOKS. An imprint of HarperCollins*Publishers*
Traducción: Eva Pérez Muñoz

1.ª edición Agosto 2022

Reservados todos los derechos. Queda rigurosamente prohibida, sin la autorización escrita de los titulares del *copyright*, bajo las sanciones establecidas en las leyes, la reproducción parcial o total de esta obra por cualquier medio o procedimiento, incluidos la reprografía y el tratamiento informático, así como la distribución de ejemplares mediante alquiler o préstamo público.

Copyright © 2019 by Jennifer L. Armentrout
Translation rights arranged by Taryn Fagerness Agency
and Sandra Bruna Agencia Literaria, SL
All Rights Reserved
© de la traducción 2022 *by* Eva Pérez Muñoz
© 2022 *by* Ediciones Urano, S.A.U.
Plaza de los Reyes Magos, 8, piso 1.º C y D – 28007 Madrid
www.titania.org
atencion@titania.org

ISBN: 978-84-17421-68-7
E-ISBN: 978-84-19029-94-2
Depósito legal: B-7.435-2022

Fotocomposición: Ediciones Urano, S.A.U.

Impreso por Romanyà Valls, S.A. – Verdaguer, 1 – 08786 Capellades (Barcelona)

Impreso en España – *Printed in Spain*

Para ti, lector

Nota de la autora

Que sepáis que me encantan las cortinas de cuentas.

1

De rodillas, Rosie Herpin respiró hondo para tranquilizarse mientras ignoraba la grava que se le clavaba en la piel. Se echó hacia delante y apoyó la palma sobre la cálida piedra blanqueada por el sol. Esa postura no era la más cómoda con un vestido cruzado, pero hoy se había negado a llevar vaqueros o *leggings*.

Cerró los ojos y deslizó la mano hacia abajo y hacia la derecha, trazando con los dedos las hendiduras talladas con esmero en la piedra desgastada. No necesitaba verlo para saber que había llegado al nombre con *su* apellido.

Ian Samuel Herpin.

Pasó los dedos por cada letra y las fue pronunciando en silencio. Cuando terminó, cuando llegó a la última «N», se detuvo. No hacía falta continuar para saber lo que decían las fechas de abajo. Ian tenía veintitrés años cuando murió. Y tampoco necesitaba abrir los ojos para leer el epitafio esculpido en la piedra; esa línea se había quedado grabada a fuego en su memoria.

QUE ENCUENTRE LA PAZ QUE NO TUVO EN VIDA.

Apartó los dedos de la piedra, pero siguió con los ojos cerrados mientras se llevaba la mano al pecho, por encima del corazón. Odiaba esas palabras. Las habían elegido los padres de Ian, benditos fueran, y ella no había tenido ni el corazón, ni la cabeza suficientes para ir en contra de su voluntad. Ahora se arrepentía de no haberles dicho nada.

La paz no había eludido a Ian. Todo lo contrario, la paz siempre había estado ahí, esperándolo, rodeándolo, pero no había podido llegar a él.

No era lo mismo.

Al menos para Rosie.

Habían pasado diez años desde que sus planes de futuro (unos planes que incluían títulos universitarios, una casa con un bonito jardín, hijos y, si Dios lo hubiera querido, nietos con los que poder disfrutar de su jubilación) se habían hecho añicos con una pistola que ni siquiera sabía que tenía su marido.

Diez años en los que no había dejado de revivir en su cabeza una y otra vez el tiempo que pasaron juntos, en busca de señales que demostraran que todo lo que habían sido y todo lo que se suponía que iban a ser no había sido una mera fachada porque estaban viviendo dos vidas distintas. Ella había creído que todo era perfecto. Sí, tenían problemas, como todas las parejas, aunque nada importante. Para Ian, sin embargo, la vida no había sido perfecta en absoluto, sino una lucha en toda regla. No constante, ni algo a lo que se enfrentara todos los días, pero los pensamientos y emociones negativos habían estado profundamente arraigados y escondidos en su interior. Su depresión había sido una asesina silenciosa. Nadie lo había visto venir. Ni su familia, ni sus amigos, ni ella misma.

Tuvieron que pasar muchos años y un exhaustivo examen de conciencia para darse cuenta de que su vida no había sido una completa mentira. Atravesó todas las fases del duelo antes de llegar a la conclusión de que algunas partes de su vida sí habían sido ciertas. Ian la había querido. Sabía que eso era verdad. La había querido con todo su ser.

Empezaron a salir en el instituto.

Se casaron justo después de su graduación, en verano, y ambos se esforzaron mucho en construir una vida juntos, tal vez demasiado, lo que había añadido un peso más a las preocupaciones de Ian. Él había pasado sus días en la refinaría de azúcar mientras Rosie estudiaba en Tulane, para obtener un título de profesora. Habían hablado de todos los planes que tenían para el futuro; un futuro que ahora sabía que Ian había deseado más que nada.

A los veintitrés años, cuando estaba terminando su último año en la universidad y estaban buscando una casa para convertirla en su primer hogar, Rosie recibió una llamada de la policía mientras estaba trabajando en la pastelería de sus padres, diciéndole que no fuera a casa.

A falta de un mes para graduarse, Ian llamó a la policía y les contó lo que estaba a punto de hacer. Acababan de comenzar el estresante proceso de solicitar una hipoteca, cuando se enteró de que el que llevaba siendo su marido durante casi cinco años no había querido que fuera ella la primera en entrar en casa y encontrarlo de esa forma. Una semana antes del cumpleaños de él, su sueño americano se convirtió en una tragedia americana.

Estuvo muchos años sin entender por qué había hecho aquello. Muchos años de rabia, de sentirse culpable por no haber visto ni hecho nada para detenerlo. No fue hasta que se matriculó en la Universidad de Alabama para estudiar Psicología cuando empezó a aceptar que sí se habían producido esas señales de advertencia, banderas rojas, que habrían pasado desapercibidas para la mayoría de la gente.

Gracias a sus clases y a su propia experiencia, aprendió que la depresión no tenía nada que ver con lo que la gente y ella misma creían que era.

Ian había sonreído y vivido, pero lo había hecho por ella. Por su familia y amigos. Sonreía, reía, se levantaba cada mañana, iba a trabajar, hacía planes de futuro y holgazaneaba los domingos con ella para que no se preocupara por él. Ian no había querido que ella se sintiera tan mal como él.

Y siguió haciendo lo mismo hasta que no pudo más.

La culpa de Rosie se fue transformando en arrepentimiento, y este fue disminuyendo hasta convertirse en un núcleo de emoción que sentiría siempre que se permitiera pensar en dónde estarían, en quiénes serían si las cosas hubieran sido diferentes. Al fin y al cabo, así era la vida.

Ahora llevaba más tiempo sin él que con él, y aunque cada mes, cada año que pasaba lo iba llevando mejor, todavía se moría un poco por dentro simplemente con pronunciar su nombre.

Rosie no creía que fuera posible recuperarse por completo de la pérdida de alguien a quien se quería de verdad, alguien que no solo era tu mejor amigo, sino también tu otra mitad. Uno no recuperaba esa parte que entregaba irrevocablemente a otra persona. Y cuando dicha persona se iba, esa parte también desaparecía con ella. Sin embargo, sí creía que se podía aceptar el hecho de que ya no estaba allí y seguir viviendo y disfrutando de la vida.

Si había algo de lo que estaba orgullosa era de haber hecho precisamente eso. Nadie, ni una sola persona, podía decir que era débil, que después de caerse no se había puesto de pie, sacudido el polvo y seguido adelante, porque tampoco nadie podía llegar a entender el turbulento torbellino de emociones violentas y en constante cambio que suponía perder a aquel a quien más querías por su propia mano.

Nadie.

Al final, había conseguido no uno, sino tres títulos. Salía y se divertía todo lo posible; el tipo de diversión en la que a veces pensabas que acabaría presentándose la policía. Transformó lo que solía ser una mera curiosidad por el mundo de lo paranormal, un interés que compartía con Ian, en una carrera paralela, gracias a la cual había conocido a algunas de las personas que más merecían la pena de este mundo. Y también tenía citas. A menudo. A principios de esa misma semana, por ejemplo, había salido con un tipo que conoció mientras trabajaba en la pastelería de sus padres. Y nunca se contenía. Jamás. La vida era demasiado corta.

Eso era algo que había aprendido de la manera más difícil.

Pero ese día, cuando se cumplía el décimo aniversario de la muerte de Ian, tenía la sensación de que todo había sucedido el día anterior, y le resultaba imposible no sentirse abrumada por una tristeza sofocante.

Tiró de la cadena de oro que siempre llevaba. Se la sacó de debajo del escote del vestido y apretó el anillo de oro; el anillo de bodas de su marido. Se lo llevó a los labios y besó el tibio metal.

Sabía que algún día guardaría ese anillo en un lugar seguro, pero ese momento todavía no había llegado.

Abrió los ojos, parpadeó para contener las lágrimas y miró el ramo de flores que había en el suelo. Peonías. Sus flores favoritas, porque Ian no tenía ninguna favorita. Eran peonías *mignon* a medio florecer, de un blanco puro con un corazón rosa que también terminaría volviéndose blanco. Agarró el ramo por los tallos húmedos y aspiró su embriagador aroma.

Tenía que ponerse en marcha. Había prometido a su amiga Nikki que la ayudaría con la mudanza, así que ya iba siendo hora de volver a su apartamento, cambiarse de ropa y comportarse como una buena amiga. Se inclinó para...

Un taco apenas audible llamó su atención. No solían oírse muchas palabrotas en un cementerio. Normalmente, todo estaba bastante tranquilo. Esbozó una leve sonrisa. Los tacos y los cementerios no iban de la mano. Se fijó en el estrecho camino de la derecha, pero no vio nada. Se echó hacia atrás, miró a su izquierda y encontró la fuente de su curiosidad.

Se trataba de un hombre que estaba de espaldas a ella, con una rodilla hincada en el suelo, recogiendo unas flores que se le habían caído encima de un charco que había dejado la última tormenta. A pesar de la distancia, pudo ver que el ramo estaba completamente destrozado.

Se puso la mano sobre la frente, para protegerse los ojos del sol y lo vio levantarse. Iba vestido como si acabara de salir del trabajo, con unos pantalones oscuros y una camisa blanca que llevaba remangada hasta los codos, mostrando unos antebrazos bronceados. Aunque estaban a finales de septiembre, en Nueva Orleans hacia un calor húmedo capaz de hacer sudar al mismísimo Satanás. Si ella se estaba asfixiando con su ligero vestido negro, él debía de estar deseando arrancarse la camisa.

El hombre miró las flores echadas a perder. Después, se puso de pie y, con los hombros rígidos, caminó con paso decidido hacia un viejo roble cubierto de musgo. Allí había una de las pocas papeleras del cementerio. Tiró el ramo, se dio la vuelta y desapareció por uno de los muchos senderos del cementerio.

A Rosie le dio mucha pena y decidió ponerse en acción. Con cuidado, quitó la mitad de las flores de su ramo y las colocó en el jarrón de la tumba Herpin. Recogió las llaves, se levantó y se puso las gafas de sol de montura morada. Luego se apresuró a bajar por el desgastado sendero en el que crecían parches de hierba y continuó por la dirección que había tomado el hombre. La suerte estaba de su lado, ya que enseguida lo vio cerca de la tumba con forma de pirámide. Él giro a la derecha y ella lo siguió. En ese momento, se sintió un poco como una de esas locas que se dedicaban a acosar a la gente con la que se obsesionaban.

Por supuesto que podía haberlo llamado y entregado la mitad de las peonías, pero gritar a un extraño en medio de un cementerio no le parecía lo más apropiado. Gritar en un cementerio era una de esas cosas por las que se habría ganado una mirada de desaprobación de su madre.

Y nadie miraba con una desaprobación tan intensa como su madre.

El hombre volvió a girar y se alejó de su campo de visión. Rosie agarró las flores con fuerza y pasó corriendo por delante de una tumba con una gran cruz antes de reducir la velocidad.

Lo había encontrado.

El hombre se había parado frente a un mausoleo enorme custodiado por dos bellos ángeles dolientes y se había quedado allí, tan quieto como esos guardianes de piedra, con los brazos a los costados y los puños apretados. Cuando Rosie dio un paso adelante, miró el apellido grabado en el mausoleo.

De Vincent.

Abrió los ojos como platos y exclamó:

—¡Por todos los santos!

El hombre volvió la cabeza hacia ella y Rosie se encontró de repente a escasos metros del Diablo.

Ese era el apodo que le habían puesto las revistas de cotilleos.

Incluso su familia lo llamaba así.

Y así era como a Rosie le gustaba llamarlo en sus sueños más salvajes.

Todo el mundo en Nueva Orleans, en el estado de Luisiana y seguramente más de la mitad del país sabía quién era Devlin de Vincent. Además de porque él y su prometida salían asiduamente en las columnas de sociedad de los periódicos, porque era el mayor de los tres hermanos De Vincent que quedaban, los herederos de una fortuna que Rosie y la mayoría de la gente ni siquiera podían imaginar.

El mundo era un pañuelo.

Eso fue en lo único que pudo pensar mientras lo miraba. Su amiga Nikki trabajaba para los De Vincent. Bueno, era un empleo temporal. Y además, tenía algo parecido a una relación con el mediano de los hermanos. En ese momento, las cosas entre ellos eran un caos absoluto y Gabriel de Vincent había entrado de lleno en la «Lista de novios que tenían que esmerarse mucho para recuperar a su chica».

Pero la notoria fama de los De Vincent, o la relación de «ahora sí, ahora no» de su amiga con Gabe, no eran los únicos motivos por los que sabía más de ellos que el común de los mortales.

Era por su casa y los terrenos que la circundaban.

La propiedad De Vincent era uno de los lugares de mayor actividad paranormal de toda Luisiana. Rosie lo sabía porque estaba un poco obsesionada con todas las leyendas que giraban en torno a la finca y a la familia. Incluso había una maldición. Sí, se suponía que la familia y los terrenos en los que se erigía su casa estaban malditos. Maravilloso, ¿verdad? Bueno, seguramente no lo era tanto para las personas involucradas, pero a ella le fascinaba todo el asunto.

Según la investigación que había llevado a cabo muchos años atrás, parecía que el terreno en sí era el origen de todo. A finales del siglo XVIII y principios del XIX, Nueva Orleans había sufrido varios brotes de distintas epidemias: viruela, gripe española, fiebre amarilla, incluso peste bubónica... Miles de personas murieron y a muchas otras las pusieron en cuarentena. A menudo, enviaban los cadáveres y a los enfermos moribundos al mismo lugar, abandonándolos a su suerte y dejando que se pudrieran. Y la casa De Vincent se erigió precisamente sobre uno de esos lugares. Incluso una vez construida, se siguieron usando los terrenos adyacentes en posteriores epidemias. Toda esa enfermedad y muerte, junto con el dolor y la desesperación, tenían que dejar pésimas vibraciones.

Y estaba claro que la propiedad De Vincent despedía malas vibraciones.

La misma casa se había incendiado en varias ocasiones. Unos incendios cuyas causas podían explicarse sin ningún problema. ¿Pero y las muertes en extrañas circunstancias? Nikki le había contado algunas cosas que ponían los pelos de punta. Y luego estaba la maldición De Vincent, y lo que era todavía más sorprendente...

Las líneas ley.

Las líneas ley eran unas líneas rectas que atravesaban toda la Tierra y que, según creían algunas personas, tenían una conexión espiritual. Una de ellas era la línea que se extendía desde Stonehenge, atravesaba el océano Atlántico y pasaba por ciudades como Nueva York, Washington D.C. y Nueva Orleans, y que, de acuerdo con su investigación, cruzaba directamente la propiedad De Vincent.

Rosie habría hecho cualquier cosa, por detestable y horrible que fuera, para entrar en esa propiedad.

Por desgracia, tenía muy pocas probabilidades de que eso sucediera. Cuando se lo había comentado a Nikki, esta acabó con sus esperanzas más rápido de lo que ella podía correr a comprar *beignets* recién hechos.

Nunca había conocido a un De Vincent en persona, y mucho menos a Devlin de Vincent. Sin embargo, había visto suficientes fotos de él para saber que Devlin era... Bueno, que era su tipo.

Tenía ese algo inexplicable que hacía que sus hormonas se revolucionaran como un Impala de 1967. Hombros anchos, cintura estrecha. Era alto, sobre un metro ochenta y cinco. Llevaba el pelo oscuro corto a ambos lados de la cabeza y un poco más largo en la zona superior. Tenía uno de esos rostros que todo el mundo consideraba atractivo: pómulos altos, nariz aguileña, labios carnosos con un arco de cupido perfecto, mandíbula fuerte y cuadrada y una barbilla con una ligera hendidura.

Era un hombre espectacular, pero había una cierta frialdad en él que hacía que pareciera una persona distante, hasta un poco cruel. Un rasgo que seguro que le restaba atractivo para la mayoría de la gente, pero que a ella hacía que le gustara aún más.

¡Oh, Dios! En ese momento se acordó de algo. ¿Cómo se le había podido olvidar? No tenía ni idea. En todo caso, su padre había muerto hacía poco. Lawrence de Vincent había fallecido de la misma forma que la madre de los De Vincent, de la misma forma que Ian.

Por su propia mano.

Aunque Lawrence no había usado un arma. Se había ahorcado. O eso era lo que decía la sección de cotilleos de todos los medios.

Sintió una lástima tremenda por él, por todos los hermanos. Tener que vivir una tragedia como aquella, no solo una, sino dos veces... ¡Dios!

Devlin no se había vuelto del todo hacia ella, pero la estaba mirando, del mismo modo que Rosie lo estaba mirando a él. Desde luego, no se había esperado que su visita al cementerio fuera de esa forma.

—¿Puedo ayudarte en algo? —preguntó.

¡Madre mía! Tenía una voz tan profunda como el océano.

—He visto cómo se te ha caído el ramo en un charco. —Se acercó un poco más a él—. Tengo flores de sobra. He pensado que quizá te vendrían bien.

Devlin ladeó la cabeza, con la luz del sol reflejándose en sus pómulos, pero no dijo nada, así que Rosie estiró los brazos, ofreciéndole las peonías.

—¿Las quieres?

Él siguió sin responder.

Ella se mordió el labio inferior y decidió que, ya que se había tirado a la piscina, no perdía nada por zambullirse del todo en ella. Rodeó el bordillo de piedra y caminó hasta Devlin. De cerca, era mucho más alto, de modo que tuvo que echar hacia atrás la cabeza para poder mirarlo a los ojos.

Y menudos ojos.

Eran del mismo color que el golfo, de un impresionante azul verdoso, enmarcados por unas largas y tupidas pestañas.

Él, sin embargo, no la miró a los ojos, sino que parecía estar pendiente de su... boca.

Una oleada de calor ascendió por su cuerpo. *Tiene novia.* O eso tenía entendido. Y eso fue lo que tuvo que repetirse al menos tres veces antes de dejar de preocuparse por su labio inferior e intentar retomar la conversación con él.

—Las peonías son mis flores favoritas —le explicó. Algo tenía que decir, ¿no?—. Las que desprenden olor, por supuesto. Porque no todas lo hacen, ¿lo sabías?

Devlin volvió a poner la cabeza recta y por fin la miró a los ojos. Aunque Rosie deseó al instante que no lo hubiera hecho, porque nunca había visto una mirada tan penetrante y seria a la vez. Sus ojos no reflejaban ni un atisbo de humor. Solo un intenso tormento.

Pero ¿de qué se sorprendía? Su padre había muerto y estaba convencida de que hacía poco los medios se habían hecho eco de algún tipo de tragedia relacionada con su familia. Además, estaba en el cementerio, delante de la tumba de su familia. Pues claro que debía de estar atormentado.

¿No lo estaba ella?

—No, no lo sabía —respondió él.

Rosie esbozó una sonrisa vacilante.

—Bueno, pues ahora ya lo sabes.

Devlin de Vincent se quedó callado un instante.

—¿A qué huelen?

—Estas huelen a rosas. Supongo que si te gusta ese olor puedes comprar rosas directamente, pero las peonías siempre me han parecido más bonitas.

Él miró el ramo.

—Lo son.

Rosie sonrió un poco más.

—Entonces son tuyas, si las quieres.

Transcurrieron unos segundos antes de que él estirara la mano y tomara las flores. Los dedos de ambos se rozaron cuando él dobló los suyos en torno al manojo de tallos. Rosie lo miró de inmediato. Devlin esbozó el atisbo de una sonrisa; una ligera inclinación de la comisura de sus labios. Fue un contacto breve, pero tuvo la sensación...

¡Uf! Sabía que parecía una tontería, pero tuvo la sensación de que él lo había hecho a propósito.

—No creo que la gente haga esto a menudo —comentó Devlin, mirando primero las peonías y después a ella.

—¿Hacer el qué? —Rosie bajó la mano.

—Seguir a alguien en mitad de un cementerio para que reemplace las flores que se le han caído por descuido —explicó él, mirando un avión que atravesaba el cielo, de camino al aeropuerto. Entonces aquellos penetrantes ojos volvieron a posarse en ella con la misma intensidad de antes—. Supongo que a la mayoría de la gente le daría exactamente igual.

Rosie se encogió de hombros.

—Quiero creer que eso no es cierto.

—Lo es —sentenció él como si no tuviera la menor duda—. Gracias.

—De nada.

Lo vio asentir antes de volverse hacia la cripta. Rosie se permitió unos segundos para evaluar lo absurdo de la situación. Estaba hablando con Devlin de Vincent y no le había mencionado nada sobre su casa encantada.

Se merecía un montón de *beignets* por haber resistido la tentación y demostrar que tenía la decencia suficiente para respetar el hecho de que estaban en un cementerio y que no era ni el lugar, ni el momento apropiados para abordar ese tipo de asuntos.

Supuso que había llegado la hora de despedirse de él, ya que tenía que ir a casa de Nikki y él se merecía un momento de privacidad. Sin embargo, sintió la necesidad de decir algo.

—Siento lo de tu padre.

Y eso fue todo lo que dijo. Sabía que, cuando se perdía a un ser querido en las circunstancias en las que Devlin lo había perdido, cada uno reaccionaba a su manera. Algunos querían (necesitaban) abordarlo y hablar de ello, y otros requerían su tiempo para dar ese paso. Y el suicidio del padre de los De Vincent todavía era reciente.

Devlin se volvió hacia ella una vez más y ladeó de nuevo la cabeza mientras le lanzaba una mirada irónica desde su apuesto rostro.

—¿Sabes quién soy?

Rosie se rio con suavidad.

—Estoy segura de que cualquiera sabe quién eres.

—Cierto —murmuró él.

Aquella respuesta hizo que le entraran ganas de volver a reírse. Era absurdo negarlo.

—¿Sabías quién era cuando se me cayó el ramo? —preguntó él.

Esa vez no reprimió la risa.

—No. Me dabas la espalda y estabas demasiado lejos. Solo pude ver que eras un hombre.

La observó de una forma que no supo si la creía o no, pero tampoco habría podido decirle nada para que cambiara de opinión en caso de que no confiara en su palabra. Una nube se cernió sobre ellos y Rosie se subió las gafas de sol. Esa mañana se había alisado el pelo y se lo había recogido en un moño alto. De lo contrario, esa humedad habría convertido su cabello en una encrespada maraña.

Mientras la miraba, una emoción... extraña atravesó el rostro de Devlin. No tenía ni idea de qué se trataba exactamente, así que se limitó a girar sus llaves en el dedo índice.

—Las flores no son para Lawrence —dijo él. A Rosie le pareció bastante raro que llamara a su padre por su nombre de pila. Devlin dio un paso hacia la lápida—. Juego en desventaja.

—¿Ah, sí? —Lo vio arrodillarse, y ahí fue cuando se fijó en el nombre. Marjorie de Vincent. ¿Era su madre?

Devlin colocó las peonías en el jarrón.

—Sabes quién soy, pero yo no sé quién eres tú.

—¡Ah! —Estuvo a punto de decirle quién era. Tenía su nombre en la punta de la lengua, pero hacía poco había concertado una cita entre Nikki y un amigo que, sin que ella lo supiera, había estado investigando a los De Vincent para un periódico local. No sabía si Devlin estaba al tanto de aquello, pero no merecía la pena correr el riesgo—. Da igual.

Él se volvió hacia ella con el ceño ligeramente fruncido.

—¿Lo da?

—No. —Rosie sonrió. Luego miró el nombre grabado de su padre sobre la lápida—. Seguro que ya te han dicho esto antes, pero es verdad. Puede que nunca llegues a entender por qué tu padre hizo lo que hizo, pero con el tiempo... se vuelve más fácil.

Devlin la miró fijamente con los labios entreabiertos.

Sintió que se le ruborizaban las mejillas. Claro que lo sabía. Ya había pasado por eso con su madre y ahí estaba ella, soltándole consejos innecesarios como una imbécil.

Devlin se acercó a ella.

—¿Cómo te llamas?

Antes de que le diera tiempo a responder, sonó un teléfono. Durante un instante, creyó que no iba a responder, pero entonces lo vio meter la mano en el bolsillo y sacar el móvil.

—Lo siento —se disculpó él—. Tengo que atender esta llamada.

—No pasa nada.

Devlin se dio la vuelta y comenzó a hablar, con una mano sobre la cintura. Rosie aprovechó la oportunidad para hacer mutis por el foro. Se tomó un segundo más para contemplar la dura línea de su mandíbula y sus anchos hombros y se bajó las gafas de sol mientras retrocedía.

Después, se dio la vuelta con una sonrisa en los labios y se alejó de Devlin de Vincent, sabiendo que era muy posible que no volviera a verlo en su vida.

2

Princesa Silvermoon era su nombre artístico, pero Rosie la conocía como Sarah LePen. Sí, Princesa Silvermoon era sin duda un nombre absurdo, pero en la profesión a la que se dedicaba Sarah era crucial destacar, sobre todo en una ciudad en la que había tarotistas y videntes hasta debajo de las piedras, y el título de «princesa» llamaba mucho la atención.

Sin embargo, Sarah no era ninguna estafadora.

Era una médium cuyas premoniciones casi siempre se cumplían. Y no solo eso, también podía comunicarse con los espíritus. Rosie sabía que Sarah hacía algo más que confiar en su buena intuición o en su capacidad para leer el lenguaje corporal de las personas. Había visto a la médium en acción muchas veces para darse cuenta de que estaba contactando con los muertos de verdad; contestaba preguntas cuyas respuestas eran prácticamente imposibles de saber y ofrecía detalles increíblemente precisos sobre las personas que acudían a verla.

Conocía a Sarah desde hacía años, gracias a su amiga Jillian, la creadora y copropietaria de IPNO (Investigación Paranormal de Nueva Orleans) y, según su opinión, uno de los mejores equipos de estudio de los fenómenos paranormales de la zona. Jilly se había presentado con Sarah durante una investigación que IPNO había llevado a cabo en una casa en Covington. La anterior propietaria de la vivienda había decidido quedarse en el mundo de los vivos y estaba incordiando a los nuevos habitantes, dando golpes y escondiendo cosas en los lugares más insospechados para asustar a los niños. Al final, Sarah consiguió que la anciana cruzara al más allá, para alivio de la familia que, por lo que sabía, seguía viviendo en esa casa. A veces, sin embargo, los espíritus se mostraban un poco más tercos y Sarah no tenía éxito.

En esos casos, los propietarios tenían que decidir si los echaban por la fuerza o aprendían a convivir con ellos.

Hasta hacía cuatro meses, Sarah había estado comprometida. Un día, tuvo un presentimiento y regresó a casa antes de lo normal, sorprendiendo a su prometido con su secretaria (sí, un cliché como la copa de un pino).

Después de aquello se mudó a un apartamento en la avenida de las Ursulinas, no muy lejos de donde vivía Rosie, y el lugar en el que ahora se disponía a pedir disculpas.

—Siento llegar tarde —le dijo a Sarah, mientras dejaba el bolso en el sofá—. He tenido un día de locos. He estado echando una mano a mi amiga Nikki con la mudanza y a Jill con una de sus visitas guiadas de fantasmas. Ya sabes cómo va todo eso.

—¿Un caos y corriendo a todos los lados? —se rio Sarah mientras salía de la cocina. Llevaba el pelo rubio recogido en uno de esos moños desordenados que causaba furor en Instagram. La médium era una mujer guapísima que le recordaba mucho a Jennifer Lawrence. Cuando estaba «trabajando», solía llevar vestidos vaporosos y pulseras que tintineaban cuando chocaban entre sí. En su tiempo libre, como ahora, llevaba *leggings* y túnicas negras—. No tienes que disculparte. No pasa nada. No tenía nada planeado para esta noche. Nunca hago planes para esta noche.

—Pero es viernes...

—Y tenemos una cita anual en esta fecha, así que no hay problema. —Traía dos velas cilíndricas que dejó en la mesa baja del salón.

Sarah tenía razón.

Durante los últimos seis años, la médium había intentado comunicarse con Ian en el aniversario de su muerte. Al igual que Houdini y su esposa, Rosie e Ian tenían una palabra clave. Una palabra que solo sabían ellos. Fue algo que se les ocurrió un domingo por la noche, después de beberse unas cuantas botellas de vino durante una maratón de *Expedientes Paranormales*. Como a él le interesaba lo sobrenatural tanto como a ella, no les pareció raro acordar una palabra para demostrar que el médium de turno se estuviera comunicando de verdad con el primero que falleciera.

Rosie había tardado cuatro años en encontrar el valor necesario para atreverse a hacerlo. En realidad, no tenía ninguna pregunta preparada para Ian. Solo quería saber que estaba... bien. Nada más.

Y durante esos últimos seis años, Sarah nunca había sido capaz de contactar con él. No sabía qué podía significar eso. Sarah le había dicho que aquello no implicaba que Ian no estuviera con ella. Simplemente, que no se estaba comunicando. Tal vez no estaba listo para hablar. O quizá no estaba allí, donde quiera que fuese ese allí.

En todo caso, Rosie sentía una tremenda admiración por Sarah, hasta puede que estuviera un poco colada por ella. Que alguien pudiera hablar con personas muertas era algo que la tenía absolutamente fascinada. Sarah le había contado todo sobre su infancia, pero Rosie no podía imaginarse lo que debía de ser oír voces que otros no podían, ni sentir cosas que los demás no sentían.

Para ella, Sarah y todos aquellos que habían recibido ese don eran unos auténticos héroes.

—¿Qué tal fue la visita? —quiso saber Sarah.

—No estuvo mal. —Como estaba familiarizada con el procedimiento, fue hacia la cocina y se hizo con otro par de velas, las llevó al salón y las colocó en el centro de la mesa baja—. Como siempre, la gente tenía muchas preguntas; algo que no me importa, pero esta vez nos quedamos atascados cerca de la casa del Sultán.

Sarah puso los ojos en blanco antes de apagar la luz del techo. Las sombras tenues y parpadeantes envolvieron la estancia. Habían bajado las persianas, impidiendo el paso de las resplandecientes luces de la ciudad. Encendieron la música. Bueno, en realidad no era música, sino olas del mar rompiendo; un sonido que ayudaba a Sarah a concentrarse y a amortiguar los ruidos de la calle.

Sarah se acercó de nuevo a ella y se arrodilló sobre un mullido cojín con lentejuelas azules.

—¿Te refieres a la casa en la que no hay ninguna prueba de que viviera un sultán o el hermano de un sultán, ni de que se produjera ninguna horrible y sangrienta masacre?

Rosie se rio y se acomodó sobre otro cojín de lentejuelas, pero de color rosa.

—Uno de los turistas preguntó que por qué no los llevábamos a la casa Gardette-LaPrete y yo intenté explicarle que no hay ninguna constatación de que se produjera tal masacre y que, aunque el sitio es bonito, no incluimos emplazamientos donde no haya ninguna evidencia histórica. Él se puso a discutir conmigo y enumeró una lista de hechos que no son reales y que cualquiera que sepa hacer una búsqueda en Google podría rebatir perfectamente.

—Vamos, que se puso en plan paternalista contigo, ¿no?

—Sí. —Cruzó las piernas—. Le comenté que nadie estaba diciendo que la casa no estuviera encantada, sino que no existía ninguna prueba histórica que respaldara esa leyenda. Ni siquiera una sola reseña en los periódicos que hablara sobre los asesinatos. Digo yo que siendo un crimen tan atroz, como se supone que es, habría salido algo en los medios de la época.

Sarah estiró el cuello hacia la izquierda y luego hacia la derecha. Las llamas de las velas proyectaron sombras en su rostro.

—Sí, ese sitio desprende unas vibraciones muy raras y no se me ocurriría vivir en ninguno de sus apartamentos, pero ya sabes...

—Sí. O crees que los asesinatos de la casa Gardette-LaPrete sucedieron de verdad o no. No hay término medio. En cualquier caso, la discusión hizo que la visita se retrasara. ¿Sabes lo que es pasarse toda la tarde debatiendo sobre un asesinato en masa que quizá nunca tuvo lugar?

Sarah se rio con suavidad.

—No, pero habría cambiado tu tarde por la mía. He tenido una sesión privada con esa pareja que acaba de perder a su hijo.

—¡Oh, no! —Rosie dejó caer los hombros. Ese tipo de sesiones tenían que ser las peores. No se imaginaba lo que debía de ser lidiar con familiares y amigos afligidos, desesperados por contactar con sus seres queridos una última vez. Aunque por muy desolados que estuvieran, sabía que Sarah jamás les mentiría. No les diría ambigüedades para que se sintieran mejor, como hacían otros médiums. Sarah siempre sería sincera, aunque doliera—. ¿Conseguiste hablar con el niño?

Sarah se retiró un mechón de pelo de la mejilla.

—No. Los niños son... Siempre es muy difícil contactar con ellos, sobre todo si han fallecido hace poco. Traté de explicárselo, pero quisieron intentarlo de todos modos. De hecho, quieren volver a probar, aunque he conseguido convencerles de que se den un par de meses. —Esbozó una sonrisa cargada de tristeza mientras apoyaba las manos en la mesa baja—. Por cierto, ¿sigue en pie lo de venir conmigo a la Mascarada de la semana que viene?

Rosie asintió con entusiasmo.

—¡Sí! Me alegro de que puedas ir. Gracias otra vez por llevarme contigo de acompañante. Siempre he querido asistir.

La Mascarada, el baile de disfraces benéfico anual, era el evento en el que se codeaba (y Dios sabía qué más) la flor y nata de la sociedad de Nueva Orleans. A Rosie nunca se le había presentado la oportunidad de acudir. No se relacionaba con la gente de alta alcurnia.

Sarah solía ir con su ex, que siempre conseguía entradas gracias a su trabajo en la oficina del fiscal. Hasta donde ella sabía, él no iba a ir ese año. Algo que la decepcionaba un poco; iban a llevar unos disfraces muy sexis y le habría encantado que Sarah le restregara en la cara lo que se había perdido.

—Solo te hace ilusión porque se va a celebrar en una mansión que está encantada. —Sarah sonrió de oreja a oreja.

—No lo sabes tú bien.

Uno de los dormitorios de la planta de arriba, el último de la izquierda que daba al jardín trasero, era uno de los lugares más encantados de la ciudad. Según se contaba, allí acechaba el fantasma de una mujer que había sido asesinada en esa misma habitación por un examante celoso la noche antes de su boda. Y Rosie estaba deseando comprobar si era cierto.

Sarah sacudió la cabeza.

—Bueno, veamos si podemos contactar con Ian.

Rosie asintió. En ocasiones, Sarah necesitaba algún objeto personal del fallecido, pero al principio intentaba establecer contacto sin ellos. Rosie no se hacía muchas ilusiones de que fuera a obtener un resultado distinto al de sus intentos anteriores.

Sin embargo, iba a intentarlo, porque esa era la promesa que se habían hecho el uno al otro. Puede que fuera una promesa tonta que Ian no se había tomado en serio, pero ella sí.

—Cierra los ojos e imagínate a Ian —dijo Sarah suavemente en la penumbra—. Te avisaré si aparece.

Dicho de otro modo, que Rosie se quedara callada y la dejara concentrarse. Y eso fue lo que hizo, porque sabía que Sarah no quería que le dijera nada hasta que ella no se lo pidiera. De lo contrario, podía ofrecerle demasiada información sin querer. Al fin y al cabo, eran amigas y como Sarah ya sabía muchas cosas sobre Ian, le costaba mucho no recurrir a ese conocimiento.

Cerró los ojos y se imaginó a Ian. O lo intentó. Era... ¡Dios! Era terrible admitirlo, pero cada vez le resultaba más difícil visualizar sus rasgos. Tenía que esforzarse mucho para concentrarse en los detalles; algo que era agotador. Sabía que era normal, pero no por ello menos doloroso.

Ian había sido guapo.

Alto y delgado. El tipo de persona que podía comer alitas de pollo fritas con todas las salsas posibles y hamburguesas todos los días sin ganar un solo gramo de peso. Rosie, sin embargo, engordaba con solo mirar la comida. Pero Ian, no. Su pelo había sido de color castaño oscuro y lo había llevado corto. A ella siempre le habían gustado los chicos con el pelo largo, pero a Ian le quedaba mejor corto, ya que resaltaba sus pómulos altos. Su piel, cortesía de su padre, había sido un poco más oscura que la de ella, y sus ojos del mismo marrón intenso y profundo. Rosie proyectó esa imagen en su mente; una imagen de él sonriendo. ¡Dios! ¡Qué risa más bonita había tenido! Una de esas sonrisas contagiosas que te obligan a responder con otra igual. En cuanto a su risa... ¡Uf! Simplemente era...

—Ha venido alguien —anunció Sarah. A Rosie se le encogió el estómago—. Su voz es muy débil. Como si estuviera muy lejos—. Hubo otra pausa—. Es la voz de una mujer.

Abrió los ojos al instante. Sarah seguía sentada frente a ella, con los ojos aún cerrados. La vio fruncir el ceño y apretar los dedos en torno a la mesa baja.

—Rosalynn...

Nadie la llamaba así, salvo sus padres o su hermana cuando querían molestarla. Sin embargo, su abuela siempre se había dirigido a ella de ese modo.

Sarah inclinó ligeramente la cabeza hacia un lado.

—Siempre... odiaste ese nombre.

Esbozó una sonrisa irónica. Todo el mundo sabía que no le gustaba su nombre. Antes de casarse, su nombre completo había sido Rosalynn June Pradine. Después de la muerte de Ian, decidió mantener su apellido de casada. No vio la necesidad de cambiarlo. El nombre de su hermana era todavía peor. Sus padres se habían superado a sí mismos y habían llamado a su pobre hija Belladonna, una planta extremadamente venenosa también conocida como «cereza del diablo».

Por desgracia, lo de llevar nombres raros era una tradición por parte de su familia materna. Su madre se llamaba Juniper *May* Pradine. Bella era Belladona *February* Pradine. Sí, también tenían otra costumbre: los segundos nombres eran los meses en inglés en los que sus padres creían haberlas concebido. Por lo visto, se trataba de un extraño hábito que había empezado con su abuela.

Una abuela que sabía perfectamente que a su nieta no le hacía ninguna gracia que la llamaran así.

Estaba claro que no era Ian el que había respondido a su llamada, pero si habían contactado con su abuela, tampoco iba a quejarse. Ya había podido comunicarse con ella antes; de hecho, le había dicho dónde estaba uno de sus collares que su madre había estado buscando como loca.

Exhaló despacio y observó cómo Sarah levantaba la mano y se la llevaba justo detrás de la oreja izquierda. Era un gesto que solía hacer cuando estaba oyendo a algún espíritu. Se tiraba de la oreja o frotaba los dedos detrás de ella e inclinaba la cabeza en la dirección opuesta.

—¡Vaya! Espera. —Sarah movió la cabeza—. Hay otra voz. Es más fuerte. Mucho más fuerte. Viene hacia aquí.

Rosie alzó las cejas. Nunca había sucedido nada igual. Se echó hacia delante, pero se detuvo en cuanto las llamas parpadearon. Frunció el ceño y miró las velas. Las llamas se movían como si hubiera viento, pero no corría ni una gota de aire. El ventilador del techo ni siquiera estaba encendido.

Mientras alzaba la vista hacia Sarah, un escalofrío le recorrió la columna. Su sexto sentido se puso en marcha. No era tan poderoso como el de la médium, ni tan preciso, pero era la misma sensación que tenía en las investigaciones, justo antes de que sucediera algo raro.

Sarah se estaba frotando la parte trasera de la oreja.

—Es la voz de un hombre y... dice... que cree que es un nombre bonito. —Sacudió la cabeza—. También está hablando de tu nombre, pero...

Rosie hizo todo lo posible por aplacar la esperanza que crecía en su pecho. Que se tratara de la voz de un hombre y que supiera que no le gustaba su nombre completo no significaba que fuera Ian. Tres años antes se había presentado su abuelo. Y también había podido comunicarse con un primo.

Aunque ninguno de ellos hizo alusión a su nombre. Así que eso era, cuanto menos, raro.

Sarah torció los labios y arrugó la nariz.

—¿Quién...? No lo sé. No dejo de oír la palabra... «peonías». Sí. Algo relacionado con las peonías. —Abrió los ojos—. ¿Qué pasa con las peonías?

Rosie jadeó sorprendida.

—Las peonías son mis flores favoritas.

Sarah asintió lentamente y volvió a cerrar los ojos.

—Está bien. Pero esto tiene que ver con... ¿algo que ha pasado hoy con las peonías?

—¿Hoy? No tengo... ¡Espera! Sí. —Abrió los ojos como platos. ¡Por el amor de Dios!—. He llevado peonías al cementerio. Siempre lo hago. Todos los años.

Sarah ladeó la cabeza.

—Hiciste algo con esas flores, ¿verdad? Me está diciendo... *Un poco más despacio* —ordenó Sarah con gentileza—. Sí. Vale. ¿Le diste esas flores a alguien?

Rosie se quedó con la boca abierta. Se le puso la carne de gallina. El hecho de que estuviera acostumbrada a lidiar con el mundo paranormal no significaba que no le asustara.

Y en ese momento estaba un poco cagada.

Era imposible, completamente imposible, que Sarah supiera ese detalle. Ni siquiera le había contado a Nikki que se había encontrado con Devlin en el cementerio y había hablado con él.

—Sí —respondió por fin, entrelazando las manos en su regazo—. Le di las flores a alguien...

—La mitad —la corrigió Sarah.

Le dio un vuelco el corazón.

—Dice que fue un gesto muy amable por tu parte —continuó Sarah, ahora con los ojos abiertos. No estaba mirándola a ella, sino a una de las llamas—. Está... Lo siento. No para de hablar y la mitad de lo que dice no tiene sentido.

Se le aceleró el corazón. ¿Por fin Sarah había podido conectar con Ian?

—Puede oírme, ¿verdad? —Cuando Sarah asintió con la cabeza, respiró hondo—. ¿Cuál es nuestra palabra?

Sarah la miró a los ojos.

—No es Ian.

—¿Qué?

—Que no es Ian —repitió—. Creo... creo que este espíritu ni siquiera te conoce.

De acuerdo. Ahora estaba más que asustada.

—¿*Qué?* —repitió.

—A veces sucede. —Sarah se estremeció y volvió a concentrarse en la llama. Entonces abrió los ojos de par en par—. Te vio en el cementerio. Eso es.

Rosie se inclinó hacia delante.

—¿Qué está diciendo?

—No deja de insistir en que no debería estar allí, que ese no es su lugar. —Se agarró el lóbulo de la oreja—. Creo que lo que quiere decir es que... no debería estar muerto.

Bueno, eso tampoco era una sorpresa. Muchos fallecidos pensaban lo mismo.

—Está enfadado. Muy enfadado. —Ladeó la cabeza de nuevo—. ¿Qué pasa con las peonías? ¡Oh! —Miró a Rosie—. Dice que no deberías habérselas dado a ese hombre.

Se le hizo un nudo en el estómago. De acuerdo. Otro detalle que Sarah no podía saber. Rosie no le había dicho que era un hombre. ¿Se estaba refiriendo el espíritu a Devlin?

—¿Por qué?

Su amiga se quedó callada un instante.

—Desagradecido —murmuró, apretando los labios—. Error. Cometió un error. No deja de decir eso.

—¿Quién?

—No lo sé. No consigo que se calme. Está... ¡Dios! —Sarah se pasó la mano por la cabeza, echándose los mechones más cortos hacia atrás—. Está furioso. No deja de gritar que no tendría que estar allí. —Tomó una profunda bocanada de aire, elevando el pecho—. *Muerte.*

Rosie ladeó la cabeza.

—Muerte —repitió Sarah, antes de emitir un sonido estrangulado—. Dice... algo sobre su muerte. Que se suponía que no tenía que pasar.

—¿En serio? —Soltó un suspiro.

—Espera. —Sarah se tocó la nuca—. Ahora dice que... ¡Oh, Dios mío! —Abrió muchísimo los ojos—. No. Se acabó. No puedo... Ya está. Voy a terminar la sesión.

—Está bien —convino ella con un asentimiento de cabeza—. Termínala.

De pronto, Sarah se apartó de la mesa y levantó las manos frente a ella. Tenía los ojos muy abiertos.

—Está aquí.

—¿Eh? No te entiendo.

—Está aquí. *Aquí,* Rosie. —Sarah la miró a los ojos—. No en sentido metafísico. ¿No lo...?

Ambas se sobresaltaron al oír un fuerte estruendo encima de sus cabezas, como si una mano gigante hubiera dado un golpe en el techo.

Las velas se apagaron. Todas.

—¡Mierda! —susurró Sarah.

Rosie la oyó ponerse de pie de un salto.

Miró hacia la oscuridad con los pelos de punta. El corazón le latía a toda velocidad. Intentó ver u oír algo, pero solo le llegó el sonido de los pasos apresurados de Sarah hacia la puerta. Un segundo después, la luz inundó la habitación y se dio cuenta de que estaba mirando los coloridos cojines de su amiga. Se volvió hacia ella despacio.

Sarah la miró.

—Rosie...

—Ha pasado. —Sentía que los ojos se le iban a salir de las órbitas—. Esto ha pasado de verdad.

Sarah asintió con la respiración entrecortada.

—Seguía hablando...

—¿Qué te ha dicho?

—Ha dicho que... ¡Dios! Ni siquiera quiero expresarlo en voz alta, pero necesito soltarlo. —La médium se apartó de la pared visiblemente pálida—. Ha dicho que... que viene el diablo.

3

Los dos únicos diablos que Rosie conocía eran los maravillosos *beignets* cubiertos de azúcar, que eran los responsables de la redondez de sus caderas, y uno de los De Vincent.

¿Pero se estaba refiriendo ese espíritu a ese De Vincent en concreto? ¿Era él mismo un De Vincent? Parecía una locura, pero...

Sarah agarró la botella de vino y se sentó a su lado en el sofá. Todas las luces del apartamento estaban encendidas, y su amiga había cortado de cuajo todos sus intentos de que volviera a comunicarse con quienquiera que hubieran convocado antes. Según Sarah, el espíritu ya se había ido, pero tuvo sus dudas al verla beber directamente de la botella mientras ella se lo había servido en una copa.

—¿Te ha pasado algo como esto antes? —preguntó, subiendo una pierna en el sofá.

Sarah estaba mirando fijamente al frente, con los ojos azules enfocados en un tapiz rosa y azul de estilo bohemio que colgaba en la pared de detrás de la televisión.

—Sí. No mucho, pero a veces algún espíritu consigue... colarse en la comunicación con otro espíritu. He tenido sesiones en las que han acudido espíritus que no conocían de nada a mis clientes solo porque querían hablar. A ver, hay ocasiones en las que el espíritu conoce a la persona que quiere contactar y esta no recuerda quién es, pero en otras aparece un espíritu al azar, como si estuviera haciendo autostop y se subiera a tu conexión. —Se volvió hacia Rosie y se llevó la mano al cuello. Empezó a frotárselo otra vez—. Creo... creo que estaba intentando saltar sobre mí.

Rosie soltó un jadeo.

—¿En serio?

Sarah asintió.

—Eso... eso no es bueno.

Y no lo era. Saltar o introducirse temporalmente en el cuerpo de una persona viva no era lo mismo que una posesión completa, pero podía tener consecuencias tanto psicológicas como físicas en el vivo, así como en su entorno inmediato. Se producía cuando un espíritu usaba el cuerpo de una persona para comunicarse a través de ella. En esos casos, las personas podían decir cosas que normalmente no dirían, hablar con acentos raros o incluso hacer gestos que no eran propios de ellas. Cuando alguien sufría un «salto» podía incluso revivir cómo había muerto el espíritu, y eso podía volver loco a cualquiera.

Por la experiencia que le habían proporcionado las investigaciones, sabía que solo un espíritu muy poderoso o decidido a hacerlo podía saltar sobre un humano vivo.

—¿Sabes? Durante mis sesiones, he dejado que saltaran sobre mí en muchas ocasiones, siempre que me pidieran permiso para hacerlo, pero este hombre... no pidió nada. Simplemente quería saltar y estaba furioso.

Como se sentía culpable por lo sucedido, estiró la mano para tocar el brazo de Sarah, pero esta se sobresaltó un poco por el contacto.

—Lo siento, yo...

—Tú no tienes la culpa. No hace falta que te disculpes, pero necesito decirte algo, y no solo porque seas mi amiga. —Tenía los nudillos blancos de apretar la botella de vino. Dejó caer la mano y se volvió hacia Rosie—. Estoy convencida de que este espíritu no te conocía en persona, pero también tengo la sensación de que... se coló en esta conexión a propósito, que no lo hizo solo porque sí.

Rosie alzó ambas cejas y se mordió el labio inferior. A nadie le gustaba oír algo así. Ni siquiera a ella.

—¿Tienes alguna idea de quién puede ser? —preguntó Sarah antes de beber otro buen trago de vino.

Rosie podía ser un faro para los espíritus, sobre todo teniendo en cuenta las investigaciones en las que había participado durante todos esos años con IPNO, pero no creía que estuviera vinculado a ninguno de esos casos. Miró hacia otro lado. No sabía si sus sospechas iban bien encaminadas o no.

—¿Qué me estás ocultando? —inquirió su amiga.

Rosie tomó una profunda bocanada de aire, se inclinó hacia delante y dejó el vaso de vino en la mesa baja. No se había permitido pensar en su breve encuentro con Devlin porque no había significado nada, pero no podía evitar sentir que habían compartido cierto vínculo. Ese tipo de conexión inexplicable que incluso dos desconocidos podían sentir durante un instante.

—Está bien, puede que esto te parezca una locura más grande que lo que acaba de suceder, pero hoy, mientras estaba en el cementerio, vi a un tipo al que se le cayó un ramo en el charco —explicó—. Las flores se echaron a perder y las tiró a la basura, pero como yo tenía de sobra y me dio pena, agarré unas cuantas de mis peonías y fui en busca del hombre para dárselas.

Sarah asintió y bebió otro sorbo.

—Te juro que no tenía ni idea de quién se trataba hasta que lo encontré frente al mausoleo De Vincent. Era Devlin de Vincent.

—El Diablo —espetó Sarah, soltando una breve risa sarcástica—. Lo cierto es que me tranquiliza pensar que quizá el espíritu se estaba refiriendo a él y no al Diablo de verdad.

Rosie resopló.

—¿Sabes? —continuó Sarah—. Todo el mundo conoce su apodo, pero nadie sabe por qué le llaman así ni de dónde viene.

Rosie se encogió de hombros.

—No tengo ni idea. Supongo que pusieron esos apodos a los hermanos cuando estaban en la universidad, pero sí, me encantaría saber por qué lo llaman de ese modo.

—A mí también —murmuró Sarah—. ¿Qué pasó después de que le dieras las flores?

—Estuvimos hablando un par de minutos y luego me marché. Pensé que estaba allí por su padre. Ya sabes que falleció hace poco.

Su amiga se puso pálida y bajó la vista.

—¿No se...?

—Sí, se suicidó. Le dije que sentía lo de su padre y él me corrigió y me explicó que las flores eran para su madre —prosiguió ella—. Supuse que aún no ha asumido del todo la muerte de su padre. Y lo entiendo. El caso es que de ahí viene todo el asunto de las peonías. Ni siquiera le he comentado nada a Nikki cuando he estado con ella esta noche. Ya sabes que trabaja en la casa de los De Vincent. ¿Crees que el espíritu era él, Lawrence de Vincent?

—¡Dios! —Sarah se recostó en los cojines y apoyó la botella contra su estómago—. Puede que sí. Quizá estaba rondando a Devlin en el cementerio, te vio y decidió aferrarse a ti.

—Pero ¿por qué? No lo conocía y tampoco conozco a Devlin. Ha sido la primera vez que lo he visto en persona.

—No siempre hay una razón para que un espíritu se pegue a alguien.

Rosie frunció los labios.

—Pues no creas que me hace mucha gracia.

Sarah le lanzó una mirada irónica.

—La mayoría de la gente estaría bastante más asustada que tú.

—La mayoría de la gente no caza fantasmas. —Se encogió de hombros, aunque estaba un poco preocupada. Sobre todo porque se trataba de un fantasma furioso y ella no estaba preparada para lo que eso conllevaba—. De todos modos, si me va a acechar un fantasma, supongo que tiene más caché si es un De Vincent.

Sarah se rio por lo bajo y luego se tapó la boca con la mano.

—En realidad no tiene nada de divertido.

—Sí. —Rosie sonrió—. Un poco sí.

Sarah apoyó la cabeza en el sofá.

—En serio, no tengo ni idea de si era Lawrence u otra persona, pero sí sé que estaba enfadado y... creo... creo que, justo antes de cortar la conexión, ha dicho algo más. —Exhaló con brusquedad—. No sé si le he oído bien. Estaba intentando meterse en mí y no se lo iba a permitir, así que lo he cortado de inmediato, pero si era Lawrence...

—¿Qué? ¿Qué crees que ha dicho?

Sarah se volvió hacia ella.

—Creo que ha dicho que lo *asesinaron*.

Como era de esperar, a Rosie le costó mucho conciliar el sueño esa noche.

En su apartamento, tumbada en su cama, contempló el brillo de las estrellas fosforescentes pegadas al techo. No despedían un brillo verde, sino un tenue resplandor blanco, pero sí, seguían siendo un poco horteras.

Aunque a ella le encantaban.

Le hacían pensar en el espacio infinito y, aunque pareciera extraño, le reconfortaba la idea de saber que, en medio de todo el universo, solo era una diminuta mota de carne y hueso en una roca gigante que giraba alrededor del sol.

Las estrellas también la ayudaban a quedarse dormida. Pero no esa noche. Esa noche en lo único en que podía pensar era en la sesión con Sarah y la pregunta que su amiga le había hecho antes de que se marchara.

«¿Vas a contárselo a alguien?».

Soltó un resoplido y se rio en la penumbra de su dormitorio. ¿Contárselo a alguien? ¿A quién? ¿A Devlin? Ni de coña. Y su reticencia no tenía nada que ver con que no confiara en Sarah. Todo lo contrario, la creía a pies juntillas. Sarah había conectado con alguien que estaba muy cabreado y al que seguramente habían asesinado. Pero, y ahí estaba el quid de la cuestión, ¿quién iba a creerla a ella? Una cosa era creer que lo que decía Sarah era verdad (al fin y al cabo, Rosie había sido testigo de sucesos de lo más extraños) y otra bien distinta que alguien que no creyera en lo sobrenatural, incluso aunque todo apuntara a que su casa estaba encantada, fuera a aceptar alegremente una revelación como aquella por parte de una total desconocida.

Porque iba a parecer recién salida de un manicomio.

Gimió y se puso de costado. Miró la habitación hasta clavar la vista en las tupidas cortinas que colgaban de la única ventana del dormitorio. Se alegró de haber comprado esas cortinas opacas que no dejaban pasar las resplandecientes luces del Barrio Francés.

Suspiró.

Era imposible que fuera a decir nada de lo que había sucedido esa noche. No conocía a los De Vincent lo suficientemente bien como para acercarse a ellos, pero podía contárselo a Nikki. Sin embargo, aunque su amiga sí creía en lo paranormal, no se iba a sentir nada cómoda si tenía que explicar a los De Vincent lo que Rosie había oído, porque, y volvíamos al punto de partida, era una locura.

Aparte de todo eso, y *eso* ya tenía entidad suficiente para que Rosie mantuviera la boca cerrada, Sarah tampoco estaba segura de que el espíritu con el que habían contactado fuera Lawrence. Los espíritus no solían aparecerse a los vivos con un cartel con su nombre. Sí, todo apuntaba a que podía tratarse de él. Al fin y al cabo tenía sentido. Rosie había estado en el cementerio y había entregado las peonías a Devlin. Y por muy surrealista que pareciera, Lawrence podía haber estado rondando a su hijo o al camposanto y, por alguna extraña razón, decidió pegarse a ella.

Se volvió a tumbar de espaldas, cerró los ojos y exhaló un sonoro suspiro.

Había un sinfín de posibilidades. Lo que significaba que aquel espíritu podía ser el de Lawrence, o el de cualquier otra persona que no tuviera nada que ver con los De Vincent, pero que hubiera terminado contactando con ella por una extraña coincidencia, o también podía ser el de otro De Vincent, pero no Lawrence. Esa familia llevaba sufriendo todo tipo de muertes misteriosas y dramas desde hacía décadas. ¡Estaban malditos! Muchos de sus miembros habían fallecido en circunstancias nada convencionales.

¿Pero y si se trataba de Lawrence? ¿Y si el patriarca de los De Vincent había contactado con ellas durante la sesión y quería que se supiera que no se había suicidado? ¿Y si en realidad lo habían asesinado? Eso sería algo muy grave, desde luego. ¿No querrían sus hijos saberlo?

Ella sí habría querido. También era cierto que Rosie tenía una perspectiva muy particular de las cosas, pero en ese asunto ella ni pinchaba ni cortaba.

Soltó un resoplido de frustración, se tumbó bocabajo y hundió la cara en la almohada.

«Viene el diablo».

Siguió dándole vueltas a la cabeza, aunque al final, después de lo que le pareció una eternidad, y tras quitarse de encima la mitad de la ropa de cama, se quedó dormida. No tenía ni idea del tiempo que había pasado, cuando el estridente sonido de su teléfono la despertó de un sueño que estaba teniendo con un sorbete de limón.

Con un gruñido, buscó a tientas el móvil en la mesita de noche, golpeando sin querer un vaso de plástico vacío que cayó al suelo.

—¡Mierda! —masculló. Levantó la cara de la almohada, se apartó un mechón de pelo rizado del rostro, estiró el brazo y agarró el teléfono. Vio la cara sonriente de Nikki en la pantalla. Era muy temprano, tan temprano que, en su opinión, ni siquiera podía considerarse por la mañana.

Respondió mientras apoyaba la cabeza en la almohada.

—¿Hola? —graznó.

Al oír su voz se estremeció por dentro. Parecía como si se hubiera fumado cincuenta paquetes de cigarrillos.

—¿Rosie? Soy Nikki. Sé... que es muy pronto. Lo siento. —A pesar de que seguía medio dormida, se dio cuenta de que su amiga estaba hablando de una forma muy rara, con voz pastosa—. Necesito que me hagas un favor. Estoy en el hospital.

Rosie no se había puesto en marcha tan rápido en toda su vida. En cuanto colgó, prácticamente se tiró de la cama de un salto. Con un nudo en el estómago, agarró un par de *leggings* negros que parecían limpios y se los puso junto con una camiseta que le quedaba grande con la frase de «¡VAMOS A CAZAR FANTASMAS!». Tenía el pelo demasiado despeinado como para hacer algo con él, así que se limitó a colocarse un pañuelo sobre él para retirárselo de la cara.

Gracias a Dios, y a todas las deidades en las que podía pensar, llevaba varios cepillos de dientes desechables en su Corolla. Se cepilló los dientes de camino al hospital. Justo cuando el sol empezaba a salir, llegó a su destino. Cuando vio por primera vez a Nikki, esperándola en la puerta, se le rompió el corazón. Su amiga tenía la cara llena de magulladuras.

La ayudó a subir al coche sin creerse del todo lo que veía. Cuando Nikki le contó lo que le había pasado, también le costó creerse lo que estaba oyendo.

Hasta que no la tuvo acomodada en su dormitorio y se sentó, no empezó a procesarlo todo.

Nadie merecía pasar por una experiencia como la que acababa de vivir Nikki Besson.

—¡Dios! —susurró, con los ojos clavados en la taza de café que no había tocado. Se pasó las manos por la cara y exhaló con fuerza.

Su amiga podría haber muerto. Casi la habían asesinado.

Apoyó las manos temblorosas sobre las rodillas y miró por encima del hombro, hacia la cortina de cuentas que separaba el dormitorio del salón. La noche anterior, mientras ella había estado dirigiendo una visita guiada sobre los fantasmas del Barrio Francés, una de sus mejores amigas, y una de las mujeres más simpáticas que conocía, había estado luchando por su vida.

Y para sobrevivir, había tenido que matar al hombre que la atacó.

Se estremeció por dentro.

Volvió la vista lentamente hacia el portátil que tenía abierto en la mesa baja que antaño había sido un tablero de ajedrez. La noticia ya aparecía en la web del medio local. Por suerte, no se mencionaba el nombre de Nikki, ¡menos mal!, aunque sabía que no tardaría mucho en aparecer.

—Parker Harrington... —Sacudió la cabeza estupefacta.

Jamás lo había conocido en persona, pero sabía quién era. Los Harrington eran como los De Vincent, multimillonarios y con un linaje arraigado en Nueva Orleans y Luisiana que se remontaba siglos atrás. Ambas familias eran tan parecidas que la hermana mayor de Parker estaba comprometida con Devlin de Vincent.

El hombre con el que se había topado hacía menos de veinticuatro horas en el cementerio.

El hombre cuyo padre parecía haber contactado con Sarah para decirle que había sido asesinado.

Y ahora también el hombre cuyo hermano de su prometida había intentado matar a Nikki.

Nikki, la persona más amable y dulce del mundo, que se pasaba los fines de semana ayudando en una protectora de animales de la zona.

Nikki, que el día anterior había tenido que defenderse con un... cincel.

Un escalofrío la recorrió por completo mientras se echaba hacia delante y agarraba su taza. Según le había dicho su amiga, todavía no podía volver a su apartamento. Era la escena de un crimen. Rosie sabía perfectamente cómo funcionaban esas cosas. La policía se limitaría a retirar el cadáver y se iría de allí sin limpiar nada. Nikki tendría que encargarse de aquello. Igual que le había sucedido a ella después de que Ian se suicidara.

De ningún modo iba a permitir que su amiga pasara por eso. Eso estaba fuera de cualquier duda.

La culpa se instaló en su estómago. Miró su café. Le gustaba dulce, cargado de azúcar y con leche. Si era sincera consigo misma, en realidad era azúcar con un poco de café. Aun así, en ese momento, solo notó el sabor amargo. Rosie había estado en el apartamento de su amiga durante horas. Por lo que Nikki le había contado, Parker debía de haber irrumpido en su casa como una hora después de que ella se fuera. Si no se hubiera ido...

Todos esos «y si hubiera hecho esto o lo otro» eran mucho peores a que te acechara un fantasma.

Dio un sorbo al café. Cuando estaba a punto de dejar la taza en su sitio, llamaron a la puerta. Respiró hondo.

Tal vez fue su sexto sentido u otra cosa, pero supo quién estaba al otro lado de la puerta.

Gabriel de Vincent.

Nikki le había dicho que él había ido a verla al hospital y que ella había logrado escabullirse sin que se enterara. En ese instante, se imaginó que Gabe removería cielo y tierra hasta dar con su dirección. Se puso de pie y cruzó la corta distancia que la separaba de la puerta. Quitó el cerrojo y la abrió un poco.

¡Bingo!

Allí estaba Gabe, con su pelo largo e irradiando todo su esplendor De Vincent. Entonces, miró por encima de su hombro y el corazón se le subió a la garganta al mismo tiempo que se le desplomaba el estómago. Gabe no había ido solo.

Devlin estaba con él.

4

¡Oh, Dios! Había esperado ver a Gabe, pero no a *él*, no a su hermano. Durante un instante, se quedó tan sorprendida que lo único que pudo hacer fue mirarlos. Abrió la boca para hablar, pero él se quitó un par de gafas plateadas de aviador, se las metió en el cuello de la camisa y la miró con esos impresionantes ojos verde mar.

Seguro que se estaba haciendo un montón de preguntas. ¿Cómo iba a responderlas? Estaba claro que iba a querer saber por qué el día anterior, durante su encuentro en el cementerio, ella no le había dicho quién era, teniendo en cuenta que era obvio que tenía algo que ver con su familia. ¿La creería cuando le explicara que había estado convencida de que no volvería a verlo en la vida? Porque era la verdad.

Devlin continuó mirándola desde detrás de Gabe y... tuvo la sensación de que más que mirarla a ella, estaba mirando a través de ella. Su apuesto rostro no mostró ninguna emoción, ni una mínima señal de reconocimiento. Pero tenía que recordarla. Se habían visto el día anterior, ¡por el amor de Dios!, hacía menos de veinticuatro horas, y Rosie estaba segura de que, al menos durante ese breve instante, habían establecido una especie de vínculo.

—Sabía que terminarías apareciendo por aquí —le dijo a Gabe. Entonces volvió a mirar a Devlin, esperando que hiciera algún comentario. Algo. Pero no dijo nada. Siguió mirándola con expresión impasible—. Lo que me sorprende es ver a este.

Devlin se hizo a un lado.

—¿Perdona?

Ahí fue cuando la verdad la golpeó. No la había reconocido. ¡Vaya! Fue un recordatorio brutal de que no había causado la más mínima impresión en ese hombre.

Volvió su atención a Gabe, más dolida de lo que debería haber estado.

—¿Has venido por Nikki?

—Sí —respondió él—. ¿Me vas a dejar entrar?

Bloqueó la puerta. Una parte de ella quería dejarlo entrar, pero la otra sabía que él y Nikki no estaban pasando por un buen momento. Era de las que creían que todo el mundo merecía una segunda oportunidad. Sin embargo, estaba segura de que Gabe ya iba por la tercera.

—Depende —dijo al cabo de un rato—. ¿Vas a hacer por fin las cosas bien con mi amiga?

—¿Quién es esta mujer? —exigió saber Devlin.

Rosie exhaló con fuerza. Así que era verdad. ¡No se acordaba de ella! Puede que se debiera a que no había dormido mucho. O quizá porque casi habían matado a golpes a su mejor amiga. O tal vez todo eso se mezcló con el hecho de que un hombre con el que había hablado hacía menos de veinticuatro horas no la había reconocido. Rosie no era una mala persona y le gustaba pensar que, casi siempre, tenía un carácter bastante tranquilo. Vale, a veces podía transformarse en una puta tigresa para proteger a sus seres queridos, pero sabía que la vida era demasiado corta como para comportarse como una imbécil y tomarse las cosas demasiado en serio.

Pero en ese momento su vena tigresa salió en toda su gloria.

—Soy Y a ti Qué te Importa —espetó, sin dejar de mirar a Gabe.

A Gabe le temblaron los labios, como si estuviera tratando de evitar sonreír.

—Voy a intentarlo —dijo el mediano de los De Vincent.

—A estas alturas, intentarlo no es suficiente, amigo —repuso ella. Pudo ver la sorpresa en esos ojos idénticos a los de Devlin—. Que tú lo intentes es como si yo intentara no comerme el último pastel que hay en el frigorífico. Imposible.

—De acuerdo —indicó él—. Voy a hacer lo correcto con ella. Por eso he venido. ¿Me vas a dejar entrar?

Esperando no estar cometiendo un error, Rosie dio un paso atrás y abrió la puerta.

—Está en el dormitorio.

Gabe entró y la miró, asintiendo con la cabeza.

—Gracias.

—No hagas que me arrepienta de esto —le advirtió en voz baja—, porque te aseguro que lo lamentarás.

Gabe sonrió y ella tuvo que admitir que tenía una sonrisa muy bonita.

—No te arrepentirás.

—Perfecto.

Justo cuando pasaba junto a ella, Devlin entró en el apartamento. Seguro que también tenía una sonrisa bonita, pero el hombre con el que había hablado durante diez minutos el día anterior ni siquiera se dignó a mirarla.

No, estaba mirando al frente, un poco más allá de donde se encontraba su hermano.

—¿Eso es una cortina de cuentas?

Su tono la hizo fruncir el ceño. Parecía como... como si acabara de ver a un viejo pervertido exhibiendo sus partes. Devlin no la había hablado así el día anterior. Era cierto que solo habían intercambiado unas pocas palabras, pero su voz no había mostrado esa... helada aversión.

Sorprendida por su tono y molesta por el hecho de que no la había reconocido, espetó:

—¿Algún problema? ¿No te gustan o no son apropiadas para los de tu clase?

—Estoy seguro de que no le gustan a nadie que tenga más de doce años.

—Compórtate —dijo Gabe a su hermano, mientras apartaba las cortinas y desaparecía dentro del dormitorio.

Rosie tragó saliva con fuerza y se volvió hacia el mayor de los hermanos De Vincent. Si pensaba que las cortinas de cuentas eran infantiles, menos mal que nunca iba a ver las estrellas fosforescentes del techo de su habitación. Abrió la boca, pero no supo qué decir.

Devlin apenas había puesto un pie en el interior de su apartamento y se había parado de repente, rígido como una tabla, como si le escandalizara dar un paso más mientras miraba fijamente las cortinas de cuentas.

Durante un instante, Rosie se permitió el lujo de quedar *penembelesada* (ya sabéis, cuando una se queda hipnotizada por lo guapo que es el hombre que tiene delante o un tipo le hace tales maravillas con el pene que cae absolutamente prendada de él, pasando por alto los defectos más desagradables de su personalidad). Y eso fue lo que hizo: ignorar, durante unos segundos, el hecho de que ese hombre se había olvidado completamente de ella y de que estaba mirando sus cortinas de cuentas como si fueran un crimen de lesa humanidad, para disfrutar de su inequívoco atractivo.

Iba vestido igual que el día anterior: con una camisa blanca metida en unos pantalones grises y unos zapatos tan pulidos que Rosie habría podido ver su reflejo en ellos. Los De Vincent tenían unos genes notables y Devlin era una buena muestra de ello. Desde los pómulos altos, hasta la fuerte curvatura de la mandíbula, tenía el tipo de rostro que hacía que se arrepintiera de no saber dibujar bien para captar todos sus rasgos.

Llevaba el pelo perfectamente peinado. Tanto, que a Rosie le entraron unas ganas enormes de pasar los dedos por sus mechones y enredárselos. Por desgracia, a pesar de todo su atractivo, y aunque ella había sentido una cierta conexión con él (que por lo visto solo era unilateral), Devlin estaba resultando ser un imbécil del más alto nivel; el nivel reservado para los idiotas ricos y privilegiados que creían que el mundo les pertenecía.

Se cruzó de brazos.

—Realmente tienes un problema con las cortinas de cuentas, ¿verdad?

Él ni siquiera la miró mientras respondía:

—¿Y quién no? ¡Son cortinas de cuentas!

Jamás, en sus treinta y tres años de vida, había conocido a alguien que se sintiera tan indignado por unas cortinas de cuentas. Y eso que había presenciado cosas muy raras. En una ocasión, había visto salir volando un libro de una estantería sin que nadie lo tocara. También había contemplado a una persona muerta levantar un brazo (se había tratado de un espasmo cadavérico, pero fue aterrador y también un poco traumatizante). Por no hablar de que había sido testigo de la aparición de dos fantasmas de cuerpo completo, lo que estaba entre las cinco cosas más asombrosas que había visto en su existencia. Sin ir más lejos, la noche anterior, un completo desconocido se había presentado en una sesión de espiritismo con Sarah; un extraño que muy bien podía ser el padre de ese hombre. Tampoco podía olvidarse de todas las cosas estrambóticas que solía ver a diario en las estrechas y concurridas calles del Barrio Francés.

¿Pero alguien ofendido por unas cortinas de cuentas?

Era la primera vez.

¡Dios! Esa mañana... No, las últimas veinticuatro horas, no habían sido nada normales.

—¿Al menos están hechas de madera? —preguntó él.

Rosie soltó un suspiro y arqueó una ceja.

—Sí, están hechas de aglomerado. Y sí, las compré en un gran almacén de la zona.

Devlin no giró la cabeza hacia ella, pero sí la miró de soslayo.

—El aglomerado no es madera.

—Está hecho con virutas, y hasta donde yo sé, las virutas son de madera.

—También lleva serrín y resina sintética —replicó él.

—¿Y?

—Que eso no es madera de verdad.

—Lo que tú digas.

—¿Lo que yo diga?

—Sí, *lo que tú digas* —repitió ella.

Ahora sí se volvió hacia ella, que estaba de pie junto a la mesa baja.

—No es que yo lo diga, es un hecho. El aglomerado no es madera de verdad.

A Rosie se le escapó una suave carcajada.

—No me puedo creer que sigas hablando del aglomerado.

Le pareció ver un atisbo de sorpresa en su rostro.

—Y yo no me puedo creer que pienses que el aglomerado es madera de verdad.

Rosie se rio de nuevo, se dio la vuelta y fue hacia el sofá.

—Y continúas con la matraca del aglomerado.

—No es verdad.

—Sí lo es. —Se dejó caer en su cómodo sofá (probablemente el único objeto de su apartamento que tenía un valor monetario real). Agarró su taza con la esperanza de que el café no se hubiera enfriado—. Y esas cortinas de cuentas son absolutamente increíbles, sean de aglomerado o no. Así que no critiques mis cortinas superchulas.

—Son cortinas de cuentas —señaló él, como si estuviera viendo una cucaracha enorme en la pared.

Ese hombre estaba poniendo a prueba su amabilidad y paciencia como ninguna otra persona.

—¿Qué pasa? ¿Alguna cortina de cuentas te hizo daño de niño? —Apoyó los pies en la mesa baja y luego cruzó los tobillos—. ¿No querían ser tus amigas?

La taladró con la mirada. ¡Joder! La taladró con toda la cara.

—Aparte del hecho de que las cortinas de cuentas son objetos inanimados, incapaces de trabar amistad o hacer daño a alguien, habría bastado con una puerta, ¿no crees?

Rosie sonrió y dio un sorbo al café.

—¿Trabar amistad? ¡Qué formal!

A Devlin se le hincharon las fosas nasales.

—Mira —continuó ella—, no soy yo la que se indigna por unas cortinas de cuentas, así que perdóname por hacerte una pregunta sincera. En serio, ¿alguien te pegó con una cortina de cuentas? Puede llegar a picar mucho.

—Estoy convencido de que tu pregunta era sincera.

—Totalmente —murmuró ella.

Devlin se acercó a ella con paso lento y mesurado.

—¿Suelen pegarte con cortinas de cuentas?

—Con más frecuencia de la que me gusta admitir —se burló ella.

Vio un brillo extraño en esos ojos verde mar, como si hubiera despertado su interés.

—¿Por qué no has puesto una puerta? Te daría más privacidad.

—¿Por qué no sales por la que tienes justo detrás de ti?

El extraño brillo se intensificó aún más.

—¿Acabas de decirme que me vaya?

—Parece que sí.

Él se la quedó mirando un buen rato.

—¿Sabes? La mayoría de la gente ofrecería algo de beber a sus invitados.

Rosie apretó la taza.

—Que yo sepa, no eres ningún invitado.

—¿Estás segura?

—Segurísima. Más que nada porque no te invité a entrar en mi apartamento para que te pusieras a criticar mis cortinas de cuentas.

—Bueno, si la memoria no me falla, y no suele fallarme, me abriste la puerta y me dejaste entrar.

Ella le sostuvo la mirada.

—Tu memoria está empezando a darte problemas. Dejé que entrara tu hermano. Tú simplemente le seguiste y empezaste a criticar mi diseño de interiores.

Devlin se rio; una risa profunda y ronca que debió de sorprenderle, porque inmediatamente después cerró la boca. A ella, sin embargo, no la sorprendió. Para su fastidio, le provocó una oleada de calor que se instaló en la parte baja de su vientre. Le gustaba su risa, aunque fuera un poco seca.

—¿Diseño de interiores? —se burló él. Rosie se puso rígida—. Pero si parece que tu apartamento ha sido decorado por un crío de doce años obsesionado con *Expediente X* y las películas de terror de serie B.

—Se acabó, no puedo permitir que insultes a Scully y a Mulder. —Dejó la taza en el borde de la mesa—. Lo digo en serio.

¿Y qué tenían de malo las películas de terror de serie B? Vaguear una tarde de domingo, viendo una película de zombis sin pies ni cabeza era uno de sus pasatiempos favoritos.

Devlin le dio la espalda y se puso a examinar las estanterías que había a ambos lados de la televisión.

—¿Eso es una enciclopedia de fantasmas?

—El título lo deja claro, ¿no?

Él volvió la cabeza hacia ella y le lanzó lo que solo podía describirse como una mirada jocosa.

—¿Cómo es posible que exista una enciclopedia de fantasmas?

Durante unos segundos, no supo qué responder. Una parte de ella quería explicarle con todo lujo de detalles por qué era posible tal cosa, pero se contuvo.

—Eres un De Vincent.

—Gracias por recordármelo.

Rosie ignoró su comentario.

—Vives en una casa que se rumorea que está...

—Sí, que está encantada. Y la propiedad entera y toda mi familia están malditas —la interrumpió él—. Lo sé. Vivo allí y soy un De Vincent.

—¿De verdad está encantada tu casa? —preguntó. Aunque ya sabía la respuesta.

Devlin apretó los labios.

Rosie no pudo evitar juntar las manos en señal de triunfo.

—¿Sabes? Formo parte de un equipo de investigación paranormal.

—¿Por qué no me sorprende? —repuso él con tono seco. Caminó alrededor de la mesa y se detuvo en el otro extremo del sofá—. ¿Cómo se llama? ¿Investigadores tarados?

Ahora fue ella la que apretó los labios.

—Buen intento, pero no. Se llama «Investigación Paranormal de Nueva Orleans».

—Investigación Paranormal... Espera. —Alzó ambas cejas—. Se llama IPNO.

—Sí. Suena bien, ¿verdad?

No hizo falta que le respondiera. La expresión de burla que adoptó su rostro dijo a las claras que le parecía una soberana estupidez.

—Tienes que estar de coña, ¿verdad?

—No.

—¿De verdad formas parte de esos ridículos grupos de cazafantasmas?

Rosie sintió que su tigresa interior volvía a asomar la cabeza. Ahora sí que había ido demasiado lejos.

—Lo que hacemos no es ninguna ridiculez. Por supuesto que puedes no creer en ellos, pero me niego a que me insultes en mi propia casa, delante de mis narices.

—¿No creer? —murmuró él.

Mientras lo miraba, la ira se apoderó de ella. Ya no tenía la menor duda sobre si debería contarle o no lo que había sucedido la noche anterior con

Sarah. Si alguien que vivía en una casa como la suya seguía sin creer en el mundo paranormal, desde luego no iba a confiar en que una desconocida había contactado con su difunto padre. Y era una pena, porque si de verdad había sido Lawrence, y lo que decía era cierto, Devlin debería haberlo sabido, al igual que el resto de su familia.

Pero ella no iba a abrir la boca.

—¿A qué has venido exactamente? ¿Acaso necesita Gabe una carabina?

Devlin por fin se movió y dio un paso hacia el lugar donde estaba sentada.

—Eso no es asunto tuyo.

Rosie levantó las manos.

—Estás en mi casa. De modo que sí, es asunto mío.

—No lo es.

—¿Qué?

—Que no es tu casa, es tu apartamento.

—¿En serio? —Soltó una breve carcajada y apartó la mirada. ¿Por qué los hombres que estaban como un tren tenían que ser tan imbéciles?

—Eres de lo que no hay.

—Cierto.

—No era un cumplido.

—¿Estás segura?

—Sí, claro.

—Mmm. —Sonaba completamente despectivo.

Rosie tuvo que hacer un esfuerzo por dejar de apretar los puños.

—Eres la persona más tiesa que conozco.

—No sabes nada de mí.

—Sé lo suficiente para entender que necesitas una afición o un pasatiempo. Apúntate a un gimnasio para deshacerte de todo ese estrés que llevas encima o echa un polvo. No sé, algo que te relaje un poco.

La miró fijamente como los labios entreabiertos. Parecía muy ofendido, hasta el punto de que, si ella hubiera llevado un collar de perlas, la habría agarrado de él.

—¿De verdad me acabas de decir que eche un polvo?

Rosie puso los ojos en blanco.

—¿De verdad acabas de demostrar que tengo razón?

Se quedaron callados un instante.

—¿Te ofreces voluntaria?

Rosie abrió la boca tan rápido que podría haberse tragado una mosca sin enterarse. Por lo que ella sabía, Devlin estaba comprometido con Sabrina Harrington. Aunque también era cierto que Parker, el hombre que había intentado matar a Nikki, era el hermano de Sabrina. Puede que hubieran cancelado el compromiso.

De pronto, oyeron un sonido ahogado que provenía del dormitorio. Algo muy parecido a un sollozo. Preocupada, bajó los pies de la mesa y empezó a ponerse de pie.

—No lo hagas.

Rosie volvió la cabeza hacia él de inmediato.

—¿Perdona?

—Déjalos solos.

Se puso de pie y se enderezó todo lo alta que era, lo que la situó a la altura del pecho de Devlin De Vincent. Un detalle que le produjo un ligero escalofrío. Los hombres altos eran... La excitaban muchísimo, así de claro. Por desgracia, la personalidad de ese hombre no despertaba ningún deseo sexual en ella.

—Por favor, dime que te he oído mal y no acabas de decirme lo que tengo que hacer.

—Mi hermano está ahí dentro con Nikki. Ella lo necesita y él necesita consolarla —dijo en voz baja—. Gabe está enamorado de ella.

Rosie cerró la boca un instante antes de preguntarle:

—¿Gabe está enamorado de ella?

Devlin asintió con expresión aburrida.

—¡Vaya! Se te ve muy emocionado. —Al ver que se cruzaba de brazos lo miró con ojos entrecerrados—. ¿Qué? —preguntó, imitándole y cruzándose también de brazos—. ¿No apruebas su relación con Nikki? ¿No crees que sea lo bastante buena para...?

—No apruebo casi ninguna relación —la interrumpió él—. Me preocupa la diferencia de edad, pero si estás insinuando que no me gusta porque es la hija de nuestros empleados, te equivocas por completo.

—Espera un momento. ¿No apruebas casi ninguna relación? ¿Pero tú no estás comprometido?

—Ya no.

Bueno, eso aclaraba sus sospechas anteriores.

—Pero lo *estabas*.

—¿Y qué tiene que ver eso con nuestra conversación?

Rosie lo miró fijamente durante lo que le pareció un minuto entero antes de encontrar las palabras adecuadas para responderle.

—¿No estabas en una relación mientras estabas comprometido? ¿No amabas a...?

—No hace falta amar a una persona para tener una relación o comprometerte con ella —la interrumpió.

Rosie abrió los ojos como platos.

—¡Madre mía! —murmuró, sentándose de nuevo—. ¿Por qué te harías algo así?

—¿Hacer el qué? —La confusión se apoderó de sus rasgos.

—Casarte con alguien a quien no amas. ¿Por qué imponerte una cosa así? —preguntó con auténtica curiosidad—. O imponérsela a la otra persona.

Al ver que una sombra atravesaba su rostro supo casi de inmediato que había sobrepasado algún límite con él. Aunque supuso que ese hombre debía de tener límites suficientes para poblar una ciudad.

Devlin endureció su expresión mientras la miraba.

—Encuentro bastante irónico que estés ahí sentada, permitiéndote juzgar el compromiso que acabo de romper, como si fueras una fuente de sabiduría sobre esta materia, cuando es evidente que ni estás casada, ni tienes novio y vives sola en un apartamento con cortinas de cuentas y libros sobre fantasmas.

Rosie aspiró con tanta fuerza que sintió la bocanada de aire recorriéndole la garganta. Puede que ella hubiera sobrepasado sin querer un límite con él, pero Devlin acababa de arrasar sin misericordia uno de los suyos.

—Estuve casada, pedazo de idiota. Y para que lo sepas, no teníamos mucho, pero amaba a mi marido y él me amaba a mí. —Se llevó la mano al cuello, tiró de la cadena de oro y se la sacó de debajo de la camiseta—. Así que, aunque él ya no esté en este mundo, sigo aquí sentada, con mi fuente de sabiduría, sabiendo exactamente lo que significa casarse por amor para terminar perdiéndolo.

Devlin la miró con un brillo de arrepentimiento en los ojos, suavizando levemente su expresión.

—Lo...

—No te disculpes. Me da igual —espetó, antes de agarrar la taza con fuerza.

El café tibio le salpicó los dedos.

Devlin la miró fijamente durante un instante y luego se dio la vuelta. La conversación quedó en pausa. Devlin se fue hacia las puertas del balcón que daba a la calle Chartres y sacó el teléfono. Rosie encendió la televisión y el grabador de vídeo digital y puso, con toda la intención del mundo, un episodio de *Expediente X*.

Cuando oyó el sonoro suspiro que soltó Devlin, supo que se había percatado de su treta, pero ella se sintió mejor. La vida, a veces, era demasiado complicada.

Cuando pasó una hora, Rosie llevó la taza al fregadero y aprovechó para ver cómo se encontraba su amiga, abriendo la cortina una rendija. La habitación estaba a oscuras, pero pudo distinguir las figuras de Nikki y Gabe. Él la estaba abrazando con tanta fuerza que parecían un solo ser.

Gabe estaba ganando puntos para desaparecer de la lista de novios que la habían cagado.

Se dio la vuelta. Devlin seguía en silencio junto a las puertas del balcón. Se fijó en la pequeña cocina y decidió que era el momento de ponerse a limpiar. Cuando estaba frente al fregadero, a punto de abrir la puerta del armario donde guardaba los productos, Devlin habló por primera vez después de más de una hora.

—Me mentiste.

Rosie alzó la cabeza al instante.

—¿Qué?

El mayor de los De Vincent seguía dándole la espalda.

—Ayer. Dijiste que no sabías quién era cuando está claro que sí lo sabías.

Abrió la boca asombrada y se enderezó.

—Así que te acuerdas de mí.

Él se quedó callado un segundo.

—¿Cómo no iba a acordarme?

Rosie frunció el ceño.

—Pues antes no me ha dado la sensación de que te acordaras.

—Me ha sorprendido ver a la mujer que me regaló flores en el cementerio en el apartamento donde se encuentra una de mis empleadas —replicó. Rosie apoyó las manos en la encimera—. La misma mujer que dijo que, al principio, no sabía quién era.

Intentó contar hasta diez, pero solo llegó a cinco.

—Sé que es difícil de creer, pero en serio, cuando se te cayeron las flores no sabía quién eras.

—¿Entonces por qué no te presentaste cuando te diste cuenta?

Era una buena pregunta. Y una para la que no tenía una respuesta perfecta. Así que decidió decir la verdad.

—Porque supuse que no volvería a verte. Y tampoco importaba mucho quién era yo.

—Al contrario. —Devlin se volvió hacia ella y Rosie deseó que no lo hubiera hecho, porque la miró con una intensidad que la puso muy nerviosa—. Porque ahora sé exactamente quién eres, Rosie Herpin.

5

A Rosie se le contrajo el estómago mientras un escalofrío le recorría los omóplatos.

—Sí. Creo que eso ya lo hemos dejado claro. Soy la mujer que ayer tuvo un bonito gesto contigo y te dio la mitad de sus peonías.

Devlin dio un paso hacia ella.

—Y también eres la mujer que le presentó Ross Haid a Nikki.

¡Mierda! Eso también era cierto.

Como volviera a encontrarse con Ross, le iba a dar un puñetazo en la garganta sin pensarlo.

Había conocido a Ross hacía un par de años, cuando él estaba escribiendo un artículo sobre las visitas guiadas de fantasmas en el Barrio Francés. Se puso en contacto con ella para hacerle una entrevista y se habían caído bien al instante; a ella le gustó su rápido ingenio y al periodista su sarcasmo. Jamás de los jamases se habría imaginado que él usaría esa amistad de la forma en que lo hizo.

—Un periodista que está empeñado en destruir a mi familia. —No supo cómo, pero Devlin se había acercado todavía más a ella—. Así que, si crees por un segundo que me voy a tragar eso de que ayer no sabías quién era yo, vas muy mal encaminada.

Rosie sintió el rubor ascendiendo por sus mejillas y se esforzó por hablar bajo para que Gabe y Nikki no los oyeran.

—Está bien, vamos a dejar las cosas claras. No tenía ni idea de que Ross quería conocer a Nikki porque trabaja para tu familia o por su relación con Gabe. Nunca le haría algo así a mi amiga.

Devlin no dijo nada. Simplemente ladeó la cabeza.

—Ross sabe que es mejor que no se le ocurra acercarse a mí —continuó ella—, porque me puse furiosa cuando me enteré de que me había usado para llegar a Nikki, y te aseguro que nadie quiere estar cerca de mí cuando me pongo así —dijo, aproximándose a él—. Y te repito, por última vez, hasta que no te vi frente a la tumba de los De Vincent, no supe quién eras.

En ese momento lo tenía tan cerca que pudo oler su colonia. Era un aroma fresco, a cítrico mezclado con un leve toque a madera de teca. En otras palabras, olía de maravilla. Si no hubiera sido tan capullo, sus partes femeninas habrían disfrutado de ese olor.

Vio cómo elevaba ligeramente una comisura de la boca, en una especie de sonrisa de satisfacción.

—Creo que hay algo que tienes que saber sobre mí.

—No, no hay nada que quiera saber sobre ti. —Ella bajó los brazos.

Devlin dejó escapar un ronco sonido sarcástico en una pobre imitación de una sonrisa.

—Bueno, tienes que saber que yo me entero de todo lo que sucede en esta ciudad. Y si por algún casual se me escapa algo, lo averiguo de inmediato. De modo que, en cuanto supe que Ross estaba intentando usar a Nikki para llegar a mi familia, no tardé nada en descubrir que la persona que los puso en contacto fue una tal Rosie Herpin. Pero solo me dieron tu nombre.

Vale. Aquello sí ponía los pelos de punta. De pronto, tuvo menos ganas de decirle que tenía un ego del tamaño del lago Pontchartrain.

—¿Quién te lo dio?

Él hizo caso omiso de su pregunta y bajó la barbilla ligeramente.

—Debería haber procurado saber cómo eras. Fue un error, pero ahora ya lo he subsanado.

—¿Quién te dio mi nombre? —exigió saber ella.

Devlin le sonrió, aunque fue una sonrisa tirante, fría.

—Como vuelvas a hacer algo que ponga en riesgo a mi familia, y eso incluye a Nikki, harás algo más que lamentarlo. ¿Entendido?

Tanto su sonrisa como sus palabras irradiaron puro hielo. Rosie debería haberse asustado, pero lo único que consiguieron fue que se cabreara aún más.

—¿De verdad me estás amenazando en mi propia casa?

Él bajó la barbilla un poco más, hasta que sus bocas quedaron a escasos centímetros la una de la otra, como si fueran una pareja a punto de besarse.

—Creo que ya quedó claro que no es una casa, sino un apartamento.

No supo cuál fue la gota que colmó el vaso, pero de pronto, su lado tigresa se transformó en el de zorra pateaculos. Puede que fuera la insinuación de que podía haber hecho daño a Nikki o que tuviera el descaro de amenazarla de ese modo. O, llegados a ese punto, hasta su mera presencia.

El caso fue que Rosie levantó la mano sin pensar. No iba a pegarle, aunque aquello le habría proporcionado la satisfacción suficiente para que todos los terapeutas del país se preocuparan. No, solo levantó la mano con la intención de empujarlo y alejarlo de ella.

Pero no pudo hacerlo.

Devlin, que tenía los reflejos de un puto felino, la agarró de la muñeca antes de que pudiera darse el gusto de tocarlo. Rosie soltó un jadeo de sorpresa y él la miró con los ojos entrecerrados en dos finas rendijas.

—¿Ibas a pegarme?

—No. —Bullía de indignación por dentro. ¡Cómo le habría gustado que sus ojos pudieran disparar rayos letales!

—Pues no me ha parecido eso —repuso él con una voz extremadamente suave.

—Bueno, muchas cosas no suelen ser lo que parecen —replicó ella, tirando del brazo hacia atrás, pero él no la soltó—. Iba a empujarte porque, como bien sabes, estabas invadiendo mi espacio personal.

—No soy yo quien ha invadido tu espacio personal. —Vio cómo flexionaba un músculo de su mandíbula—. Sino tú la que ha entrado en el mío.

Vale, ahí llevaba razón.

—Hay otra cosa que tienes que saber de mí. —Ahora fue él quien tiró de su brazo. Y antes de que pudiera reaccionar, se encontró con el pecho pegado al suyo. El contacto envió una miríada de sensaciones a través de ella—. Yo nunca amenazo. Solo hago promesas.

Rosie tomó una profunda bocanada de aire de la que se arrepintió de inmediato, porque solo consiguió que sus pechos se pegaran aún más y...

¡Oh, Dios! Se le retorció el estómago de una forma que estaba lejos de ser desagradable. Al sentir que se le endurecían los pezones, rezó para que Devlin no lo notara a través de la desgastada tela de su camiseta y el sujetador de encaje ultrafino que llevaba.

Sin embargo, se negó a capitular.

—Estoy convencida de que no conoces cuál es el significado exacto de las palabras, porque, de nuevo, ha sonado como si estuvieses amenazándome.

—¿Ah, sí? —preguntó. Ahora su voz era más grave, más áspera. Tenía los ojos entornados—. Desde luego, si era una amenaza, no parece que esté logrando su objetivo.

—¿Y eso por qué?

Devlin se movió ligeramente y Rosie volvió a jadear. En ese momento lo estaba sintiendo contra su estómago, duro y grueso. A menos que tuviera metido algún objeto en la parte delantera de los pantalones, ese hombre estaba completamente excitado.

Igual que ella.

Algo debía de andar mal con ambos. Rosie había intentado apartarlo y él la había amenazado, pero ahí estaban, completamente cachondos. Iba a tener que buscar un terapeuta cuanto antes.

Entonces Devlin levantó esas espesas pestañas y clavó los ojos en ella como si esperara que dijera algo o se apartara, pero Rosie no hizo nada de eso. Siguió mirándolo a los ojos mientras que una lengua de fuego se le enroscaba en el estómago.

Devlin miró hacia abajo y entreabrió sus carnosos labios.

—Creo que está consiguiendo todo lo contrario.

Así era. Por un sinfín de razones equivocadas, pero así era. Rosie se mordió el labio inferior mientras sus caderas se movieron por sí solas.

—¿Vamos a fingir que no me estás sintiendo? —preguntó él con una calma sorprendente.

—Sí —espetó ella.

—¿Y lo estás consiguiendo?

—Por supuesto que sí. —En el momento en que pronunció esas palabras, se dio cuenta de lo ridículas que sonaban.

Devlin contuvo una sonrisa. Lo único que Rosie quería era que...

De pronto, oyeron unos pasos acercándose al salón. Ambos reaccionaron al instante. Devlin le soltó la muñeca como si le estuviera quemando y ella se transformó en un canguro, capaz de saltar medio metro hacia atrás.

Las cortinas se abrieron y las cuentas se golpearon entre sí. Cuando Nikki y Gabe entraron en la estancia, esperaba tener un aspecto normal y no el de una mujer que había estado a punto de restregarse contra Devlin como una gata que no solo tenía el celo, sino también la rabia.

Gabe estaba rodeando con un brazo a Nikki por los hombros. No se le veía nada sorprendido porque su hermano siguiera allí. En el momento en que Rosie vio a su amiga, se olvidó por completo de lo que fuera que hubiera pasado entre ella y el mayor de los De Vincent. Se sintió un poco culpable. Mientras ella había estado discutiendo con Devlin, Nikki había estado allí dentro, sufriendo y reviviendo una pesadilla que se había hecho realidad.

Se estremeció por dentro. A la luz del día, sus magulladuras parecían todavía peor. Corrió hacia ella.

—Hola, cariño. ¿Cómo estás?

Nikki intentó sonreír, pero apenas consiguió hacer una mueca.

—Mejor. Me siento mejor.

—Eso es bueno. —Miró a Gabe. Notó que Devlin se acercaba a ellos.

—Me voy a casa de Gabe —dijo Nikki.

Rosie sabía que, si la cara de su amiga no hubiera estado llena de cardenales, se habría sonrojado.

—Bien. ¿Necesitas que te ayude en algo?

—Ya has hecho bastante —replicó Nikki.

—Gracias por ir a por Nikki esta mañana —indicó Gabe.

—No tienes que darme las gracias por eso. No ha sido nada. —Se acercó a su amiga y le dio un beso con mucho cuidado en la única parte de la mejilla que no tenía magullada—. Mándame un mensaje luego, ¿de acuerdo? Cuando te sientas con ganas.

—Lo haré.

Luego Rosie se volvió hacia Gabe y lo miró a los ojos.

—Cuida bien de mi chica.

—Siempre —le aseguró él.

Le sostuvo la mirada durante un momento; el tiempo suficiente para que Gabe comprendiera que, si volvía a hacer daño a su amiga, encontraría una sacerdotisa vudú para que se encargara de él.

Gabe esbozó una lenta sonrisa antes de llevar a Nikki hacia la puerta. Devlin ya estaba allí, abriéndola. Rosie los siguió.

Cuando Devlin salió al pasillo, Rosie estaba agarrando el lateral de la puerta. El mayor de los De Vincent se volvió y la miró, abriendo la boca para hablar, pero ella se le adelantó.

—Las revistas de cotilleos se equivocan —empezó, mirando directamente sus ojos azul verdosos—. Todas te llaman Diablo, pero deberían llamarte Idiota.

Y, sin esperar respuesta, cerró la puerta en las narices de Devlin de Vincent.

—¿Vivo o muerto? —Hubo una pausa—. ¿O prefiere que el sujeto simplemente desaparezca?

Era domingo por la tarde, y Devlin de Vincent, sentado en el reservado poco iluminado del Red Stallion, tenía que decidir si una persona iba a vivir, a morir... o, como acababa de señalar Archie Carr, desaparecer de la faz de la tierra.

Sinceramente, lo que le pedía el corazón era que el sujeto muriera y lo borraran del mapa.

Sí, eso le haría feliz, pero mientras arrastraba el dedo por el borde del pesado vaso, supo que no podía dejar que lo que sentía por esa persona tomara el control de sus decisiones. Tenía preguntas y quería respuestas.

—Vivo —respondió.

—Eso saldrá más caro.

Resultaba curioso que saliera más barato matar a alguien, aunque también era cierto que mantener a una persona con vida conllevaba muchos más riesgos. Devlin lo sabía.

—Lo suponía.

—Mucho más caro.

Despacio, alzó la mirada hacia el hombre que tenía sentado enfrente. Archie tenía su misma edad, treinta y ocho años, pero el tiempo que llevaba de servicio en una compañía militar privada lo había curtido y endurecido, haciendo que pareciera mucho más viejo. Sin embargo, era un experto asesino y Dev supuso que algunas de las marcadas arrugas que surcaban la pálida piel de debajo de sus ojos eran producto de los actos que había realizado a cambio de dinero.

La gente mentía cuando decía que el dinero no podía comprarlo todo.

El dinero podía proporcionarte cualquier cosa: la vida, la muerte, el amor, seguridad, protección, la absolución, la felicidad... o, al menos, la apariencia de felicidad. Según su experiencia, todo tenía un precio. Solo los ingenuos creían lo contrario. Pero Dev nunca había conocido a nadie a quien no se le pudiera comprar de una manera u otra.

—Lo suponía —repitió él.

Archie lo observó durante unos segundos y luego asintió.

—¿Qué me traes?

Devlin empujó la carpeta cerrada con el dedo índice, deslizándola hacia Archie.

—Aquí tienes todo lo que necesitas.

El pelirrojo se hizo con la carpeta y la abrió. Nada más ver su interior, soltó una risa ronca.

—Interesante. ¿Tiene algo que ver con lo que ha salido en las noticias este fin de semana?

Dev no dijo nada, lo que ya era una respuesta de por sí. Las intenciones homicidas de Parker Harrington, así como su posterior muerte, habían sido la comidilla de todos los medios de comunicación. Era solo cuestión de tiempo que los Harrington denunciaran la desaparición de la hermana de Parker y su exprometida. Sabrina se había escondido en alguna parte y él iba a encontrarla antes que nadie.

Archie cerró la carpeta.

—¿Y cuando haya localizado al sujeto?

—Ya sabes el lugar, en Bywater.

—¿La contraseña de siempre?

Dev asintió.

—Mientras tanto, tienes un arma, ¿verdad? Solo por si esa loca vuelve a por ti —comentó Archie.

—Por supuesto. Hay otra cosa que quiero que hagas por mí.

—Soy todo oídos. —Archie apoyó el brazo en el respaldo de su banco.

—Quiero que investigues un asunto relacionado con mi tío.

El pelirrojo enarcó ambas cejas; un gesto que resaltó las arrugas de su frente.

—El senador.

—Es el único tío que me queda, ¿no? —Dev apretó el vaso con los dedos—. Quiero que busques todo lo que puedas sobre su pasante.

Archie lo miró con un brillo de interés en los ojos.

—¿La que desapareció? ¿Andrea Joan?

—Sí.

El mercenario se quedó un poco pensativo.

—¿Crees que está muerta?

Dev no respondió de inmediato.

—Eso espero. Por su bien.

—¡Jesús! —murmuró Archie. Era una de las pocas personas que entendía las insinuaciones de Dev. Solo sabía una décima parte de lo que él sabía, pero suponía que eso era suficiente para mantenerlo despierto por la noche—. Me pongo a ello.

—Perfecto.

—Hablando del senador, ¿recibiste mi informe sobre lo que sospechabas?

—¿Lo del Ritz-Carlton mientras estaba fuera? —preguntó.

Archie asintió.

—Y según mis fuentes, muchas otras veces antes de eso.

—Sí. —Dio un sorbo a su bebida y agradeció el ardor que el líquido color ámbar dejó mientras descendía por su garganta—. Espero tus noticias.

Archie asintió y se fue hacia el otro extremo de su banco, dispuesto a irse, pero se detuvo antes de levantarse y lo miró.

—He visto muchas cosas en mi vida. He mirado al mal a la cara las veces suficientes como para saber que el diablo existe y tiene rostro. Y ha habido momentos en los que me ha dado pavor lo que he presenciado y la gente que he conocido. ¿Pero tú? Jamás te he visto sonreír. Me asustas un poco.

Dev enarcó una ceja.

Archie sonrió.

—Te mantendré informado.

Dev vio cómo Archie salía del reservado y desaparecía en las sombras mientras se terminaba el vaso de burbon y pensaba en lo que el pelirrojo le había confesado.

Me asustas un poco.

Incluso sus hermanos le tenían miedo. No tenían ninguna razón para tenérselo, pero entendía por qué. Al fin y al cabo, estaba dispuesto a llevar a cabo lo que *hiciera falta* para protegerlos; lo inimaginable. Aunque ellos no tenían ni idea de todo lo que él sabía, y nunca se enterarían.

Devlin siempre había sido su escudo, y seguiría siéndolo.

—¿Otro vaso?

Miró a Justin, uno de los camareros que llevaba años trabajando en el Red Stallion.

—Sí, gracias.

Justin asintió con la cabeza, agarró el vaso y desapareció. Dev echó un vistazo a su teléfono y estiró la mano para agarrarlo, pero se detuvo. Seguro que su hermano estaba bastante ocupado en ese momento. En realidad sus dos hermanos. Apoyó la cabeza contra el reservado y exhaló lentamente. Por alguna razón, una imagen acudió a su cabeza.

No solo una imagen.

Una persona.

Una persona que había conocido por primera vez el viernes.

Una persona que lo había buscado en medio de un cementerio para entregarle parte de sus flores. Una persona que le había dicho que, con el tiempo, le resultaría más fácil sobrellevar la muerte de su padre, y había hablado como si tuviera experiencia en esa materia. Una persona que resultó conocer a ese cabrón de periodista. Y una persona que, estaba claro, no le tenía ningún miedo. Todo lo contrario. Desde luego no había visto miedo en sus ojos cuando la tuvo pegada a él.

Y él había sentido... algo.

Rosie Herpin.

Un apellido criollo que iba a juego con su tez bronceada.

Frente a él apareció un segundo vaso de burbon, pero no lo agarró de inmediato.

¿Cortinas de cuentas?

Esa mujer tenía en su apartamento las cortinas de cuentas más horteras del mundo. ¿Qué adulto con un mínimo de gusto tendría una baratija de ese estilo en su casa? No estaban en los años sesenta, ni en los setenta, y Rosie no era ninguna niña a la que le divirtiera el ruido que hacían esas cosas cuando chocaban entre sí.

Un día después de que su hermano hiciera de caballero de brillante armadura y recogiera a su ama de llaves temporal del apartamento de la que, supuso, era su mejor amiga, en lo único en que podía pensar era en eso.

En unas putas cortinas de cuentas.

Ni siquiera sabía por qué tenía a esa mujer en su cabeza.

Bueno, eso no era del todo cierto. Por una vez en su vida, iba a ser sincero consigo mismo y reconocer que Rosie lo intrigaba por varias razones. Una de ellas era que lo había mirado como si su mera presencia estuviera contaminando todo lo que había en su apartamento, incluidas las cortinas de cuentas.

Nadie, salvo sus hermanos, lo miraba así o se atrevía a hacerlo.

Y eso le resultaba... interesante. Solo necesitó pasar unos minutos con ella para darse cuenta de que no se parecía en nada a esa arpía manipuladora de...

Cortó de cuajo esos pensamientos y los encerró en el fondo de su mente.

Pensó en el barrio donde vivía Rosie. No muy lejos de Jackson Square. Escapaba a su comprensión cómo alguien podía residir en un lugar como ese, con tanto ruido. Clavó la vista en el vaso de burbon.

Había dos tipos de habitantes de Nueva Orleans: aquellos a los que les encantaban los sonidos, los olores, las luces y la atmósfera del Barrio Francés, y aquellos que lo evitaban a toda costa.

Suponía que Rosie formaba parte del primer grupo.

Él, del segundo.

No sabía mucho sobre ella. Un detalle que, si hubiera querido, podría haber cambiado en un instante. Solo habría necesitado una llamada para averiguar todo lo que hubiera necesitado: edad, lugar de nacimiento, familia, hermanos, educación, lugar de trabajo... *Todo.* Incluso podría haberse enterado de las circunstancias en las que había muerto su marido.

¡Mierda!

Con eso había metido la pata hasta el fondo, ¿verdad?

Volvió a mirar el teléfono. La mañana anterior, mientras esperaba a su hermano en el apartamento de Rosie y discutía con ella sobre lo que se consideraba o no madera, le había sucedido algo de lo más curioso. Había dejado de... pensar.

De pensar en todo.

No recordaba cuándo había sido la última vez que le había sucedido algo como eso. Y, desde luego, le había venido bien.

No era de los que creían en las coincidencias, así que estaba plenamente convencido de que ella había sabido quién era cuando fue a buscarlo en el cementerio. ¿La habría enviado Ross a seguirlo? Teniendo en cuenta que su familia era uno de los pasatiempos favoritos del periodista, no era algo improbable. El hecho de que Rosie fuera íntima amiga de Nikki y conociera a Ross la hacía muy peligrosa.

Y cuando discutió con ella, se puso duro como una roca.

No quería detenerse a pensar en lo que eso decía de él, pero era perfectamente consciente de que, durante todo el tiempo que había estado con Sabrina, y habían sido años, jamás se había excitado con tanta facilidad.

Esa era la razón por la que el sexo con Sabrina (que no había sido muy habitual) le había supuesto una tarea ardua, un medio para alcanzar un fin, que nunca le había proporcionado ninguna satisfacción. Era imposible que Sabrina no hubiera sentido su indiferencia hacia ella. Aunque también era cierto que, para la heredera del imperio Harrington, Dev también había sido un medio para conseguir sus propósitos.

¡Joder! No quería pensar en Sabrina. Prefería pensar en la mujer que lo había mirado como si quisiera fulminarlo con los ojos.

¿Cómo lo había llamado?

¡Ah, sí! Idiota.

Sacudió los hombros con una risa silenciosa y alcanzó su vaso de burbon. Estaba interesado en una mujer que decoraba su casa con unas cortinas de cuentas. Una mujer con unos ojos color avellana que podían cambiar a un tono verde según su nivel de enfado.

¡Mierda!

Ojos color avellana.

A su mente acudió un recuerdo de su infancia. De pequeño, su madre tenía una amiga que iba a visitarla todos los sábados. En esa época, sus hermanos aún no habían nacido y él había estado solo con su madre. La señora Windham siempre iba con su hija, que tenía la misma edad que Dev. Lo único que podía recordar de ella era que tenía el pelo rubio y los ojos color avellana. ¿Cómo se llamaba?

Pearl.

Solían jugar en muchas de las habitaciones de la mansión, porque Lawrence nunca estaba en casa los sábados, y a él le dejaban hacerlo. Un día, mientras jugaban al escondite o a alguna otra cosa de críos (no lo recordaba con exactitud), fue de habitación en habitación, buscando a Pearl. Y la encontró. Al igual que a Lawrence con la señora Windham en uno de los dormitorios.

Después de esa tarde, la amiga de su madre nunca volvió a visitarla. Dev no volvió a ver a Pearl y los sábados no volvieron a ser los mismos. Todo empezó a cambiar ese sábado por la tarde. Pero tuvieron que pasar unos cuantos años para que Dev, ya mayor, comenzara a entender por qué.

¿Cuándo había sido la última vez que había pensado en Pearl? ¡Señor! Seguro que años.

Volvió a pensar en Lawrence. Si algo tenía claro era que ese hombre había sido un virus que había infectado todo lo que tocaba. Muchas de las personas que habían hecho negocios con Lawrence, desde su abogado, Edmond Oakes, hasta varios funcionarios de alto rango de la ciudad, habían terminado cayendo en las garras de la corrupción, implicándose o siendo cómplices de lo que Dev sospechaba de Lawrence.

No, Lawrence había sido algo más que un virus. Había sido un puto cáncer.

Una sombra se cernió sobre la mesa, llamando su atención. Miró hacia arriba. Justin volvía a estar de pie, a su lado. En la mano llevaba un sobre de papel manila.

—Siento molestarle, señor De Vincent, pero han dejado esto para usted en la puerta.

—¿Ah, sí? —Estiró la mano y agarró el sobre—. ¿Quién?

—Debieron de dejarlo en el buzón hará un rato, pero nadie ha visto quién.

¡Qué interesante!

—Gracias, Justin.

El hombre asintió y se marchó mientras Dev contemplaba el sobre. En el centro, estaba escrito su nombre. Le dio la vuelta, rompió la parte superior y abrió al sobre. Al principio, pensó que no había nada dentro, pero cuando metió la mano sintió algo liso. Sacó una foto tamaño folio.

¿Qué...?

Se trataba de una fotografía de él y de Lawrence de Vincent, su *padre*. La habían tomado durante la última gala benéfica a la que acudieron juntos antes de que Lawrence... muriera, y solo unos meses después de que las sospechas de Dev sobre el patriarca de la familia se confirmaran de la peor manera posible.

Estaban el uno al lado del otro y ninguno de los dos sonreía. Se notaba que no querían estar allí y que tampoco estaban haciendo mucho por disimular la inmensa antipatía y desconfianza que se tenían.

Recordó esa noche en el baile de Ulysses. Esa misma tarde, mientras se dirigían en coche al evento, el hombre que lo había criado y lo había convertido en la persona que era, le había confesado con desdén que ni Gabriel ni él eran sus hijos. Solo Lucian y su hermana, Madeline, lo eran.

Jamás en su vida se había sentido tan aliviado. Algunas personas creían que Dev era un monstruo, pero si supieran lo que había hecho Lawrence, entenderían hasta qué punto era cierto el comentario que le había hecho Archie hacía unos instantes.

El diablo existía y tenía cara.

Sus hermanos no tenían ni idea de que Dev se había enterado de la verdad antes que ellos. Gabe y Lucian apenas sabían nada.

Ni siquiera aquello que había averiguado antes de la noche del baile. Un secreto que le había cambiado la vida de la tal forma que todavía seguía sin saber cómo contárselo.

O cómo lidiar con ello.

Si estaba en su mano evitar que sus hermanos supieran lo despreciable y perverso que había sido el hombre que los había criado, lo haría. Estaba decidido a llevarse a la tumba ese secreto. Sí, era lo mejor.

Pero no fue la fotografía lo que hizo que apretara la mandíbula. Ni siquiera lo que simbolizaba esa imagen. Fue el mensaje que alguien había rayado con una aguja o algún otro instrumento fino y afilado.

Sé la verdad.

6

Rosie se pasó la mayor parte del fin de semana repitiendo las pullas verbales que había intercambiado con Idiota de Vincent, enfureciéndose consigo misma por el breve instante en el que había perdido la cordura y había deseado a ese capullo, y preocupada por Nikki.

En definitiva, que estaba nerviosa y era incapaz de quedarse quieta durante más de un minuto. Lo que solo le dejaba una opción.

Ponerse a limpiar como una loca.

No dejó ni un solo centímetro del apartamento sin repasar. El salón y la cocina quedaron relucientes, y cuando terminó de limpiar el baño que había junto a su dormitorio, cualquier paciente inmunodeprimido podría haber comido directamente en el suelo sin problema.

El baño era la segunda habitación favorita de Rosie; el primero, el balcón, pero solo por sus cómodas sillas y las vistas que ofrecía. Después de pasarse todo el día de pie en la caja registradora o en la cocina de la pastelería de sus padres (que, con buenas intenciones, solían preguntarle de tanto en cuanto cuándo pensaba hacer uso de alguno de sus tres títulos universitarios) le gustaba sentarse un rato allí y observar pasar a la gente.

Personas dispuestas a casarse y a tener bebés.

Rosie ya había pasado por eso, al menos en lo que respectaba al matrimonio, y no estaba segura de sí volvería a hacerlo o si querría hacerlo.

Al final del día, cuando sus padres y su hermana, Bella, estaban encima de ella, lo único que le apetecía era sentarse en el balcón, con las aspas del ventilador girando sobre ella, con los pies encima de la mesa y una copa de vino, sin hacer nada más que mirar y oír a las personas que pasaban por allí.

El balcón y la bañera con patas eran los reclamos principales de ese apartamento. Lo había encontrado dos años antes. Mudarse no había sido fácil, ya que el anterior inquilino había dejado muchas cosas.

Pero la espera había merecido la pena.

Era un apartamento bastante pequeño. El baño, sin embargo, en comparación era enorme. Era como si se hubiera construido la vivienda en torno al cuarto de baño. O eso era lo que le gustaba pensar. Seguro que, en un primer momento, concibieron el baño como un dormitorio, porque era simplemente espectacular.

Tenía un tocador con doble lavabo y con un gran espejo que le proporcionaba espacio suficiente para todos sus artículos de belleza, lo que era todo un logro teniendo en cuenta que era una adicta al maquillaje. Llevaba años buscando la base perfecta, pero el tono de su piel no se lo ponía nada fácil. Bajo la suave luz del espejo del baño muchas bases le parecían ideales, pero en cuanto salía a la calle, o parecía enferma, o que se había cocido bajo el sol. Tenía los cajones llenos de muestras y botes medio vacíos que no había tirado porque quizá un día, por arte de magia, terminarían sirviéndole.

Además del increíble tocador con un espacio debajo para meter una silla, también había una preciosa bañera de porcelana con patas, que debía de haber estado allí desde el principio de los tiempos, y una ducha de tamaño decente con los clásicos azulejos blancos. Podía tumbarse en el sueño del baño, estirar los brazos y las piernas y moverlos sin tocar nada. Era perfecto. Si quisiera, podría hacerlo en ese mismo instante sin ensuciarse ya que había limpiado las baldosas durante una hora.

Limpiar mientras estaba furiosa era muy parecido a limpiar cuando estaba deprimida, que era lo que le sucedía cuando pensaba demasiado en Ian. Teniendo en cuenta que era el aniversario de su fallecimiento, no era de extrañar que lo tuviera todo el rato en la mente, aunque en esos diez años, no había pasado un solo día en el que no se acordara de él.

Casi siempre que entraba en Pradine's Pralines, la pastelería de su familia, pensaba en cómo Ian solía ir allí después de clase y estudiar en uno de los pequeños reservados que había en la parte delantera de la tienda.

A veces, cuando estaba detrás de la caja registradora, podía verlo allí sentado, mordisqueando el capuchón del bolígrafo mientras repasaba su tarea.

Esos eran los recuerdos a los que se aferraba.

¿Y Devlin creía que no sabía nada sobre el matrimonio y el amor? Menudo imbécil.

Cabreada de nuevo, se dirigió a la cocina y fue directa hacia la botella de vino moscatel que tenía en el frigorífico. Se sirvió una copa y regresó al salón, donde había dejado el portátil abierto sobre la mesa baja.

Necesitaba dejar de pensar en ese hombre y tenía la distracción perfecta. El vídeo que le habían enviado esa mañana estaba en pausa en el ordenador. Lo había visto una docena de veces, pero estaba dispuesta a verlo todas las que hiciera falta.

No era ningún vídeo de adorables cachorritos subiéndose los unos encima de los otros. Era algo mucho mejor.

Se sentó en el sofá, apoyó el portátil en las rodillas y le dio al botón de reproducir.

IPNO había conseguido filmar algo.

La imagen no era clara, no se trataba de una aparición de cuerpo entero, pero la sombra que cruzaba el pasillo no eran simples motas de polvo.

Dejó la copa de vino a un lado, se puso las gafas de montura roja y se acercó la pantalla al rostro todo lo que pudo. Volvió a pulsar el botón de reproducción. En el instante en que la sombra oscura apareció al final del pasillo, frente a la habitación infantil, lo pausó. Con los ojos entrecerrados, trató de identificar la forma de la sombra.

Parecía una mancha en la cámara o una bolsa de plástico flotando, pero sabía que no se trataba de eso. Puso otra vez el vídeo en marcha, pero a cámara lenta. Cuando la sombra desapareció a través de la pared, seguía pareciendo una bolsa de plástico de un supermercado, pero lo que siguió a continuación solo podía describirse como si alguien hubiera golpeado el suelo con un mazo.

Aunque después de haber visto el vídeo todas esas veces, sabía lo del golpe, no pudo evitar sobresaltarse. Se le aceleró el pulso. Lo que quiera que hubiera causado ese ruido había entrado en el plano físico, porque la cámara se movió y, segundos después, el bebé se puso a llorar en el interior de la habitación.

—¡Vaya! —murmuró, mientras esbozaba una lenta sonrisa.

No se trataba de la aparición corpórea de un fantasma, pero estaba claro que en esa casa había algo.

Para un ojo inexperto, el vídeo no parecería gran cosa, pero desde luego era una prueba que la animaba a querer investigar más, porque ese mismo viernes habían instalado las cámaras en la casa de los Méndez, en el distrito Garden. Captar algo tan rápido era una buena señal. Al menos para Rosie y su equipo.

No para la pobre familia Méndez.

Los Méndez se habían puesto en contacto con IPNO hacía cosa de un mes. Maureen y Preston Méndez habían comprado una casa de reciente construcción tres años atrás y habían vivido en ella sin ningún problema hasta que nació su hijo. Entonces, empezaron a oír pasos y sonidos extraños, como golpes y ruidos sordos. Luego también vieron movimientos por el rabillo del ojo y varios objetos desaparecieron para volver a aparecer en sitios poco usuales. Al principio, no hicieron caso de todas esas rarezas, o las atribuyeron al crujido natural de las casas o descuidos por su parte, pero con el paso de las semanas y de los meses fueron en aumento. Tanto el marido como la mujer afirmaban haber visto una sombra en el pasillo de la planta de arriba, cerca del dormitorio de su hijo, Steve. Los golpes inexplicables se hicieron más fuertes, hasta el punto de que, al final, hacían temblar las paredes, como el que había captado la cámara, y comenzaron a tener la sensación de que algo los estaba vigilando y siguiendo a través de la casa: las puertas se cerraban por sí solas y, por lo visto, según alegaba la pareja, habían presenciado el Santo Grial de las casas encantadas.

Una aparición fantasmal.

Preston juraba haber visto lo que parecía ser un anciano en la habitación de su hijo, de pie, al lado de la cuna. Según él, la cabeza, los hombros y el torso habían sido más nítidos, mientras que la parte inferior del cuerpo era más transparente. El hombre se había quedado tan estupefacto que no se había fijado en la ropa que llevaba, ni en ningún otro detalle, salvo en el hecho de que había hecho más frío de lo normal. El fantasma había desaparecido poco después, delante de sus narices.

Preocupados por la seguridad de su hijo, ya que el espectro se había aparecido en la habitación de Steve, y presos del pánico, habían llamado a IPNO. La mayoría de los fantasmas no eran peligrosos. A menudo solo eran energía residual. Si eran más tangibles, solo tenían curiosidad. Sin embargo, no todo lo que podía acechar en una casa era un fantasma.

A veces, era algo completamente distinto.

Rosie bajó el portátil y marcó el segmento del vídeo que le interesaba. Lo guardó y envió el archivo a Lance Page, que tenía la tecnología necesaria para aislar la imagen y ampliarla sin que perdiera calidad. Después, estiró la mano hacia el cojín que tenía al lado, agarró su teléfono y envió un mensaje a Lance para informarle de que le había mandado el vídeo. Antes de dejar el móvil, echó un vistazo a sus mensajes y vio uno de Nikki.

Me duele muchísimo la cara, pero estoy bien.

Rosie lo miró durante lo que le pareció una eternidad, aunque solo fueron unos segundos. Sabía que Nikki se encontraba bien físicamente, ¿pero emocionalmente? ¿Mentalmente? Eso era otra cosa. Y no le hacía falta tener un título en Psicología (un título al que todavía no le había dado uso) para saberlo.

Lanzó el teléfono sobre el cojín, se inclinó hacia delante y dejó de nuevo el portátil en la mesa baja. Se quitó las gafas y las dejó apoyadas sobre el ordenador.

Miró las puertas cerradas que daban al balcón. Era de noche, pero el zumbido del tráfico y las voces de los transeúntes seguían siendo tan sonoras como siempre. Cuando cerró los ojos, a su mente acudió una imagen de lo más molesta: la de Devlin de pie, ante esas mismas puertas. ¡Dios! Era guapo a rabiar, pero también un imbécil de tomo y lomo; un imbécil atractivo.

Un imbécil arrogante, estirado, exigente, insoportable y tan cordial y simpático como una casa encantada.

Un idiota que debía de estar muy, pero que muy bien dotado. Vale. No necesitaba pensar en eso. En realidad, no tenía que pensar en él para nada, pero el tipo parecía haberse apoderado de su cabeza.

Abrió los ojos y frunció los labios. El sábado por la mañana había ido vestido como si fuera a presentarse a una reunión de negocios, con unos elegantes pantalones grises y una camisa blanca. Le sentaba de maravilla, igual que cuando le había visto en el cementerio, pero dudaba que tuviera un solo par de vaqueros en su armario.

Se rio al recordar la cara que había puesto cuando lo llamó «idiota». Ojalá hubiera tenido su teléfono a mano, porque esa expresión de consternación habría quedado genial en una foto. Rosie se la habría puesto de foto de perfil en Facebook solo para tocarle las narices.

Soltó una carcajada ante la idea. Miró el reloj con forma de llama que le había regalado su amiga Bree. Solo Dios sabía cómo se las había apañado para conseguir un reloj así, aunque no se quejaba. Era precioso y siempre había sentido una gran debilidad por esas adorables y extrañas criaturas.

Eran casi las diez. Tendría que estar más cansada; el día anterior se había levantado temprano, al igual que esa mañana, pues había tenido que trabajar en Pradine's para echar una mano con todos los clientes que llegaban después de misa. Sin embargo, estaba muy espabilada y se sentía un tanto ansiosa.

Solo había una cosa que podía curarle ese tipo de inquietud.

Unos *beignets* del Café du Monde.

Por desgracia, eso significaba que iba a tener que cambiarse. Aunque era de noche y el Barrio Francés estaba lleno de gente con estilos diferentes, no iba a salir a la calle con una camiseta de tirantes, unos pantalones cortos y unos calcetines hasta la rodilla.

Y por los *beignets* estaba dispuesta a hacer un esfuerzo.

Se levantó y, cuando se disponía a ir a su habitación, sonó el teléfono. Al ver aparecer el nombre de Lance en la pantalla, con la foto en la que salía haciendo el tonto con una diadema con dos pequeños fantasmas de plástico, sonrió. Aceptó la llamada.

—Hola, colega —le saludó mientras tomaba su copa de vino—. Pensaba que te tocaba trabajar esta noche.

—No. Hoy he salido pronto —respondió él. Lance era técnico en emergencias sanitarias y nunca se aburría en sus turnos—. He visto el vídeo. No había podido echarle un vistazo hasta ahora. ¡Madre mía! No me puedo creer que hayamos logrado grabar algo.

—Yo tampoco. —Dio un sorbo al vino—. Es una locura.

—Tenemos que volver a esa casa y pasar allí otra noche.

—Sí, pero la familia todavía no ha dado el visto bueno. —Querían que IPNO los ayudara, sin embargo, solo les habían permitido investigar en la vivienda unas pocas horas—. Y si no lo dan...

Lance suspiró.

—Si no lo dan, entonces empezaré a sospechar que nos están tomando el pelo.

—Sí, yo también. —Se terminó el vino y llevó la copa a la cocina. IPNO solía toparse con más engaños que pruebas reales, pero así era el mundo de los fenómenos paranormales—. Jilly me ha dicho que mañana llamará a la familia para ponerles al tanto de las últimas noticias. ¿Podrás tener el vídeo ampliado para entonces?

—Por supuesto. —Se quedó callado un instante, justo lo que ella tardó en dejar la copa en el fregadero—. ¿Tienes algún plan para esta noche?

—No. Estaba pensando en ir andando hasta el Café du Monde.

—¿Te apetece un poco de compañía?

Rosie sonrió. Lance vivía en la calle Canal, y eso estaba un poco lejos del Café du Monde, pero al igual que ella, era un noctámbulo y siempre estaba dispuesto a salir.

—Si quieres, puedes venir conmigo.

—Nena, yo siempre quiero —replicó él.

A Rosie le tembló la sonrisa un instante. Se apartó de la encimera. Estaba claro que Lance había dicho aquello a modo de broma, pero en su tono había algo... más. La ansiedad se apoderó de ella. Lance era mono y un buen hombre, pero también uno de sus mejores amigos. Sabía que, por muy fácil que resultara, había líneas que era mejor no cruzar. Últimamente, él le había estado enviando todo tipo de señales que podían interpretarse como que estaba interesado en ir más allá: la había invitado varias veces a cenar, se había presentado en la pastelería para llevarle su bebida favorita (moca de caramelo) o sorprenderla con su aperitivo favorito, esas cajas de palitos de ajo de Graze que estaban deliciosos y que tanto costaba encontrar. Aunque también podía tratarse de simples detalles de un amigo increíble y ella estaba entendiéndolo mal.

Seguro que era eso último.

—¿Sigues ahí, Rosie?

—Sí. —Se aclaró la garganta—. Lo siento. Me he quedado ensimismada. He tenido un fin de semana muy raro.

—Razón de más para terminarlo con unos *beignets*.

Rosie se relajó y puso los ojos en blanco.

—Jamás se han dicho palabras más sabias. Dame un cuarto de hora para cambiarme, ¿de acuerdo?

—Perfecto. Te veo allí.

Terminó la llamada, dejó el teléfono en la cocina y se fue a toda prisa a su habitación. Cuando las cuentas de las cortinas chocaron entre sí, sonrió de oreja a oreja. Sacó un par de *leggings* estampados de la cómoda y, mientras se quitaba los calcetines, estuvo a punto de tropezarse hacia delante.

Intentó imaginarse a Devlin yendo a comerse unos *beignets* a las diez de la noche simplemente porque sí y le entró un ataque de risa. Tenía los *leggings* subidos hasta las rodillas y se cayó hacia atrás, golpeándose el trasero con la cama.

Se apostaba lo que fuera a que Devlin de Vincent era tan espontáneo como una cita con el dentista.

A Dev no le gustaban las sorpresas.

Sobre todo cuando la sorpresa en cuestión consistía en su tío, Stefan de Vincent, aguardándolo en su despacho un lunes por la mañana.

—Lo siento. El senador insistió en que no podía esperar —explicó Richard Besson mientras Dev recorría el pasillo de la segunda planta.

El hombre mayor era tan parte de esa casa como los propios De Vincent. Junto con su mujer, Livie, llevaba encargándose de dirigir todos los aspectos relacionados con la vivienda desde que Dev era un crío. En ese momento, Livie estaba de baja por motivos de salud y la había sustituido su hija, Nikki. Por desgracia, Nikki ya no era un remplazo adecuado, ni siquiera de forma temporal, por una multitud de razones.

Se detuvo a pensar durante un instante qué opinión tendría Besson de la relación de su hija con uno de los De Vincent. Aunque Gabe era de lejos el más amable de los tres hermanos, seguía siendo un De Vincent, y el mayordomo había sido testigo de demasiados acontecimientos a lo largo de todos los años que había trabajado allí.

Y también sabía un montón de cosas.

El breve ataque de curiosidad desapareció cuando miró las puertas dobles que conducían a su despacho. Apretó la mandíbula.

—No pasa nada. —Se colocó las mangas de la camisa—. Cuando tengas un momento libre, ¿podrás traernos un café, por favor?

—Por supuesto.

Besson empezó a darse la vuelta, pero Dev lo detuvo. Bajó los brazos y dejó que las mangas le cayeran hasta las muñecas.

—¿Richard?

El hombre mayor lo miró con un brillo de sorpresa en los ojos.

—¿Sí?

Abrió la boca y luego la cerró. El silencio inundó el pasillo mientras pensaba en las palabras que quería decirle. Se acercó al mayordomo y le murmuró:

—Siento lo que le ha pasado a tu hija. Me aseguraré de que jamás vuelva a sucederle nada parecido.

Besson lo miró a los ojos durante un buen rato antes de aclararse la garganta.

—No me cabe la menor duda de que... garantizarás la seguridad de mi hija. Gracias.

Dev asintió.

—Tenemos que buscar una sustituta temporal para Livie. Nikki ya no es adecuada para el puesto.

Besson abrió la boca, pero Dev se le adelantó.

—Tiene una relación con mi hermano. —Miró directamente a los ojos oscuros del hombre—. No creo que te apetezca que le haga la cena y vaya limpiando detrás de él.

Besson esbozó una leve sonrisa.

—No. Desde luego que no.

—Bien.

Seguía sonriendo.

—Llevaré una jarra de café recién hecho a tu despacho lo antes posible.

Dev asintió y fue hacia las puertas dobles. Colocó las manos sobre la madera y empujó.

Tenía un despacho espacioso y bien iluminado gracias a la luz del sol que entraba por las ventanas que daban al este, pero un oscuro nubarrón estaba sentado de espaldas a la puerta.

Lawrence de Vincent había sido el mal en persona. En comparación con él, su gemelo, Stefan, solo era un puto imbécil. Peligroso a su manera, pero no tan perverso como su hermano.

—¡Qué detalle que por fin hayas decidido reunirte conmigo! —dijo su tío a modo de saludo.

Dev cerró las puertas con una mueca de disgusto. Detestaba la voz de Stefan porque era igual que la de Lawrence.

—¡Qué detalle que hayas decidido presentarte sin previo aviso, después de no haberme devuelto ninguna de las llamadas que te he hecho durante todo el fin de semana!

—Estaba en Washington, Dev, y bastante ocupado.

—¿Tan ocupado como para no contestar al teléfono? —Dev atravesó el despacho. Al pasar junto a su tío, percibió un ligero aroma a puro cubano. Del mismo tipo que los que solía fumar Lawrence. Se sentó detrás del escritorio, y solo entonces se permitió mirar a su tío.

Con los ojos azul verdoso y el pelo oscuro con unos mechones grises en las sienes era la viva imagen de un De Vincent. Tenía unas leves arrugas en las comisuras de los ojos y los labios. No sabía si era por la habilidad de un cirujano o por sus buenos genes, pero lo cierto era que estaba envejeciendo bien.

Stefan era igual que Lawrence. Al fin y al cabo, eran gemelos idénticos. Así que, cada vez que lo miraba, tenía la sensación de estar viendo a la persona que más odiaba en el mundo.

Aunque, si tuviera una lista de la gente que detestaba, su tío ocuparía el segundo lugar. Se lo merecía con creces, pero Lawrence había sido mucho peor.

Lawrence siempre sería el peor.

—Estaba ocupado representando a este, nuestro querido estado. Dirigir el país conlleva mucho tiempo. —Stefan sonrió y jugueteó con la correa del Rolex que llevaba en la muñeca izquierda mientras Dev se acomodaba en su asiento—. Pero supuse que me llamaste por lo que pasó el viernes por la noche y he decidido venir.

—Entonces, ¿has visto las noticias?

Stefan soltó un resoplido.

—¿Cómo no las voy a ver si solo hablan de eso? ¿El hermano de la prometida de un De Vincent que murió mientras intentaba asesinar a alguien? Los muy cabrones están disfrutando de lo lindo.

—¿Cabrones?

—Los medios. —Stefan giró la muñeca—. No hay nada que les guste más que los escándalos relacionados con nuestra familia. Sobre todo, a ese maldito periodista del *Advocate*. El tal Ross Haid. De camino aquí, he recibido una llamada de mi oficina, avisándome de que ya estaba allí, haciendo preguntas.

Dev sonrió. Cualquier otro día, la mera mención de Ross Haid le habría puesto de pésimo humor. Pero saber que el periodista estaba tocándole las narices a su tío le hacía muy feliz.

—Bueno, seguro que ya estás acostumbrado a que los medios hurguen en tus asuntos, ¿no?

Stefan apretó los labios.

—Estoy acostumbrado a que los medios hagan una montaña de un grano de arena.

—¿Me estás diciendo que la desaparición y posible fallecimiento de una pasante es un grano de arena?

—Para mí sí lo es —respondió su tío, encogiendo un hombro—. ¿Qué fue lo que hizo exactamente Parker?

—¿No lo sabes?

—Sé que la prensa cree que es un caso de violencia de género. No han revelado el nombre de la víctima, pero por lo visto agredió a alguien que lo mató en defensa propia —respondió Stefan—. Me extraña bastante, la verdad. No sabía que Parker tuviera ningún tipo de relación... amorosa.

Dev no se creyó en absoluto que su tío solo supiera eso.

—Parker agredió a Nikki.

—¿A Nicolette Benson? —Stefan soltó una carcajada—. ¿La hija del mayordomo?

Dev permaneció impertérrito.

—¿Te refieres a la novia de Gabe?

—¿Qué? —Stefan volvió a reírse mientras se recostaba en la silla—. ¡Jesús! No me digas que se está follando a esa pequeña...

—Cuidado con lo que dices —le advirtió Dev en voz baja—. Dudo que te guste lo que pasaría si Gabe te oyera hablar así de ella.

—Como si a ti te importara lo que diga de ella —bufó Stefan, poniendo los ojos en blanco. Se quedó un instante callado—. Esa chica siempre ha andado detrás de él, ¿verdad? Supongo que es un hombre con suerte.

Notó cómo la tensión se apoderaba de sus hombros. Era una afirmación muy interesante, viniendo de su tío. De pequeña, Nikki prácticamente se había criado en su casa. Había pasado muchos veranos allí mientras sus padres trabajaban. Por supuesto que su tío los había visitado a lo largo de los años, pero Dev no había pensado que fuera tan observador en lo que respectaba al enamoramiento no correspondido que la Nikki adolescente había sentido por su hermano.

Obviamente había subestimado la capacidad de observación del senador. Recordó la foto con la frase que había recibido el domingo.

—¿Parker fue a por ella? —preguntó Stefan.

—¿De verdad no lo sabías?

—¡Por supuesto que no! —exclamó su tío—. ¿Cómo iba a saberlo?

En ese momento llamaron a la puerta. Dev levantó una mano, interrumpiendo a Stefan.

—Adelante.

Besson entró y el olor a café recién hecho ganó la partida al de los puros. El hombre fue rápido como una bala, sirvió a ambos y se marchó. Supuso que a Besson no le caía demasiado bien el senador, pero era demasiado profesional para demostrarlo.

Por eso le gustaba Besson.

Stefan esperó hasta que oyeron cerrarse la puerta.

—No creerás que Sabrina ha tenido nada que ver con lo que ha hecho su hermano...

—Sé a ciencia cierta que Sabrina está detrás de todo lo que Parker intentó hacerle a Nikki. También sé que ha estado obsesionada con Gabe desde la universidad. —Cuando su tío lo miró, enarcó una ceja—. Y también estoy al tanto de que ella y Parker fueron los responsables del accidente de Emma.

—¿Emma Rothchild? —Stefan se quedó petrificado, con la taza a medio camino de su boca—. ¿La mujer con la que estuvo Gabe hace unos años?

Dev suavizó su expresión mientras miraba a su tío. Cuando se había enterado de que Sabrina había estado involucrada en la muerte de Emma, se quedó consternado. Había estado convencido de que sabía hasta dónde podía llegar Sabrina. No se había imaginado lo loca que podía estar. Un error con el que tendría que vivir el resto de su vida.

—¡Señor! No estás bromeando.

—¿Por qué iba a bromear sobre algo así? —quiso saber Dev.

Stefan bebió un sorbo de café.

—¿Por qué ibas a mentir sobre las circunstancias en las que murió mi hermano?

—Vamos, Stefan. Sabes que Lawrence se ahorcó —repuso él, tomando su taza. Café solo. Sin azúcar. Sin leche. Tan amargo como una noche invernal—. No volvamos a las andadas.

—Volveré las veces que me dé la gana, Devlin. —Stefan levantó su taza—. Sé que mi hermano no se suicidó.

—Mmm. Y dime, Stefan. —Ahora fue él el que se recostó y cruzó las piernas. Esperó hasta que su tío bebiera para continuar—: ¿Crees que no sabía que te estabas follando a Sabrina?

El senador se atragantó con el café y lo escupió, salpicando su traje. Hizo una mueca, enseñando los dientes.

—¿Pero de qué coño me estás hablando?

Dev quiso reírse, pero consiguió controlarse.

—¿Sabes dónde está Sabrina? Su familia no ha tenido noticias de ella desde el viernes por la mañana.

—No tengo la menor idea de dónde está esa mujer.

—¿Me estás diciendo que no sabes dónde se esconde?

—¡Sí! —Stefan dejó la taza de café sobre el escritorio con la fuerza suficiente como para romperla. Dev soltó un suspiro—. Y si crees que me he acostado con ella es que has perdido el juicio.

—¡Oh! Estoy convencido de que has estado con Sabrina, y sé que la semana pasada no fue la primera vez.

—Tienes que estar bromeando —dijo su tío con una sonrisa que sonó demasiado forzada—. Si tan seguro estabas de que tu prometida se estaba acostando conmigo, ¿por qué seguías comprometido con ella? ¿Qué dice eso de ti?

Dev dio un sorbo a su café a pesar de que se le había revuelto el estómago con una mezcla de indignación y repulsión.

—Tenía mis razones. Razones que, debo añadir, ya no existen.

—Tú siempre tienes tus *razones*, ¿verdad, Devlin? —Su tío apretó la mandíbula—. ¿Crees que no sé lo que estás intentando conseguir con una acusación de este calibre? Es una táctica de distracción. En cuanto saco el asunto de mi hermano, encuentras cualquier excusa para no hablar de él.

—¿Entonces no estuviste en el Ritz con Sabrina cuando me fui de viaje el fin de semana pasado? —preguntó Dev.

El senador lo miró con los ojos entrecerrados.

—¿Hiciste que me siguieran?

—Responde a la pregunta, Stefan.

Su tío resopló indignado.

—Sabrina vino a verme mientras estaba pasando un buen rato con unos invitados en el hotel. Estaba preocupada por vuestro compromiso. Bastante alterada, de hecho. Supongo que ya no estáis comprometidos.

—No, ya no lo estamos. —Sabía que lo que acababa de decirle su tío era una patraña—. Tus invitados y tú debisteis de pasároslo fenomenal. Como te puedes imaginar, ya no se va a producir ninguna de las donaciones que los Harrington tuvieran pensado realizar para tu campaña.

El senador se rio con desprecio.

—¿Sabes cuál es tu mayor defecto?

—No tengo muchos, pero ilumíname.

El desprecio se transformó en una sonrisa de satisfacción mientras se echaba hacia delante, apoyaba las manos en el apoyabrazos de la silla y empezaba a incorporarse.

—Crees que lo sabes todo.

Dev enarcó una ceja y le sostuvo la mirada a su tío.

—Y la verdad, sobrino, es que no sabes nada. —Stefan se puso de pie. A Dev le decepcionó un poco su despedida. Creía que el senador podía hacerlo mejor—. Que tengas un buen día, Devlin.

Esperó a que su tío llegara a la puerta para hablar.

—¿Stefan?

El senador se detuvo y se volvió hacia él.

—¿Qué?

Pensó en la pistola que guardaba en el cajón superior del escritorio. Sus hermanos sabían que la tenía. Stefan, no. Una parte de él quería sacarla y matar a ese hombre ahí mismo, pero no era un asesino. Al menos no de ese modo.

—Si descubro que estás ocultando a Sabrina o sabes dónde está y no me lo has dicho, no solo te quitaré todo lo que tienes —le aseguró con una ligera sonrisa—. Te destruiré por completo.

7

Dev se detuvo al oír las risas que salían de la cocina. Era lunes por la tarde y se estaba colocando su chaqueta americana Cucinelli. Se encontraba cerca de la puerta trasera de la cocina, a la que se accedía a través de un pasillo largo y estrecho que conducía a las escaleras traseras y a la galería exterior.

El sonido le resultó tan inusual que se quedó inmóvil un instante. En esa casa no solían oírse risas alegres.

Sus hermanos estaban dentro, con sus novias. Se imaginó que estaban preparando la cena, ya que ese mismo día le había dicho a Besson que le dejaba las noches libres hasta nuevo aviso. En ese momento, el lugar de ese hombre estaba en su casa, junto a su mujer enferma. La mansión De Vincent no iba a colapsar porque no hubiera ningún miembro del servicio por la noche.

—No sé yo si funciona de la forma que dices —oyó decir a Julia.

Arqueó una ceja.

Lucian y Julia habían comprado una vieja casa de estilo victoriano en el distrito Garden que estaban renovando. Supuso que la tendrían lista pronto, y luego Lucian se... marcharía.

Le alegraba que su hermano hubiera encontrado la felicidad.

Gabe le seguiría a no mucho tardar. Ya había buscado una segunda vivienda en Baton Rouge para estar cerca de su hijo. Y entonces Dev se quedaría solo.

Resultaba curioso cómo siempre se cerraba el círculo.

Se colocó el cuello de la chaqueta y comenzó a andar.

Cuando solo había avanzado unos pocos pasos, sintió una corriente de aire frío en la nuca. Se paró y miró hacia atrás.

Vio una sombra moverse al final del largo y oscuro pasillo.

No supo muy bien quién podía ser, porque había captado el movimiento con el rabillo del ojo justo antes de que desapareciera. Frunció el ceño, se volvió del todo y examinó el final del pasillo. La puerta que daba a las escaleras estaba cerrada; si alguien hubiera estado allí abajo, no tenía adónde ir ni dónde esconderse.

¿De verdad está encantada tu casa?

Sonrió al acordarse de la pregunta de Rosie. IPNO. Ese era el acrónimo de su equipo de investigación paranormal.

¡Vaya una chorrada!

—¿Dev?

Se volvió hacia la voz de Lucian. Su hermano pequeño estaba de pie, frente a las puertas correderas que daban a la despensa y a la cocina. Llevaba una botella de vino sin abrir. A excepción de los ojos azul verdoso, Lucian no se parecía en nada a él y a Gabe. Con la piel y el pelo más claro, había heredado los rasgos de su madre. No era de extrañar que todos hubieran creído que Lawrence no era el padre biológico de él y su melliza, sino algún hombre desconocido que, seguramente, se había portado mejor con su madre que su marido.

Como era de esperar, cuando descubrieron que Lawrence era el padre de los mellizos, y que Gave y él no eran sus hijos, fue toda una sorpresa. Y esa no había sido la única conmoción que habían vivido en los últimos meses. También había estado todo ese embrollo con su hermana, Madeline, y las circunstancias reales en las que se había producido la muerte de su madre.

—¿Qué haces ahí? —quiso saber Lucian.

—Estoy pensando.

Su hermano alzó ambas cejas.

—¿En serio? ¿Estás pensando en medio del pasillo?

—Eso parece.

Lucian lo miró con ironía.

—Claro, es lo más normal del mundo. —Sonrió y se hizo a un lado—. Me he enterado de que esta mañana ha estado aquí el senador.

—Sí, pero no creo que vuelva pronto.

—¿Ah, sí? —Lucian empezó a caminar hacia la cocina, esperando que Devlin lo siguiera. Dev soltó un suspiro—. ¿Sabe dónde puede haberse metido Sabrina?

—Dice que no.

—¿Y te lo crees? —preguntó su hermano mientras atravesaban la despensa.

—En absoluto. Aunque tampoco importa. Tengo a alguien buscándola.

Lucian asintió. Después de unos segundos lo miró a los ojos.

—Odio todo lo que ha hecho Sabrina, y ya sabes la intensa animadversión que siempre he sentido y sentiré por esa mujer. Me alegro de que por fin te hayas librado de ella.

Dev ladeó la cabeza.

—Estaba con ella por propia elección. —Lo que era cierto en parte. La idea del compromiso había partido de Lawrence, que era un acérrimo partidario de fusionar los imperios De Vincent y Harrington, y Dev había estado de acuerdo. Aunque no por esas razones—. Nadie me obligó a nada.

—Sí, lo hiciste porque quisiste, y sí, ya sé que tenías tus razones; unas razones que jamás entenderé, pero lo importante es que al final no vas a casarte con ella. Así que ¡aleluya, hermano! Esto hay que celebrarlo. —Levantó la botella de vino—. Ahora puedes encontrar a alguien que no sea una zorra suprema.

Dev lo miró impasible.

—Ahora mismo no estoy buscando tener ninguna relación.

—Precisamente cuando no buscas es cuando la encuentras. —Lucian se volvió antes de ver a Dev fruncir el ceño y empujó la puerta de la cocina para abrirla—. Mirad con quién me he topado en el pasillo, sumido en sus profundos pensamientos sobre los asuntos De Vincent.

Dev soltó un sonoro suspiro y alcanzó la puerta antes de que le golpeara en la cara. Tenía que haberse marchado antes.

Antaño, la cocina habían sido dos habitaciones y había sufrido varias renovaciones a lo largo de los años. A su madre le habría gustado su aspecto actual, con todos esos armarios blancos y las amplias encimeras de mármol gris. En el centro, había una isla lo suficientemente grande como para que se sentara en ella medio equipo de fútbol americano. Sí, a su madre le habría encantado.

Julia y Nikki estaban sentadas en los taburetes altos. Ambas se volvieron hacia él. Julia le sonrió. Nikki no llegó a girarse del todo porque todavía le costaba moverse, y algo tan sencillo como sonreír debía de dolerle, así que le saludó con un gesto de la mano. Dev sabía que a ninguna de las dos les caía bien, y probablemente no les hiciera gracia verlo allí. No podía culparlas. A decir verdad, no estaba seguro de que eso le importara. Debería, al fin y al cabo, pues esas mujeres eran muy importantes para sus hermanos, pero él era una persona bastante ambivalente.

Por lo general.

Gabe estaba al otro lado de la isla, frente a una especie de olla de acero inoxidable con botones y varias verduras cortadas.

—Lucian nos va a preparar la cena —anunció Gabe, mientras el pequeño de los De Vincent se unía a ellos y dejaba la botella de vino en la encimera de la isla—. O al menos, va a intentarlo.

—Oye, sé lo que me hago. —Lucian estiró la mano por la isla y tiró del extremo de la coleta de Julia—. ¿Verdad?

—Eso espero, porque me muero de hambre —replicó ella.

—¿No confías en mis habilidades culinarias? —preguntó Lucian con los ojos muy abiertos antes de enderezarse—. ¿Y tú, Nikki?

—Por extraño que parezca, me alivia saber que ahora mismo solo puedo ingerir líquidos.

Dev sonrió y Gabe se rio por lo bajo.

—¡Qué grosera! —Lucian agarró un paquete de carne—. Voy a hacer que os comáis vuestras propias palabras, tanto en sentido figurado como literal.

Julia frunció el ceño.

—No creo que se puedan comer las palabras literalmente.

—¡Oh! Claro que sí.

Julia abrió la boca, pero la cerró inmediatamente después y negó con la cabeza. Sin embargo, miraba a Lucian con un brillo de ternura en los ojos.

Estaba claro que estaba enamorada de Lucian. Tenía que estarlo para aguantar al menor de los De Vincent.

—¿Por qué no cenas con nosotros? —preguntó Gabe, acercándose al lugar donde Nikki estaba sentada. Cuando se apoyó en la isla, no la tocó, aunque Dev tuvo la sensación de que estaba deseando hacerlo—. No puedo prometerte que esto de la olla eléctrica vaya a funcionar, pero...

—Va a funcionar. —Lucian se volvió hacia Gabe—. En realidad, no es tan complicado. Solo hay que poner la carne en la cubeta y tocar unos cuantos botones.

—¿Qué es una olla eléctrica? —preguntó Dev, volviendo a mirar el aparato que había en la encimera.

—Es una olla que cocina —Lucian hizo una pausa melodramática— al instante.

Aquello no tenía muy buena pinta.

—Es una olla multifunción programable, que cocina mediante calor y vapor a presión. Como una olla a presión mejorada —explicó Nikki. Habló despacio y sus palabras sonaron un poco amortiguadas, sin duda por el labio partido y la mandíbula llena de cardenales—. Se supone que puedes tener listo un rosbif en media hora.

Sí, *no* tenía buena pinta.

—La he comprado hoy —informó su hermano pequeño con orgullo—. En una tienda.

—¿En serio? —replicó él con tono seco—. ¿Tú solito?

—Yo iba con él —añadió Julia.

Lucian asintió.

—Eso es verdad.

—Cena con nosotros —insistió Gabe—. Lo justo sería que nos envenenáramos todos a la vez.

—Aunque es una oferta tentadora, voy a tener que rechazarla. Tengo otro plan para la cena. —Un plan que incluía un solomillo y no esa... reunión en familia. Había llegado la hora de salir de allí—. Que paséis buena noche y disfrutéis de vuestra... olla eléctrica.

Lucian lo miró con los ojos entrecerrados, pero Dev se dio la vuelta y los dejó antes de que sus hermanos dijeran nada. Cuando había atravesado el pasillo y estaba llegando a la puerta exterior, oyó que alguien lo llamaba. Casi lo había conseguido, pensó. Incluso tenía las llaves del coche en la mano. Se giró resignado.

Se trataba de Nikki. Estaba en el pasillo, con su pequeña figura envuelta en lo que supuso era una antigua sudadera de Gabe de Harvard.

—No quiero entretenerte mucho. Sé que estás ocupado.

Dev esperó a que continuara. Como la hija de Richard y Livie siempre estaba tratando de evitarlo, no tenía ni idea de qué quería decirle.

Nikki avanzó unos pasos con dificultad y luego se detuvo.

—Solo quería darte las gracias por hacer que mi padre no trabaje en exceso, haciendo los turnos de mañana y tarde.

No supo qué responder a eso, así que se limitó a mirarla fijamente.

—Soy consciente de que es una molestia. Mira a Lucian, ahí dentro, intentando cocinar con una olla eléctrica. —Torció el lado de la boca que tenía mejor aspecto en una media sonrisa—. Así que quería darte las gracias, solo eso.

¿Por qué narices le estaba dando Nikki las gracias? Si hubiera tenido a Sabrina bajo control, como había creído que tenía, ella no estaría en ese momento allí de pie, con el aspecto de haber entrado en un cuadrilátero y haber perdido. De modo que sí, no tenía ni idea de qué decirle.

Nikki lo miró a los ojos y luego se abalanzó sobre él. Cuando ella lo rodeó con los brazos, se quedó petrificado. No fue un abrazo fuerte (le habría dolido demasiado), pero sí un abrazo en toda regla. No recordaba cuándo había sido la última vez que alguien lo había abrazado. Seguramente, había sido Livie, la madre de Nikki, después de la muerte de su propia madre. De eso hacía más de una década.

Nikki se apartó y murmuró.

—Gracias.

Dev siguió inmóvil, como una maldita estatua, observando a Nikki regresar a la cocina. Un instante después, vio a Gabe en el umbral de la puerta. El muy desgraciado estaba sonriendo.

Necesitaba alejarse de allí cuanto antes. Lo que hizo sin la menor vacilación.

Oliendo como si se hubiera duchado en azúcar moreno y extracto de vainilla, Rosie se quedó mirando el punto del suelo, que antes había estado cubierto por una moqueta, y sobre el que ahora había una lona azul.

Se le pusieron los pelos de punta. Se mordió el labio inferior y miró al hombre que tenía a su lado. Él también estaba con la vista clavada en el suelo; supuso que igual de afectado, si no más, que ella.

Ese era el lugar donde había muerto Parker Harrington.

Y el lugar donde Nikki había estado a punto de perder la vida.

—Gracias —dijo Gabe con voz ronca, volviendo la cabeza en su dirección—, por venir y hacer esto. Nic necesita algo de ropa y yo no quería equivocarme.

—No pasa nada. Estoy encantada de ayudaros. —Rosie se volvió hacia el pasillo. Esa mañana, Gabe se había pasado por Pradine's Pralines y le había pedido que le echara una mano para elegir algo de ropa para Nikki. Por supuesto, había aceptado. Pero antes había tenido que pasarse por la modista que le había hecho el disfraz para la Mascarada para recogerlo. Un disfraz que ahora estaba extendido en el asiento trasero de su coche, protegido por una funda de plástico—. ¿Puedo caminar sobre la lona?

—Sí. Han arrancado la moqueta de esta zona, pero puedes andar sobre ella.

Tomó una profunda bocanada de aire y empezó a moverse con su vieja bolsa de viaje de Vera Bradley, tratando de no pensar en el hecho de que, probablemente, estaba caminando sobre sangre seca que se había filtrado por el suelo. Cualquiera habría pensado que, después de investigar en lugares encantados, no le asustarían ese tipo de cosas.

Pero no era así.

—Intenta no pensar en ello —le advirtió Gabe.

Rosie se dio cuenta de que su cara debía de estar reflejando toda la angustia que estaba sintiendo en ese momento.

—Lo intento —dijo, avanzando de puntillas—. Pero no está funcionando.

Se apresuró a cruzar la lona y a recorrer el corto pasillo. La puerta del dormitorio estaba abierta. Al entrar dentro, se percató de que estaba tal y como lo había dejado Nikki.

Había toallas tiradas por el suelo y en la cama. Su amiga le había contado que había estado doblándolas cuando Parker irrumpió en el apartamento. Vio una lámpara rota sobre la cómoda, con la pantalla estropeada.

—¿Sabías que estuve aquí? —Dejó la bolsa sobre la cama y la abrió. Se volvió hacia la cómoda, donde supuso que Nikki guardaba la mayoría de su ropa más cómoda y se apartó un rizo de la cara—. El viernes pasado. La ayudé a instalarse. Me habría quedado hasta más tarde, pero tenía una cosa que hacer.

Gabe estaba en el umbral de la puerta, en silencio.

Rosie se arrodilló frente a la cómoda y empezó a abrir los cajones. Tuvo suerte, porque enseguida encontró una pila de pantalones de chándal y *leggings*.

—Si me hubiera quedado, habría estado aquí con ella. Podría haber... No sé. —Alcanzó unos pantalones—. Si hubiera estado aquí, quizá Parker no la habría atacado de ese modo.

—No pienses eso. —Gabe se apoyó en el marco de la puerta.

Encontró varias camisetas finas y decidió llevarlas también.

—Me cuesta no hacerlo.

—Si te hubieras quedado, podría haberte atacado también, o algo peor.

Eso era cierto, pero no atenuaba la culpa que sentía. Llevó la ropa a la cama y la metió en la amplia bolsa.

—Yo soy el que debería haber estado aquí —confesó Gabe después de unos segundos—. Si no la hubiera cagado con Nic, habría estado con ella y nada de esto habría sucedido.

Rosie lo miró. Gabe estaba mirando al frente, pero no parecía verla. Seguro que se estaba imaginando lo que había pasado en esa habitación.

—¿Me acabas de decir que no piense en eso, cuando es exactamente lo que estás haciendo tú?

Gabe la miró.

—Me cuesta no hacerlo.

Rosie esbozó una ligera sonrisa.

—Solo espero que Nikki pueda volver aquí y disfrutar de este apartamento. Estaba tan feliz por mudarse... No quiero que esto lo arruine todo.

—Yo tampoco —replicó él.

—Entonces tendremos que asegurarnos de que eso no ocurra.

Gabe sonrió mientras asentía.

—Me parece una idea estupenda.

Se acordó de lo que Devlin le había dicho sobre lo que Gabe sentía por Nikki. Se preguntó si su amiga lo sabía. Probablemente no. Conociéndola, sería la última en darse cuenta.

Reunió prendas suficientes para dos semanas, incluida ropa interior. Cuando cerró la cremallera, la bolsa parecía estar a punto de reventar y debía de pesar una tonelada.

—Yo me encargo. —Gabe apareció a su lado en el momento en que se disponía a agarrar la bolsa. El mediano de los De Vincent alcanzó la correa y se la colgó al hombro como si no pesara nada.

Rosie se retiró otro mechón de pelo de la cara, se apartó de la cama y lo miró.

—Me gustaría ver a Nikki. Sé que está en tu casa, con todo lo que eso conlleva, pero me encantaría visitarla.

—Creo que ella también está deseando verte. —Gabe se volvió hacia la puerta—. ¿Quieres venir conmigo ahora?

Se quedó muda de asombro. Había esperado mantener una enconada discusión al respecto, donde le habría rogado y suplicado. Los De Vincent eran muy celosos de su privacidad.

—¿En serio?

—Sí, creo que le darías una agradable sorpresa. —Se volvió para mirarla—. Pareces asombrada. ¿Pensabas que te diría que no?

Rosie parpadeó despacio.

—Sí, lo siento.

Gabe enarcó ambas cejas.

—¿Por qué?

—Bueno, tu hermano... —Se detuvo.

Gabe entendió por dónde iban los tiros.

—¿Dev? No te preocupes por él. Seguro que ahora mismo ni está allí.

Sintió una extraña sensación en su interior; una mezcla de alivio y, por raro que pareciera, decepción. No volver a ver a Devlin era lo mejor que podía pasarle, así que no entendía el porqué de esa desilusión.

De todos modos, ¿qué más daba? ¡Por todos los santos! Iba a ver a Nikki y poner un pie en la mansión De Vincent, uno de los lugares más encantados del mundo.

8

Aunque no hubiera ido detrás de Gabe, Rosie habría sabido llegar a la mansión De Vincent gracias a toda la investigación que había hecho de la vivienda. No obstante, se guardaría ese dato para sí misma para no parecer una acosadora; un detalle que dudaba que le hiciera gracia al novio de Nikki.

De todos modos, el mero hecho de seguir el lujoso Porsche de Gabe con su Corolla ya hacía que se sintiera como una acosadora barata. No sabía qué modelo exacto de Porsche era, pero seguro que costaba mucho más dinero del que ella estaría dispuesta a pagar por un coche.

Lance la llamó justo cuando redujo la velocidad y entraba en el camino de acceso privado a la propiedad. Dejó que la llamada fuera al buzón de voz y continuó conduciendo por la sinuosa carretera llena de altos robles en los que crecía musgo español, creando una especie de dosel que bloqueaba el sol otoñal. Era una vista preciosa, aunque misteriosa. Saber que esos árboles y el musgo llevaban allí mucho antes de que el hombre colonizara estas tierras le proporcionó una buena cura de humildad.

Poco a poco, los árboles dieron paso a verdes colinas. Después, la carretera continuó por lo menos kilómetro y medio más, y a continuación vino otro tramo con árboles bordeándola. Tuvo la sensación de que no se iba a terminar nunca. Sin embargo, después de un rato, apareció una puerta inmensa junto a un pequeño edificio que le recordó a un puesto de control.

Al atravesar la puerta, por fin pudo ver la casa.

—¡Santa madre de Dios y del niño Jesús! —susurró. Se agarró con fuerza al volante y se inclinó hacia delante en su asiento para tener una mejor vista.

No había imágenes de la casa De Vincent en ningún medio ni en internet, ni siquiera una foto de la vista aérea, lo que parecía imposible, dada la época tecnológica en la que estaban, pero era cierto. Así que esa fue la primera vez que veía ese lugar.

¡Parecía tan grande como la Casa Blanca!

La parte central del edificio tenía tres plantas y estaba flanqueada por dos anexos más pequeños que parecían tener otras dos plantas. Todos ellos estaban conectados por balcones y pasarelas en cada nivel. A medida que se acercaba, pudo ver los múltiples ventiladores de techo girando en las galerías.

La parte delantera de la casa estaba rodeada por anchas columnas que continuaban a lo largo de toda la estructura. Los postigos eran negros y de las barandillas de hierro forjado de las plantas superiores colgaban jardineras con helechos. Además, todo el conjunto estaba cubierto por enredaderas.

Decir que era algo inusual, sería quedarse corto.

Algunas de las viviendas más antiguas de la zona solían tener problemas con las enredaderas y hiedras salvajes, ¿pero una casa tan grande como esa y cubierta por completo? ¡Si los propietarios tenían medios más que suficientes para deshacerse de ellas!

Tuvo que dejar de contemplar embobada el edificio y prestar atención a la carretera, porque Gabe se estaba dirigiendo hacia el ala izquierda, y como ella continuara así, iba a terminar estrellándose contra la puerta de entrada.

Lo siguió hasta una estructura separada que resultó ser el garaje (un garaje lo bastante grande como para albergar al menos a diez coches). ¿Cuántos vehículos tenía esa gente?

Gabe no aparcó en ninguno de los compartimentos, sino que lo dejó delante, así que ella hizo lo mismo y estacionó al lado. Agarró el teléfono, se lo metió en el bolsillo de los vaqueros, alcanzó el bolso del asiento delantero y se bajó del coche.

Gabe ya la estaba esperando a la altura del maletero de su Corolla, con la bolsa de viaje en la mano y las gafas de sol puestas. Se había recogido el pelo en una coleta que llevaba atada en la nuca.

—Sígueme.

Rosie se apresuró a hacer lo que le pedía.

—¿Por qué hay tantas enredaderas?

—Buena pregunta. —Gabe cruzó el camino de entrada y fue a la galería de un costado de la casa—. Vienen del jardín de rosas de la parte de atrás y se han extendido sin control. Lawrence solía cortarlas todos los años, pero volvían a crecer a un ritmo vertiginoso. Raro, ¿verdad?

—Sí —respondió ella, contemplando las hojas verdes que trepaban por las paredes de la fachada—. Bastante raro.

Gabe subió las escaleras exteriores sonriendo.

—A veces, me pregunto si las enredaderas no están tratando de asfixiar a la casa.

Rosie alzó ambas cejas. Existían varios ejemplos de lugares donde una gran actividad paranormal había provocado extrañas anomalías en la vegetación. El bosque de Baciu Hoia, en Rumanía, era uno de ellos, ya que presentaba una zona muerta circular, donde no crecía nada, además de un montón de testimonios de primera mano de fenómenos sobrenaturales, pero nunca había presenciado nada como eso.

—Este es mi acceso privado —explicó Gabe mientras llegaban al rellano de la segunda planta—. Lucian ocupa el ala derecha, pero se va a mudar en breve, y Dev está ahí arriba. —Levantó la barbilla.

Por alguna estúpida razón, en cuanto oyó el nombre de Devlin, se le contrajo el estómago. Entraron a la amplia galería de la segunda planta. Lo siguió hasta la esquina, donde vio varias sillas de aspecto cómodo. Había un libro cerrado, apoyado en una mesa auxiliar de mimbre. A juzgar por el bonito vestido que llevaba la modelo de la portada, tenía que tratarse de algún romance histórico. Las enredaderas habían llegado hasta esa planta, extendiéndose por las paredes, e incluso enroscándose en las patas de las sillas. Cuando se asomó a la barandilla, no le sorprendió ver que también había desaparecido bajo la vegetación. Justo debajo, había una piscina enorme con forma de riñón y...

—¿Eso es un avión? —preguntó asombrada.

Gabe se rio por lo bajo y abrió la puerta.

—Es de Dev.

—¿Tu hermano tiene un avión? —Se volvió hacia él—. ¿Para qué necesita un avión?

—Hace muchos viajes de negocios. Supongo que le resulta más cómodo disponer de su propio avión privado. Lo tiene más a mano si necesita ir a algún sitio con poca antelación.

—Sí, me imagino que sí.

En realidad, estaba mintiendo. Le costaba mucho imaginarse levantándose un día y decidir ir a París o al Caribe al azar, salir al jardín y subirse a su avión privado. Su cabeza rechazó la idea por completo. Y eso que se consideraba una persona de impulsos.

Aunque, claro, no era una persona de impulsos multimillonaria.

—¿Rosie? —La voz de Nikki le llegó desde algún recoveco de la casa—. ¿Eres tú?

Gabe entró y se hizo a un lado para que accediera a una estancia que no se parecía en nada a la habitación normal de una casa. No, era un apartamento.

Un apartamento tres veces más grande que el suyo.

Sintiéndose completamente fuera de lugar, miró a Nikki.

—¡Sorpresa!

—¿Qué haces aquí? —Nikki se movió con dificultad hacia ella.

—He ayudado a Gabe a traerte algo de ropa. —Dejó su bolso en una silla cerca de la puerta y se encontró con su amiga a mitad de camino. Enseguida le tomó las frías manos entre las suyas—. Quería verte y me dijo que podía venir.

—¿En serio? —Nikki miró a Gabe con el ojo que no tenía cerrado por la hinchazón.

—No me pareció que hubiera ningún problema en ello —respondió él—. Voy a llevar esto al dormitorio.

Nikki se lo quedó mirando durante un momento y luego volvió a prestarle atención.

—Me alegro de verte. Solo estoy un poco sorprendida. A los De Vincent no les gusta tener a gente por aquí.

—¿Un poco sorprendida? —Rosie se rio—. Yo estaba dispuesta a suplicarle de rodillas que me dejara venir a verte, incluso me planteé hacerme con tu ropa como rehén, pero no tuve que hacer absolutamente nada.

—¡Vaya! Eso es... Está bien. —Miró en la dirección en la que Gabe había desaparecido—. ¿Quieres sentarte? —No esperó a que Rosie respondiera y la llevó hacia un sofá—. Acabo de levantarme de una siesta, así que has llegado en el momento perfecto.

—Tienes mucho mejor aspecto.

—Eres una mentirosa, pero gracias.

Rosie no estaba mintiendo del todo. Había remitido parte de la hinchazón y tenía el ojo izquierdo un poco más abierto, pero sí, seguía teniendo un aspecto horrible.

—¿Cómo te encuentras?

—Mucho mejor. Me duele todo, pero estoy viva.

Rosie miró en dirección al pasillo y, cuando volvió a hablar, lo hizo en voz baja:

—¿Y cómo te va con Gabe?

—Bien, supongo. —Nikki se recostó en los mullidos cojines—. A ver, no hemos hablado de nada, pero él...

—¿Te ha instalado aquí, en la casa De Vincent, vino a buscarme para asegurarse de traer la ropa adecuada y me ha dejado hacerte una visita? —susurró Rosie, recordando lo que Devlin le había dicho—. Y su her...

—¡¿Os apetece beber algo?! —gritó Gabe desde el pasillo.

Rosie dejó caer los hombros.

—Luego te lo cuento.

Nikki la miró fijamente.

—De acuerdo.

Justo en ese momento, entró Gabe. Había decidido que a las dos les vendría bien un té y les traía dos vasos de té frío. Le resultó tan surrealista estar sentada en la casa De Vincent, mientras uno de los famosos hermanos le servía una bebida, que estuvo a punto de sacar la grabadora de fenómenos de voz electrónica que siempre llevaba consigo.

Su amiga debió de leerle la mente, porque dijo:

—Me sorprende que todavía no hayas sacado uno de esos medidores de campo electromagnético tuyos y no estés tomando notas.

—¿Un qué? —preguntó Gabe, sentándose en un taburete que estaba junto a la isla de la cocina.

—Un medidor CEM. Detecta objetos cargados de electricidad, como líneas eléctricas y fantasmas —explicó Rosie.

—¿Fantasmas? —repitió Gabe.

—Sí. Verás, se dice que cuando los espíritus están alrededor nuestro emiten campos electromagnéticos en el aire. Un medidor CEM puede detectar dichos campos.

Nikki hizo un gesto de asentimiento.

—La he visto usarlo una vez. Estábamos en medio de la nada, sin que hubiera ningún tendido eléctrico cerca, y una de esas cosas se puso a pitar.

Se refería al viejo cementerio de Tuscaloosa. Nikki y ella se habían conocido en la Universidad de Alabama.

—No me he traído ningún medidor CEM, pero sí tengo una grabadora de fenómenos de voz electrónica.

Gabe la miró con interés, mientras enganchaba la punta de los pies en el travesaño más bajo del taburete.

—¿Y eso para qué sirve?

Sonrió y miró a Nikki, cuya expresión se había suavizado mientras observaba a Gabe al otro lado de la estancia.

—Los fenómenos de voz electrónica o EVP son voces que no captan nuestros oídos. Una grabadora EVP es un aparato que capta tanto las voces «normales» como las que no pueden oírse. En este último caso, a menudo solo recoge algunas palabras o frases cortas. Pero si estás en un lugar con un montón de EVP, necesitas una caja de espíritus.

Gabe bajó su vaso de té.

—¿Como una tabla güija?

—¡En absoluto! No me gusta usar esa mierda. —Rosie se echó hacia delante—. A veces, los espíritus necesitan energía para comunicarse y existen pruebas de que el ruido blanco en las frecuencias de radio puede proporcionarles dicha energía. Una caja de espíritus les suministra esa energía.

—¿Y no es mejor usar una tabla güija? —preguntó Gabe sin ningún tipo de prejuicio en su voz. Se notaba que tenía genuino interés—. Suponía que la mayoría de los cazadores de fantasmas eran partidarios de usarlas.

—Solo aquellos a los que no les importa las puertas que pueden abrir con ella o los entes que puedan acudir a su llamada. —Rosie pensó en Sarah. En ocasiones, ser médium era como ser una tabla güija de carne y hueso—. Por no mencionar que mi madre me mataría si supiera que estoy jugando con esas cosas—. Se detuvo y miró a su amiga—. Podría sacar la grabadora EVP y ver si captamos...

—De eso nada. —Gabe levantó una mano—. No quiero saber lo que los fantasmas pueden decirnos o no. Prefiero fingir que esta casa es perfectamente normal y que no sucede nada raro en ella.

—A Gabe y a sus hermanos se les da de fábula encontrar una explicación razonable a todo lo que oyen o ven por aquí —comentó Nikki.

—¿Y a ti no? —Gabe se rio cuando Nikki resopló indignada.

Rosie estaba emocionada. Gabe parecía tener la mente más abierta en lo referente a los fenómenos paranormales. Quizá podría contarle que creía que su padre había intentado comunicarse con ella. Al menos así podría quitarse ese peso de encima.

—¿Y qué te parec...?

—¡Oh, oh! —susurró Nikki, volviendo la cabeza hacia las puertas de cristal que daban a la galería.

Rosie siguió su mirada y el estómago se le subió a la garganta. Cada célula de su cuerpo se paralizó al ver a Devlin de Vincent abrirlas y entrar en la sala de estar de Gabe.

A pesar de que no quería, no pudo evitar mirarlo de arriba abajo. Iba vestido con unos elegantes pantalones de traje ajustados y una camisa blanca hecha a medida que resaltaba la anchura de sus hombros y pecho. Al igual que la última vez que lo había visto, llevaba el pelo pulcramente peinado, sin un solo mechón fuera de lugar, y parecía recién afeitado, sin un atisbo de sombra de barba.

Era imposible tanta perfección.

—Alguien debería enseñarte a llamar a la puerta —masculló Gabe.

Tuvo la sensación de que Devlin no había oído a su hermano ni se había percatado de que había más gente en la habitación, porque lo primero que había hecho nada más entrar fue clavar esos ojos verde mar en ella. Se había detenido al instante, dejando las puertas abiertas a su espalda.

—¿Qué hace *ella* aquí?

Rosie se puso rígida de inmediato, como si acabaran de incrustarle una vara de hierro en la columna vertebral. Había pronunciado ese «ella» como si fuera una especie de enfermedad venérea; algo que le resultó de lo más insultante.

—He venido a destrozarlo todo y a armar un escándalo.

Nikki se atragantó con lo que le pareció una risa estrangulada.

Devlin la miró impasible.

—He venido a ver a mi amiga —explicó ella, poniendo los ojos en blanco—. Eso es todo.

—¿Seguro?

—Pues sí —replicó ella.

—Hola, Dev. —Gabe levantó el vaso hacia él—. Rosie, tú no lo sabes, pero mi hermano tiene una enorme habilidad para detectar la presencia en la casa de personas ajenas a la familia. —Se detuvo un segundo—. Da bastante miedo.

—Aunque tener una habilidad de ese tipo parece interesante, no he sabido que ella estaba aquí por eso. —Dev no dejó de mirarla en ningún momento—. Ha aparcado en mi zona.

—¿Tenéis aparcamientos asignados para cada uno? —La risa le hizo cosquillas en la garganta—. ¿En vuestra propia casa?

Devlin entrecerró ligeramente los ojos.

—Le gusta tener las cosas organizadas —respondió Gabe—. Que todo, hasta *su* coche, esté en su sitio.

—Puedo hablar por mí mismo —dijo Devlin con tono seco. Por fin se estaba fijando en su hermano y Rosie sintió que podía volver a respirar—. Pero gracias por responder por mí.

—De nada. —Gabe dio un sorbo a su bebida.

Dev miró fijamente a su hermano y luego su intensa mirada se centró en ella.

—Aunque en sentido estricto no has aparcado en mi plaza. Tu coche está bloqueando el paso a mi plaza en el garaje.

Durante un instante lo miró sin saber qué decir, preguntándose si estaba hablando en serio.

—¿Quieres que mueva el coche?

—Hubiera sido todo un detalle por tu parte que te hubieras ofrecido a hacerlo cuando mencioné por primera vez que habías aparcado en mi zona —dijo con voz neutra.

A su lado, Nikki se puso rígida. Gabe soltó un suspiro.

—No tienes que mover el coche —dijo—. A Dev le da igual.

Dev seguía mirándola, con un brillo de desafío en los ojos.

Rosie se tragó unos cuantos insultos que le habrían impedido el acceso de por vida a esa casa y se puso de pie.

—¿Sabes qué? Voy a mover el coche.

—Rosie... —empezó Nikki.

—No, no pasa nada. —Sonrió a su amiga antes de volverse hacia Devlin. Después, lo miró directamente a los ojos con una sonrisa de oreja a oreja—. Estaré encantada de mover el coche para que no le estorbe. No me gustaría que se estresara por algo como esto.

—Te aseguro que esto no me supone ningún estrés. —Dev frunció ligeramente los labios mientras la veía darse la vuelta y dirigirse hacia su bolso.

—¡Oh! No sé yo. —Hurgó en el bolso y sacó las llaves—. Parece que estás a punto de sufrir un infarto. No quiero que te pase nada por mi culpa.

Oyó otra risa amortiguada, pero esta vez parecía que provenía de Gabe.

Con las llaves en la mano, se volvió hacia ellos.

—Vuelvo enseguida.

—De acuerdo —murmuró Nikki.

Fue hacia las puertas, y al ver que Devlin seguía delante de ellas, impidiéndole el paso, lo miró:

—¿Me permites?

Él se quedó quieto durante un segundo. Después, se apartó muy despacio a propósito.

—Gracias, hombre.

Cuando pasó junto a él, le dio una palmadita en el hombro y salió por las puertas. Habían aparecido nubes en el cielo y el olor a lluvia impregnaba el ambiente. Se avecinaba una tormenta, tanto literal como en sentido figurado.

Porque, como era de esperar, Devlin iba detrás de ella. Miró hacia atrás.

—¿Me estás siguiendo para cerciorarte de que voy a mover el coche?

Devlin enarcó una ceja.

—No te estoy siguiendo.

—Pues parece que lo estás haciendo. —Apartó la vista y continuó andando—. ¿O acaso te preocupa que dañe tu propiedad?

—¿Debería preocuparme? —Él se puso a su lado, acompañando sin ningún problema el ritmo frenético que Rosie se había impuesto y que estaba a punto de dejarla sin aliento.

Cuando llegó a la escalera y empezó a bajarla, puso los ojos en blanco.

—Sí, deberías estar preocupadísimo. Soy una delincuen...

Se detuvo en seco. Desde ahí podía ver perfectamente el garaje de abajo y el vehículo que no había estado ahí cuando llegó con Gabe. Se quedó muda de asombro.

—¿Una camioneta?

Devlin se paró a su lado.

—Sí, eso es lo que parece.

Sorprendida, lo único que pudo hacer fue mirar. Junto a su Corolla había aparcada una camioneta... de lo más normal. Era de la marca Ford. Y desde luego no de los últimos modelos. Era negra y las ruedas estaban llenas de salpicaduras de barro. No era un Porsche, ni un Jaguar, ni un Mercedes, ni ninguno de esos coches que costaba lo mismo que una casa.

Ese hombre tenía un avión privado, ¿pero conducía una camioneta?

—¿Qué tienen de malo las camionetas? —inquirió Devlin.

Rosie parpadeó y negó con la cabeza. Las camionetas no tenían nada de malo. Solo que no se lo había esperado. De todos modos, daba igual. No era asunto suyo el tipo de vehículo que Devlin de Vincent decidiera conducir. Se volvió y continuó bajando las escaleras.

—Por cierto, no te estoy siguiendo —insistió él—. Cuando muevas el coche, podré aparcar el mío.

¡Oh, vaya! Eso tenía sentido...

Soltó un jadeo cuando Dev se movió de repente. Antes de que se diera cuenta, él había pasado de estar a su lado a bloquearle los escalones de abajo. Se agarró a la barandilla cubierta de enredaderas.

—¿Cómo se supone que voy a mover el coche si no me dejas pasar? ¿O prefieres que vuelva dentro y me recorra la casa entera para bajar al garaje?

Aunque estaba dos escalones por debajo del de ella, se encontraban a la misma altura.

—¿Sueles pasearte por todas las casas que te vienen en gana?

—A diario. Es mi deporte favorito.

—Tiene que ser interesante.

—No lo sabes tú bien.

De pronto, se echó hacia delante. Rosie tuvo que respirar hondo; no estaba preparada para tenerlo tan cerca. Se acordó del sábado anterior por la mañana. Él. Ella. Sus cuerpos pegados. ¿Estaría Devlin pensando en lo mismo?

Vio cómo se movían sus largas pestañas.

—Hueles a...

—Como me digas cualquier grosería, te empujo por las escaleras.

Su mirada azul verdoso pareció hacerse más profunda.

—Eso no estaría nada bien, Rosie.

Se quedó sin aliento. Estaba segura de que era la primera vez que pronunciaba su nombre, y que lo hiciera con esa voz grave y su ligero acento despertó un deseo incontrolable en su interior.

—Pero lo que iba a decir antes de que me interrumpieras de esa forma tan brusca —continuó Devlin—, era que olías a vainilla y a...

Se detuvo, como si no supiera identificar el otro aroma.

Rosie soltó un suspiro.

—A azúcar. A azúcar moreno para ser más exactos. Trabajo en Pradine's Pralines, y en cuanto he salido de allí me he ido directamente a casa de Nikki a recogerle algo de ropa. Seguro que jamás has oído hablar de esa pasteler...

—Claro que sí. Hacen unos bombones deliciosos. —Ladeó la cabeza—. No sabía que trabajabas allí.

—Pertenece a mi familia desde que se abrió. Mis padres son los propietarios actuales —explicó, notando la sorpresa en su expresión—. No te imagino comiendo bombones.

—¿Por qué no? —Devlin enarcó una ceja.

—Porque solo te imagino comiendo verduras crudas, bistecs bajos en grasa y remolacha.

—¿Remolacha?

Rosie asintió.

—¿No es eso lo que come la gente cuando sufre de estreñimiento crónico? Dev abrió los ojos como platos y su boca quedó laxa.

—¿Acabas de sugerir que sufro de estreñimiento crónico?

—Eso explicaría tu actitud.

—¿Y la tuya? ¿Cómo se explica?

—La mía no tiene nada que ver con lo que como, sino con la persona que tengo enfrente, Dev.

Devlin subió un escalón, cerniéndose sobre ella mientras bajaba la cabeza para mirarla.

—Solo me llaman Dev mis hermanos.

—¡Oh! Perdóname. ¿Tengo que pedirte permiso para acortar tu nombre?

—Deberías. Al fin y al cabo, es lo que exige un mínimo de educación.

Rosie no pudo evitarlo. Puso los ojos en blanco con tanta fuerza que casi se le dieron la vuelta.

—¿Cómo te sentaría que te llamara Rose?

—Pues es bonito, y no me importaría —replicó ella—. Pero tendría más sentido Rosa, ya que me llamo Rosalynn.

—¿Rosalynn? Muy del sur —murmuró de una forma que la molestó.

—De acuerdo, no te llamaré Dev, *Dev*.

—Acabas de hacerlo —señaló él con tono seco.

—¿Qué te parece si solo te llamo Idiota? Creo que te va como anillo al dedo.

—Ya me lo has llamado.

—Perfecto, entonces. Me limitaré a... —De pronto, sonó su teléfono. Lo sacó del bolsillo y vio que se trataba de Lance—. Un momento —dijo, antes de levantar la mano para silenciar a Dev y atender la llamada—. ¿Hola?

Dev la miró fijamente. No, más bien la miró con la boca abierta.

Rosie sonrió complacida.

—Llevo llamándote toda la tarde —dijo Lance—. ¿Qué demonios estás haciendo? Tengo noticias sobre el caso Méndez.

—Lo siento. Ya lo sé. Hoy he tenido un día muy liado y ahora mismo no me pillas en buen momento.

—¿Pasa algo? —preguntó Lance con tono preocupado.

—Si no te pilla en buen momento, ¿por qué has respondido a la llamada? —inquirió Dev.

—¿Y esa voz de hombre? —quiso saber Lance.

—Shhh —ordenó Rosie a Dev.

—¿Acabas de mandarme callar? —preguntaron ambos al mismo tiempo? Rosie agarró mejor el teléfono.

—No. A ti no, Lance. Nunca te mandaría callar. ¿Puedo llamarte dentro de un rato? Estoy en medio de una discusión muy trascendental con Devlin de Vincent para ver si puedo o no llamarle Idiota en lugar de Dev.

Devlin volvió a quedarse estupefacto, hasta el punto de que Rosie temió que la mandíbula se le cayera al suelo. La conmoción que reflejaba su rostro era la primera reacción real que le había visto.

—¿Devlin de Vincent, el *auténtico* Devlin de Vincent? —Lance sonó como si también se le fuera a caer la mandíbula.

—El mismo que viste y calza. —Se encontró con la mirada atónita de Devlin—. Así que, por favor, ¿te puedo llamar en un rato? Supongo que, como suele pasarle con todo, no tardará mucho tiempo.

Devlin cerró la boca.

—¡Oh, sí! Llámame en cuanto puedas —masculló Lance, algo confuso.

—Gracias, cariño. —Rosie colgó y se guardó el teléfono en el bolsillo—. ¿Sigues aquí? Tenía la esperanza de que hubieras decidido adelantarte y ya estuvieras abajo.

—¿Quién era?

—El Papa. ¿Puedes apartarte para que pueda mover mi coche antes de que tu preciada camioneta se moje por la lluvia? Aunque no le vendría mal un buen lavado.

—No —dijo él.

—¿No?

—No —repitió antes de acercarse aún más a ella.

No estaban tan próximos como el sábado anterior, aunque sí lo suficiente como para poder ver los destellos de verde en sus iris azules y para saber que, si se le ocurría respirar hondo, sus pechos se rozarían. Y por muy malo que fuera aquello, su cuerpo lo estaba deseando. Su cerebro, sin embargo, estaba barajando seriamente la posibilidad de empujarlo escaleras abajo y considerando las consecuencias que eso le acarrearía.

—Quiero que escuches con atención todo lo que voy a decirte porque no lo voy a repetir —susurró Devlin con una voz tan baja que apenas pudo oírle—. No soy quién para indicarte lo tremendamente grosero que es responder al teléfono cuando estás en medio de una conversación con otra persona, sobre todo cuando aprovechas para insultarla y la mandas callar. Jamás me han mandado callar, ni siquiera de pequeño.

A Rosie se le aceleró el corazón.

—Supongo que siempre hay una primera vez para todo.

—No me estás escuchando. De lo contrario no te habrías atrevido a hablar.

Rosie entrecerró los ojos.

—Soy toda oídos.

—Bien. Veo que no estás acostumbrada al silencio —prosiguió él. Cuando Rosie abrió la boca para replicarle, Devlin le metió el dedo entre los labios. El gesto la pilló tan desprevenida que se quedó callada—. No he terminado, Rosalynn.

¡Oh, Dios!

Colocó el pulgar bajo su barbilla y la forma en que la tocó fue suave en comparación con la dura línea de su mandíbula. Luego bajó la cabeza y acercó la boca hasta quedar a centímetros de la de ella.

¡Jesús! ¿Iba a besarla?

Sin duda supondría un brusco giro de los acontecimientos; tan brusco que se quedó inmóvil mientras los pechos se le volvían más pesados y un intenso calor la invadía, descendiendo por su estómago y más abajo, mucho más abajo.

Espera. No seas una chica mala, Rosie. Es una idea pésima.

No quería que él la besara. ¡Ese hombre era un supremo imbécil!

Sin embargo, tenía los pezones enhiestos. No debía de estar bien de la cabeza.

Y no, él no iba a besarla.

—Esta es la primera vez y la última que me mandas callar —le advirtió él. Desde luego, no la estaba besando—. Y lo más importante de todo. Esa insinuación que has hecho por teléfono sobre lo poco que duro, te aseguro que es absolutamente falsa. —Deslizó el dedo sobre sus labios, provocándole un jadeo ahogado—. Me juego el cuello a que duro más de lo que podrías aguantar y a que te pasarías todo el tiempo suplicándome que parara y siguiera al mismo tiempo. Ten claro que nadie te iba a follar tanto tiempo, ni de una forma tan intensa como yo.

Oh.

Dios.

Mío.

Rosie estaba sin palabras. La conmoción la había sumido en un silencio absoluto mientras su cuerpo y su mente se enzarzaban en una batalla sin tregua. Su cabeza le decía que aquello era una ofensa total y que debía propinarle una patada en las pelotas, pero su cuerpo parecía un volcán en erupción, rugiendo con una necesidad que jamás había sentido, ni siquiera con Ian.

Devlin volvió a recorrerle el labio inferior con el dedo, tirando con suavidad de él antes de bajar la mano.

—Pero me temo, querida, que esa es una experiencia que nunca tendrás el honor de vivir, porque la mera idea de follar contigo me parece ridícula.

Sus palabras cayeron sobre ella como un jarro de agua fría. El fuego se apagó de inmediato. Lo que acababa de decirle era... ¡Uf! Nunca en la vida le habían hablado así. Jamás. Un horrible y devastador nudo de emociones se instaló en su garganta. Sus palabras le habían dolido más de lo que deberían, tal vez porque le quedaba poco para ese momento del mes y estaba demasiado sensible.

Sin dejar de mirarla, Devlin se hizo a un lado y le dijo:

—Ahora puedes ir a mover tu coche.

Se le ocurrieron un millar de réplicas; todas ellas se le agolparon en la punta de la lengua. Podía eclipsarle por completo en una batalla dialéctica, sin ofrecer la mínima piedad, pero no valía la pena. Devlin de Vincent no se merecía ni un solo segundo de su mordacidad ni de su tiempo.

Ese hombre era un *cero* a la izquierda para ella.

Pero eso no significaba que lo fuera a dejar pasar. No era el tipo de mujer que permitía que un hombre le hablara de esa forma.

Se tragó el nudo de la garganta y le sostuvo la mirada a pesar de lo mucho que le picaban los ojos por las lágrimas que se negaba a derramar.

—Creo que te has equivocado. Que lo que querías decir era que sabes que follarme es un *honor* del que nunca serás digno. Y por eso nunca sucederá, Dev.

Percibió un atisbo de emoción en su rostro, algo muy parecido al respeto (un respeto reticente), pero le importaba una mierda lo que ese culo de chupacabras de Devlin de Vincent sintiera.

Pasó junto a él y bajó lo que quedaba de escaleras sin mirar atrás y sin decir ni una palabra más.

Rosie era muchas cosas. Un poco alocada. Extravagante. A veces, algo irresponsable, y seguramente le gustaba demasiado el vino y los dulces, pero nunca había sido el felpudo de ningún hombre y no iba a convertirse en uno ahora.

9

—¿Se puede saber qué hacías tú con un De Vincent?

Esa fue la primera pregunta que le hizo Lance en cuanto se encontraron en la casa de Jill. Su compañero la estaba esperando, sentado en el porche.

Lance era un par de años más joven que ella. Tenía el pelo castaño rojizo, unos ojos grandes marrones y una perpetua cara de niño. El tipo de hombre que, cuando cumpliera los cuarenta, parecería seguir teniendo veinte. Y además, era un buen tipo.

Era una persona que había pasado por una mala racha después de volver a casa tras una misión en Afganistán. No era algo de lo que hablara a menudo; Rosie solo sabía que, en el ejército, también se había dedicado a la medicina de urgencias. Seguro que había presenciado cosas que ningún ser humano debería haber visto.

Por lo visto, durante su ausencia, la chica con la que había estado saliendo durante varios años se había liado con otro sin decírselo. No había tenido que resultarle fácil retomar su día a día, y todavía le había costado más encontrar trabajo. Con todo lo que había vivido en el extranjero y el hecho de que la vida había seguido su curso sin él, al principio lo tuvo bastante complicado.

Pero Lance era la prueba viviente de la resiliencia humana. Se había caído muchas veces, aunque siempre se había levantado, y allí seguía.

Rosie se colocó la correa del bolso mientras subía los escalones de entrada.

—¿Te acuerdas de Nikki? ¿La amiga que conocí en la Universidad de Alabama? Sale con uno de los hermanos, con Gabriel. Estaba en la mansión De Vincent y fui a verla un rato —explicó. Decidió omitir la mayoría de los detalles, ya que ningún medio había publicado el nombre de su amiga en relación con la muerte de Parker. Confiaba en Lance, pero no le competía a ella contar esa historia—. Y Devlin estaba allí. Es un poco imbécil, así que me puse a discutir con él.

Lance enarcó las cejas marrón rojizo.

—De acuerdo. No me puedo creer que pusieras un pie en la casa De Vincent. ¿De verdad te peleaste con Devlin de Vincent?

Rosie se encogió de hombros como si no le importara, aunque no supo si lo consiguió. Aunque pareciera una tontería, porque Devlin era prácticamente un extraño, sí le había importado su enfrentamiento con él. Era incapaz de entender cómo o por qué alguien podía comportarse de esa forma tan desagradable sin un buen motivo. Vale, era cierto que ella tampoco había sido la persona más amable del mundo cuando se presentó con su hermano en su apartamento, pero Devlin había actuado como si no la conociera y se había mostrado muy grosero desde el momento en que había entrado por la puerta. El hombre con el que se había topado en el cementerio, aunque distante, había sido educado. Nada que ver con el Devlin con el que había hablado en las otras dos ocasiones.

Tenía la sensación de que actuaba así porque quería que la gente le odiara.

—Pues créetelo. —Se obligó a no pensar en nada relacionado con Devlin. De nuevo, se le resbaló la correa del bolso por el brazo.

—¿Cómo era la casa? —inquirió Lance.

Rosie sabía qué le estaba preguntando de verdad. Al igual que ella, Lance estaba al tanto de todas las leyendas y rumores que corrían en torno a la propiedad De Vincent.

—No vi mucho, pero sí hubo algo que me resultó sorprendente. —Le contó lo de las enredaderas cubriendo toda la casa—. Nunca he visto nada parecido en mi vida.

—¿Toda la fachada? —A su compañero le brillaron los ojos con interés.

—Todo el exterior —confirmó ella.

—¡Vaya! Pues sí que es raro. —Lance se pasó los dedos por el pelo desordenado y rizado—. ¿Crees que puedes conseguir que nos dejen entrar en la casa? ¿O Nikki?

112

Rosie soltó una breve carcajada.

—Ni de coña.

—¿Por qué no? —Lance frunció el ceño.

Agarró el bolso antes de que se le cayera del todo del brazo. ¡Jesús! Odiaba las correas cortas de ese bolso, pero le encantaba el mosaico de la tela.

—Aparte de porque los De Vincent son muy celosos de su intimidad, estoy convencida de que Devlin me odia.

—¿Que te odia? ¿Pero cómo te va a odiar alguien? —Se puso de pie cuando ella llegó al último escalón y le pasó el brazo por los hombros—. ¡Si eres una tía estupenda!

Rosie se rio con suavidad.

—Lo sé. —No quería dedicar ni un segundo más de su tiempo a pensar en Devlin—. Y bueno, ¿cómo van las cosas con los Méndez?

Lance dejó de rodearle el hombro y le abrió la puerta.

—Dejaré que Jilly te ponga al día.

Jilly estaba en el estrecho salón, hablando por teléfono. Por los susurros con los que se estaba expresando y el enérgico paseo de un lado a otro frente a una pila torcida de libros, estaba claro que estaba discutiendo con su novia. Las dos se pasaban el día peleándose por todo: desde lo que iban a cenar, hasta si un encantamiento residual podía considerarse como un encantamiento real o no. En lo único en lo que estaban de acuerdo era en que estaban hechas la una para la otra. Eran completamente opuestas: el físico, su manera de vestir; Jilly era vegetariana mientras que Liz se consideraba toda una experta en carnes.

No obstante, Rosie dudaba que hubiera otra pareja en el mundo que se quisiera tanto como ellas.

Se dejó caer en el viejo sillón de Jilly mientras esta se daba la vuelta y la saludaba con la mano que tenía libre.

—Sabes que te adoro, cariño, pero tengo que colgar. Ya han llegado Rosie y Lance... Sí... —Jilly puso los ojos en blanco—. Un saludo de parte de Liz.

—¡Hola a ti también, Liz! —gritó ella, antes de sonreír a Lance—. ¿Está trabajando?

—Sí. Viene enseguida. ¿Qué? —Jilly se giró y alcanzó su copa de vino—. Liz estará aquí en cuarenta minutos. Tengo que colgar. —Hubo una pausa y luego suavizó la expresión—. Sabes que te echo de menos. Siempre te echo de menos. Ahora cuelga tú también y vuelve al trabajo, así podrás salir a tu hora, aunque solo sea por una vez en la vida.

Jilly los miró.

—¿Queréis algo de beber? ¿No? Perfecto. —Lanzó el teléfono al sofá, que rebotó y terminó cayendo sobre una mullida manta de felpa—. Me alegra ver que sigues viva, Rosie.

Rosie enarcó una ceja.

—¿No respondo a unas pocas llamadas y ya supones que estoy muerta?

—Estamos en Nueva Orleans. —Se metió el pelo corto y oscuro detrás de la oreja—. Aquí todo es posible.

—Estás exagerando un poco —señaló ella.

—En esto estoy de acuerdo con Rosie —señaló Lance, antes de sentarse en el apoyabrazos del sillón.

—¡Cómo no vas a estarlo! Estás enamorado de ella. —Jilly sonrió con dulzura.

Rosie se tensó un poco mientras Lance le sacaba el dedo corazón.

Jill lo ignoró.

—Bueno, vamos al grano. He hablado con Preston Méndez y, tal y como nos había pedido, todavía no le he enseñado a su mujer lo que grabamos con la cámara.

Preston había querido ver todos los vídeos antes que su mujer. Una decisión que el equipo había respetado, aunque Rosie era de la opinión de que Maureen tenía derecho a saber qué era lo que estaba pasando. Entendía que no quería que su esposa se preocupara, pero tarde o temprano tendría que enterarse.

—No hace falta que os diga que lo que grabamos el sábado por la noche lo ha alterado muchísimo —continuó Jill. Dio un sorbo al vino—. Dice que no oyó el golpe, pero que se despertó cuando el bebé empezó a llorar.

—¿Va a dejar que pasemos una noche entera en su casa? —preguntó Lance.

Jilly hizo un gesto de negación con la cabeza.

—Todavía lo está discutiendo con su esposa, pero creo que terminarán accediendo. Al fin y al cabo, ya le he explicado un millón de veces por qué podríamos obtener más pruebas si pudiéramos quedarnos toda una noche.

—Mientras tanto, debería dejar que, por lo menos, instalemos un par de grabadoras EVP en la casa —sugirió Rosie.

—Estoy de acuerdo. Pero ya sabes que a la gente no le hace mucha gracia tener un aparato en casa que grabe sus conversaciones. —Jill se sentó en el sofá—. Y ahora, queridos, ha llegado el momento de contaros el detalle más extraño del que me he enterado mientras hablaba con Preston. Un detalle que, o bien es una inusual coincidencia, o simplemente es el destino.

Rosie miró a Lance.

—¿Sabes de lo que está hablando?

—Ni idea.

—No, no lo sabe. Pero antes, al llegar, me ha dicho que cuando ha hablado contigo por teléfono estabas con un De Vincent. ¿Es eso cierto? —Jilly parecía temblar de emoción, a menos que se hubiera tomado una de esas bebidas energéticas.

Rosie frunció el ceño y exhaló con fuerza. La última persona en la que le apetecía pensar o de la que quería hablar era un De Vincent.

—Sí. ¿Pero qué tiene que ver con esto?

Jilly se rio.

—Aquí es donde entra en juego la coincidencia o la situación se torna de lo más extraña. Como sabéis, los Méndez no habían notado nada fuera de lo normal hasta que llevaron a su hijo recién nacido a su casa. Por supuesto, llegamos a la conclusión de que esa era la causa de la actividad paranormal.

Rosie asintió lentamente.

—Sí, claro.

—Pero me he enterado hace un rato de que, cuando regresaron del hospital con su hijo, acababan de vender la casa de al lado, que llevaba vacía durante mucho tiempo, a una encantadora pareja joven.

No tenía ni idea de adónde quería llegar Jilly con todo aquello. Incluso llegó a preguntarse si se había fumado algún porro antes de que llegaran.

—Por lo visto, desde hace meses están reformando esa casa de arriba abajo. Una reforma que todavía dura —explicó Jilly, inclinando su copa hacia ellos antes de dejarla en la mesa baja—. ¿Y qué es lo primero que suele alborotar a los fantasmas?

—Las reformas —respondió Lawrence.

Jilly aplaudió.

—¡Exacto!

Rosie cambió de posición y se cruzó de piernas.

—De acuerdo. Ha habido casos en los que la reforma de una casa ha suscitado actividad paranormal en otra. Si es así, es una buena noticia para la familia. Normalmente, la actividad desaparece cuando terminan las obras.

—O el espíritu vuelve a la casa de la que procede —añadió Lance.

—En todo caso, ¿qué tienen que ver los De Vincent con todo esto? —preguntó ella.

—¿Quién creéis que compró la casa de al lado de la de los Méndez? —Jilly se mordió el labio inferior y los miró a ambos—. Lucian de Vincent.

A Rosie casi se le cayó la mandíbula al suelo.

—¿Qué? —Lance se enderezó al instante.

Jilly asintió.

—Sí. Preston lo conoció este fin de semana. Estaba en el jardín cuando Lucian y su novia fueron a comprobar cómo iba la reforma. Ahora, decidme, ¿es o no es una extraña coincidencia que alguien que vive en uno de los lugares más encantados de Estados Unidos compre una casa justo al lado de la de una familia que empieza a sufrir fenómenos paranormales en la misma época?

Rosie no sabía qué decir.

—A veces, los fantasmas pueden seguir a la gente. Ya sabes, la que está encantada es la persona, no la casa o la propiedad, pero... —Lance se pasó una mano por el pelo—. ¡Joder! En este caso, el mundo es un pañuelo.

Jilly sonrió y la miró con las cejas alzadas.

—Así que, como parece que ahora eres la nueva mejor amiga de un De Vincent —Rosie abrió la boca para negar esa suposición tan equivocada, pero Jill siguió hablando—, tienes que convencerlos para que nos dejen entrar en la casa de al lado de los Méndez.

Rosie consiguió salir de su estupor.

—Eso va a ser imposible.

Frente a ella, Jilly la miró a los ojos y su sonrisa se volvió malévola.

—Estoy dispuesta a apostar mi colección entera de primeras ediciones firmadas de *Crepúsculo* a que lo consigues.

—¿Sabes? Eres un auténtico idiota.

Dev levantó la vista de la pantalla de su ordenador para mirar a Gabe. Era tarde, casi medianoche, y las columnas de números (depósitos en bancos de China, Rusia y Uzbekistán) le estaban provocando un fuerte dolor de cabeza. Depósitos de bancos de países en los que sabía que no llevaban a cabo negocios de tanta entidad como para obtener esos pagos de siete cifras.

El perito contable había tardado meses en investigar entre las capas de cuentas, números de transferencias e informaciones falsas proporcionadas por algunos de los abogados y asesores financieros de Lawrence, y en averiguar de dónde venían realmente todos esos ingresos, confirmando sus peores sospechas.

Así que, en ese momento, no tenía la paciencia suficiente para oír lo que fuera que su hermano quería decirle.

—No sé a qué te refieres, pero no estoy de humor para mantener una conversación de este tipo. —Dev minimizó las hojas de cálculo y se recostó en la silla.

—Nunca estás de humor para nada, al menos para nada bueno. —Gabe atravesó el despacho y puso una mano en el respaldo de las dos sillas que tenía frente a su escritorio—. Pero te voy a refrescar la memoria.

—Por supuesto.

Gabe apretó la mandíbula.

—La forma en que te has dirigido hoy a la amiga de Nikki ha sido inaceptable.

La tensión empezó a acumulársele en el cuello.

—¿Inaceptable para quién?

—Para cualquier ser humano con un mínimo de decencia —contestó Gabe—. Hiciste que saliera a mover el coche, ¿para qué? Normalmente, te da igual aparcar la camioneta fuera del garaje.

Eso no era del todo falso y, si era sincero consigo mismo, tampoco tenía muy claro por qué había querido que Rosie moviera su coche. Había sido una petición absurda e inmadura. No le quedaba otra que reconocerlo. Lo había hecho porque sabía que se enfadaría y, por alguna razón, había querido sacarla de sus casillas.

—¿Has esperado hasta medianoche para mantener esta conversación conmigo?

—He esperado hasta que Nikki se ha dormido y me he cerciorado de que no estaba teniendo ninguna pesadilla antes de venir aquí. —Gabe apartó las sillas—. Ahora mismo, Nikki necesita estar rodeada de sus amigos y familia. Y si eso significa que Rosie va a venir a visitarla, tendrás que superarlo.

—No me importa que Rosie venga a verla —replicó él.

—¿En serio? ¿No te importa? Pues no me ha dado esa impresión. Desde el momento en que te has enterado de que estaba aquí, has hecho que se sintiera como un gato en una habitación llena de perros.

Al contrario de lo que sus hermanos creían, no poseía ningún sexto sentido que le dijera cuándo alguien iba a su casa, ni tampoco perdía el tiempo preocupándose en lo que hacía cuando estaban allí. En realidad, mientras los invitados de sus hermanos no se dedicaran a deambular por la vivienda y se mantuvieran alejados de su vista, le daba exactamente igual.

Miró el vaso de burbon que tenía en la mesa. Gabe no tenía ni idea de lo imbécil que había sido con Rosie. ¡Mierda! Incluso se sentía un poco... culpable. Aunque también era cierto que esa mujer sabía tocar todas y cada una de las teclas (teclas que ni siquiera sabía que tenía) para que perdiera la compostura, pero se había mostrado poco razonable y bastante grosero con ella. Lo que le había dicho...

No solo había estado fuera de lugar, sino que había sido mentira.

No la parte en que ella le suplicaría que se detuviera y continuara a la vez. Ni la promesa de que nadie la follaría tanto tiempo ni con tanta intensidad.

Eso era verdad. Había mentido cuando le había dicho que la mera idea de follar con ella le parecía ridícula.

No tenía nada de ridícula. De hecho, había pensado mucho en ello desde el sábado por la mañana. Lo suficiente como para saber que Rosie sería... Exhaló con fuerza, agarró el vaso y bebió un trago de burbon. Rosie sería única. Estaba convencido.

—¿Solo querías hablarme de eso? —preguntó, volviendo a mirar a Gabe.

Su hermano se quedó callado un momento antes de preguntarle:

—¿Qué coño te hizo ese hombre?

Dev sintió cómo se le paralizaba cada músculo del cuerpo. Ni siquiera movió un dedo.

—¿Qué hombre?

—No te andes con rodeos conmigo. Sabes que estoy hablando de Lawrence. ¿Qué coño te hizo para que te sintieras tan mal?

Durante un instante, no pudo creerse que su hermano le hubiera hecho esa pregunta, pero luego se acordó de que Gabe no lo sabía. Ni tampoco Lucian. Lo miró a los ojos, deseando que volviera con Nikki. No porque quisiera perderlo de vista, sino porque no le apetecía que despertara a ningún fantasma del pasado.

—¿Qué te hizo, Dev? —Gabe no parecía dispuesto a irse. No todavía—. Necesito saberlo, porque cada día te pareces un poco más él y eso me aterra.

Dev apretó la mandíbula y agarró con fuerza el vaso. Era incapaz de hablar.

Gabe lo miró un buen rato, antes de soltar una carcajada ronca. Sacudió la cabeza.

—Está bien, como quieras. Buenas noches, Dev.

Se quedó allí sentado, contemplando a su hermano salir de su despacho y cerrar la puerta detrás de él. De pronto, el vaso le resultaba demasiado pesado y las palabras de Gabe se repetían una y otra vez en su cabeza. «Cada día te pareces un poco más a él».

Dev nunca sería como Lawrence. Jamás.

Reaccionó sin pensárselo dos veces.

Se puso de pie y lanzó el vaso hacia el otro lado de la estancia, que terminó estrellándose contra la puerta cerrada y haciéndose añicos. El líquido y los cristales rotos se esparcieron por el suelo de madera. Se quedó inmóvil varios minutos. Luego tomó una profunda bocanada de aire, se arregló los puños de la camisa y volvió a sentarse para continuar examinando las pruebas de lo que Lawrence de Vincent había hecho.

10

A la tarde siguiente, Dev se detuvo frente a los ventanales que iban desde el suelo hasta el techo y contempló las vistas de la ciudad. La cabeza le iba en mil direcciones distintas, a pesar de que estaba tan quieto y firme como el edificio en el que se encontraba.

Acababa de salir de una reunión con funcionarios de urbanismo de la ciudad para iniciar la construcción de un proyecto que Industrias De Vincent estaba financiando. Lo que había comenzado siendo un sencillo consultorio médico había terminado convirtiéndose en todo un complejo hospitalario, pero gracias a todas esas instalaciones de vanguardia, el doctor Flores seguía siendo discreto cuando su familia necesitaba atención médica. Y eso era algo que no tenía precio.

Al fin y al cabo, sin el silencio del doctor Flores, todo el mundo se habría enterado de que su hermana, Madeline, había estado viva durante los últimos diez años y habrían surgido un montón de preguntas. Preguntas que tanto él como su familia preferían no responder por lo que todo ello implicaría.

La gente no necesitaba saber que su hermana no solo había desaparecido a propósito, sino que se había liado con su *primo* y que, además, había sido una asesina.

Debía de ser un rasgo de la familia.

Al oír sonar el teléfono se volvió y fue rápidamente al escritorio para pulsar el botón del intercomunicador.

—¿Sí?

La voz de Derek Frain, su ayudante, salió del altavoz.

—Ross Haid ha venido a verte. —Hubo una pausa. Se dio cuenta de lo poco que le gustaba a Derek aquella situación por el tono que usó al decir—: Otra vez.

Apretó la mandíbula y miró el teléfono. Sin duda, el periodista era un hombre terco. Creía que los De Vincent estaban involucrados en algún tipo de conspiración o crimen organizado.

Por irónico que pareciera, Ross no iba muy mal desencaminado, aunque, como de costumbre, tenía en su punto de mira al objetivo equivocado.

Sin embargo, Dev sabía que lo que impulsaba a Ross era un motivo personal, más que la necesidad de escribir una exclusiva de los De Vincent y, a diferencia de su tío y del resto de su familia, no rehuía esos encuentros con el periodista. Encuentros que cada vez eran más frecuentes.

—Que pase —ordenó él.

—Sí, señor.

En cuanto se sentó detrás del escritorio, su ayudante abrió la puerta y dejó pasar al periodista del *Advocate*. Derek no preguntó si necesitaban algo; se limitó a cerrar la puerta tras de sí, dejándolo solo con el reportero.

Ross sonrió, mostrando unos dientes blanquísimos y perfectos.

—No se te ve muy feliz.

—¿Me has visto alguna vez feliz en tu presencia? —preguntó él.

Ross no se dejó amedrentar y dio un paso hacia delante.

—Pensé que te gustaría hacer una declaración sobre el prematuro y escandaloso fallecimiento de Parker Harrington.

Dev se recostó en la silla.

—Ya hicimos una declaración, como seguro sabes.

—¡Ah, sí! Pero me imaginé que querrías algo más que un típico «Nos gustaría expresar nuestras más sinceras condolencias a la familia», sobre todo, teniendo en cuenta que el hermano de la mujer con la que estás comprometido ha intentado matar a alguien y Sabrina ha desaparecido. —Ross se sentó en la silla que había frente al escritorio.

—Imaginas mal —replicó Dev, impávido—. Y Sabrina ya no es mi prometida.

Ross lo miró con un brillo de curiosidad en los ojos.

—¡Qué interesante!

—No tanto. Rompimos el compromiso hace un mes. —La mentira surgió de su boca con la misma naturalidad que si hubiera sido verdad. Por algo le apodaban Diablo. Esa era la única cosa que Lawrence le había enseñado a hacer—. ¿No lo sabías? ¡Vaya! Me sorprende que un periodista con tu talento no estuviera al tanto.

Ross apretó la mandíbula.

—¿Sabes lo que encuentro todavía más interesante? La absoluta falta de información que hay en torno a la identidad de la víctima de Parker. Es como si la mujer no existiera... o esté relacionada con alguien o *alguna* familia con el poder suficiente para evitar que se filtre cualquier información. Ya te imaginas en quién estoy pensando, ¿verdad? En los De Vincent.

—Lo que deberías pensar es que, sea quien sea la persona que tienes dentro del departamento de policía, por una vez en su vida está haciendo su trabajo y preservando la identidad de la víctima.

Ross sonrió.

—Estoy seguro de que esto no tiene nada que ver con el hecho de que el nuevo jefe de policía tenga miedo de terminar igual que su antecesor.

Dev enarcó una ceja.

—¿Muriendo de un ataque al corazón? Espero que no.

—Claro. —La sonrisa de Ross se tensó un poco—. Seguro que el jefe Lyon murió por causas naturales. Y tu padre también se ahorcó.

Ahora fue Dev el que sonrió.

—Tienes una imaginación portentosa, Ross.

—¿Imaginación? Yo diría que incluso me quedo corto.

Dev se cruzó de piernas sin dejar de mirarlo y luego entrelazó los dedos.

—¿Sabes? En realidad me alegro de que hayas venido hoy.

—¿En serio? —repuso Ross con tono seco.

—¿Qué pasa con Rosie Herpin?

Ross lo miró confundido.

—¿Rosie? ¿Por qué sacas a colación a Rosie?

—¿Vas a fingir que no sabes a lo que me refiero? —Dev le sostuvo la mirada—. ¿Qué relación tienes con ella?

—¿Relación? —Ross soltó una risa ahogada—. Eres un poco entrometido, ¿no?

—Ya que no tienes ningún problema en meterte en mis asuntos, supongo que no te importará que yo te haga preguntas —replicó él—. ¿Qué significa ella para ti?

Ross no contestó de inmediato.

—¿Por qué me haces esa pregunta?

—¿Crees que no sé que fue Rosie la que te presentó a Nikki? —Enarcó una ceja—. Tu amistad con ella te vino de fábula.

—Conocí a Rosie hace dos años. —Ross contrajo un músculo de la mandíbula—. Antes incluso de que supiera de la existencia de Nicolette Besson.

—¿En serio? —Dev examinó su rostro—. Si la estás usando para obtener información, como intentaste hacer con Nikki, que sepas que la estás poniendo en una situación bastante complicada. Espero que no seas de los que hace ese tipo de cosas a una persona inocente. A menos, claro está, que Rosie no sea tan inocente con respecto a lo que sea que estás tramando.

Al periodista se le hincharon las fosas nasales. Se quedó callado un buen rato.

—Haré lo que sea por dar con la verdad.

—¿Y también Rosie? —inquirió Dev—. ¿También está dispuesta a hacer lo que haga falta?

Ross sonrió con suficiencia mientras se agarraba a los brazos de la silla.

—Veo que no voy a llegar a ningún lado con esta conversación. Así que me marcho.

—Espera. —Al ver que el periodista se quedaba quieto, esbozó una leve sonrisa—. Tengo otra pregunta para ti. Algo que me despierta mucha curiosidad.

Ross alzó ambas cejas.

—Soy todo oídos.

—¿Crees que no estoy al tanto de quién era tu novia? O debería decir «es», ya que solo está desaparecida.

Ross sufrió un cambio notable. Agudizó la mirada y endureció el semblante. La tensión se apoderó de él, marcándose en cada línea de su rostro.

—Sé por qué sigues viniendo —continuó Dev—. Al igual que sé lo que piensas de mí y que crees que mi familia está involucrada en este asunto. Incluso entiendo por qué no cejas en tu empeño.

Se fijó en las manos del hombre. Tenía los nudillos blancos de tanto apretarlas.

—¿Lo entiendes, Devlin?

—Sí. —Y era cierto. Lo entendía de una forma que esperaba que Ross nunca tuviera la desgracia de conocer.

—Entonces también sabrás que no me rendiré hasta que no descubra lo que de verdad le pasó —espetó el reportero—. Y no te atrevas a soltarme, delante de mis narices, que ningún De Vincent tiene nada que ver con su desaparición.

Dev no dijo nada, solo se limitó a mirarlo.

Ross torció los labios en una mueca despectiva.

—Durante todo este tiempo, nunca me dijiste que lo sabías. ¿Por qué ahora, Devlin? ¿Me estoy acercando demasiado a la verdad?

—Nunca has estado más lejos de la verdad. Y si continúas por este camino, nunca lo averiguarás.

—¿Es una amenaza? —Ross se puso rojo de ira.

Dev negó con la cabeza.

—Es un consejo. Gratis. ¿Quieres que te dé otro? No vuelvas a enviarme otra fotografía con ninguna frase de «Sé la verdad» en ella. No estamos en ninguna novela negra.

—¿Cómo sabes que fui yo?

—Porque no soy tonto, Ross.

—¡Que te den! —Ross se puso de pie—. No tienes ni idea de lo que sé. No te imaginas lo cerca que estoy de mostrar al mundo la calaña que sois todos vosotros.

—¿La calaña? —preguntó con curiosidad.

—Sí, lo que sois —respondió Ross—. Unos putos asesinos.

11

Su vestido para el baile era... simplemente espectacular.

Rosie giró la cintura mientras se colocaba frente al espejo de cuerpo entero pegado a la puerta del baño. Los últimos días habían pasado volando y no había tenido tiempo de probárselo para ver si le quedaba bien. De modo que ahí estaba, el mismo viernes, la noche de la Mascarada, poniéndoselo por primera vez.

Menos mal que le quedaba perfecto. Absolutamente perfecto.

Se trataba de un viejo vestido de novia de color crema y marfil que había encontrado en una tienda de segunda mano. Cuando lo compró, no tenía ni idea de lo que se podría hacer con él para convertirlo en un disfraz apropiado, pero ahora no se parecía en nada al vestido original.

Esbozó una lenta sonrisa. La prenda era de seda con un forro de nailon, lo que permitió a la costurera desplegar toda su magia. Lo había teñido de rojo. Le había quitado los detalles de pedrería del corpiño, los había teñido de negro y luego los había vuelto a coser, en un patrón parecido al encaje, a lo largo del cuello, los bordes de las mangas anchas y sueltas y el dobladillo de la falda. Sin el corsé negro, el corpiño le habría quedado demasiado holgado, pero gracias a él sus pechos nunca habían resaltado tanto y su cintura parecía más delgada, y eso que no lo había apretado con fuerza.

Sabía que algunas de las invitadas llevarían enaguas de tafetán para crear el volumen típico de la época que se representaba en la Mascarada, pero ella había optado por prescindir de esa pesada y engorrosa ropa interior. Le gustaba la forma en que la tela caída por sus caderas y muslos. ¿Por qué echar a perder ese efecto con una enagua enorme?

Si Devlin la hubiera visto con ese vestido, se habría comido sus palabras y luego las habría vomitado. Rosie sonrió satisfecha ante su reflejo. Por desgracia, era poco probable que coincidiera con él. Eso no significaba que quisiera verlo, simplemente creía que Devlin De Vincent no asistiría a la Mascarada. Ir disfrazado era un requisito indispensable, y no se imaginaba a ese hombre llevando ni siquiera un mísero antifaz. Seguro que se había limitado a donar un montón de dinero a la causa y listo.

Se volvió y giró la cabeza para mirarse desde atrás. Su sonrisa se hizo más amplia mientras se colocaba el corsé.

Oyó sonar las cortinas de cuentas.

—Estás preciosa, cariño.

Alzó la vista y vio a su madre sonriéndola en el espejo. Había ido a su casa, después del trabajo, para ayudarla con el vestido y el corsé. Rosie no se parecía en nada a su madre ni a su hermana. Bella había heredado los impresionantes ojos negros y la piel oscura de su madre, junto con una esbelta y elegante complexión que le recordaba a la de una bailarina de danza clásica.

«Esbelta» y «elegante» eran dos adjetivos que Rosie jamás usaría para describirse. Ella era más bien «robusta» y «torpe».

De niñas, un primo mayor solía burlarse de ella diciéndole que la habían encontrado en el pantano. Ella, en la inocencia de la infancia, corría llorando a las faldas de su madre, entre histéricos sollozos, porque estaba convencida de que era un bebé robado o abandonado en el *bayou*.

Esas fueron las primeras veces, aunque no las últimas, que sus padres se habían asombrado de su credulidad, pero los niños (incluidos los de la familia) podían llegar a ser muy crueles.

No obstante, las tres mujeres Pradine tenía el pelo de su bisabuela: grandes rizos castaños y caoba, aunque los de Rosie tiraban más al caoba.

Eso sí, a medida que se hizo mayor, empezó a parecerse más a su padre. Desde luego, tenía sus pecas. No eran muy marcadas y apenas se le notaban cuando se maquillaba, pero ahí estaban, demostrando que la genética podía ser caprichosa.

—Gracias, mamá.

Su madre examinó el vestido mientras se sentaba en el enorme butacón estilo victoriano con cojines de terciopelo verde esmeralda que Rosie había colocado en un rincón, junto a las puertas del balcón.

—No me puedo creer que fuera un vestido de novia.

—¿Verdad? —Rosie se apartó del espejo y fue hacia el tocador, donde agarró la máscara y se la mostró a su madre—. ¿La ves demasiado sencilla?

—Cariño, con ese vestido, podrías llevar hasta una máscara que hubieras dibujado y recortado tú misma.

Rosie se rio. Había comprado la máscara en una tienda de recuerdos por una miseria. Era roja, con un ribete de encaje negro. Muy simple, comparada con otras que iban decoradas con plumas y joyas.

—¿Alguna vez me has visto pintar algo más complejo que el clásico monigote? ¿Cómo voy a dibujar una máscara?

Su madre cruzó sus largas piernas. Había ido a su casa nada más salir del trabajo, pero no tenía ni una brizna de harina encima. Cuando Rosie dejaba la pastelería, parecía que se había rebozado en ella.

—¿Vas a llevar el pelo suelto?

Asintió. Se lo había peinado con la raya en medio y, mientras la humedad se mantuviera bajo control, su pelo no terminaría siendo una maraña encrespada.

—Seguro que todo el mundo llevará complicados recogidos, pero haga lo que haga, obtendré el mismo resultado. Cuando salga de aquí, mi pelo tendrá un aspecto genial, y un cuarto de hora después, parecerá que llevo un puercoespín muerto en la cabeza.

—Eres un poco exagerada —dijo su madre—. De todos modos, me gusta más suelto. Estás más sexi.

Arrugó la nariz.

—Me harás la mujer más feliz del mundo, si no vuelves a referirte a mí como «sexi», mamá.

Su madre puso los ojos en blanco.

—¿Viene Sarah a buscarte u os encontraréis en...?

—Hemos quedado en la mansión.

Se quedaron calladas un momento, antes de que su madre volviera a hablar.

—¿Y tienes algún otro plan para este fin de semana aparte del baile?

Dejó la máscara sobre el tocador y negó con la cabeza.

—En realidad, no.

Algo que podría cambiar si Jilly conseguía que los Méndez les dejaran llevar a cabo una investigación más exhaustiva. No habían grabado ningún otro fenómeno paranormal y, en ese momento, Jilly también estaba intentando convencerles de que Sarah acompañara al equipo para ver si podía contactar con quienquiera que fuera el ente que estaba acechando su casa. Hasta ese momento, Maureen y Preston se habían mostrado reticentes; algo que había sorprendido tanto a Rosie como a Lance, pero la gente solía reaccionar de forma muy inesperada, incluso aquellos que creían que su casa estaba encantada.

Por supuesto, Jilly ahora estaba convencida de que la actividad provenía de la casa que Lucian de Vincent había comprado. Según ella, aquello explicaba que las apariciones fueran tan espaciadas. Y seguía presionándola para que encontrara la manera de acceder a la propiedad. Ese mismo día, le había dejado un mensaje en el buzón de voz tan largo que se había cortado cuando iba por la décima razón por la que Rosie tenía que hablar con los De Vincent o con Nikki sobre el asunto.

—Perfecto, entonces —comentó su madre.

Rosie la miró con los ojos entrecerrados mientras se colocaba el corsé.

—¿Por qué perfecto?

Su madre sonrió de una forma que conocía muy bien. Era una sonrisa demasiado entusiasta, demasiado atenta, incluso tenía ese brillo en los ojos. Se preparó para lo peor.

—Bueno, hay un chico encantador al que creo que te interesaría conocer.

Rosie abrió la boca y sus dedos se congelaron cuando iba por la mitad del corsé.

—Es amigo de Adrian —continuó su madre. Adrian era el marido de su hermana—. Es un terapeuta respiratorio que lleva un tiempo divorciado. Según Bella, es un hombre muy...

—Mamá —la interrumpió ella.

—¿Qué? —La miró con una cara de inocencia muy lograda—. Solo te estoy informando de que hay un hombre que está disponible este fin de semana al que le encantaría conocerte.

Rosie bajo los brazos.

—Por favor, dime que no me has vuelto a venderme al mejor postor.

—¡Nunca haría algo así! —Su grito de indignación no la afectó en absoluto. Esa era la tercera encerrona que le preparaba por sorpresa—. Concertarte una cita no es venderte al mejor postor.

—A mí me parece más o menos lo mismo —replicó, prestando de nuevo atención al corsé—. Además, ya sé buscarme yo sola mis citas.

—Con Tinder no se consigue una cita como Dios manda.

—Mamá... —Rosie hizo una mueca—. ¡Pero si ni siquiera sabes lo que es Tinder!

—Por supuesto que lo sé. Sinceramente, ojalá hubiera existido en mi época de soltera. Quiero a tu padre con toda mi alma, pero, en su momento, me hubiera venido de perlas contar con esa aplicación.

Negó con la cabeza y respiró hondo. Las ballenas del corsé se le clavaron en las costillas. Esas cosas eran lo peor, pero conseguían que una se sintiera como una diosa del sexo.

—Te habrías pasado todo el día dando «me gusta» a los candidatos.

Su madre se rio.

—En serio, a Erick, así se llama, le encantaría conocerte. Le voy a enviar un mensaje con tu número de teléfono.

Rosie cerró los ojos y murmuró una oración para sí misma. No una oración formal; una que empezaba con un «Por favor, niño Jesús, ayúdame», así que dudaba que fuera a funcionar, pero merecía la pena intentarlo.

—¿Tienes su número de teléfono?

—Para ti. No para mí.

—Bueno, sí, eso está claro. —Hizo una pausa—. O eso espero.

—No le aseguré que fueras a salir con él, pero espero que le mandes algún mensaje. —Se levantó del butacón y fue hacia ella, antes de mirarla a los ojos—. Mi niña, solo quiero que seas feliz.

—Soy feliz. ¿No te parezco feliz? Porque lo soy. Por fin puedo ir a la Mascarada. Ahora mismo estoy que no quepo en mí de gozo.

—Lo sé, pero eso no es a lo que me refiero. —Le acarició la mejilla con el pulgar—. Quiero que encuentres la felicidad que tuviste con Ian.

Rosie se quedó sin aliento.

—Mamá...

—Sí, ya lo sé. Sé que han pasado diez años y has seguido adelante. Soy consciente de ello, pero me tienes... preocupada. Eres mi hija y no quiero que no te permitas volver a encontrar ese tipo de amor. ¿Qué sentido tiene todo esto, la vida misma, si no puedes compartirla con alguien?

A Rosie le ardía la garganta.

—Tengo a mucha gente con quien compartir mi vida: tú, papá, Bella, mis amigos...

—No estamos hablando de eso.

Rosie tomó una profunda bocanada de aire, se apartó de su madre y dio un paso atrás.

—Puede... puede que no vuelva a encontrar ese tipo de amor —dijo, mirando a su progenitora—. Tal vez él fue mi único amor, y no estoy destinada a tener más de un compañero de vida. Y te prometo que es algo que no me importa.

Su madre la miró con tristeza.

—¿En serio, Rosie?

¿De verdad tenía importancia? Porque si Ian fue su alma gemela, daba igual si le importaba o no. La vida real no estaba llena de «Y vivieron felices para siempre». Mucha gente ni siquiera llegaba a saber lo que era. Algunos incluso tenían justo lo contrario.

Quizá Rosie ya había tenido su «final feliz» y no volvería a encontrarlo con ningún hombre o mujer, sino solo consigo misma.

Y había creído que estaba en paz con esa idea, pero en momentos como ese, tenía sus dudas.

12

—Tengo un extraño presentimiento con respecto a esta noche.

Rosie se agarró la falda del vestido para no caerse de cara en la acera frente a la residencia privada en St. Charles, donde tenía lugar el baile. Cuando oyó a Sarah, se detuvo en seco y se volvió para mirar a su amiga. Su madre acababa de dejarla y la médium la había estado esperando a la vuelta de la esquina.

Sarah estaba espectacular. Llevaba un vestido muy parecido al suyo, rojo y negro con mangas en forma de campana, pero era una cabeza más alta que ella, poseía una piel melocotón exquisita y se había peinado el cabello rubio en un elegante recogido alto.

También llevaba una máscara roja, ribeteada con encaje negro. El corpiño de encaje de su vestido tenía un escote tan pronunciado que corría el riesgo de terminar mostrando sus encantos en algún momento de la noche.

Aunque Rosie tampoco era quién para hablar. Si se inclinaba un poco hacia delante, tenía muchas posibilidades de que se le salieran los pechos. Siempre que no se desmayara antes, porque lo primero que hizo Sarah nada más verla fue apretarle el corsé de tal forma que le sorprendió que no le rompiera ninguna costilla.

De todos modos, cuando su amiga le comentó lo del presentimiento, se lo tomó muy en serio.

—¿Un extraño presentimiento en plan «Vámonos a casa ahora mismo»? ¿O solo un extraño presentimiento sin más?

Sarah ignoró las miradas de impaciencia de los demás invitados vestidos con traje de época que les rodeaban, cerró los ojos y se acercó a Rosie.

—Es un presentimiento bastante fuerte.

Rosie esperó a que se explicara. Sintió un escalofrío en la nuca. Esa noche hacía fresco, pero sabía que ese hormigueo no era por la temperatura.

—Estoy empezando a pensar que no debería haber aceptado tu invitación.

Sarah se rio y ladeó la cabeza. A Rosie le asombró que no se le cayera el recogido.

—No te irías de aquí aunque te dijera que vas a perder un dedo esta noche. Llevas años deseando venir a la Mascarada.

—Cierto. —Se distrajo un momento al ver pasar a su lado a un hombre vestido con lo que supuso era un disfraz de Lestat. Se parecía un montón al original. Volvió a prestar atención a Sarah—. Pero tienes un presentimiento.

—No es algo malo. Solo he oído una voz. —En ese momento se encendió una farola que arrojó un tenue resplandor amarillo sobre la verja que rodeaba la fachada de la mansión. Sarah se volvió y levantó los dos sobres de color marfil para abanicarse. La Mascarada no enviaba invitaciones *online*. Todo estaba impreso en papel, a la antigua usanza—. Más bien un susurro.

—¿Un susurro? —Rosie estaba acostumbrada a los susurros y presentimientos extraños cuando se trataba de Sarah—. ¿Has podido entender lo que te decía?

Sarah asintió. Un mechón de pelo suelto le cayó hacia delante, rozándole la máscara.

—Quien no arriesga no gana.

—¿En serio? —preguntó con cierto sarcasmo—. ¿Un fantasma te ha susurrado una frase motivacional al oído?

—Tiene su gracia, ¿verdad? —Su amiga se encogió de hombros—. ¿Le has contado a alguno de los De Vincent lo que sucedió en la sesión?

Sí, también estaba acostumbrada a los drásticos cambios de tema de Sarah.

—No. Seguro que no me creerían. Además, ya están bastante ocupados con sus propios asuntos —explicó, pensando en Nikki—. No es tan fácil sacar a colación una información como esa en una conversación con un extraño.

Sarah abrió los ojos asombrada.

—Me sorprende que no fueras corriendo a contárselo a ninguno de ellos.

Rosie apretó los labios. Ella tampoco se explicaba cómo no había dicho nada. Era cierto que la mayoría de la gente lo entendería (al fin y al cabo, se arriesgaba a parecer una loca), pero estaba un poco molesta consigo misma por no haber compartido esa información. Tal vez no lo había hecho porque requería hablar con un De Vincent y, por lo tanto, llamar la atención de Devlin.

Pero eso último era inevitable, ya que tenía pensado hacerle otra visita a Nikki en breve.

Sarah la observó un instante y después asintió.

—Deberíamos ponernos en marcha.

Y dicho eso, empezó a avanzar entre la multitud que atravesaba la estrecha entrada de la verja. Menos mal que a Rosie le gustaban las cosas raras, porque, a veces, el comportamiento de su amiga lo era.

Volvió a alzarse el vestido, alcanzó a Sarah y echó un vistazo a la impresionante mansión de estilo neogriego situada cerca de la Universidad Loyola. La había visto cientos de veces, pero nunca así, en la noche de la archiconocida Mascarada, donde se codeaba (y solo Dios sabía qué más) la flor y nata de la sociedad de Nueva Orleans. Aunque ella no estaba allí por los invitados al baile.

Cuando tocó su pequeño bolso de cuentas y palpó la diminuta grabadora que llevaba dentro, sonrió de oreja a oreja. Su único propósito de la velada era captar la voz del fantasma de la novia asesinada.

Lo más probable era que no se le volviera a presentar una oportunidad como aquella para hacerlo. Quizá el susurro que había oído Sarah era un consejo, aunque un poco cursi. Quien no arriesgaba no ganaba.

Al lado de la entrada de la verja estaba parado un equipo de vigilantes de seguridad. Esa debía de ser la razón por la que la fila de invitados se movía de una forma tan lenta, pero en cuanto llegó su turno, Sarah mostró sus invitaciones y enseguida estuvieron dentro. Una vez en el interior de la propiedad, aminoraron el paso. Había encaje blanco y negro por todas partes, un mar de tafetán y máscaras de plumas y pelucas muy elaboradas. Las mujeres se habían pintado lunares blancos, maquillado con polvos blancos y llevaban collares de esmeraldas y zafiros que parecían auténticos.

El empalagoso aroma de los perfumes y colonias, mezclado con la cantidad de asistentes y lo juntos que estaban hizo que se mareara un poco. Bueno, seguro que el corsé también tenía su parte de culpa, pero se obligó a sobreponerse. Se moría de sed. Estaban sirviendo vino. Con un poco de suerte, sería uno de esos vinos carísimos que nunca podría permitirse.

—Todo esto es precioso, ¿verdad? —Sarah enroscó el brazo en el suyo.

Lo era. La mansión estaba apartada de la calle. Parecía tener encendidas todas las luces. El gran patio delantero estaba iluminado con guirnaldas de luces y faroles de papel que colgaban de postes. El amplio camino de entrada conducía a unos escalones tan anchos como la casa.

—Gracias por invitarme —dijo Rosie, dándole un apretón—. Sé que ya te lo he dicho mil veces, pero te lo voy a repetir. Estoy viviendo una experiencia increíble.

Sarah se inclinó sobre ella, bajando la voz cuando llegaron a los escalones.

—¿Una experiencia increíble para colarse en un dormitorio en concreto?

Rosie la miró con un brillo de diversión en los ojos y fingió jadear indignada.

—¿Cómo te atreves a insinuar tal cosa?

—Claro, claro. —Sarah se rio mientras subían los escalones—. Si te pillan, no te conozco.

Rosie sonrió de oreja a oreja.

—Haré todo lo posible por gritar el nombre de tu ex para que todos lo oigan.

—Esa es mi chica.

Cuando entraron al amplio vestíbulo con forma ovalada, sintió que una brisa de aire más fresco le acariciaba la piel caliente. Que hiciera una temperatura tan baja en el interior con todas esas personas dentro solo podía ser obra de la magia vudú. Si ese era el caso, alabada fuera. Pensaba que aquello sería tan sofocante como una sauna, sin embargo, corría bastante el aire.

Con las risas, el murmullo de las conversaciones y gente por todas partes era difícil hacerse una idea de lo grande que era aquello. Había tanto que ver y oír que se sintió un poco abrumada, como cuando intentaba caminar por las calles de la ciudad durante el Mardi Grass, el famoso carnaval de Nueva Orleans. Contempló los rostros ocultos tras las máscaras y los disfraces de los invitados que tenía a su alrededor. Si alguno de sus amigos hubiera asistido al baile, lo que era poco probable ya que no se codeaba con gente de alta alcurnia, no habría podido reconocerlo. De pronto, abrió los ojos como platos. ¡Santo Dios! Los hombres llevaban...

—Calzas —susurró. Esbozó una lenta sonrisa mientras observaba un grupo de piernas masculinas embutidas en calzas ajustadas de color gris, marrón y negro. La mayoría iban acompañadas de botas de montar. Un detalle del que, no sabía muy bien por qué, no se había percatado cuando estaban fuera—. Llevan calzas.

—Sí.

Era incapaz de apartar la mirada.

—¿Crees que también se habrán puesto coquinas de protección bajo las calzas?

Sarah se rio.

—Ya sabes, en aras de la precisión histórica —susurró—. Porque alguno de esos... paquetes no parecen reales.

—Espero que lo que estoy viendo no sea de pega —replicó la médium—. Aunque algunos tienen unos traseros bastante bonitos.

Una mujer que estaba parada frente a ellas volvió la cabeza en su dirección. Cuando les miró el escote, esbozó una ligera sonrisa con los labios pintados de un intenso rojo.

—Aquí hay un montón de cosas bonitas esta noche —dijo antes de guiñarles el ojo y darse la vuelta de nuevo.

Sarah y Rosie se miraron durante un rato.

—Tenemos que beber algo de inmediato. —Sarah continuó agarrándola del brazo—. La barra debería estar a la izquierda, en el salón principal.

Dejó que Sarah la guiara. A medida que se apartaban de la multitud, pudo echar un vistazo más amplio al interior de la mansión, a las paredes revestidas de madera de roble y a la magnífica escalinata de ciprés. Las habitaciones estaban decoradas con medallones e intrincadas molduras de yeso que supuso eran originales de la casa.

Sarah había tenido razón. No solo había una barra en el salón principal, sino que había mucha menos gente. Lo que era sorprendente, ya que allí era donde estaba el alcohol. Vio un pequeño grupo de mujeres parado junto a una ventana enorme, observando a los hombres que había en la barra.

—Vamos a buscarte uno de esos moscateles dulces que tanto te gustan —dijo Sarah con una enorme sonrisa—. Y para mí, algún wiski carísimo.

—Me parece una idea estupenda —repuso ella mientras se acercaban a la barra.

—Disculpen, caballeros —indicó Sarah con un tono que destilaba dulzura al más puro estilo sureño—. ¿Nos dejan pasar?

Dos de los hombres que había más cerca se volvieron hacia ellas y las miraron con el mismo interés manifiesto que la mujer del vestíbulo.

—Por supuesto —murmuró uno de ellos, haciéndose a un lado. Su amigo lo imitó. Ambos tenían el pelo rubio, ojos castaños, mandíbulas fuertes y unas sonrisas agradables. Como tenían la mitad del rostro oculto tras una máscara, no pudo discernir el resto de sus rasgos, pero decidió que eran guapos y les sonrió. Al fin y al cabo, casi todos los hombres tenían su encanto detrás de una máscara.

—Gracias —les dijo.

—¿Qué estáis bebiendo? —preguntó Sarah.

Mientras respondían, Rosie llamó la atención del camarero. O más bien su pecho. Aprovechó la oportunidad y pidió sus bebidas antes de volverse hacia los dos hombres y apoyar la cadera en la barra.

Quiero que encuentres la felicidad que tuviste con Ian.

Muy a su pesar, las palabras de su madre resonaron a todo volumen en su mente. ¿De verdad quería volver a encontrarla? Sí, claro que quería, pero no...

En ese instante se dio cuenta de que uno de los hombres le estaba hablando, así que salió de su ensimismamiento.

—Perdona, ¿qué me estabas diciendo?

—No pasa nada. —Su sonrisa era cálida—. Te decía que me llamo Theo. ¿Y tú?

—Rosie —contestó, tomando la copa de vino rosado y espumoso que le entregó el camarero.

—Me gusta. ¿Eres de aquí, Rosie?

Dio un sorbo al vino y miró de soslayo a Sarah. Su amiga estaba ocupada, olvidándose de su ex.

—Sí, nacida y criada aquí. ¿Qué me dices de ti?

—Soy de Baton Rouge, pero me gusta pensar que Nueva Orleans ha terminado adoptándome —respondió Theo—. Llevo aquí cuatro años.

—Bueno, ya sabes lo que dicen de Nueva Orleans: que te recibe con los brazos abiertos o te echa de inmediato.

—No puede haber palabras más ciertas. —Theo alzó la copa a modo de brindis.

Estaba a punto de preguntarle por qué se había ido a vivir allí cuando le sucedió algo de lo más extraño. Sintió como si unos dedos cálidos le recorrieran la columna vertebral. Fue una sensación tan inesperada que, antes de darse cuenta, estaba mirando hacia atrás. Sus ojos se posaron en un hombre con una precisión desconcertante.

Estaba apoyado en la barra, con las piernas cruzadas a la altura de los tobillos y un brazo sobre la encimera. Estaba bebiendo alguna especie de líquido dorado de un vaso corto y la estaba mirando fijamente. Cuando sus ojos se encontraron, una extraña emoción se apoderó de ella, haciendo que se le pusiera la piel de gallina debajo de las mangas largas.

Un momento...

Aunque llevaba una máscara negra y estaba demasiado lejos para distinguir el color de sus ojos, reconoció sin ningún género de duda ese pelo peinado a la perfección y la mandíbula cuadrada.

¡Mierda! Era Devlin de Vincent.

No se lo podía creer. Jamás había esperado encontrárselo allí. Desde luego, no parecía el tipo de hombre que iría a un baile y se pondría una máscara. Pero sin duda era él y estaba...

Bajó la mirada. Llevaba unas calzas negras y estaba... Un escalofrío la recorrió por completo; el tipo de escalofrío que sentías cuando tenías el cuerpo en llamas.

¡Oh! ¿Por qué Dios era tan cruel?

Con enorme esfuerzo, se obligó a mirar arriba. Con esa máscara, con esas calzas, parecía recién salido de una fantasía.

Le vio esbozar una media sonrisa y alzar el vaso en su dirección.

Se lamentó por su mala suerte. No quería verlo, y más después de lo que le había dicho en la mansión De Vincent.

Antes de darle la espalda, alzó su copa, pero levantando el dedo corazón para hacerle una peineta.

Luego volvió a prestar atención a... ¿Cómo se llamaba? ¡Mierda! Era incapaz de acordarse. Y ese hombre volvía a mirarla como si acabara de decirle algo y ella no le hubiera escuchado. Que, obviamente, era lo que había sucedido. ¿Cómo iba a escucharlo si, incluso de espaldas a Devlin, podía sentir su mirada clavada en ella?

No podía seguir en esa habitación. Además, no había ido a la Mascarada para coquetear con hombres guapos, de cuyo nombre no podía acordarse, o para que la taladraran con la mirada.

Tras murmurar una disculpa a su interlocutor, clavó la vista en Sarah. Con una sola mirada, su amiga supo lo que se disponía a hacer a continuación. Se olvidó de que Devlin estaba al final de la barra y atravesó el salón con toda la lentitud que pudo, esperando que su trasero se balanceara de forma tentadora y no como si sufriera una leve cojera.

Lo único bueno de que el mayor de los De Vincent hubiera acudido al baile esa noche era que la había visto con ese vestido impresionante que daba a sus pechos un aspecto divino. Al menos podía quedarse con ese consuelo.

Decidida a no agobiarse ni un segundo más por la inesperada presencia de Devlin, regresó al vestíbulo, que seguía repleto de gente. En la parte trasera de la casa estaba tocando una orquesta. Pasó por delante de un grupo de personas paradas cerca de la escalinata. Con la copa de vino en la mano, subió los escalones como su madre le había enseñado.

Camina como si tuvieras todo el derecho del mundo a estar ahí.

Y, como siempre, funcionó. Nadie la detuvo. Nadie la llamó mientras deslizaba la mano por la hermosa barandilla de madera. Al llegar a la planta de arriba, sonrió con satisfacción.

Podría haber sido una espía.

O un *ninja*.

O, mejor aún, una espía *ninja*.

Nada más torcer a la derecha, se tropezó con el borde de una alfombra. Estiró la mano libre para no caerse y, por algún desconocido milagro, no derramó ninguna gota de su bebida.

De acuerdo, no podría ser ni una espía ni ningún *ninja*.

Sacudió la cabeza y fue hacia el pasillo que llevaba a la parte trasera de la casa. *Por favor, que no esté cerrada. Por favor, que no esté cerrada.* Agarró el pomo de la puerta del último dormitorio de la izquierda. Cuando se abrió, soltó un suspiro de alivio.

Encendió la luz y echó un vistazo a la habitación mientras entraba y dejaba la puerta entreabierta. Era bastante pequeña y apenas estaba decorada. Solo había una cama y una mesita de noche contra la pared y una cómoda junto a la puerta. Frente a la ventana, cuyas cortinas estaban cerradas, había un espejo de cuerpo entero. Como todos los muebles parecían nuevos, no sintió ningún remordimiento cuando dejó la copa en la mesita de noche.

Lo que estaba haciendo en aquella habitación sin el permiso del dueño no era ético, pero nadie en su lugar habría dejado pasar una oportunidad como aquella. Lance y Jilly habían hecho ese tipo de cosas en múltiples ocasiones, y los habían pillado en otras tantas.

Abrió el bolso de mano y buscó la grabadora.

—Rosie —dijo de pronto una voz que ya conocía demasiado bien—. ¡Qué sorpresa!

13

Dev la había reconocido desde el mismo instante en que entró en el salón principal acompañada de una mujer alta y rubia, antes incluso de que ella fuera consciente de su presencia. ¿Cómo no iba a hacerlo? Todas las invitadas se habían vestido para llamar la atención o seducir, pero ninguna (ni una sola mujer) llevaba su disfraz como Rosie. Era la tentación personificada, y no pudo evitar seguirla con los ojos.

Ese vestido...

¡Dios! A diferencia de la mayoría de las asistentes, no usaba una de esas ridículas enaguas que aumentara el volumen de la falda. El vestido rojo y negro se ceñía a sus redondeadas caderas y muslos con cada paso que daba, era de escote bajo y se ajustaba a la cintura con un corsé que realzaba...

¡Joder!

Le habría encantado taparla con un saco.

O arrancarle el vestido con los dientes.

El burbon que bebía le abrasó la garganta mientras contemplaba el voluptuoso pecho que asomaba por el delicado encaje negro. Hasta ese momento, solo la había visto con prendas holgadas, pero en los breves instantes en que sus cuerpos habían estado pegados se había dado cuenta de que tenía unos senos turgentes y generosos. Viéndola con ese vestido, no podía ignorar lo hermoso que debía de ser su cuerpo con todas esas curvas que estaba escondiendo.

Cuando por fin pudo mirar su rostro tampoco consiguió calmarse. Se había pintado los carnosos labios de un suave rojo y sus ojos llamaban la atención tras la sencilla máscara roja y negra. Estaba yendo en contra de la tendencia de ese baile en muchos sentidos. Llevaba el pelo suelto, en vez de un elaborado recogido. Los gruesos rizos enmarcaban su rostro con forma de corazón y le caían por los hombros. Lo tenía más largo de lo que se había imaginado No se había puesto ninguna joya, salvo la cadena de oro con la alianza de su difunto esposo; un detalle que la hacía parecer más elegante que aquellas que adornaban sus cuellos y orejas con diamantes que costaban miles de dólares.

Sí, Rosie estaba impresionante.

No era la primera vez que apreciaba su atractivo. Se había percatado antes, incluso con la ropa holgada y el pelo recogido. La había encontrado guapa en el momento en que la vio en su apartamento, pero esa noche estaba increíble. A lo largo de su vida, había conocido a muchas mujeres preciosas (ya fuera de nacimiento o gracias al bisturí de un cirujano). Sin embargo, ninguna de ellas estaba a la altura de Rosie.

Esa mujer había conseguido despertar sus sentidos y enardecer su cuerpo con solo mirarla. Sabía que no tenía nada que ver con sus acaloradas conversaciones, ni con lo que sospechaba de ella.

Solo estaba reaccionando a todo lo que era ella. Y eso era algo tan poco habitual en él que no le gustó en absoluto.

Decir que le había sorprendido verla en la Mascarada habría sido quedarse corto. Aunque estaba empezando a darse cuenta de que Rosie tenía la costumbre de aparecer cuando menos se lo esperaba.

Cuando recordó lo que Gabe le había dicho, sintió una leve punzada de culpa, pero dudaba que sus apariciones fueran una mera coincidencia. Lo más probable era que Rosie lo tuviera todo calculado. ¿Cómo si no iba a saber que él iba a estar allí?

Aunque era consciente de que no debería hacerlo, la siguió en cuanto la vio abandonar el salón principal. No tenía la menor idea de lo que estaba tramando; seguro que tenía algo que ver con ese puto periodista. Lo mejor que podía hacer era mantenerse al margen, pero cuando la observó subir a la planta de arriba y dirigirse a un pequeño dormitorio que había en la parte trasera de la casa, la curiosidad pudo con él. ¿Qué narices se traería entre manos? Nada bueno, a juzgar por la forma en que lo estaba mirando en ese momento, con los ojos abiertos por la sorpresa. Parecía que acababa de pillarla robando las joyas de la corona.

—¿Qué haces aquí arriba? —quiso saber ella, sacando la mano de su bolso.

—Tengo una pregunta mejor. —Se apoyó en la puerta que acababa de cerrar, con el vaso de burbon todavía en la mano—. ¿Qué haces tú en la Mascarada?

—Estoy intentando pasar una tranquila y encantadora velada sin que me monten ninguna escena —replicó ella. Se distrajo al ver su adorable pecho hinchándose cuando tomó una profunda bocanada de aire—. Aunque parece que no voy a tener suerte.

Dev sonrió con suficiencia.

—No me refería a eso y lo sabes. —Hizo una pausa—. Nunca has asistido a este baile. Me habría dado cuenta.

—¿En serio? —Rosie cerró el bolso.

Él asintió.

—Ahí abajo hay cientos de personas —siguió ella—. ¿Cómo sabes que nunca he venido a la Mascarada porque no te has dado cuenta?

—Porque si hubieras venido vestida así, te aseguro que me habría fijado en ti.

Rosie se quedó callada un instante. Parecía que estaba intentando discernir lo que acababa de decirle.

—No sé si tomármelo como un cumplido. Aunque, conociéndote, seguro que ha sido un insulto.

—No ha sido un insulto —replico él—. Estás muy guapa. Más bien, espectacular. Por eso sé que, si hubieras venido antes con este aspecto, no te habría quitado los ojos de encima.

Rosie abrió los labios asombrada. Un detalle que a él no le pasó desapercibido. No era de los que les gustaba besar. ¡Joder! No había besado a Sabrina ni una sola vez. Más que nada, porque no quería tener la boca de esa mujer tan cerca. Jamás había tenido tantas ganas de probar los labios de nadie y sentirlos contra él como en ese momento.

—¿Estás borracho? —preguntó ella.

Dev enarcó una ceja.

—Ojalá.

La vio mirar a su alrededor antes de volver a clavar la vista en él. Se quedaron un momento en silencio, antes de que Rosie volviera a hablar.

—Una amiga tenía una invitación de más, y como sabía lo mucho que siempre he querido venir a la Mascarada, me invitó a asistir con ella.

Interesante.

—¿La rubia con la que estabas? —Rosie asintió con la cabeza mientras lo miraba—. Pero eso no me dice qué estás haciendo aquí, en vez de disfrutando de la fiesta.

—Estoy disfrutando de la fiesta.

—¿Sola? ¿En una habitación de la planta de arriba a la que estoy convencido de que los invitados no pueden subir? —inquirió él.

Rosie apretó aquellos tentadores labios.

—¿No has pensado que tal vez estaba intentando esconderme de ti?

—Jamás se me ocurriría pensar que quisieras esconderte de mí.

Rosie puso los ojos en blanco.

—¿Qué estás haciendo aquí arriba? —repitió él.

—Estoy midiendo las dimensiones de la puerta para ponerle una cortina de cuentas. ¿Y tú?

A Dev se le escapó una carcajada. Un sonido que le sorprendió a él mismo.

—Seguro que los propietarios sabrán apreciar el nuevo elemento decorativo, pero dudo que estés aquí por eso. O al menos eso espero.

Ella lo miró con los ojos entrecerrados.

—Tú tampoco has respondido a mi pregunta. ¿Qué haces aquí?

—Te he seguido —reconoció él.

Ella parpadeó.

—Bueno, eso es algo tan espeluznante como molesto.

—¿Por qué? —Bebió un trago de burbon, mirándola con los ojos entornados.

—Porque estoy convencida de que me has seguido hasta aquí solo para insultarme, y no voy a darte el placer. —Agarró su copa de vino y dio un paso adelante con la barbilla levantada—. ¿Puedes apartarte de la puerta?

—No te he seguido para insultarte. Creía haber dejado eso claro después de decirte que estabas muy guapa.

—¿En serio? —preguntó ella con tono seco—. Teniendo en cuenta que todas las conversaciones que hemos tenido, salvo la del cementerio, han terminado contigo insultándome, ¿por qué voy a creer que esta noche será distinta?

Esa noche era distinta. No tenía ni idea por qué. Tal vez fuera su instinto, pero sabía que esa noche no iba a ser como ninguna otra.

—¿Siempre tienes que estar rebatiéndolo todo?

—¿Siempre tienes que ser tan cretino?

—¿Cretino? No he oído esa palabra desde que tenía... ¿trece años?

—¿Y?

—¿Quién sigue diciendo eso?

—Yo. —Rosie esbozó una sonrisa que fue directa hasta su miembro, poniéndolo duro como una roca—. Lo estoy volviendo a poner de moda.

Dev sonrió.

—Creí que solo era un idiota.

—Eres las dos cosas. Un idiota y un cretino.

—Impresionante.

—No tanto. —Rosie bebió un sorbo de vino.

Cuando la vio deslizar un dedo por la copa, le entró un repentino ataque de celos. De pronto, quería que ella lo tocara de la misma forma. Aunque, teniendo en cuenta que debía de odiarlo, era poco probable que aquello sucediera. No obstante, la mañana en que la sintió contra su cuerpo en su apartamento, había creído ver un brillo de excitación en sus ojos, en la forma como tragó saliva y se le aceleró la respiración.

—Creo... creo que te debo una disculpa —dijo, volviendo a mirarla a los ojos.

—¿Por qué? —preguntó ella, bebiendo otro sorbo de vino.

Su erección se hizo más grande cuando la vio recoger con la lengua una gota que se le había derramado en el labio inferior.

—¿De verdad vas a hacer que te responda a eso?

—¿El agua moja? Sí. —Rosie esbozó una tensa sonrisa—. Porque cuando has pronunciado la palabra «disculpa», casi te has atragantado con ella.

—Eso no es verdad.

—Te puede tu arrogancia —añadió ella.

—Está bien. Fui un imbécil contigo.

—¿Cuándo? ¿En mi apartamento, cuando te quejaste de mi decoración o cuando diste a entender que te di las flores con segundas intenciones?

Dev abrió la boca, pero ella no le dio tiempo a decir nada. Por lo visto, no había terminado.

—¿O cuando insinuaste que quería hacerle daño a tu familia porque le presenté a un tipo a mi amiga? —Fue hacia él, bajando la copa. Durante un segundo, creyó que le iba a tirar el contenido—. ¿O te estás disculpando por obligarme a mover el coche y hacer que me sintiera como una invitada no deseada cuando fui a visitar a mi amiga? No, espera. Hay más. ¿Tal vez sea porque me dijiste que la mera idea de follar conmigo te parecía ridícula?

Estaba empezando a darse cuenta de que Rosie tenía una memoria extraordinaria.

—Sí, te debo una disculpa por todo eso. Así que... lo siento.

Ella ladeó la cabeza.

—No podrías sonar menos sincero ni aunque lo intentaras.

—He sido sincero. —Y eso era... Bueno, era cierto. Quizá la había juzgado mal. Puede que la hubiera acusado de cosas que no había hecho solo por las personas con las que se relacionaba. No estaba seguro, pero se sentía un poco... culpable. Y eso era algo que no le sucedía a menudo—. Fui un idiota contigo.

—Sí, es cierto. Pero no creo que puedas «desidiotizarte».

Dev parpadeó.

—¿«Desidiotizarme»?

—Sí, dejar de ser un idiota así como así.

—Si le pones el empeño suficiente, todo es posible.

Rosie soltó un bufido.

Dev apoyó la cabeza en la puerta.

—Entonces, ¿no aceptas mis disculpas?

—En realidad, no. Las palabras no significan nada, si no van acompañadas de acciones.

—En eso te doy la razón. —Alzó el vaso hacia ella y luego se terminó el burbon que le quedaba, agradeciendo el trago—. Me supones todo un misterio. Y eso es algo... inusual. —Dejó el vaso en la cómoda—. Podría haber averiguado todo lo que quería saber de ti con solo una llamada. Pero no lo he hecho. Y eso solo ya es un misterio de por sí.

Rosie abrió la boca, la cerró y, al cabo de unos segundos, dijo:

—De acuerdo. No sé ni por dónde empezar, aparte de que sería una flagrante violación de mi intimidad.

—Cierto.

Rosie se quedó mirándolo un momento.

—¿Eso es todo lo que tienes que decir al respecto?

—Sí —replicó él. Se enderezó y se apartó de la puerta—. Pero todavía no lo he hecho.

—¿Crees que deberían condecorarte por no ser un acosador?

Volvió a suceder. Fue incapaz de reprimir una sonrisa. Aunque ni siquiera lo intentó.

—Sí, eso creo.

—¡Vaya! —Rosie se rio. No fue ninguna risa forzada o sarcástica—. Eres... único.

—Me lo tomaré como un cumplido.

—¡Cómo no! —Se encogió de hombros—. De todos modos, si al final decides hacer esa horrible llamada, tampoco vas a encontrar nada interesante. Llevo una vida la mar de aburrida.

—Mientes —murmuró Dev. Dio un paso hacia ella—. No creo que haya nada en ti que resulte aburrido.

Rosie lo miró durante un buen rato antes de decir:

—¿De verdad quieres saber qué estoy haciendo aquí?

Ahora se moría de curiosidad.

—Sí.

Volvió a mirarlo durante un segundo que se le hizo eterno, se volvió y fue hacia la mesita donde había dejado la copa de vino. Dev la miró de arriba abajo, deteniéndose en el movimiento de sus caderas.

¡Jesús!

¿Estaba babeando? Porque esa era la sensación que tenía.

Rosie se giró hacia él. Dev se dio cuenta de que estaba abriendo el bolso.

—Esta habitación está encantada.

Él abrió la boca y volvió a cerrarla.

—Cuenta la leyenda que una mujer fue asesinada en este mismo dormitorio, la noche antes del día de su boda, por un exnovio celoso —explicó Rosie mientras sacaba un fino objeto negro con forma rectangular del bolso—. Se supone que con esta grabadora EVP podemos captar su voz. Por eso estoy aquí.

No debería haberse sorprendido, pero lo estaba.

—¿EVP?

—Sí. Fenómenos de...

—Sí, sé lo que significa. —Fue hacia ella y se detuvo junto a la cama—. ¿Has conseguido grabar algo?

Ella no contestó de inmediato.

—No. Me has interrumpido. ¿En serio sabes lo que es un EVP?

Dev asintió y estiró el brazo.

—¿Puedo?

Rosie vaciló un instante antes de darle el aparato. Cuando agarró la grabadora negra sus dedos se tocaron. Dio la vuelta al aparato para asegurarse de que estuviera apagado. Lo estaba, aunque eso no significaba que no hubiera estado funcionando antes.

¡Dios! Sabía que parecía un auténtico paranoico.

Apartó ese pensamiento de su mente y devolvió la grabadora a Rosie. Al ver que la metía de nuevo en el bolso, preguntó:

—¿No vas a... investigar la habitación?

Ella lo miró con un brillo de diversión en los ojos.

—¿Contigo aquí? Antes prefiero que me hagan una lobotomía.

—Eres una exagerada.

Rosie cerró el bolso y lo dejó sobre la cama. Un detalle que le gustó, ya que eso significaba que no tenía pensado irse de inmediato. Aunque tampoco tendría que haberle agradado tanto, porque en algún momento, cuando comenzara la subasta, tendría que bajar a la planta principal.

—No crees en los fantasmas —dijo ella, mirando a su derecha. El espejo reflejaba la imagen de ellos juntos—. Así que, contigo aquí, seguro que no conseguiría nada, por no hablar del rato incómodo que pasaríamos.

No supo por qué pronunció las palabras que dijo a continuación. Unas palabras que jamás había expresado en voz alta, ni siquiera a sus hermanos, pero esa noche... Sí, esa noche era diferente.

—Nunca he dicho que no creyera en los fantasmas.

Rosie abrió los ojos detrás de la máscara.

—Estoy segura de que sí lo dijiste.

Dev negó con la cabeza sin dejar de mirarla.

—No creo en lo que hacen la mayoría de los cazafantasmas, videntes y todo ese tipo de tonterías. Para mí, casi todos son unos estafadores o están mal de la cabeza, pero nunca he dicho que no crea en eso. Solo que, en este tema, se oye mucha bazofia y muy pocas verdades.

Al principio, Rosie lo miró como si no supiera qué decir, pero luego insistió con una pregunta que ya le había hecho antes:

—Devlin, ¿está tu casa encantada?

Se mordió el labio inferior, pensando en cómo podía responder a esa pregunta.

—En casa suceden... cosas. Cosas que no tienen una explicación lógica.

Vio un brillo de entusiasmo en sus encantadores ojos.

—¿Qué tipo de cosas?

—Ruidos incomprensibles. Objetos que se mueven sin que nadie los toque. —Se sentó en la cama y estiró las piernas—. He visto...

Rosie se sentó junto a él, aunque el corsé la obligó a mantenerse rígida.

—¿Qué has visto?

La miró de soslayo.

—Sombras. Movimientos por el rabillo del ojo cuando no hay nadie más en la habitación o en el pasillo.

Se inclinó sobre él y apoyó una mano sobre la cama, junto a su muslo. Dev tomó una profunda bocanada de aire, captando un ligero aroma a... coco.

—Entonces, si crees que tu casa está encantada, ¿por qué reaccionaste de esa forma la primera vez que te lo pregunté?

Volvió a fijarse en sus labios y tuvo que abrir las piernas un poco más para ponerse cómodo.

—Porque soy un idiota.

Rosie esbozó una pequeña sonrisa.

—Eso parece.

—Solo puedo creer en lo que he visto y en lo que he experimentado —dijo él.

—Pero si ves y oyes cosas raras en tu casa, ¿cómo puedes mostrarte tan despectivo con los cazafantasmas y las experiencias de otras personas?

—Porque, como te acabo de decir, creo que casi todos son unos charlatanes.

La sonrisa desapareció.

—¿Eso es lo que piensas de mí?

No sabía lo que pensaba de ella.

—Pienso que crees en lo que haces.

Ella entrecerró los ojos.

—Buena elección de palabras.

Dev se encogió de hombros.

—No lo entiendo —señaló ella al cabo de un momento—. Has sido testigo de fenómenos paranormales y, aun así, dudas sistemáticamente de las experiencias que dicen haber vivido los demás. No es lógico.

Dev se echó hacia atrás y se apoyó en un brazo mientras giraba el cuerpo hacia el de ella.

—Esta misma semana he visto algo —explicó con una media sonrisa—. Una sombra al final de un pasillo. Cuando la vi, pensé en ti.

—Estoy segura de que eso te alegró bastante.

—Yo no iría tan lejos —murmuró él, mirando el espejo—. ¿Has visto algo alguna vez? ¿Con tus propios ojos?

—Sí —se apresuró a responder ella—. He visto fantasmas, y también los he oído.

Por alguna razón, se acordó de aquel sábado por la tarde de su infancia, de la última vez que la amiga de su madre llevó a Pearl a la mansión De Vincent.

—Entonces, ¿crees que hay vida después de la muerte?

Rosie bajó la barbilla. Varios rizos le cayeron sobre los hombros, rozando la parte superior de sus senos.

—Sí, hay algo después de la muerte. Si no lo hubiera, no existirían los espíritus. Además, si no lo hubiera, ¿qué sentido tendría todo esto? ¿Las alegrías, las penas, los fracasos y los éxitos? Vivimos, morimos, ¿y eso es todo? No, me niego a creer que eso sea todo. —Se detuvo un instante y apretó los labios—. No puedo creerlo.

Cuando Rosie alzó la vista para mirarlo, Dev sintió que se le encogía el corazón. Y al igual que le había pasado antes, las palabras se le agolparon en la punta de la lengua. Palabras que nunca había contado a ningún ser humano.

Tal vez actuó de esa forma porque consideraba a Rosie como una extraña, aunque al mismo tiempo no lo era. O porque ella no sabía mucho de él y él tampoco de ella. Quizá solo fue porque no la había impresionado. No se la veía embelesada, ni intentando seducirle. Sabía que existía una enorme probabilidad de que estuviera compinchada con Ross, pero estaba seguro de que Rosie no le tenía ningún miedo.

De modo que quizá sí sabía por qué le hizo la siguiente confesión:

—Estuve muerto en una ocasión.

—¿Qué? —Rosie se llevó la mano al fino cordón que mantenía la máscara en su lugar.

—No. —Él la agarró de la muñeca—. Es más fácil así.

Rosie lo miró a los ojos. Luego clavó la vista en el lugar de la cama donde él le había bajado la mano. Se quedaron un buen rato en silencio.

—¿Estuviste muerto?

—Creo que debería desarrollarlo un poco más —señaló con una irónica sonrisa—. Hace unos años, cuando era un niño, me hirieron de gravedad. Estuve muerto durante unos segundos, pero lograron revivirme.

—¡Oh, Dios mío! —Rosie balanceó el cuerpo y colocó la otra mano en la cama, junto al muslo de Dev—. Nunca he vivido ninguna experiencia como esa. He hablado con gente a la que sí le ha pasado. ¿Qué sucedió?

Sus hermanos aún no habían nacido y tampoco se lo había contado. Las únicas personas vivas, además de él, que sabían lo que pasó la noche posterior a que encontrara a la madre de Pearl en la misma habitación que su padre eran Besson y su esposa, Livie. Y prefería que continuara siendo así.

—Era un niño. Cometí algunas estupideces y me hice daño.

Rosie lo miró fijamente durante un instante, mientras se llevaba la mano al cuello y jugueteaba con la cadena de oro.

—¿Recuerdas lo que pasó mientras estuviste...?

—¿Muerto? —Sus dedos se deslizaron por debajo de la manga del vestido de Rosie como si tuvieran vida propia—. Fue hace muchos años y la mayoría de los recuerdos son confusos, aunque me acuerdo de un par de cosas con claridad. Sé que es un cliché, pero había una luz blanca. No un túnel. Solo una luz blanca resplandeciente. Era lo único que podía ver y...

Rosie dejó de juguetear con la cadena.

—¿Y qué?

Una parte de él seguía sin creerse que estuviera compartiendo algo así con ella, y ni siquiera podía echar la culpa al burbon.

—Oí la voz de mi abuela.

A pesar de la máscara vio que Rosie suavizaba su expresión. Le acarició con un dedo el interior de la muñeca.

—Eso tuvo que ser muy especial, ¿verdad? Eras muy joven, estabas asustado, confundido, ¿pero oír la voz de un ser querido fallecido? Debió de ser... —Tomó una profunda bocanada de aire. Cuando volvió a hablar, lo hizo con un tono cargado de melancolía—. Debió de ser increíble.

De pronto, hubo algo que quería saber. No, más bien, se moría por saber.

—¿Cómo murió tu marido?

Rosie apartó la mano y Dev se la soltó al instante. Luego la vio enderezarse y colocar las manos en su regazo.

—No nos conocemos lo suficiente para este tipo de conversación.

—Acabo de contarte que estuve muerto y que oí la voz de mi abuela. ¿Cuánto más tenemos que conocernos para que respondas a mi pregunta?

Rosie se quedó callada un instante y luego se echó a reír.

—Buena observación, aunque me duela reconocerlo.

—Mis observaciones siempre son buenas.

Rosie arrugó la nariz.

—Eso está por verse. —Se miró el regazo un momento y luego clavó los ojos en él—. Tengo... —Se mordió el labio y apartó la vista.

—¿Qué?

Rosie sacudió los hombros.

—Tengo que pedirte un favor. Seguro que vas a decir que no, pero me has dicho que tu casa está encantada y...

—No te vas a poner a investigar mi casa —replicó con tono seco—. Y no has respondido a mi pregunta.

—No te iba a pedir que me dejaras investigar tu casa. En serio. —Entrecerró los ojos—. Tu hermano está reformando una casa en el distrito Garden. Quiero entrar en esa casa, con mi equipo.

Devlin echó la cabeza hacia atrás.

—¿Para qué?

—Tenemos un cliente que vive en la casa de al lado y ha estado sufriendo un fenómeno paranormal bastante intenso. Creemos que tiene su origen en la casa que Lucian está reformando —explicó ella—. ¿Puedes hablar con él para que nos deje entrar en su propiedad?

—A ver si lo he entendido bien. ¿Quieres que mi hermano os deje entrar en su casa para ver si está encantada?

Rosie asintió.

Sinceramente, no tenía la menor idea de qué responder a eso. Pero entonces la vio morderse el labio inferior y de pronto, aunque le pareciera una chorrada absoluta, se dio cuenta de que llevaba la voz cantante en la negociación y había algo que quería. Un montón de cosas, en realidad.

—Te llevaré a la casa.

—¿Qué? —preguntó con voz aguda por la sorpresa—. ¿Lo dices en serio?

Dev esbozó una media sonrisa.

—Pero tengo una condición.

—¿Cuál?

Se inclinó hacia ella lo bastante cerca como para oírla respirar. El olor a coco le hizo cosquillas en la nariz.

—Es una condición bastante grande.

—De acuerdo. Dime qué es.

No había planeado lo que estaba a punto de decir. Ni lo había calculado como a él le gustaba y solía hacer. La condición simplemente era algo que deseaba.

—Bésame —dijo en voz baja—. Esa es la condición. Que me beses.

14

Rosie estaba convencida de que no le había oído bien.

—Me lo vas a tener que repetir.

Lo vio bajar sus espesas pestañas.

—La condición es un beso.

Sí. Lo había oído bien.

—¿Quieres besarme? —Se sintió un poco tonta, tanto por hacerle esa pregunta como por el cosquilleo que notó en el estómago.

Otra vez esa leve sonrisa.

—Sí. —Hizo una pausa—. Con desesperación.

Ahora el aleteo ascendió hasta su pecho. Sintió como si miles de mariposas quisieran escapar de su cuerpo.

—Es por el vestido, ¿verdad? —dijo medio en broma.

—Sí. —Devlin levantó una mano y pasó la yema de un dedo por el encaje negro que le cubría el hombro. Esa ligera caricia hizo que se le contrajeran los músculos del estómago y otras zonas inferiores—. Y por otras muchas cosas.

—¿En serio? ¿Y eso por qué?

Despacio, muy despacio, le deslizó el dedo por el cuello.

—¿De verdad tengo que explicarte por qué quiero besarte?

—Teniendo en cuenta que hace unos días dijiste que la mera idea de...

—Sé lo que dije —la interrumpió él. En ese momento, tenía su dedo sobre la curva de su pecho. Todo su cuerpo se sacudió, al tiempo que la invadía un calor embriagador—. Y no era cierto.

Le estaba costando insuflar suficiente aire en los pulmones. Culpa solo del corsé, por supuesto.

—Entonces, ¿qué te parece... mi condición? —inquirió él, bajando la yema hasta el centro del corpiño, donde se unían sus pechos. Cuando introdujo el dedo y tiró suavemente del vestido, se vio invadida por un súbito y potente anhelo. Tenía esos impresionantes ojos clavados en ella.

Jamás pensó encontrarse en una situación como esa. Ni en sus sueños más locos se había imaginado compartir un momento así con Devlin de Vincent.

Y eso que sus fantasías eran bastante raras. Una de ellas incluía un disfraz de Santa Claus, pero era mejor que no fuera por esos derroteros.

Desde el momento en que él había entrado en esa habitación, todo se había vuelto surrealista. El hecho de que a esas alturas no estuvieran discutiendo y que él hubiera compartido algo tan personal con ella era buena prueba de lo extraña que estaba resultando la velada. Entonces, ¿por qué le sorprendía tanto que quisiera besarla?

Esa noche todo era diferente.

Estudió su rostro. Tal vez fueran las máscaras. Aunque pareciera una tontería, hacía que se sintiera como si no fueran ellos de verdad. No sabía por qué, pero a pesar de todas las cosas que se habían dicho, también quería besarlo.

Y hacía mucho tiempo que había aprendido a hacer todo lo que le apeteciera antes de perder la oportunidad.

—Está bien —susurró—. Acepto tu condición.

Devlin se quedó quieto. Notó su aliento sobre los labios.

—Entonces hazlo.

El estómago le dio un salto, como si estuviera en una montaña rusa a punto de caer en picado. Apoyó la mano en la cama, se inclinó y ladeó la cabeza. Un instante después, los labios de Devlin se encontraron con los suyos. Solo fue un ligero roce, pero él hizo un sonido que la hizo temblar de los pies a la cabeza. Fue un sonido gutural, un gruñido ronco que le puso la piel de gallina. Sus labios eran suaves y firmes. Cuando Rosie los tocó con la punta de la lengua, él abrió la boca.

Al sentir el roce de su lengua contra la suya se estremeció. Sabía a burbon, y aunque no era su bebida favorita, la encontró deliciosa. Era un sabor pecaminoso. Perverso. Levantó la mano despacio y la apoyó en su duro pecho. Creyó sentir el latido del corazón de Devlin bajo la palma. En el momento en que lo tocó, el beso se transformó.

Puede que ella fuera la que había empezado ese beso, pero en ese momento él tomó el control.

La besó con más intensidad, saboreándola como ella había hecho con él. Le metió la mano bajo el pelo para agarrarla de la nuca. Y ese ritmo lento, que le estaba poniendo los nervios a flor de piel, cambió. La manera en que movió su boca sobre la de ella habló de un hambre apenas contenida, como si estuviera teniendo dificultad para no darse un festín con ella.

Un nuevo escalofrío la recorrió mientras el calor se extendía en su estómago. Aturdida y sin aliento, Rosie gimió contra su boca y se agarró a su camisa. Devlin la estaba besando como si no quisiera dejar ni una sola parte de ella sin explorar.

Estaba derribando todas sus defensas.

Entonces, él movió la mano que tenía en medio de sus pechos y le acarició uno de los senos. Ella reaccionó al instante, apretándose contra su palma, desesperada por más.

Devlin volvió a gruñir de esa manera increíble y rompió el beso.

—Rosie —murmuró contra su boca—, ¿quién eres?

No entendió la pregunta, aunque le dio igual, porque había vuelto a besarla y el calor en su entrepierna se apoderó de ella hasta que todo su cuerpo palpitó.

Cuando le rozó con los dedos la punta de un pecho, arqueó la espalda e hizo lo que llevaba deseando hacer desde que lo vio en su apartamento: alzó la mano y la hundió en su pelo. Tenía unos mechones suaves, nada apelmazados, y más largos de lo que había pensado. No tenía ni idea de cómo conseguía que se mantuvieran en su lugar sin ningún producto capilar, pero lo agradeció y arrastró los dedos por su cabello, tirando de las puntas con suavidad cuando llegó a la nuca.

Se estaba ahogando en sus besos, hundiéndose de una forma tan profunda que lo sintió caer con ella. Los besos se volvieron más frenéticos, intensos, más rudos. Le tiró otra vez del pelo.

Devlin gimió, con una mueca de placer con la que le enseñó los dientes mientras se separaba de ella. La máscara que llevaba no se había movido lo más mínimo, pero sus ojos claros ardían de pasión.

—No creo que la condición que te he puesto vaya a ser suficiente.

Rosie se balanceó ligeramente y se agarró a él mientras Devlin seguía acariciándole el pecho con un dedo.

—¿Ah, no?

—No. —Su voz era áspera. Le provocó otro escalofrío—. Me gustaría hacer una enmienda.

Con los ojos entrecerrados, lo miró con la misma intensidad y le habló con una voz igual de ronca que la de él.

—¿Qué tipo de enmienda?

—Necesito algo más que un beso.

Su corazón hizo un triple salto mortal. Dejó de tocarle el pelo. Verlo despeinado le produjo un placer inesperado.

—¿Y tienes alguna idea concreta de lo que necesitarías?

Devlin apartó la mano de su pecho.

—Tengo un montón de ideas.

Rosie era consciente de que la situación se estaba desbocando a pasos agigantados, como también sabía las múltiples razones por las que debería poner fin a todo aquello, o al menos intentar que fueran más despacio. Sin embargo, estaba a punto de pisar el acelerador y conducirlos a ambos hasta el precipicio.

Lo miró.

—Entonces, ¿por qué no me las muestras?

A Devlin se le iluminaron los ojos con un brillo voraz, como el de un depredador a punto de abalanzarse sobre su presa. Sin decir una palabra, la agarró de la mano y se puso de pie, tirando de ella. Rosie creía que la iba a abrazar, pero no lo hizo. En su lugar, la giró de modo que su espalda quedó pegada a su pecho. Después, le soltó la mano y colocó la suya sobre sus hombros.

—¿Puedes vernos? —preguntó.

Al principio, Rosie no entendió muy bien a qué se refería, pero luego se fijó en el espejo y los vio reflejados en él.

Soltó un suspiro.

—Sí.

—Y dime... —Devlin bajó una mano por su brazo, por su cintura, hasta posarse en su cadera. La otra mano tomó otra dirección y aquellos largos y elegantes dedos le envolvieron el pecho. Le gustaba aquello; le gustaba demasiado. Se mordió el labio—. ¿En qué piensas cuando nos ves en el espejo?

¿En qué pensaba? Sacudió ligeramente la cabeza. Su reflejo era la imagen del pecado. Él sobresaliendo detrás de ella, con una mano en su cadera y la otra acariciándole el pecho. Ambos con las máscaras en su sitio y los labios entreabiertos.

—Estoy pensando en que me... me gustaría saber en qué consiste tu enmienda.

—Estás impaciente, ¿verdad?

—Siempre.

Devlin emitió un sonido bronco, muy parecido a una risa, como si no estuviera acostumbrado a hacerlo a menudo. Después, sin dejar de sujetarle la cadera y el pecho, la apretó más contra él.

Rosie percibió su fuerte cuerpo. Era mucho más alto que ella, pero sus cuerpos se habían alineado de tal modo que notó sus caderas contra su trasero, sintiendo su dura y gruesa erección.

—Y ahora, Rosie, ¿vas a fingir de nuevo? —Su aliento le rozó la sien—. ¿Vas a fingir que no sientes lo mucho que te deseo?

En lugar de responderle con palabras, empujó las caderas hacia atrás y las giró. Devlin soltó un gemido que se transformó en un gruñido, la agarró con más fuerza y se movió contra su trasero.

—De acuerdo —susurró—. No estás fingiendo.

—No. —Apoyó la cabeza contra su pecho—. ¿Y tú?

Él pareció temblar contra ella.

—No. Sí. ¿Un poco de ambas?

—Eso ha sido un poco ambiguo.

—Y complicado, Rosie. Todo es muy complicado. —Le mordisqueó el lóbulo de la oreja. Rosie jadeó y se estremeció—. Quiero que nos mires.

Apenas podía respirar.

—Eso es lo que estoy haciendo.

—Bien —murmuró él, dándole un beso en el cuello. Le agarró la falda del vestido—. No quiero que te pierdas ni un solo instante.

Ella tampoco, así que observó cómo le subía la falda, centímetro a centímetro, revelando su pantorrilla y luego su rodilla hasta que su muslo apareció en el espejo y ella creyó derretirse. Entonces, Devlin se detuvo.

La besó detrás de la oreja y apretó la mejilla contra la de ella. Lo vio observándolos en el reflejo del espejo mientras terminaba de levantarle la falda hasta la cintura.

—¡Joder! —gruñó.

Le gustó la forma en que lo dijo, así que movió un poco las caderas a modo de respuesta.

—¿No llevas bragas?

—No quería que se notaran debajo del vestido —explicó. Empezó a ponerse un poco roja—. Y odio los tangas.

—Mmm. —Devlin presionó las caderas contra su trasero y ella sintió aún más su erección—. ¡Qué atrevida!

Rosie se rio.

—¿No te parece bien, Devlin?

Devlin le apretó el pecho. El dolor enseguida dio paso a una oleada de placer que la hizo gemir.

—Jamás en mi vida me ha parecido algo tan bien. —Giró la cabeza y, sin dejar de mirarla, arrastró los labios por su mejilla—. Eres preciosa. Simplemente preciosa. Levanta la pierna.

Exhaló con fuerza, se apoyó en el brazo de Devlin, justo por encima de donde le sostenía el vestido, y colocó el pie en el borde de la cama.

Estaba desnuda, completamente expuesta a él y, ¡oh, Dios, la estaba mirando como si quisiera darse un festín con ella.

Sí, Rosie quería que la devorara, que la poseyera. Dejarse llevar por la pasión.

—Eres... —Devlin le besó la mandíbula y luego le levantó la barbilla para que pudiera mirarlos en el espejo—. Eres exquisita. Absolutamente deliciosa. Mírate.

Eso era lo que estaba haciendo: mirar.

—Eres... complicada.

Otra vez esa palabra. «Complicada». La sintió en lo más profundo de su interior. La sintió mientras le temblaban los muslos y todo su cuerpo se estremecía. Se mantuvo muy quieta, dejando que un hombre que despertaba en ella tanto una ira irracional como la más pura lujuria la mirara hasta la saciedad; un hombre al que apenas conocía que era capaz de herirla con sus palabras y hacerle perder la cabeza con sus besos. Un hombre complicado.

No era una mujer tímida. De hecho, le gustaba pensar que era bastante atrevida a la hora de pasar un buen rato, pero esa situación era algo diferente y nueva para ella. Se sentía vulnerable, salvaje y tensa. Jamás se había sentido así con *nadie*. De modo que sí, aquello también era complicado.

—Sujétate el vestido —le ordenó él en un murmullo.

Obedeció sin hacer preguntas. Se sostuvo el vestido para continuar expuesta a él, a ellos.

Devlin le acarició el muslo desnudo con la mano libre. Rosie pensó que el corazón se le saldría del pecho. Se percató de inmediato. No era el contraste del color de sus pieles, ni lo grande que se veía su mano sobre su muslo. Fue el tacto de su palma. Lo áspera que era su piel. Le recordó a las manos de Ian. Eran las manos de alguien que estaba acostumbrado a trabajar con ellas. Aquello la sorprendió, porque jamás se habría imaginado que Devlin de Vincent tuviera unas manos callosas, sino unas suaves y cuidadas en exceso.

Apretó el trasero contra su erección.

Él gruñó.

—Ábrete más.

Separó los muslos todo lo que pudo sin perder el equilibrio. Devlin dejó de mover la mano durante lo que le pareció una eternidad. El aire frío acarició su piel caliente.

—Recuerdo algo más —dijo, deslizando la palma por el interior de su muslo, acercándose poco a poco a su palpitante y dolorido centro—. De la noche en la que estuve muerto. No había ningún túnel. —Rosie tembló cuando le sintió recorrer el pliegue de su muslo con el dedo. Luego le puso la palma en la parte exterior del muslo—. Pero hacía muchísimo frío. Jamás había sentido un frío como aquel. Fue un frío que penetró en mi alma, más allá del plano físico. No sé si me explico. No tenía frío en la piel o en los huesos. Era yo. Y he sentido ese frío desde entonces.

Rosie tragó saliva con fuerza. Tal vez, en otras circunstancias, habría podido recordar si otras personas con experiencias cercanas a la muerte le habían contado haber vivido una experiencia similar, pero en ese momento fue incapaz. En ese momento solo quería hacer una cosa.

—¿Y ahora? ¿Tienes frío?

—No. —Devlin bajó la mano por su muslo y le movió con cuidado el pie, para cerrarle un poco las piernas y que solo una pequeña parte de su privacidad quedara expuesta a sus ojos—. Ahora estoy en llamas.

—Bien —murmuró ella—. No quiero que tengas frío.

Devlin se detuvo detrás de ella, con la mano todavía debajo de su pierna. Pasó un buen rato lleno de tensión antes de que él volviera a hablar:

—Me dejarías que te penetrara aquí mismo, ¿verdad?

Rosie tembló, no porque le diera vergüenza reconocer la verdad, sino con un poco de miedo de hacerlo mientras los dedos de él le acariciaban la cadera.

—Ahora mismo te dejaría hacerme cualquier cosa.

—Lo sé. —Él le dio un beso en la sien; un gesto que, por alguna razón, hizo que se le encogiera el corazón y se le contrajera el pecho.

—Eso es lo que hace que esto sea peligroso.

—¿Por qué?

Sus dedos danzaron sobre la delicada y sensible piel de su sexo.

—Porque me encantaría inclinarte hacia delante y hundirme tan profundamente en ti que me estarías sintiendo durante días.

La sacudió otra oleada de pura lujuria.

—¿Por qué iba a ser eso peligroso?

Devlin no respondió, aunque levantó la cabeza para poder ver de nuevo el reflejo de ambos. Cuando sus ojos se encontraron en el espejo, él la tocó, justo en el centro, trazando sus pliegues con los dedos. Sin aliento, Rosie levantó ligeramente las caderas. Él le recorrió el clítoris con un solo dedo, de forma perezosa, extendiendo su humedad. Luego la penetró, solo con la punta de ese dedo. Sintió el clímax acumulándose en su interior, tensando sus músculos con tal intensidad y velocidad que creyó que iba a tener un orgasmo en ese mismo instante.

Detrás de ella, lo oyó soltar un gruñido ronco antes de tensarse. Estaba esperando que hundiera profundamente sus dedos en ella, que la follara con ellos sin piedad. Esperó, respirando entre jadeos. Siguió esperando...

De repente, Devlin retiró la mano.

—Viene alguien.

Debía de tener un oído increíble, porque lo único que ella podía oír era el palpitar de su corazón y las súplicas tácitas que estaban a punto de salir de su boca.

—¿Qué? —gimió.

—¡Qué inoportuno! —Devlin le bajó la pierna de la cama y después, como ella seguía sin reaccionar, hizo que soltara el vestido, que cayó arrugado hasta sus pies—. No quiero que nadie te vea así.

Una risa casi histérica ascendió por su garganta mientras él la apartaba de la cama, aunque seguía apretando la frente contra su espalda.

—¿Dev? —llamó una voz de hombre desde el pasillo—. ¿Estás aquí arriba? Te necesitan abajo, en el escenario. La gente está empezando a ponerse nerviosa.

Lo oyó maldecir en voz baja. Le rodeó la cintura con un fuerte brazo.

—¡Sí! —gritó Devlin por encima de su cabeza—. Bajo en un momento.

—De acuerdo —dijo la otra voz, llena de curiosidad—. Te espero aquí. —Hubo una pausa—. En mitad del pasillo. Yo solo.

Rosie frunció los labios.

—Por supuesto —murmuró Devlin.

Todavía notaba su erección presionando contra su trasero.

Rosie se llevó la mano a la boca, tratando de contener la risa que finalmente escapó de sus labios.

—¿Te parece gracioso? —preguntó él, dándole la vuelta para que pudiera mirarlo. Había una suavidad en su mirada que no le había visto antes—. Apenas puedo andar y tengo que subir a un escenario delante de cientos de personas.

—Lo siento —dijo ella, reprimiendo otra carcajada. Apoyó las manos en su fuerte pecho—. ¿Quieres que me ocupe de tu contratiempo? Soy bastante buena y rápida. O eso me han dicho.

La suavidad dio paso a un deseo descarnado.

—¡Dios! —La agarró de la mandíbula—. No me estás ayudando.

—Pero podría —bromeó ella. Empezó a bajar la mano por su estómago. Él la tomó de la muñeca.

—Menudo peligro tienes.

—Ese es mi segundo nombre. Bueno, mi segundo nombre es June. «Peligro» es mi apodo. Sí, eso suena mejor.

—¿Rosalynn June? —preguntó, ladeando la cabeza.

—Sí —respondió ella, arrastrando la palabra.

Devlin la miró fijamente un momento.

—Bueno, Rosalynn June, aunque me encantaría que tus labios rodearan mi pene, tengo la sensación de que eso solo empeoraría las cosas.

—¡Oh, no! Yo creo que las haría mucho, mucho mejores. Te...

—Estoy harto de esperar —dijo la voz del pasillo—. Voy a entrar.

Devlin se separó de ella.

—Como se te ocurra entrar aquí, te juro por Dios que...

La puerta se abrió y un rubio alto apareció tras ella. Llevaba una máscara de plumas llena de *brillibrilli*.

Devlin se colocó delante de ella para poder taparla a medias.

—¿Qué narices estás haciendo aquí dentro, Dev? —preguntó el hombre. —Sus labios esbozaron una lenta sonrisa que se fue haciendo cada vez más amplia—. Con... —Se inclinó a un lado para intentar verla—. ¿Quién es?

—Si no sales ahora mismo de esta habitación, te sacaré yo mismo a golpes —respondió Devlin.

Rosie abrió los ojos asombrada.

Al hombre no pareció preocuparle lo más mínimo.

—Pero tengo mucha curiosidad, Dev. Y ya sabes lo que pasa cuando me muero de curiosidad.

De pronto se acordó de algo. ¿Qué le había dicho Devlin sobre que lo llamaran Dev? ¿Que solo lo hacían sus hermanos?

—Largo —le ordenó Devlin.

El hombre soltó un sonoro suspiro.

—Está bien. —Cuando miró a Rosie, se dio cuenta de que tenía los mismos ojos que Devlin—. Adiós, dama misteriosa. Espero volver a verte pronto.

Devlin resopló por la nariz mientras el hombre salía de la habitación y cerraba la puerta tras de sí. Después de unos segundos, se volvió hacia ella. Rosie bajó la mirada.

—Solo para que lo sepas: sigues teniendo una erección de caballo.

Él torció los labios.

—Sí, ya me he dado cuenta. Gracias.

En esa ocasión fue incapaz de contenerse y sonrió de oreja a oreja.

—La oferta sigue en pie.

Devlin gruñó y miró en dirección a la puerta cerrada.

—Un peligro —murmuró entre dientes—. Un puto peligro.

—Lo siento.

Él volvió a mirarla.

—No, no lo sientes.

—Es cierto. No lo siento. —Se fijó en su cabello despeinado—. Anda, ven. Al menos deja que te peine un poco.

Devlin se quedó inmóvil mientras ella se ponía de puntillas y le arreglaba el pelo lo mejor que pudo. Él la miró como si no entendiera lo que estaba haciendo.

—Ya está. —Plantó los talones en el suelo—. No está perfecto, pero al menos no parece...

—Como si hubiera estado a punto de meter los dedos en un coño húmedo. ¡Madre de Dios! ¿De verdad acababa de decir eso?

Aunque no era de las que se avergonzaba con facilidad, sintió cómo el rubor se apoderaba de su cuerpo en una mezcla de pundonor y un ardiente deseo.

—Bueno, sigues teniendo esa erección, de modo que sí, tienes todo el aspecto de haber estado a punto de hacer eso, pero esperemos que resuelvas ese problema antes de subir al escenario.

Devlin soltó una risa breve y ronca.

—Tengo que irme.

—Lo sé. —Se apartó de él.

Él se quedó quieto unos cuantos segundos.

—No quiero.

El aliento se le quedó atascado en la garganta. Parecía una estupidez y muchos no creían que eso fuera posible. Pero ella sabía que era real, que uno podía quedarse sin aliento. Y en ese momento algo cambió entre ellos. Por extraño que pareciera, aquello no había sucedido cuando se besaron, o cuando él la acarició. Fue en ese instante, cuando Devlin estaba de pie, frente a ella, mostrándose abierto, humano. No el tipo frío e indiferente al que estaba acostumbrada. Se dio cuenta de que le gustaba ese Devlin.

Sí, le gustaba el Devlin que reconocía que su casa estaba encantada, que le contaba que había estado muerto en una ocasión, que llevaba máscara y la besaba... ¡Dios! Besaba como un hombre que podía llevar a cabo la promesa que le hizo en las escaleras de la mansión De Vincent. Le gustaba el Devlin que había estado a punto de llevarla al orgasmo apenas tocándola, el que la miraba como si estuviera hambriento y ella fuera un banquete.

De pronto, sintió una punzada de culpa. Como le gustaba ese Devlin, quería contarle lo de su padre, lo que había sucedido durante la sesión con Sarah. Le pareció fatal no habérselo dicho. Si ella hubiera estado en su lugar, le habría gustado saberlo.

Pero ese no era el momento adecuado.

—Lo sé —repitió ella finalmente.

Devlin la miró un último instante, hizo un gesto de asentimiento y fue hacia la puerta. Cuando llegó al umbral, se detuvo y se volvió hacia ella.

—Por cierto, ¿recuerdas mi condición para ir a casa de Lucian? Pues acabas de conocer a mi hermano. —Esbozó una media sonrisa burlona—. Lo único que tenías que hacer era preguntárselo. Habría aceptado sin problema. A su novia le aterran los fantasmas y, si su nueva casa está encantada, querrá saberlo. No tenías que acudir primero a mí.

Rosie se quedó con la boca abierta antes de que se le escapara la carcajada más sonora que había soltado en su vida.

—¡Qué capullo!

Él le guiñó un ojo y se despidió con una inclinación de cabeza.

—Te llamo.

15

Lucian lo estaba esperando en el pasillo, con cara de aburrimiento, apoyado en la pared, junto a uno de sus propios cuadros. En el lienzo se podía ver el *bayou* al atardecer. Era tan realista, que parecía una fotografía en lugar de un cuadro.

Su hermano pequeño podía ser todo un incordio, pero también era un artista de mucho talento.

—No hacía falta que me esperaras aquí fuera —dijo Dev al pasar al lado de su hermano.

—¿Quién era la chica? —quiso saber Lucian.

Dev había recorrido la mitad del pasillo antes de darse cuenta de que Lucian no se había movido. Se detuvo y se dio la vuelta.

—¿Qué haces?

—Esperar. —Lo miró con un brillo travieso en los ojos—. ¿Quién es ella, Dev?

La ira le hormigueó por la piel, provocándole una molesta picazón. No sabía qué era lo que más le cabreaba. Que lo interrumpieran cuando había estado tan cerca de lo que estaba seguro habría sido tocar el mismísimo cielo, o el hecho de que su hermano, cuando algo le interesaba, podía llegar a ser como un perro rabioso mordiendo un hueso que no estaba dispuesto a soltar. Por otro lado, también se conocía lo suficientemente bien como para reconocer que había permitido que el deseo le nublara el juicio; algo que jamás le había sucedido antes. No era que se arrepintiera de lo que había sucedido, simplemente no sabía cómo... gestionarlo, sobre todo porque no iba a contarle a nadie lo que había compartido con Rosie. Además, ¿y si estaba compinchada de algún modo con Ross?

En ese momento, ya era demasiado tarde para preocuparse por aquello último.

—¿Dónde está Julia? —preguntó.

—Abajo, haciendo amigos —respondió su hermano con una sonrisa de oreja a oreja—. Aunque no el tipo de amistad que estabas entablando en esa habitación. Siento haberos interrumpido.

Dev apretó la mandíbula.

—Sería la primera vez que te arrepientes de algo.

—Lo sé, ¿verdad? —Lucian miró la puerta de la habitación por la que él había salido. Sabía que solo era cuestión de tiempo que Rosie abandonara también la estancia, y si su hermano seguía allí, la bombardearía a preguntas. Lucian no tenía ningún filtro, y tampoco los encontraba necesarios.

—Venga, vamos. Me esperan abajo y supongo que tú querrás volver con Julia.

Su hermano vaciló un instante, pero luego se apartó de la pared y corrió a su lado.

—¿No me vas a decir nada de ella?

No le apetecía lo más mínimo, aunque se imaginó que, si Rosie terminaba investigando su casa, Lucian terminaría reconociéndola. Todavía le costaba creer que hubiera accedido a algo como aquello. No le había mentido cuando le había dicho que lo único que habría necesitado era pedírselo directamente a Lucian, pero su relación con Ross (fuera cual fuera) hacía que fuera demasiado arriesgado compartir con ella mucha información sobre su familia. No obstante, también era un poco tarde para preocuparse por eso, y siempre existía la posibilidad de que Rosie hubiera sido sincera cuando le dijo que no había sabido cuáles eran las auténticas intenciones de Ross cuando quiso tener esa cita con Nikki.

—Es una amiga de Nikki. En realidad, estábamos hablando de ti —comentó cuando llegaron al rellano de las escaleras.

Lucian se volvió hacia él.

—De acuerdo, no me esperaba eso para nada.

No estaba mintiendo a su hermano, solo estaba omitiendo el resto de los eventos que habían tenido lugar en esa habitación.

—Te lo cuento cuando termine la subasta.

Su hermano se quedó callado mientras bajaban las escaleras y los recibía un tumulto de personas disfrazadas. Sin embargo, el silencio no le duró mucho tiempo.

—Entonces, dices que es amiga de Nikki y que estabais hablando de mí. Esto último me resulta muy interesante, pero hay algo más que quiero saber. ¿Qué significa ella para ti?

Dev se detuvo al pie de las escaleras y entonces, como si alguna fuerza extraña lo obligara, miró hacia atrás. Cuando atisbó a Rosie escondida en lo alto de las escaleras, esperando para poder bajar, algo se agitó en su interior. No supo exactamente qué era, pero se moría por averiguarlo, y eso era algo impropio de él. Querer saberlo todo sobre Rosie no era la idea más inteligente. No en ese momento. Ni nunca.

—¿Dev? —lo llamó Lucian en voz baja.

No le hizo falta mirar a su hermano para saber que estaba pendiente de su reacción.

—No lo sé —dijo al cabo de un rato. Y era la pura verdad—. No tengo ni idea.

—¿En serio que no te importa que me vaya con Theo? —preguntó Sarah, ya sin máscara.

—Por supuesto que no.

Tenía un montón de preguntas, como por ejemplo, cómo había terminado su amiga con Theo, el tipo con el que ella había estado hablando antes de abandonar el salón principal, pero sabía que iba a tardar en obtener sus respuestas, ya que el susodicho estaba esperando al final de las escaleras.

En ese momento, Sarah y ella estaban en el amplio porche, bajo uno de los ventiladores de techo que giraba lentamente. El baile estaba llegando a su fin y la mitad de los asistentes ya se habían marchado o estaban un poco ebrios por el interminable suministro de champán y wiski.

Sarah la miró.

—Y tú, ¿por qué te vas? ¿Has conocido a alguien?

—La verdad es que no —replicó ella. Lo que era cierto, ya que conocía a Devlin de antes de esa noche.

Su amiga ladeó la cabeza.

—¿Sabes? *Sé* que has conocido a alguien. Mi sentido arácnido me lo dice y...

—Para. —Rosie se rio—. Anda, vete e intenta no ser una chica buena esta noche.

—No tenía pensado serlo —repuso Sarah con una sonrisa mientras se volvía para mirar al lugar donde Theo estaba esperando—. ¿Tienes cómo volver?

Rosie asintió. Vio a una pareja mayor bajar las escaleras a trompicones. Iba a pedir un Uber.

—Pásalo bien.

Sarah sonrió y fue hacia las escaleras. Pero entonces se detuvo y se volvió hacia ella.

—¿Conoces el dicho de lo que puede sucederte si tientas al diablo, Rosie?

Miró a su amiga con la boca abierta. El diablo. Solo podía pensar en Devlin.

—Lo que no te advierte ese dicho es que, en ocasiones, uno necesita quemarse. —Sarah le guiñó un ojo—. Buenas noches, Rosie.

No supo qué responder a aquello mientras veía a su amiga bajar las escaleras, dando saltos literalmente. No había tenido tiempo de contarle a Sarah lo que había sucedido con Devlin en la habitación de arriba. O que estaba ahí fuera esperándolo, porque eso era lo que estaba haciendo.

A veces, no era tan fácil ocultarle un secreto a una amiga vidente. Tomó una profunda bocanada de aire y volvió a quedarse entre las sombras. Después, apoyada en la barandilla, intentó no pensar demasiado en lo que estaba haciendo, porque a pesar de lo atrevida y audaz que podía ser, podía acobardarse en cualquier momento. A diferencia de lo que Sarah tenía en mente, no esperaba continuar con lo que Devlin y ella habían empezado en la planta de arriba.

Aunque, si se le presentaba la oportunidad, tampoco iba a oponerse.

Si se había quedado allí era porque por fin había decidido contarle a Devlin lo que había sucedido durante la sesión con Sarah. La idea le revolvió un poco el estómago, creándole un nudo de nervios. Suponía que, ya que Devlin había reconocido que su casa estaba encantada, no pensaría que estaba pirada cuando le hablara de la sesión de espiritismo, pero tampoco tenía muy claro cómo iba a reaccionar. Lo único que sabía era que no podía esperar más.

Y tampoco tuvo que hacerlo mucho.

Vio salir a un grupo de tres personas de la casa. Delante iba una morena alta, voluptuosa, con un vestido muy parecido al suyo. Tenía el pelo rizado y lo llevaba recogido. Todavía iba con la máscara y estaba mirando al hombre que le rodeaba la cintura con el brazo. Un hombre que ahora reconoció: Lucian de Vincent. Se había levantado la máscara, haciendo que sus mechones de pelo rubio sobresalieran en todas direcciones. En ese momento, le dijo algo a la mujer que la hizo reír. Detrás de ellos iba Devlin, con la máscara todavía en su lugar.

Respiró hondo. Se dispuso a salir de entre las sombras, pero antes de que pudiera moverse, Devlin se volvió hacia ella y la miró directamente a los ojos.

El corazón le dio un vuelco en el pecho. ¿Cómo narices había sabido Devlin que estaba allí? Un intenso calor se le instaló en la boca del estómago, mezclándose con el nudo de nervios que ya tenía.

—Disculpadme un momento —le oyó decirle a su hermano antes de apartarse de ambos y dirigirse hacia ella.

Cuando Lucian se giró, Rosie tuvo la sensación de que la vio perfectamente.

—Preguntas, Dev. Tengo muchas, muchas preguntas.

—Vamos. —La mujer que iba con Lucian le enganchó del brazo—. Me has prometido unos *beignets* con un café moca de madrugada.

—Cierto. —Lucian todavía seguía mirando en dirección a Rosie—. ¿Y tú que me has prometido a cambio?

—¡Lucian! —La mujer se rio y le dio una palmada en el brazo—. Venga, vámonos.

Lucian también se rio y, por fin, apartó la vista mientras dejaba que la mujer lo arrastrara por las escaleras. Rosie agradeció en silencio que el lugar en el que se encontraba estuviera sumido en las sombras porque, cuando vio a Devlin acercarse lentamente hacia ella, empezó a sonrojarse.

—Lo siento —comenzó a decir cuando él estuvo lo bastante cerca para oírla—. Sé que es tarde, pero te prometo que tengo una buena razón para haberte esperado. Bueno, es una razón rara, y no sé si te va a parecer justificada o no, pero te aseguro que no me he quedado aquí en plan acosadora. Lo que tengo que...

—Ven conmigo. —Devlin la agarró de la mano sin darle otra opción que seguirle.

La condujo lejos de la barandilla, alrededor del porche que rodeaba la casa. No tenía ni idea de adónde la llevaba hasta que bajaron un pequeño tramo de escalones y se adentraron en el oscuro y desierto jardín trasero; una zona que los invitados habían abandonado hacía más de una hora.

Miró a su alrededor. Había unas cuantas luces solares amarillas que proyectaban su tenue luz sobre los árboles, pero aquello fue lo único que pudo ver.

—No creo que nos dejen estar aquí.

—Soy un De Vincent —replicó él antes de detenerse y volverse hacia ella—. Puedo estar aquí sin ningún problema.

Rosie abrió la boca para decirle lo arrogante que había sonado. Y también para indicarle que allí atrás estaba tan oscuro que nadie podría saber si era un De Vincent o no.

Pero no tuvo tiempo de hacerlo.

Devlin le rodeó la cintura con un brazo y la levantó unos centímetros del suelo. Cuando la atrajo hacia él y, al mismo tiempo, la empujó contra lo que parecía un árbol, soltó un jadeo de sorpresa.

La repentina e inesperada sensación de estar atrapada entre su fuerte pecho y el áspero y sólido tronco del árbol se apoderó de todos sus sentidos. Se agarró a sus hombros, respirando entrecortadamente.

Antes de poder asimilar lo que estaba sucediendo, Devlin capturó sus labios en un beso brutal y apasionado que la hizo estallar por dentro. Abrió los labios. Una oportunidad que él aprovechó para profundizar el beso, asediándola con su lengua y robándole el aliento junto con casi todo su sentido común.

¡Dios! Ese hombre sí sabía besar.

Porque la estaba besando como si estuviera famélico de ella, solo de ella, y, al igual que antes, se deleitó con el hecho de que nunca la habían besado así. La besaba de forma salvaje, como si supiera que ella no se iba a romper, como si supiera que ella querría más.

Y por supuesto que quería más.

Ansiaba rodearle las caderas con las piernas para sentir su gruesa erección empujando contra su vientre, contra una zona mucho más interesante. Por desgracia, el vestido no le permitía hacer ese movimiento.

Devlin rompió el beso y apoyó la frente en la de ella, apretándole más la cintura.

—Me da igual la razón por la que me estabas esperando.

Un temblor la recorrió. Cuando él la besó en la mejilla y fue bajando con sus labios, reprimió un gemido. Tenía la cabeza hecha un lío y el pulso le palpitaba como si tuviera una taladradora en las venas. Se vio invadida por un deseo incandescente que nubló todo lo demás.

—Solo sé que me siento el hombre más afortunado porque estés aquí —dijo contra su cuello, en el punto donde el pulso le latía con más fuerza—. ¿No lo ves una locura?

De una manera extraña, sí. Cuando él levantó la cabeza, se agarró con más ímpetu a su camisa. La luz de la luna se reflejaba en su máscara negra y en la curva de sus pómulos.

—Tengo que contarte algo todavía más loco.

—¿No puede esperar? —preguntó él, rozándole los labios con los suyos. Rosie se estremeció—. Dime que me lo puedes contar más tarde, en mi casa.

Rosie quiso echarse a reír, porque ahí estaba de nuevo el Devlin que tanto le gustaba. Mientras lo esperaba, no había tenido ni idea de cómo iba a reaccionar. Si estaba arrepentido de lo que habían compartido en aquel dormitorio o si iba a fingir que no la conocía. Había pensado que estaba preparada para cualquier posibilidad, pero se había equivocado.

No estaba preparada para aquello.

Aunque Sarah había tenido razón. Estaba tentando al diablo y se moría por quemarse.

—Rosalynn. —La forma como murmuró su nombre casi hizo que le gustara.

Cerró los ojos.

—Está bien —respondió ella en un susurro—. Pero antes tengo que decirte algo, ¿de acuerdo?

Devlin volvió a dejar escapar ese gruñido tan sexi y luego le mordisqueó el labio inferior.

—¿Tienes que decirme que soy un idiota? Porque ya hemos dejado claro eso.

Rosie no pudo evitar sonreír.

—No.

—¿Vas a decirme que las cortinas de cuentas de tu casa son de madera? —preguntó antes de deslizar la lengua por sus labios—. Porque, Rosie, cariño, el aglomerado no es madera de verdad.

Aquello le sacó una carcajada; una que emergió de lo más profundo de su interior y que pareció tener un efecto extraño en Devlin, porque volvió a soltar ese gruñido antes de apoyar la frente entre el cuello y el hombro de ella. Luego se quedó quieto un instante y volvió a levantar la cabeza.

—¿Quién eres?

Era la segunda vez que le hacía esa pregunta y seguía sin entender a qué se refería.

—No te entiendo.

—Ni yo. —Hubo una breve pausa. Después, la levantó un poco más en el aire y en esa ocasión balanceó las caderas contra ella, de modo que su erección se acomodó en la parte que Rosie ansiaba más—. ¿Qué es lo que tienes que decirme?

Contrajo las manos sobre sus hombros. Un doloroso anhelo palpitaba entre sus muslos.

—Al principio no le vas a encontrar mucho sentido, así que prométeme que me escucharás hasta el final.

—Todo en ti es un sinsentido. —Volvió a mover las caderas—. Y lo digo como un cumplido.

Rosie pensó que lo decía con sinceridad.

—Mi amiga es médium...

Devlin soltó una risa ronca.

—¿Por qué no me sorprende?

Reprimió una risa que terminó convirtiéndose en un jadeo cuando él le mordisqueó la oreja.

—Me está costando mucho concentrarme y seguir hablando mientras me haces este tipo de cosas.

Otro movimiento de caderas.

—Estoy seguro de que puedes hacer muchas cosas a la vez. —Le rozó la frente con los labios—. ¿Qué le pasa a tu amiga médium?

Rosie necesitó unos segundos para ordenar sus pensamientos.

—¿Te acuerdas del viernes en que nos encontramos en el cementerio? ¿Antes de que te burlaras de mis cortinas de cuentas?

—Me acuerdo. —Devlin subió la mano por su cintura hasta llegar a la curva de su pecho.

Rosie echó hacia atrás la cabeza, apoyándola en el árbol.

—Esa noche tuve una sesión con ella. Me dijo algo que te va a parecer...

—¿Increíble? —Volvió a besarla en la mandíbula mientras le acariciaba el pecho con el pulgar—. ¿Un sinsentido?

—Sí. —Rosie abrió los ojos y miró hacia arriba, hacia el cielo cubierto de estrellas que titilaban tenuemente. Una enorme parte de ella no quería seguir hablando. Los dedos de Devlin sobre su pecho no la dejaban pensar con claridad, y si bajaba un poco la cabeza, él volvería a poseer su boca—. Durante la sesión, sucedió algo... rarísimo. Se presentó alguien que no conocía. Creo... —La ansiedad se deslizó por su estómago, atemperando la lujuria que alimentaba cada uno de sus latidos—. Creo que era tu padre.

Devlin no solo se quedó quieto. Sintió todos sus músculos tensarse bajo las palmas de sus manos. Todo su cuerpo se quedó congelado. Después, levantó la cabeza muy despacio.

—¿Qué has dicho?

Rosie bajó la barbilla. Deseó que no hubiera llevado esa máscara, así habría podido ver su expresión.

—Creo que tu padre se presentó en la sesión de espiritismo y me habló.

Devlin se quedó callado un buen rato antes de preguntar:

—¿Y qué fue lo que te dijo?

Su tono neutro le recordó al día en que estuvo en su apartamento. Se humedeció los labios.

—No dejaba de decir que había sido un error, que no tenía que estar allí, y estaba enfadado, muy enfadado.

—¿Ah, sí?

Ella tragó saliva.

—Dijo que lo asesinaron, Devlin.

Él reaccionó de inmediato.

La soltó sin previo aviso. Rosie tropezó hacia un lado cuando sus pies golpearon el suelo. Devlin la agarró de los hombros para que no se cayera y luego la soltó.

Sin embargo, siguió frente a ella.

—¿Qué es lo que acabas de decir?

—Creo que el espíritu que se presentó en nuestra sesión era tu padre —repitió ella. A continuación, le contó lo de las peonías—. Dijo que lo habían asesinado, Devlin. Si yo fuera tú, me gustaría saberlo.

—¿Me estás diciendo que esa médium amiga tuya te dijo todo eso? ¿Quién es esa mujer?

—Eso no importa. —De ningún modo iba a soltarle el nombre de Sarah así como así. Al menos no sin saber cómo iba a proceder Devlin con esa información—. Pensé que era algo que debías saber.

—Mejor di que pensaste que debería saber que tú crees que a mi padre lo asesinaron, ¿no?

—¿Qué? —Rosie frunció el ceño—. No entiendo adónde quieres llegar.

—¿No? —espetó él, agarrándola con más fuerza de los hombros—. ¿De verdad esperas que me crea que esto te lo dijo una médium y no, vete tú a saber, tu amigo Ross Haid?

—¿Qué? —Se zafó de su agarre y dio un paso atrás—. Esto no tiene nada que ver con Ross. Llevo semanas sin hablar con él. ¿Por qué iba a pensar Ross algo como eso?

—Esa es una buena pregunta, Rosie. —La temperatura del jardín pareció bajar unos cuantos grados—. Quizá me la puedas responder tú misma.

—¡Dios mío, Devlin! No tengo la menor idea de por qué pensaría Ross una cosa así. Tal vez se haya enterado de algo. ¡Quizá deberías escucharle!

Cuando se acercó a ella, pudo ver la dureza con la que la estaba mirando bajo la luz de la luna.

—¡No me lo puedo creer! —gruñó él, y esta vez no fue un sonido sexi, estaba muy cabreado—. ¡En serio, me parece increíble!

Su reacción no la pilló por sorpresa. Sin embargo, no se había esperado que mencionara a Ross.

—Sé que parezco...

—¿Una auténtica lunática?

Rosie inhaló con fuerza. El aire pasó entre sus dientes con un siseo.

—¿Perdona?

Devlin soltó una risa seca y ronca carente de cualquier atisbo de humor.

—Debes de tomarme por un idiota si crees que me voy a tragar toda esta tontería de la médium.

Rosie lo miró con la boca abierta.

—¿En qué otro lugar crees que podría haber escuchado algo así?

—¿En serio? —su tono destilaba sarcasmo—. ¿Así que todo lo que ha pasado esta noche ha sido por esto? Sabías que te seguiría. Te has puesto a fingir ser lo que sea que quieras ser para conseguir que te hablara de mi padre, ¿no?

—¿Fingir? ¿Cómo iba a estar fingiendo? —Rosie alzó las manos—. Tienes que oír lo que estás diciendo, amigo. Fuiste tú el que me siguió antes. Yo no quería que vinieras detrás de mí.

—¿Seguro?

Lo miró con ojos entrecerrados.

—¿Acaso te parecí feliz cuando entraste en la habitación?

—Parecías muy feliz cuando tenías mis dedos entre tus muslos —repuso él—. Y, ¡oh, sorpresa!, tampoco me costó mucho convencerte para que te tocara.

Hasta ahí habían llegado.

Estaba harta.

—Eres un auténtico idiota. —Cerró las manos en sendos puños—. ¡Dios! Eres imbécil y lo sabes. Es imposible que no lo sepas.

—Puede que sea un idiota pero al menos no soy un mentiroso y un confabulador.

—¿Me estás llamando mentirosa y confabuladora porque he pensado que querrías saber que quizá tu padre no se suicidó? —Le ardía la garganta por aquellas palabras—. En serio. Eres imbécil.

—Sí, eso ya lo hemos dejado claro.

Le lanzó una mirada de odio que seguro que él no pudo ver, pero que a ella le sentó de maravilla.

—Olvida todo lo que te he dicho.

—Ya lo he olvidado.

Sintió un intenso calor mientras la ira se apoderaba de ella. Ese no era el Devlin que le gustaba.

—Este eres tú de verdad, ¿no? No el Devlin que antes estaba arriba o el que bromea conmigo. Este es el Devlin real.

Él se quedó callado. La decepción cayó sobre ella como un manto áspero y pesado. Dio un paso atrás y empezó a alejarse.

—Supongo que ya no te vienes a casa conmigo —dijo él.

Por el tono que usó, Rosie supo que estaba sonriendo con suficiencia.

Se dio la vuelta y se acercó a él corriendo. Luego levantó la mano y estiró el dedo corazón todo lo que pudo para que él lo viera bien.

—¡Que te jodan!

Devlin soltó un sonoro suspiro.

—Me parece una buena idea.

Ella le hizo otra peineta con la otra mano solo por darse el gusto.

—¡Cuánta clase, Rosie!

—Puede que te sobre el dinero, pero no reconocerías la clase ni aunque la tuvieras delante de las narices —replicó ella.

—Muy bien —dijo él arrastrando las palabras—. Vamos a dejar las cosas claras. Será mejor que no vayas por ahí diciéndole a la gente que Lawrence fue asesinado. Créeme, no quieres cometer ese error.

Rosie volvió a levantar las manos, frustrada.

—¿Pero a quién más se lo voy a contar aparte de a ti? Y sí, por supuesto que esto ha sido un error.

—Hablo en serio, Rosie.

—Yo también. —Empezó a alejarse de nuevo. No solo estaba furiosa, también estaba profundamente decepcionada—. No tienes ni idea. Esta noche estaba siendo...

—¿Qué estaba siendo? ¿Una farsa? ¿Una estratagema para que comenzara a compartir los secretos de mi familia para que luego pudieras ir corriendo a contárselos a Ross?

Rosie resopló y negó con la cabeza. Esa noche no había sido ninguna farsa, ni ninguna estratagema. Había sido una noche especial.

—No te imaginas lo equivocado que estás. Adiós, *Dev*. No me llames. *Nunca.*

16

—Gabe me ha dicho que me quiere —le anunció Nikki por teléfono el sábado por la mañana. Rosie soltó un chillido y dejó caer al suelo los vaqueros que estaba doblando. Nikki se rio. Su voz sonaba un millón de veces mejor que la última vez que había hablado con ella—. Parece que te has alegrado.

—¡Por supuesto! —Rosie estaba de rodillas frente a su estrecho armario. Se había despertado temprano, con la urgente y extraña necesidad de limpiar—. Está bien. ¿Recuerdas que cuando fui a la mansión De Vincent estaba intentando decirte algo cuando Gabe nos interrumpió?

—Sí.

Se colocó el teléfono entre el hombro y la mejilla, recogió los vaqueros del suelo y volvió a doblarlos.

—Pues lo que intentaba decirte era que Gabe estaba oficialmente fuera de la «Lista de novios que tienen que esmerarse mucho para recuperar a su chica».

—Sí, desde luego que está fuera. Pero ¿por qué ibas a decirme eso? Estaba convencida de que querías darle una paliza.

—¡Oh! Y sigo queriendo hacerlo por todo lo que te hizo en el pasado. —También había otro De Vincent que sacaba su instinto asesino, pero se negó a pensar en su nombre siquiera. Hurgó dentro del armario y sacó otra pila de vaqueros que no se había puesto durante el último año, pero de los que todavía no quería deshacerse—. Aunque sería una paliza cariñosa.

Nikki se rio.

—Debería poder volver a mi apartamento la semana que viene. Gabe quiere que espere un poco más, pero necesito hacerlo ahora.

—Te entiendo perfectamente. Cuanto más lo retrases... —Se interrumpió al percatarse de algo que no había visto antes. En la parte trasera del armario que conectaba a la pared había una pequeña grieta. ¿Se estaría cayendo a pedazos? En ese caso, tendría que llamar al casero.

—Ya lo sé. Cuanto más lo retrase, más me va a costar —terminó Nikki por ella, sacándola de su ensimismamiento—. Pero Gabe va a estar allí conmigo y me ayudará mucho.

Rosie sonrió. Se sentó sobre su trasero y sacó la siguiente pila de vaqueros que llevaba sin ponerse un tiempo.

—Nikki, estoy tan feliz por ti que me pondría a llorar.

—¿Qué? ¡No llores!

—No puedo prometerte nada porque en este momento tengo las hormonas revolucionadas, pero, cariño, tienes una segunda oportunidad con el hombre del que has estado enamorada desde hace años. —Soltó un suspiro de dicha y empezó a doblar los vaqueros—. ¿Eres consciente de lo raro que es eso? Eres un unicornio.

Nikki se rio de nuevo. Su risa cada vez era más desbordante.

—Me siento como un unicornio. En serio. Y bueno, ¿al final fuiste a la Mascarada anoche?

Rosie alcanzó otro par de vaqueros y lo colocó en su regazo. Luego enderezó la cabeza y agarró el teléfono.

—Sí. Estuve allí.

—¿Y qué tal te lo pasaste? —preguntó su amiga—. Porque, por tu respuesta, no me ha parecido que te divirtieras mucho.

Rosie no sabía qué responder, porque se lo había pasado bien, muy bien, hasta que dejó de hacerlo. Estaba intentando no pensar en él con todas sus fuerzas. Cada vez que lo hacía, le entraban unas ganas locas de ponerse a tirar cosas.

O a organizarlas.

Por eso llevaba colocando el armario desde el amanecer.

La peor parte, cuando se despertó por primera vez, es que la ira que había sentido la noche anterior no había regresado de inmediato. ¡Oh, no! Se despertó con una sensación completamente diferente, por mucho que odiara reconocerlo. Su cabeza había rememorado al instante lo que había sucedido unas horas antes, primero en el dormitorio, y luego en el árbol, antes de que todo se fuera al garete. Unos recuerdos que la dejaron tan excitada que tuvo que buscar en su mesita de noche su juguetito particular, más conocido como Satisfyer.

Pero ahora que estaba despierta y en movimiento, lo que sentía cuando pensaba en él no era lujuria ni deseo, sino una buena dosis de rabia hacia Devlin y hacia sí misma, porque tendría que haber sido más lista. Un imbécil siempre sería un imbécil aunque hubiera momentos en que no lo pareciera.

—¿Rosie? ¿Sigues ahí? —preguntó Nikki.

Parpadeó.

—Lo siento, se me ha ido el santo al cielo. Sí, me lo pasé muy bien. Sarah también. Creo que conoció a alguien.

—¿En serio? Eso es bueno.

Rosie pensaba lo mismo. No era que Sarah estuviera buscando una relación a largo plazo, pero le alegraba ver que su amiga pasaba un buen rato después de la ruptura tan traumática que había atravesado.

—¿Y tú qué? —quiso saber Nikki.

Rosie abrió los ojos. Era imposible que su amiga supiera nada sobre Devlin, porque había más probabilidades de que ella dejara de comer *beignets* a que él le contara a alguien lo que había sucedido entre ellos. No porque pensara que Devlin quería ocultarlo por razones taimadas, y no lo decía porque sintiera ninguna compasión por él, sino porque tenía la sensación de que ese hombre no solía compartir nada con nadie.

Por eso le había sorprendido tanto que se mostrara tan abierto con ella (precisamente con *ella*). Y ese fue el motivo por el que decidió que podía contarle lo que había ocurrido durante la sesión de espiritismo con Sarah.

¡Qué equivocada había estado!

—Sí, me lo pasé muy bien —dijo al cabo de un rato. Se moría por contarle a alguien (a cualquiera) lo que había hecho con Devlin, pero Nikki ahora tenía una relación muy estrecha con los De Vincent—. La casa era una maravilla. Seguro que puedes ir el año que viene.

—Tal vez —respondió Nikki.

Entonces su amiga soltó un respingo que la hizo fruncir el ceño. Un segundo después, oyó una risa y a Nikki decir: «Gabe, estoy al teléfono».

—¡Oh, Dios mío! —murmuró Rosie con una sonrisa—. Te dejo.

—No pasa nada. Puedo hablar... —Otro respingo que se pareció muchísimo a un gemido.

Rosie abrió los ojos de par en par.

—Llámame luego. —No quería oír lo que fuera que estaba a punto de ocurrir entre esos dos—. Ahora céntrate en hacer el amor con tu chico.

La risa de Nikki a modo de respuesta se cortó en cuanto Rosie colgó. Después, arrojó el teléfono sobre la pila de vaqueros doblados y se estiró sobre la alfombra de pelo gris. Cerró los ojos y dejó caer los brazos a los costados.

La noche anterior le parecía tanto un sueño como una pesadilla. Seguía sin poder entender cómo habían pasado de las pullas verbales, a tener la mano de Devlin entre sus muslos, a decirle que dejaría que le hiciera cualquier cosa, para terminar con ella haciéndole no una, sino dos peinetas.

Todo había ido demasiado rápido.

—¡Señor! —susurró.

En realidad, sí sabía cómo había sucedido. Porque todo había comenzado con un beso. ¡Devlin sabía cómo besar! A Rosie siempre le habían gustado los hombres que besaban bien.

Si no le hubiera hablado de la sesión de espiritismo con Sarah y se hubiera limitado a irse de la Mascarada, ¿quién sabría cómo habrían terminado las cosas? No era tan tonta como para creer que podría haber surgido una relación entre ellos. Antes de esperarlo fuera, lo había visto en el salón principal de la casa, donde se había celebrado la subasta, rodeado de mujeres con vestidos elegantes y hombres con máscaras.

Desde el fondo del salón, lo había observado interactuar con gente como él, es decir, personas tan ricas que debían de tener unas seis casas y una corte de niñeras, amas de llaves y asistentes personales. Había sido una experiencia muy esclarecedora. Devlin estaba como pez en el agua con ellos, ella no. Su familia no era pobre. Eran personas de clase media que se pasaban todo el día trabajando para conseguir lo que tenían. Eso no significaba que todos los asistentes al baile no hubieran obtenido su patrimonio con el sudor de su frente. Pero Devlin vivía en un mundo tan diferente al suyo que no parecía real.

Si hubiera dejado la gala en ese momento, se habría quedado con la sensación de que había pasado un buen rato. La noche anterior solo habría sido algo que sucedió, porque no era ninguna tonta ni ninguna ingenua. No habría sido el comienzo de nada. Solo dos personas que no se soportaban, que habían conseguido llevarse bastante bien durante unos minutos, debido a la atracción que, obviamente, sentían el uno por el otro. Y así era como habría terminado la velada. Pero no, ella tuvo que hacer lo que pensaba que era lo correcto. No se arrepentía de haberle contado lo que pasó con Sarah. Lo único que lamentaba era haber sido una imbécil al pensar que, porque Devlin llevara una máscara, sería alguien distinto al hombre arrogante, sarcástico y despectivo al que estaba acostumbrada.

Sin embargo, la decepción había sido muy real. No podía evitarlo, porque... porque no había sentido una conexión de ese tipo con nadie desde... desde Ian. Era una pena que algo tan bonito se hubiera transformado en una situación tan desagradable. La noche anterior, había estado a punto de reconocer aquello ante Devlin, menos mal que se había guardado ese pedazo de sí misma para ella.

Abrió los ojos. ¡Qué raro! Los tenía húmedos.

¿Qué era lo que siempre le decía su abuela? Que con el llanto lo único que conseguías era estropearte el maquillaje. Esbozó una pequeña sonrisa. A su abuela le encantaba la máscara de pestañas.

Había llegado la hora de levantar el trasero y seguir con su vida, aunque tampoco había sido para tanto. Le había dicho a su madre que esa tarde le echaría una mano en la panadería y Jilly y Lance querían quedar por la noche para hablar del caso Méndez.

Gracias a Devlin, ahora sabía que no lo necesitaba para poder entrar en la nueva casa de Lucian. Lo único que tenía que hacer era hablar directamente con el menor de los De Vincent. Podía pedirle su número a Nikki.

Se sentó sobre la alfombra, buscó su teléfono y escribió un mensaje en el que le pedía a su amiga el número de Lucian y le explicaba lo que estaba sucediendo con su casa. Era un mensaje bastante raro, pero ya había mandado a Nikki textos parecidos a ese en anteriores ocasiones. Teniendo en cuenta cómo habían finalizado la llamada, no esperaba que le respondiera enseguida, así que retomó de nuevo la tarea de organizar el armario, orgullosa de ser una mujer inteligente y realista que había pasado por encima de Devlin para obtener lo que quería.

Aunque también era consciente de que, al hacer eso, seguramente no volvería a verlo, ya que Nikki regresaría pronto a su apartamento y Devlin y ella no frecuentaban los mismos lugares.

Perfecto.

Además, ¿no le había dicho su madre que quería que conociera a alguien? ¿Un amigo del marido de su hermana? Pues ese momento parecía el más oportuno.

El sudor corría por el pecho desnudo de Dev mientras corría por la cinta y en sus cascos sonaba el fuerte *riff* de *Freak on a Leash*. Llevaba casi una hora haciendo ejercicio y le dolían los músculos de los muslos y las pantorrillas, pero se obligó a continuar. Solía llevar su cuerpo hasta el límite y entonces, solo entonces, se detenía.

En ese momento, sin embargo, todavía no había llegado a ese límite. Aunque estaba cerca.

Si se detenía ahora, sabía que solo era cuestión de tiempo que terminara con la mano alrededor de su miembro, cabreado con el mundo mientras se masturbaba. Una combinación desastrosa.

Lo cierto era que no había podido deshacerse de esa maldita erección desde la noche anterior. Ni siquiera había disminuido cuando Rosie le contó toda esa mierda sobre Lawrence o cuando se dio cuenta de que había estado jugando con él. No, había seguido duro como una roca.

Se había encargado él solo de solucionarlo (literalmente) tres veces: cuando llegó a casa, a mitad de la noche y antes de levantarse esa misma mañana, pero no le había servido de mucho. En cuanto pensaba lo más mínimo en la sensación de su piel bajo sus caricias o cómo sabía su boca, volvía a ponerse...

—¡Mierda! —gruñó. Le estaba sucediendo de nuevo. A pesar de que seguía corriendo y estaba completamente furioso, el deseo bajó por su espina dorsal hasta la ingle.

Presionó con fuerza los controles de la cinta, aumentando la velocidad hasta que el puto aparato empezó a traquetear.

Después, apretó la mandíbula y trató de apartar de su mente cualquier pensamiento sobre Rosie y toda esa dulzura sin explorar, pero falló estrepitosamente.

¿En qué coño había estado pensando? Estar pendiente de ella para ver qué se traía entre manos no incluía usar la lengua, ni los dedos.

No podía estar más enfadado consigo mismo.

La noche anterior había cometido un error; un error que no podía permitirse. Y él no cometía errores. Jamás. ¡Pero vaya si no la había...!

¿Si no la había qué?

¿Besado? ¿Tocado? ¿Confiado en ella? ¿Todo eso y más?

Le había confesado cosas que nunca debería haberle contado; cosas que ni siquiera había hablado con sus hermanos. Pero lo más extraño de todo era que había querido llevarla a su casa. No a la mansión De Vincent, sino al apartamento que ni Gabe ni Lucian sabían que tenía, y durante todo ese tiempo Rosie se había estado burlando de él.

Porque estaba claro que Ross estaba detrás de todo aquello.

¿Seguro?, le susurró una molesta voz en el fondo de su mente. Cuando había pronunciado el nombre de Ross, Rosie se había molestado bastante. Aunque también podía ser una actriz estupenda y solo había estado fingiendo.

Sin embargo, sus gemidos y la forma en que su cuerpo había respondido a sus caricias habían sido reales.

Pero al final, eso tampoco significaba nada, ¿verdad?

Una persona podía odiarte y desearte al mismo tiempo. Un claro ejemplo de eso era Sabrina. Estaba seguro de que esa mujer lo despreciaba. De hecho, había estado obsesionada por su hermano Gabe desde que iban a la universidad. Sin embargo, había deseado a Dev y había querido joderlo, en todos los sentidos de la palabra, y a menudo. Era más, había hecho todo lo posible para convertirse en una De Vincent.

Parpadeó para evitar que el sudor le cayera por los ojos y maldijo en voz baja. Tal vez ese era el motivo por el que tenía una erección permanente. No se había acostado con Sabrina desde el ataque a Nikki. En realidad, desde un mes antes de aquello.

Y no había estado con nadie más.

Quería que esa fuera la razón, pero nunca se había mentido a sí mismo y no iba a empezar en ese momento.

Su estado de excitación solo se debía a Rosie. Y ella debía de estar trabajando para Ross. Esa era la única explicación posible, porque la idea de que Lawrence se hubiera aparecido en una sesión de espiritismo para decirle a una completa extraña que lo habían asesinado era el mayor disparate del mundo.

Podía llegar a reconocer que en su casa pasaban cosas muy raras; cosas que él mismo había vivido de primera mano, ¿pero el espíritu de Lawrence vagando por ahí y anunciando a una persona al azar que lo habían asesinado? ¿Una persona que, daba la casualidad, conocía a Ross Haid?

Sí, era completamente absurdo.

Sintió una presión en el pecho, mezclándose con el ardor por el esfuerzo que estaba realizando.

Ross estaba jugando a algo muy peligroso y había metido a Rosie de por medio.

La presión en el pecho se hizo aún más fuerte. ¡Dios! No quería pensar en eso. De cualquier manera, no terminaría bien para Ross.

Ni para Rosie.

Pero ¿y si ella no tenía nada que ver con...?

Interrumpió ese pensamiento de inmediato. No tenía sentido seguir dándole vueltas. En breve averiguaría la verdad, en cuanto Ross volviera a abordarle y le hablara de su experiencia cercana a la muerte. El periodista no perdería la oportunidad de sacar a colación ese asunto.

Y en el poco probable supuesto de que ella le hubiera dicho la verdad, entonces...

¿No sería todavía peor?

En ese caso, ¿no sería Rosie una amenaza para él?

No le gustaba esa idea, ni mucho menos le gustaba tener un problema con ello. Esa mujer no debería importarle lo más mínimo. Cerró los puños y siguió corriendo. No le importaba nadie, excepto su familia. Así había sido siempre y así seguiría...

Su teléfono sonó de repente, interrumpiendo los potentes golpes de la batería. Miró hacia abajo y vio que era Archie. Detuvo la cinta y respondió a la llamada.

—¿Qué tienes? —preguntó. Se deslizó hasta el final del aparato y se bajó de él.

—Sabrina la ha cagado —respondió una voz grave—. El martes usó una tarjeta de crédito en Texas. Reservó un hotel en Houston. Se marchó de él ayer. No es mucho, pero sé qué coche conduce. Por lo visto, no dio propina al aparcacoches y este ha estado más que dispuesto a soltar todo lo que sabía de ella. Va en un Mercedes negro. Tengo el número de su matrícula.

—¿Un Mercedes negro? —Frunció el ceño mientras agarraba una toalla para limpiarse el pecho—. Sabrina nunca ha tenido un Mercedes.

—Ni tampoco Parker o alguno de sus parientes más cercanos, según los vehículos que tienen registrados a su nombre. —Ese era el tipo de datos a los que Archie solía acceder y que hacían que valiera su peso en oro—. De todos modos, la matrícula es falsa.

Arrojó la toalla al cesto de la ropa sucia y se volvió hacia la puerta.

—¿Cómo lo sabes?

—Porque se trata de una de esas matrículas provisionales que caducan a los treinta días y que no se registraron en ningún concesionario —contestó Archie.

—¡Mierda! —Se pasó la mano por el pelo húmedo—. ¿Entonces estamos en un callejón sin salida?

—No tiene por qué. —Por el tono áspero de Archie, supo que estaba sonriendo—. Por una vez, la suerte nos ha sonreído. El aparcacoches era un poco cleptómano y, cuando estuvo hurgando en la guantera, vio los papeles del seguro. Tengo el nombre de la compañía y creo que puedo conseguir más información, como el número real de la matrícula y el nombre del propietario. Si se puede, la tendré en cuestión de días. Mientras tanto, he estado hablando con algunos contactos que trabajan para la policía de Texas y la están buscando.

—Perfecto. —Se apoyó en la pared y estiró sus doloridas pantorrillas—. ¿Tienes algo sobre la pasante?

—Nada que no haya oído medio mundo y que ya no sepas, pero sigo indagando.

—Bien. —Se apartó de la pared—. Llámame en cuanto sepas más.

—Por supuesto.

Archie colgó y Dev se guardó el teléfono en el bolsillo. Ya no tenía los hombros tan tensos. Podía ser que la noche anterior hubiera metido la pata hasta el fondo, pero al menos tenían algo sobre Sabrina; algo que en el fondo era una buena noticia, al menos para su hermano y su sobrino: esa mujer estaba muy lejos de allí. Sabía que Gabe estaba muy preocupado por el paradero de la hermana de Parker, y Dev no podía culparlo.

Aunque Sabrina pronto dejaría de ser un problema.

En cuanto a la última noche con Rosie, no volvería a cometer ese error.

Como necesitaba una ducha, cruzó la habitación y abrió la puerta. Entonces se detuvo en seco.

Gabe estaba parado frente a él, con el pelo recogido en una especie de moño. No llevaba ropa para hacer deporte, a menos que fuera a correr en vaqueros.

E iba descalzo.

—Te estaba buscando —dijo su hermano, bloqueándole el paso.

—¿No puede esperar?

—Sí, claro, pero creo que te interesa lo que voy a decirte. —Gabe tenía una sonrisa de oreja a oreja que hizo que lo mirara con los ojos entrecerrados—. Estaba sentado en el jardín, disfrutando de la brisa fresca de la mañana con Lucian, Julia y Nic. Ya sabes, haciendo esas cosas de familia a las que tú nunca te dedicas.

—Muy bien. Gracias por la información.

—De nada —replicó Gabe—. Y entonces ha surgido una conversación de lo más extraña. Esta mañana, Nic ha estado hablando con Rosie.

Como no tenía ni idea de adónde quería llegar su hermano y sabiendo que podía desembocar en cualquier cosa, permaneció impasible. Cabía la posibilidad de que Rosie le hubiera contado a Nikki lo que había sucedido entre ellos. Eran amigas y las amigas hablaban de esos asuntos.

—Me alegra saberlo.

—Y bueno, después de colgar, Rosie le ha enviado un mensaje de texto. Nic ha tardado un poco en verlo, pero Rosie le ha contado una historia muy rara. —Gabe colocó las manos en el marco de la puerta y se inclinó hacia delante—. Y le ha pedido el número de Lucian.

¡Qué hija de puta!

Una extraña emoción se apoderó de él. Lo normal habría sido que Rosie le hubiera contado a su amiga lo que había pasado entre ellos la noche anterior; algo que lo habría hecho destinatario de las burlas de sus hermanos. Pero Rosie no era una mujer normal. Y en lugar de sentirse aliviado, sintió una mezcla de irritación y... diversión.

—Por lo visto, creo que la nueva casa de Lucian y Julia está encantada y quiere investigarla. Ya te puedes imaginar cómo ha reaccionado Julia. Fue la única condición que puso cuando empezaron a buscar viviendas: nada de fantasmas. —A Gabe le brillaron los ojos con un malévolo regocijo—. Lucian le ha dado corriendo su número a Nic, sobre todo después de que Nic mencionara que Rosie había estado en la gala esa de anoche. Lo curioso es que yo pensaba que Lucian no conocía a Rosie.

Dev respiró hondo intentando calmarse, pero no funcionó. Por increíble que pareciera, Rosie había conseguido el número de Lucian.

—Pero entonces Lucian se ha puesto a hablar, y ya sabes cómo es. Ha traído a colación lo de la... mujer con la que te vio anoche.

¡Cómo no!

¿Por qué le había preocupado que Rosie dijera algo cuando lo más probable era que su hermano ya hubiera escrito y publicado un relato sobre lo que había visto?

—Resulta que Lucian conoce a Rosie. —Gabe hizo una dramática pausa de la que su hermano pequeño estaría orgulloso—. La conoció anoche. Cuando todos estabais en... ¡Oye, que no he terminado!

Dev había pasado por delante de su hermano y en ese momento se dirigía a la escalera trasera. Oyó a Gabe gritar su nombre, pero no se detuvo.

¿De verdad creía Rosie que podía pasar por encima de él y hablar directamente con Lucian? ¿Que lo iba a permitir sin más? Sí, bueno, le había dicho que podía preguntárselo directamente a su hermano, pero no había hablado en serio.

Aquello era... era... inaceptable.

17

Dev vio a Lucian salir al pasillo y cerrar la puerta de su apartamento privado. La camiseta blanca que llevaba estaba cubierta de manchas de carboncillo.

Su hermano debía de haber estado trabajando.

—¿Qué pasa? —preguntó Lucian.

Dev miró la puerta cerrada. Supuso que Julia estaría dentro. Le resultaba curioso que su hermano pudiera pintar sus cuadros y dibujar sus bocetos con ella allí. Siempre había creído que la pintura era una tarea solitaria.

—Sé que Rosie ha pedido tu número —dijo, yendo al grano—. No quiero que te pongas en contacto con ella.

Lucian se apoyó en la puerta y enarcó una ceja.

—No sabía que estabas en posición de dictar lo que puedo o no hacer, Dev.

—Me he pasado la vida intentando decirte qué hacer, sobre todo por tu bien, pero esta vez te pido que no la llames.

—¿Me lo pides? —Lucian se rio—. Te aseguro que al principio no me ha parecido una petición.

Dev lo miró fijamente.

—Es la mujer con la que estabas anoche —indicó Lucian tras unos segundos—, ¿verdad? La amiga de Nikki. Rosie.

—Ya conoces la respuesta a eso.

—Sí, pero por alguna razón, quiero oírte decirlo.

Dev frunció el ceño.

—¿Por qué?

—Porque me haría gracia.

—Bueno, ya que la meta de mi vida es hacerte gracia, sí, es la mujer con la que me viste anoche. Y sí, tenía pensado hablarte de la conversación que mantuvimos.

Su hermano se secó las manos en los vaqueros.

—Entonces, ¿toda esa mierda de que nuestra casa está encantada es cierta?

—Si te crees todo lo que diga un equipo de investigación de fenómenos paranormales, sí —masculló él.

—¡Mierda, Dev! Ahora Julia lo sabe y está como loca por que un equipo entre en la vivienda y se deshaga de lo que quiera que aceche allí. Es imposible que la haga cambiar de opinión —señaló Lucian—. Era el único requisito que había en su lista. No una cocina recién reformada o una bañera enorme en el cuarto de baño principal. Dejó muy claro que no quería tener fantasmas.

—Seguro que tu casa no está encantada —replicó Dev. Solo en una ciudad como Nueva Orleans se podía incluir un requisito como ese en una lista—. Rosie es... No sé si podemos confiar en ella.

—¿Qué? —Ahora fue Lucian quien frunció el ceño.

—Mira, es amiga de ese periodista...

—¿Del puto Ross Haid?

—Sí.

—¡Joder! —Lucian levantó la mano y se la pasó por el pelo, dejando restos de carboncillo por los mechones—. ¿En serio? Pero es amiga de Nikki y...

—Concertó una cita entre Nikki y Ross antes de que Gabe y ella empezaran a salir. Ross quería usar a Nikki para obtener información sobre nosotros.

—¿Sabía Rosie que esa era la razón por la que Ross estaba interesado en Nikki?

Buena pregunta.

—No creo en las coincidencias.

—A veces suceden, hermano.

—Mira, lo único que te estoy pidiendo es que no tengas ningún contacto con ella. Todavía no sabemos qué se trae entre manos.

—Después de haberos visto anoche juntos, estoy bastante seguro de lo que se traía entre manos —añadió Lucian con una sonrisa—. Y de lo que te traías tú.

—No tienes ni idea de lo que viste anoche —replicó él—. Puedes meter en tu casa a quien te dé la gana para que le eche un vistazo: cazadores de fantasmas, videntes... Me da igual. Pero no a Rosie. Es lo único que te pido.

Lucian se quedó pensativo un buen rato.

—Está bien. No me pondré en contacto con ella. Pero solo porque me lo estás pidiendo.

Durante un instante, Dev pensó estar sufriendo una alucinación. ¿Su hermano pequeño estando de acuerdo con algo que le pedía? Lo miró para asegurarse de que no le estaba tomando el pelo.

Por lo visto las ranas podían criar pelo.

—Gracias —dijo. Era una palabra que rara vez usaba, sobre todo con su hermano pequeño.

Lucian asintió.

—Te dejo que sigas pintando. —Empezó a darse la vuelta.

—¿Dev?

Miró de nuevo a Lucian.

—¿Sí?

—¿Le has preguntado a Rosie si está compinchada con Ross?

—Sí.

—¿Y qué te ha respondido?

—Que no, aunque tampoco me esperaba que lo fuera a reconocer.

—Mmm. —Lucian se apartó de la puerta.

Dev volvió a fruncir el ceño.

—¿Qué?

—Nada. —Lucian se encogió de hombros—. Solo me preguntaba si en algún momento se te ha pasado por la cabeza que podría estar diciéndote la verdad.

Sí, claro que se le había pasado por la cabeza.

Cada vez que pensaba en ella, o en Ross, o en la absurdez que le había dicho la noche anterior.

Pero que Rosie dijera la verdad no la hacía menos peligrosa.

Ni a él menos listo.

Lo que sí sabía era que no podía permitir que Lucian pasara tiempo con Rosie. Su hermano era demasiado charlatán y no podía arriesgarse a que le dijera solo Dios sabía qué a Rosie.

Estaba haciendo aquello por sus hermanos, como siempre.

O al menos eso era lo que seguía diciéndose a sí mismo.

Todavía no estaban en la franja más ajetreada del sábado por la tarde, y Rosie estaba deseando apretar el botón de rebobinar el fin de semana.

Nada había ido bien. Había comenzado unos cinco minutos después de que terminara de ordenar el armario. Su madre la había llamado para pedirle si podía ir a la pastelería antes, ya que uno de los empleados estaba enfermo.

Eso, por sí solo, no le suponía un gran problema, pero Lily llamó justo después para preguntarle si había hecho algún avance con lo de la casa de Lucian. Rosie le había intentado explicar que estaba en ello, pero Jilly debía de pensar que solo necesitaba chasquear los dedos para conseguir las llaves. Estaba convencida de que Nikki le conseguiría el número del menor de los De Vincent, o que le daría a él el suyo. Todos tendrían que ser un poco más pacientes, porque ni loca iba a pedir a Devlin que cumpliera con su parte del trato. Prefería arrancarse cada pelo del cuerpo con un par de pinzas oxidadas antes que volver a pronunciar el nombre de ese hombre.

Devlin de Vincent había entrado directamente a su lista de personas de las que no deberían hablar enfrente de ella.

Era una lista nueva.

El café también aparecía en dicha lista ya que, cuando había querido tomar un poco de cafeína después del mediodía, su cafetera le había arruinado el plan. Y después, el día había ido de mal en peor. Había decidido ir andando hasta Pradine's y casi la había atropellado un taxi que se había subido a la acera y que le había tirado el café que había comprado por el camino; un café que le había costado una cantidad ridícula de dinero, teniendo en cuenta que solo era un maldito café.

Cuando estaba a una manzana de la pastelería, se le había despegado toda la suela de una de sus botas. Así, sin más, como si solo la hubieran adherido con velcro y alguien hubiera tirado de ella. Y eran sus botas favoritas para caminar; unas de ante con un poco de tacón. Supermonas.

Esa era la razón por la que en ese momento llevaba un par de chanclas, a pesar de que la temperatura en otoño había bajado y se le estaban congelando los dedos de los pies, mientras sus botas descansaban en el despacho de sus padres de la pastelería, porque su madre le había prometido que podía arreglarlas, aunque Rosie sabía que se limitaría a pegar la suela con Super Glue.

Y todavía no había terminado. Su madre había enredado el rollo de papel *film* transparente que su padre había colocado detrás del mostrador hacía eones, hasta el punto de necesitar un doctorado en ciencia aeroespacial para desenredarlo.

Le estaban empezando a doler las rodillas. Llevaba una eternidad en el suelo arreglando el maldito rollo con su madre mirándola, de pie junto a ella, con las manos en las caderas. Metió la uña en lo que esperaba que fuera el final del rollo mientras su hermana pequeña, Bella, se encargaba de la caja registradora.

—Este rollo está poniendo a prueba mi paciencia —dijo su madre, antes de inclinarse sobre ella y cerrar la puerta de cristal del expositor con las magdalenas recién hechas.

Rosie se quedó quieta y la miró.

—¿Cómo que está poniendo a prueba tu paciencia si has sido tú la que la ha liado y estás ahí de pie, parada?

—Estoy supervisando el arreglo como haría una buena jefa y madre —respondió ella, guiñándole un ojo cuando Rosie hizo una mueca.

Oyó a Bella resoplar en algún lugar detrás de su madre.

—¿Cómo te las has arreglado para enredarlo de esta manera? —masculló, volviendo a girar el rollo, porque a diferencia de lo que pensaba, no había llegado al final del papel—. No me pagan lo suficiente por hacer esto.

—Tienes suerte de que te paguemos algo —indicó su madre.

—Solo es un rollo de papel transparente —intervino Bella—. No creo que sea tan complicado.

—¿Solo un rollo de papel transparente? ¿Alguna vez has intentado encontrar el punto exacto en el que un rollo de metro y medio de papel transparente, que se ha desgarrado en varios sitios, puede volver a funcionar? —Rosie respiró hondo—. Seguro que dar a luz es más fácil.

—¿Estás loca? Dar a luz no es fácil —contratacó Bella—. Te lo digo por experiencia porque...

—Porque tienes dos preciosos bebés y yo no soy madre, no soy feliz y moriré sola y amargada, rodeada de quince gatos que se darán un festín con mi cadáver —terminó Rosie en su lugar, exasperada—. Así que, ¿por qué no vienes aquí y arreglas esto con tu vasta experiencia de haber dado a luz?

—¡Pero si tú lo estás haciendo muy bien! —repuso su hermana—. Por cierto, mamá me ha dicho que estás interesada en conocer al amigo de Adrian.

Rosie cerró los ojos.

—Yo no le dije eso a mamá. Lo que dije fue que...

—Eso no es lo que yo recuerdo —la interrumpió su madre.

—¡Serás mentirosa! —masculló Rosie, abriendo los ojos. Después de la tarde que estaba teniendo, le parecía que había pasado toda una vida desde que esa mañana había decidido quedar con el amigo de su cuñado.

—¿Qué fue lo que dijiste? —preguntó su madre.

—Nada —respondió ella con un suspiro—. En este momento no quiero conocer a nadie.

Y era verdad, a pesar de que esa mañana se lo había planteado durante un breve instante. Menos mal que había espabilado y se había dado cuenta de que querer conocer a alguien nuevo porque se había enfadado con otra persona no era la mejor idea del mundo.

En algún momento entre la rotura de su cafetera y casi haber perdido la vida a manos de un taxista, había decidido que no quería saber nada de los hombres.

Al menos durante el mes siguiente.

—¡Oh, Dios mío! —Su madre le propinó un rodillazo en la espalda que le hizo soltar un gruñido—. Mirad el pedazo de hombre que viene andando por la calle.

—Mamá —se quejó ella, lanzándole una mirada de advertencia desde el lugar en el que estaba arrodillada. Aunque no surtió ningún efecto, ya que su madre tenía la vista clavada en el frente, con una sonrisa bastante inquietante en los labios.

—Debería haber añadido que está de *toma pan y moja* —continuó su madre. Rosie puso los ojos en blanco—. Anda como un hombre que sabe cómo mantenerte despierta toda la noche.

—Que sabe cómo mantenerte despierta y encima está orgulloso de ello —señaló Bella. Rosie hizo una mueca—. Si no estuviera casada...

—Lo mismo digo, hija mía, lo mismo digo.

Rosie tenía la teoría de que, en cuanto una mujer tenía hijos, de pronto podía hablar abiertamente con su madre de cómo sería acostarse con el mismo hombre. Era como una especie de extraño vínculo que compartían las madres y las hijas. Tal vez su teoría era una tontería, pero ahora tenía una evidencia empírica que la confirmaba.

—Si papá te oyera hablar de ese modo... —murmuró. Por fin había podido liberar el rollo.

Era una amenaza vacía. Su padre se limitaría a reírse o intentaría alabar sus habilidades frente a las del hombre al que se estaban refiriendo.

—Un momento —susurró Bella a un volumen que seguro que llamó la atención de varios clientes—. Viene hacia aquí y me parece que... ¡Dios bendito! Lo conozco.

Lo más probable era que fuera el tipo de la calle que se vestía como Ronald McDonald.

La campanilla de la puerta sonó y Rosie oyó a su madre saludar al recién llegado como si fuera una figurante de *Lo que el viento se llevó*.

—Hola, cariño, ¿qué puedo hacer por ti?

Rosie dejó caer la cabeza a un lado y cerró los ojos. Su madre estaba fatal.

—Hola —respondió una voz grave que le sonaba demasiado—. Esperaba que pudieras ayudarme.

Rosie abrió los ojos de golpe. Esa voz...

—Estoy buscando a alguien que creo que trabaja aquí. —Se produjo una pausa—. Se llama Rosie.

No.

Era imposible.

Levantó la cabeza despacio y miró a su madre.

—Hay una Rosie que trabaja aquí. —Su madre la miró con los ojos entrecerrados—. Y resulta que sé dónde se encuentra exactamente mi encantadora y muy soltera hija.

¡Virgen santa!

Rosie empezó a ponerse de pie, pero perdió el equilibrio y cayó sobre su trasero justo cuando una sombra se cernió sobre el mostrador y apareció una cara que conocía perfectamente. Tenía que tratarse de una alucinación.

—La encontré —dijo el hombre.

A menos que también tuviera alucinaciones auditivas, sin duda se trataba de él, parado en la pastelería de sus padres, mirándola con una sonrisa divertida en el rostro.

Devlin.

18

—¿Qué estás haciendo aquí? —espetó Rosie.

Devlin la miró con un brillo de curiosidad en los ojos que atemperó las frías líneas de su expresión. Tenía las manos apoyadas en el mostrador, con los dedos estirados. Hasta ese momento, no se había dado cuenta de lo grandes que eran esas manos. Le resultó raro no haberse percatado antes de ese detalle, sobre todo teniendo en cuenta lo cerca que había estado de ellas. Pero era un día raro. En realidad, habían sido dos días muy raros.

—¿Y qué haces tú sentada en el suelo? —preguntó él, como si no entendiera que pudiera haber una buena razón para hacer tal cosa.

La ira regresó.

—Estoy meditando.

Devlin ladeó la cabeza.

—Un sitio curioso para meditar.

—Te está mintiendo. Se acaba de caer —aclaró su madre, muy solícita—. Mi chica es un poco torpe, pero está muy bien educada. ¿Sabes que tiene tres títulos universitarios?

—No. —Un atisbo de sorpresa atravesó su rostro—. No tenía ni idea.

—Pero seguro que te has fijado en su impresionante belleza.

Rosie volvió lentamente la cabeza hacia su madre; una madre que iba a morir en breve.

Su madre sonrió, mostrando sus blanquísimos dientes.

—Bien educada y bonita como un pastel de melocotón, pero es tan torpe como un caimán de tres patas.

Rosie abrió la boca. ¿Un caimán de tres patas? Primero, no era tan torpe. Y segundo, si lo hubiera sido, ¿por qué un *caimán de tres patas*?

—Es cierto que es guapa —replicó Devlin en ese tono monótono que había usado el primer par de veces que hablaron.

Sintió una extraña sacudida en el pecho. Una sacudida completamente innecesaria porque no sentía nada por ese hombre. No le gustaba en absoluto. Y ya iba siendo hora de decirle que se fuera, ya que su madre había suavizado la expresión y los estaba mirando a ambos alternativamente. Sin duda, en su cabeza ya sonaban campanas de boda.

Era oficial.

Devlin había salido de las entrañas del infierno para torturarla, porque Rosie debía de haber acumulado un mal karma o algo por el estilo.

—¿Tienes un momento para hablar? —preguntó Devlin. Rosie lo miró de inmediato—. Si has terminado de meditar, por supuesto.

—Claro que tiene tiempo —respondió su madre por ella.

—Todo el tiempo del mundo —añadió Bella.

¡Dios! ¡Iba a matarlas!

—En realidad, no tengo ni un minuto. Estoy muy ocupada...

—¿Sentada en el suelo? —Enarcó una ceja morena.

—Sí —se apresuró a responder—. Tengo muchas cosas que hacer aquí abajo.

—¿Cómo qué?

—Cosas. —Se cruzó de brazos—. Cosas muy importantes.

De pronto, Bella se puso a su lado.

—Te está tomando el pelo. No tiene nada que hacer.

—Bella —espetó ella, descruzando los brazos y apoyando las manos en el suelo—, como puedes ver...

—Se te da de lujo arreglar rollos de papel transparente —la interrumpió su hermana, casi pisándole los dedos con sus zapatillas—. Que es lo que has estado haciendo toda la tarde, pero ¿sabes qué?

—¿Qué? —murmuró Devlin.

—¡Que justo ahora tiene un descanso para cenar! —anunció Bella como si Rosie acabara de ser nominada a un Premio Nobel. Lo que era ridículo. Toda esa situación era ridícula.

Bella y ella ni siquiera tenían asignados descansos para comer o cenar.

—Perfecto —dijo Devlin.

Su madre se puso junto a ella, mirándola de la misma forma que cuando era adolescente y no quería levantarse. La mirada que decía que, o sacaba el trasero de la cama, o la llevaría a rastras al instituto.

No le cupo la menor duda de que su madre no vacilaría en ponerla de pie y arrojarla a los brazos de Devlin si no le hacía caso.

De modo que se incorporó, y se dio cuenta al instante de que tenía a toda una audiencia pendiente al otro lado del mostrador. Detrás de Devlin, estaban tres de sus clientes habituales, que iban a Pradine's con tanta frecuencia que muy bien habían podido trabajar allí. Cindy y su marido, Benny, ambos con los mismos rasgos y cabello cano, que los miraban como si estuvieran en un partido de tenis. A su lado estaba Laurie, una joven callada que iba a la Universidad Loyola y que se pasaba casi todas las tardes estudiando en una de las mesas que había junto a la ventana.

Rosie les sonrió.

Laurie le devolvió la sonrisa y agachó la cabeza, dejando que su cabello oscuro cayera hacia delante y le ocultara el rostro.

—Buenas tardes, cariño. —Cindy levantó las cejas en dirección a Devlin y rodeó el brazo de su marido—. ¡Vaya vistas que tenemos hoy!

Su marido resopló.

—Para mí las vistas siempre son buenas. —Benny guiñó un ojo en dirección a las tres.

—Ese es mi chico —replicó su madre con una sonrisa de oreja a oreja—. Pedid lo que queráis, hoy invita la casa.

—No sé. —Cindy miró a Devlin de arriba abajo, como si estuviera en venta—. Tenéis a un De Vincent aquí dentro. Tengo la sensación de que, solo por eso, debería pagaros algo.

Bella se rio.

Devlin miró hacia atrás, en dirección a la pareja, y luego volvió a prestarle atención a Rosie. Parecía tan confundido y fuera de lugar que tuvo que hacer acopio de todas sus fuerzas para no echarse a reír.

¿Acaso nunca se relacionaba con gente normal y corriente?

La idea hizo que le costara todavía más contener la risa, porque, en cierto modo, los De Vicent eran como la realeza estadounidense.

Solo que Devlin tiraba más a un sapo que a un príncipe.

Pero entonces sucedió lo peor que podía pasar. Oyó la grave voz de su padre retumbando en la cocina.

—¿Qué está pasando ahí fuera, por el amor de Dios? —Su voz se fue acercando cada vez más—. ¿Estáis dando una fiesta y no me habéis invitado?

Rosie abrió los ojos como platos. No podía dejar que su padre entrara y viera a Devlin. Le haría preguntas. Un montón. Y de las embarazosas. Se puso en marcha y salió corriendo desde detrás del mostrador.

—Si quieres hablar, vamos fuera.

—¡¿Por qué?! —gritó Bella—. Aquí tenéis un montón de sitio.

Rosie le frunció el ceño a su hermana y se volvió hacia Devlin. La estaba mirando como si hubiera hablado en una lengua desconocida, pero asintió con la cabeza a todos los que se habían congregado alrededor del mostrador y la siguió. Fuera, el cielo estaba nublado. Otro día más de lluvia.

Se detuvo bajo el toldo de rayas negras y doradas, se cruzó de brazos, echó la cabeza hacia atrás, lo taladró con la mirada y abrió la boca, dispuesta a decirle lo que pensaba.

Pero él se le adelantó.

—¿Siempre hablas a la gente como si les estuvieras ladrando?

—¿Ladrando? ¿Me estás comparando con un perro?

Devlin ladeó la cabeza.

—Eso no es lo que he dicho, pero ahora que lo mencionas, sí, me recuerdas a uno de esos perros pequeños. Los que son tan esponjosos que se ponen a morder los tobillos de las personas cuando quieren que les presten su atención.

Rosie no se lo podía creer. En serio, le parecía imposible.

—¿Acabas de decirme que te recuerdo a un pomerano?

—No estaba pensando exactamente en un pomerano, aunque ahora que lo dices...

—¿Has venido solo para seguir insultándome? —preguntó en voz baja para que los transeúntes no pudieran oírlos—. ¿Has usado alguno de tus dudosos métodos para dar conmigo y decirme que te recuerdo a un perro pequeño y ruidoso?

Devlin bajó la cabeza. Se fijó en su leve temblor de labios, como si quisiera sonreír.

—No he usado ninguno de mis dudosos métodos para encontrarte.

—¿Ah, no? ¿Entonces cómo has sabido que estaba aquí?

—Porque me dijiste que trabajabas aquí.

Rosie abrió la boca y luego la cerró. Tenía razón. Se lo había dicho.

Devlin sonrió.

—Da igual. ¿No me insultaste lo suficiente anoche? Estoy segura de que te dejé bastante claro que no quería volver a verte o a hablar contigo.

—Lo dejaste claro, pero parece que nuestros caminos están destinados a cruzarse —repuso con voz neutra.

—No. Todo lo contrario. Nuestros caminos están destinados a tomar direcciones completamente opuestas. Tú al este y yo al oeste. Así que vete por donde has...

—Me gustaría que ese fuera el caso.

Apretó los labios.

—¿Te das cuenta de que estás aquí, frente a mí, al lado de la pastelería de mis padres, después de haberme acusado de ser una mentirosa confabuladora, y prácticamente una lunática, y acabas de volver a insultarme?

—¿Cuándo he vuelto a insultarte?

—Has dicho que te gustaría que nuestros caminos no volvieran a cruzarse.

Él esbozó una media sonrisa.

—Cierto, lo he dicho, ¿pero te has dado cuenta de que tú me has estado insultando desde que abriste la boca?

—Sí, pero tengo derecho, porque eres un auténtico...

—Idiota —terminó él por ella.

—Exacto, y si recuerdas bien, no creo que sea posible «desidiotizarte». Así que adiós...

—He venido aquí por nuestro trato.

Rosie entornó los ojos.

—Tienes que estar de coña.

Él movió esas espesas y oscuras pestañas y, antes de darse cuenta, sus ojos claros la miraron con intensidad.

—¿Tengo pinta de estar bromeando?

—Tienes pinta de necesitar una buena patada en el trasero.

Devlin se rio, como si lo hubiera pillado por sorpresa. Pero entonces volvió a adoptar su típico semblante inexpresivo. El cambio fue tan rápido que se preguntó si había oído su risa de verdad o solo había sido producto de su imaginación.

—Has pedido el número de Lucian.

—Sí.

—Para poder entrar en su casa.

—Cierto. —Miró a una mujer entrando en la pastelería de la mano de una niña pequeña—. Sigo sin entender a qué has venido.

—He venido porque no quiero que metas a mi hermano en...

—No voy a meter a tu hermano en nada —lo interrumpió ella—. Y te juro que si vuelves a insinuar que tengo otras intenciones distintas a las que te he explicado sobre la casa de Lucian, voy a perder la cabeza aquí mismo y no me hago responsable de mis actos.

—No me gustaría que eso pasara —indicó él con tono seco.

—No. —Rosie le sostuvo la mirada—. Seguro que no.

Algo cambió en la expresión de Devlin.

—Aunque ahora que lo pienso, sé lo que pasa cuando pierdes un poco la cabeza. De modo que quizá sí quiera que vuelva a pasar, Rosie.

Ahí estaba de nuevo, esa forma de decir su nombre que la hizo temblar por dentro. ¿Cómo podía un hombre que no le gustaba en absoluto causar tal efecto en ella?

—Si pierdo la cabeza aquí no tendría nada que ver con lo de anoche —replicó ella—. He pedido el número de tu hermano para ver si me deja entrar en su casa. Ya lo sabes.

—Lo que te iba a decir antes de que me interrumpieras de una forma tan insolente... —se acercó a ella tanto que lo que debían de ser unos mocasines asquerosamente caros rozaron sus chanclas baratas— es que no quiero que metas a mi hermano en ninguna investigación paranormal.

—¿Por qué no?

—Si conocieras a mi hermano, no me preguntarías eso —respondió con tono seco—. Hice un trato contigo y tengo la intención de cumplirlo. Yo te llevaré a la casa de Lucian.

Rosie soltó un resoplido.

—Prefiero nadar en el lago Pontchartrain y luego bañarme en el río Misisipi antes que estar aquí hablando contigo. Eres consciente de eso, ¿verdad?

Devlin la miró fijamente un instante y luego espetó:

—¡Joder!

Rosie sintió que su cara se sonrojaba. Había soltado ese «¡joder!» de la misma forma que pronunciaba su nombre: con voz grave, áspera y muy sexi. Odiaba que su cuerpo tuviera una reacción física tan intensa a una palabra, a *esa* palabra. A él.

—Estás haciendo todo esto muy complicado —dijo él.

Intentó que sus palabras fueran claras y que no mostraran sus emociones.

—Te diría que lo siento, pero no es así. Nada de esto tiene que ser complicado, porque no hay ninguna razón para que estés aquí, como tampoco existe ningún motivo real por el que Lucian no pueda dejar entrar al equipo en su casa.

—Creo que me has malinterpretado. Con lo de «complicado» no me refiero al hecho de que esté aquí, para hablar de la casa de Lucian. —Aquellos ojos azul verdosos la miraron con tanto ardor que empezó a sentir que estaba demasiado cerca del sol y estaba a punto de quemarse—. Haces que esto sea complicado porque en realidad... me gustas.

—De acuerdo. Tienes un problema cojonudo...

Captó un movimiento por el rabillo del ojo que le llamó la atención. Se volvió hacia la pastelería. Su madre y su hermana estaban paradas en la ventana, con las caras pegadas al cristal.

¡Por todos los santos! Eran como dos niñas pequeñas.

Agarró a Devlin del brazo y lo alejó de la ventana, de las miradas indiscretas, intentando no percatarse del calor que irradiaban sus poderosos músculos bajo la manga de la fina camisa blanca. Al ver que él se resistía un poco, deslizó la mano y siguió tirando de él hasta que la siguió, pero lo que estaba a punto de decirle murió en su lengua.

Devlin tenía la vista clavada en el punto donde lo estaba sujetando. El corazón le dio un brinco. En algún momento lo había agarrado de la mano. ¡Le estaba agarrando de la mano! ¿Qué clase de magia vudú se había apoderado de ella para hacer algo así? En serio, ni siquiera se había dado cuenta. Así que no podía ser culpa de ella. De ningún modo.

Cuando intentó soltarlo, Devlin la detuvo y entrelazó los dedos con los suyos.

Y luego, alzó la vista lentamente hasta mirarla a los ojos.

—Siento... cómo terminaron las cosas anoche. Me gustaría hacer las paces contigo.

—¿Perdona?

Lo vio curvar ligeramente los labios. No fue una sonrisa. Ni siquiera una media sonrisa, y desde luego nada que ver con las sonrisas que se había permitido cuando llevaba la máscara.

—Que me gustaría hacer las paces contigo.

Rosie miró a su alrededor, medio esperando que alguien saliera de entre los coches, micrófono en mano, anunciando que estaban en un programa de cámara oculta. No podía ser verdad. Sin embargo, cuando lo miró, vio la verdad en sus ojos: lo decía en serio.

¿Quería hacer las paces con ella?

—Ya es demasiado tarde. —Intentó liberar la mano, pero él no se la soltó—. Da igual lo que hagas.

—Ni siquiera has oído lo que tengo pensado.

—No me importa.

—¡Oh! Creo que sí te va a importar. —Sus ojos claros adquirieron un brillo más cálido—. Quiero agregar una nueva condición a nuestro trato.

Rosie se quedó muda de asombro. Seguro que parecía un pez fuera del agua, boqueando en busca de oxígeno.

—No va a haber ninguna condición más. ¿Sabes por qué? Porque anoche no sucedió nada. Solo fue producto de nuestra imaginación.

Devlin frunció el ceño.

—¿Crees que voy a olvidarme de lo que pasó anoche?

—Yo ya lo he hecho.

Era una mentira enorme.

Y Devlin no era tonto.

—Mira, sé que estás mintiendo. —Bajó el tono—. Es imposible que hayas olvidado lo que se siente al tener mi mano entre tus piernas.

Rosie jadeó. No era ninguna mojigata, ¡pero estaban en plena calle! Aunque probablemente la gente de Nueva Orleans oía conversaciones peores que esa todos los días.

—Y seguro que tampoco has olvidado que me dijiste que me dejarías hacerte cualquier cosa —continuó él. Para su horror, Rosie volvió a sentir ese escalofrío de deseo recorriéndola por completo; algo que a Devlin no le pasó desapercibido—. ¡Ah! Ahí está. No has olvidado nada, Rosie.

¡Dios! ¡Cómo odiaba a ese hombre!

—¿Hace falta que te recuerde lo imbécil que fuiste conmigo? No lo creo, pero si quieres que te haga una lista de todo lo que me dijiste, estoy más que dispuesta.

—No. —Él soltó un suspiro—. No será necesario.

—Bien. ¿Podemos pasar página entonces? Lucian puede llevar él mismo al equipo a su casa y nuestros caminos no volverán a cruzarse. Lo que me parece una idea...

—La condición —la interrumpió él. Cuando Rosie lo miró con los ojos entrecerrados, Devlin esbozó el atisbo de una sonrisa—. Creo que te va a gustar.

—Devlin...

—Yo te llevaré a la casa. Solo a ti. No al equipo. Nada de personas extrañas. Es la casa de mi hermano. No quiero gente rara merodeando por ella.

Rosie abrió la boca.

—No creo que vayas a encontrar algo...

—¿Igual que tampoco encontraría nada en tu casa? —replicó ella—. ¿O te has olvidado de que me dijiste que tu casa estaba encantada?

—No lo he olvidado, pero eso no significa que me crea que hay un fantasma usando la casa de mi hermano como lugar de recreo.

Dicho así, parecía una tontería.

—¿Puedes soltarme la mano?

—No.

—¿No?

—Si te la suelto, me temo que saldrás corriendo.

—Eso es lo que quiero —le aseguró ella.

—Por eso no te voy a soltar. —Movió el pulgar por el centro de su palma, en un perezoso círculo—. Cuando termines de investigar la casa, entonces se acabó. No tendrás que preocuparte de que nuestros caminos se crucen de nuevo y yo me quedaré tranquilo porque no intentarás contactar con mi hermano.

—¿Esa es tu nueva condición?

Devlin asintió.

—Te llevaré a la casa de Lucian esta noche.

—¡¿Esta noche?! —gritó ella.

—Esta noche o nunca. Elige.

Lo miró boquiabierta.

—Tengo planes para esta noche.

—¿Como cuáles?

—¿Cómo que como cuáles? Lo has dicho como si fuera imposible que yo tuviera planes—. En realidad, aparte de su reunión con Jilly y Lance, no tenía pensado hacer nada, pero Devlin no tenía por qué enterarse de eso.

—Si tienes tantas ganas de entrar en la casa de Lucian, los pospondrás.

Rosie volvió a tirar de la mano, pero él siguió sin soltarla.

—¿Y si mis planes no pueden posponerse?

Devlin la miró fijamente unos segundos.

—Entonces, supongo que no tienes tantas ganas.

Rosie apretó los dientes con tanta fuerza que le sorprendió no haberse roto una muela. Una parte de ella quería mandarlo a la mierda, pero si dejaba pasar aquella oportunidad, Jilly jamás se lo perdonaría.

—Está bien —dijo al final—. Lo haré por el equipo.

—¿Que lo harás por el equipo? —Devlin sonrió—. Tú querías entrar a la casa, Rosie. Hicimos un trato y voy a cumplirlo.

—Quería entrar a la casa sin ti —le corrigió ella—. Y nuestro trato no habría sufrido ningún contratiempo si no hubieras sido tan...

—Idiota. Lo entiendo. Reúnete conmigo frente a la casa a las nueve de la noche. —Le soltó la mano—. Sé puntual.

Rosie resistió el impulso de decirle que casi siempre llegaba tarde a los sitios.

—Sé puntual tú.

Devlin empezó a darse la vuelta.

—Yo siempre soy puntual, Rosie. Te veo esta noche.

Mientras él terminaba de darse la vuelta y se alejaba con paso decidido, Rosie masculló por lo bajo:

—Siempre soy puntual. Blablablá. Imbécil.

Tras soltar una impresionante retahíla de insultos, regresó al interior de la pastelería.

Su madre y su hermana la estaban esperando frente al mostrador. Lo que era un problema, ya que Cindy y Benny seguían aguardando a ser atendidos, igual que Laurie.

Los tres clientes también estaban ahí parados, mirándola con la misma cara que su madre y su hermana.

—¿Hola? —Rosie hizo un gesto hacia los clientes.

Su hermana ignoró la indirecta, fue hacia donde ella estaba y tomó su rostro entre sus cálidas manos, que olían a azúcar.

—De acuerdo, ahora vas a contárnoslo todo.

—No sé de qué estás hablando.

Bella abrió los ojos indignada.

—¡Oh, no! Vas a decirme exactamente por qué Devlin de Vincent ha venido a buscarte a la pastelería y por qué parecía que estabais a punto de besaros o daros un puñetazo.

Rosie se apartó de su hermana y se fue hacia el mostrador.

—Yo no parecía estar a punto de hacer nada de eso.

—Te digo yo que sí —intervino su madre.

—Quiero todos los detalles —continuó Bella—. *Todos,* Rosie.

—No hay nada que contar. Solo estábamos hablando. Nada más.

—Cariño, una no *solo* habla con un hombre como ese. —Cindy alzó sus cejas grises—. Te lo aseguro, lo sé. Al principio, Bennie y yo casi nunca hablábamos.

—Cierto —murmuró Bennie, apoyándose en el mostrador.

Rosie los miró y luego negó con la cabeza.

—Repito: solo estábamos hablando. Así que, por favor, ¿podemos volver cada uno a lo suyo y olvidarnos de esto?

—¡Ajá! —Su madre salió de detrás del mostrador y se centró en el pedido de la pareja.

Sin embargo, Rosie sabía perfectamente lo que significaba ese «¡ajá!» en el lenguaje de Juniper Pradine. Y también Laurie, a juzgar por la mirada de compasión que le lanzó. Todos los clientes habituales de la pastelería lo sabían.

Podía parecer que su madre había capitulado, pero todavía no había dicho la última palabra.

19

—¡Esto es extraordinario! —exclamó Jilly con los ojos abiertos de par en par.

Liz asintió con su rubia cabeza.

—Absolutamente flipante.

—¿Seguro que no podemos ir contigo ninguno de nosotros? —Lance estaba de pie en un rincón de la casa de Jilly y Liz, con los brazos cruzados. Como había ido directamente desde el trabajo, llevaba el uniforme azul marino de técnico en emergencias sanitarias—. No me gusta la idea de que hagas esto sola y pases la noche con un tipo cualquiera.

—No es un tipo cualquiera —respondió Jilly antes de que a Rosie le diera tiempo a hablar—. Es Devlin de Vincent.

—Eso no significa que esté a salvo con él. —Lance frunció el ceño—. Más bien todo lo contrario, teniendo en cuenta su reputación. —La miró—. Pensaba que no os aguantabais.

—Y así es, pero estoy a salvo con él. —Por extraño que pareciera, estaba segura de eso. Devlin podía ser un idiota, sin embargo, nunca le había dado mala espina—. Es un... cascarrabias, pero no es peligroso.

A Lance no se le vio muy convencido.

Esa mañana, cuando se había despertado, no se había imaginado que el día terminaría de aquel modo. Lo que de verdad le apetecía era irse a su casa y tumbarse en la cama con una botella de moscatel y una bolsa de patatas fritas (con sabor a crema y cebolla para ser más exactos). Por supuesto que estaba emocionada por entrar en casa de Lucian, pero después del incesante interrogatorio al que la habían sometido su madre y Bella durante toda la tarde, no sabía si tendría la paciencia suficiente para lidiar con Devlin.

Jilly cerró la mochila que contenía todo el material necesario y se apartó el flequillo negro de la cara.

—Preston y su mujer respirarán tranquilos si conseguimos alguna prueba de que la actividad paranormal proviene de la casa de al lado.

—Creo que solo respirarán tranquilos si la actividad paranormal se detiene o los fantasmas se quedan en la casa de al lado —indicó Liz.

Jilly miró a su novia.

—Cierto, pero si el origen no está en su vivienda, podemos ofrecerles soluciones más sencillas para acabar con esto.

Liz se dejó caer en el sofá.

—Tengo la impresión de que no van a hacer caso a ninguna de las soluciones que les propongamos.

—¿Podemos evitar tener de nuevo esta conversación? —Jilly dejó la mochila en la mesa baja.

—No, vamos a tenerla. —Liz sonrió mientras enroscaba su larga melena en un dedo—. Mira, sigo pensando lo mismo que dije cuando vimos la aparición en la grabación. Teníamos que haber esperado a decírselo a los Méndez hasta que hubiéramos tenido más información. Ahora, casi no nos responden. Ha sido demasiado para ellos.

Jilly se enderezó.

—¿Por qué va a ser demasiado si ellos fueron los que contactaron con nosotros?

Rosie miró de reojo a Lance y vio que medio sonreía.

—Tienes muchas investigaciones a tus espaldas. —Liz se soltó el pelo, que se fue desenroscando poco a poco—. Sabes que la gente reacciona de manera distinta cuando les presentas pruebas reales sobre una actividad paranormal en su casa.

Eso era verdad.

Algunas personas se sentían aliviadas, incluso emocionadas al saber que no había sido producto de su imaginación. Otros, esperaban que el equipo encontrara una razón lógica, no sobrenatural. Y a veces, se negaban a aceptar la evidencia y vivían en una constante negación.

Aunque eso no hacía que el problema desapareciera.

Rosie agarró la pesada mochila y se la colgó al hombro.

—Tengo que avisaros de algo. Si esta noche encuentro alguna prueba, tengo la sensación de que Lucian, el propietario, querrá tomar medidas, pero no estoy segura de que quiera que seamos nosotros quienes nos encarguemos.

Jilly la miró con el ceño fruncido.

—¿Por qué? Somos el mejor equipo de la ciudad.

—Devlin y yo no nos llevamos bien. —Cuando Liz abrió la boca para hacerle miles de preguntas, Rosie se apresuró a explicar—: Es una larga y complicada historia que no tiene mucho sentido, pero si hay algo en esa casa, estad preparados por si nos dejan fuera.

Jilly se llevó las manos a las caderas.

—¡Menuda mierda! ¡Si el espíritu lo descubrimos nosotros, es nuestro!

—No creo que la cosa funcione así —dijo Rosie, mirando el teléfono. Su Uber estaba a unos minutos de distancia.

—En el mundo de Jilly, sí. —Liz se mordió el labio para intentar ocultar una sonrisa cuando su novia la miró. Fracasó—. ¿Qué? Es verdad.

—¿Por qué no nos preocupamos por eso cuando suceda, si es que sucede? —señaló Lance, haciendo de mediador, como siempre. Volvió a mirar a Rosie—. Sigue sin gustarme nada que te quedes a solas con él. No es una buena idea.

Ninguna idea que tuviera que ver con Devlin le parecía buena. Tenía la sensación de que esa noche podía terminar siendo un completo desastre. Pero a veces los espíritus reaccionaban a lo que les rodeaba, y solo Dios sabía el ambiente tan cargado que podían generar ella y Devlin.

—Todo va a ir bien. —Sonrió a Lance con la esperanza de tranquilizarlo—. Lo único que puede peligrar es mi paciencia.

Liz se rio.

—¿Tienes todo lo que necesitas?

—Eso creo. —Hizo una pausa—. ¿Habéis puesto una botella de vino en la mochila?

Las chicas se rieron, pero Lance masculló algo por lo bajo que no llegó a oír bien. Se agarró a las correas de la mochila, y salió a la calle seguida por el equipo.

—¿Cuánto tiempo crees que vas a poder estar? —preguntó Jilly.

Su mente fue directamente al plano sexual, porque en cuanto pensó que iba a estar allí con Devlin, se acordó del reflejo de ambos en el espejo y un intenso calor se apoderó de ella.

Sí, era una idea pésima.

—¿Rosie? —preguntó Lance.

Salió de su ensimismamiento.

—Lo siento. No lo sé. ¿Un par de horas, si tengo suerte? No tengo ni idea de cómo va a ir esto. No cree mucho en estas cosas. —Algo que seguía pareciéndole raro, pero daba igual. Vio acercarse los faros de un coche—. Creo que ha llegado mi Uber.

Liz se abalanzó sobre ella y le dio un abrazo.

—Haz que nos sintamos orgullosos.

Rosie retrocedió con una mueca.

—Lo intentaré.

La siguieron por las escaleras y el estrecho camino de entrada hasta donde se había detenido el coche.

—Llámanos cuando termines —dijo Jilly—. Da igual la hora que sea.

—No te olvides de hacerlo —la advirtió Lance—, porque soy capaz de presentarme en tu casa para cerciorarme de que sigues con vida.

—Sí, señor. —Rosie se rio y abrió la puerta trasera del vehículo—. Deseadme suerte. Voy a necesitarla.

—Lo harás bien —la animó Jilly.

Lizz asintió.

—Vamos a estar tan orgullosos de ti que celebraremos una fiesta en tu honor.

—Menos mal que en este equipo hay una persona adulta —farfulló Lance.

Rosie llegaba tarde.

Devlin miró su reloj. Un poco más de diez minutos tarde para ser exactos. Tampoco le había pillado por sorpresa. Jamás creyó que llegaría a tiempo. Conociéndola, seguro que lo estaba haciendo a propósito.

Estaba de pie, en el porche de la casa de Lucian. Se cruzó de brazos y miró la casa de los vecinos. Los árboles bloqueaban la mayor parte de la vivienda, pero pudo ver una torreta de estilo victoriano. Le entró curiosidad por saber qué tipo de gente vivía allí. La primera pregunta que se le ocurría era si estaban cuerdos.

Al oír que pasaba un coche, miró hacia la calle. Tenía un montón de cosas más importantes que hacer en ese momento, pero allí estaba, parado en un porche en mitad de la noche, esperando a una investigadora paranormal que podía estar compinchada con un periodista que estaba decidido a acabar con su familia.

Sin embargo, por extraño que pareciera, estaba deseando que llegara.

No porque quisiera verla, sino porque eso le ofrecía una oportunidad inmejorable para determinar hasta qué punto esa mujer representaba una amenaza. ¿De verdad creía Rosie que el espíritu de Lawrence había contactado con ella o le estaba mintiendo?

Un coche redujo la velocidad y se detuvo frente a la casa. Devlin bajó corriendo los escalones y fue hacia la verja de entrada. La vio bajo la suave luz de las farolas, sacando una mochila enorme del asiento trasero. Llevaba el pelo recogido en un moño desordenado que, junto a su cuello expuesto, le daba un cierto toque de elegancia. Cuando Rosie se volvió hacia él, abrió la verja.

A pesar de la oscuridad, pudo leer lo que estaba escrito en su camiseta negra.

LAS CHICAS SON LA CAÑA. Y abajo, en una letra más pequeña: EN LA CAMA.

Después de despedirse del conductor, se acercó lentamente a la verja. Tan despacio, que Devlin tuvo la certeza de que una tortuga habría sido más rápida.

—Llegas tarde —dijo, antes de abrirle la verja.

—¿Ah, sí?

La miró mientras entraba. Por supuesto que no se creyó que no fuera consciente de su retraso. La mochila que llevaba parecía pesar la mitad que ella.

—Anda, dame eso.

Rosie se detuvo y se volvió hacia él. Como el camino de entrada apenas estaba iluminado, no pudo ver su rostro cuando fue hacia ella y estiró el brazo para que le entregara la mochila. En el momento en que agarró las correas, ella dio un respingo de alivio. Le quitó la mochila.

—¡Dios! ¿Qué llevas aquí dentro?

—Un niño —replicó ella—. Gracias.

Por lo que pesaba esa cosa, muy bien podía haberse tratado de un niño pequeño. Señaló la casa:

—Terminemos con esto.

—Se te ve muy entusiasmado, ¿sabes? No hacía falta que... —Rosie se tropezó con algo que había en el suelo. Dev la agarró del brazo, antes de que se cayera, mientras ella soltaba una carcajada—: ¡Ups!

—¿De modo que es cierto que eres más torpe que un caimán con tres patas?

Rosie soltó un resoplido.

—Solo cuando el sitio está muy oscuro y no sé por dónde piso. —Hizo una pausa—. Ya puedes soltarme el brazo.

¿Seguía sujetándola del brazo? Sí. Definitivamente notaba una porción de suave piel bajo la palma.

—¿Estás segura? Lo último que necesitamos es que te rompas una pierna y...

—¿Y demandar a un De Vincent por lesiones?

Devlin torció los labios.

—No harías nada parecido, ¿verdad?

—Depende de lo mucho que me fastidies esta noche. —Empezó a dirigirse hacia las escaleras.

Le gustó el desenfado que percibió en su voz. En ese momento se dio cuenta de que, incluso cuando estaba cabreada con él, o excitada por sus caricias, no había recato en su tono, ni ninguna intención oculta o mordaz. Sí, era de las que no se mordía la lengua, pero se la veía auténtica. Todo lo contrario a lo que sucedía con Sabrina, cuyas palabras siempre eran calculadas y a menudo contenían segundas intenciones.

Rosie le estaba esperando en lo alto de las escaleras.

—Está abierto. Puedes pasar.

Rosie abrió la puerta de entrada y accedió al vestíbulo iluminado. Como él había llegado antes, había encendido algunas luces de la planta baja. Posó la mirada de inmediato en los vaqueros viejos y desteñidos que se pegaban a su precioso trasero. Un trasero con forma de corazón. Perfecto. Casi podía imaginar lo que sentiría cuando lo ahuecara entre sus manos...

Interrumpió ese pensamiento antes de que fuera demasiado tarde. Si dejaba que su mente fuera por esos derroteros, no podría ser objetivo ni mantenerse alerta. La noche anterior, la situación se había descontrolado a toda prisa, dando un giro que no habría previsto.

No iba a permitir que sucediera de nuevo.

—¡Vaya! —exclamó ella en un susurro.

Cerró la puerta y fue junto a ella.

—¿Qué? ¿Sientes la presencia de algún espíritu?

Rosie volvió la cabeza hacia él.

—No soy médium.

Ya lo sabía.

—Bueno, es un poco decepcionante.

—Ja, ja —murmuró ella antes de dirigirse a la derecha, hacia el salón y la cocina—. He dicho «vaya» porque es una casa muy bonita, incluso en pleno proceso de reforma.

Dev echó un vistazo a su alrededor. Lo único que podía ver eran herramientas dispersas, bancos de trabajo y unas lonas que cubrían la encimera y los armarios de la cocina que se habían instalado.

—Lucian me dijo que les quedaba poco para terminar. Sin embargo, no tengo esa impresión.

Rosie fue hacia la isla, esbozando una pequeña sonrisa.

—¿Está acabada la planta de arriba?

—Por lo que he visto, está todo menos el baño del dormitorio principal.

Ella se encogió de hombros.

—Entonces no les queda mucho.

Cuando regresó con él, no pudo evitar fijarse en que apenas llevaba maquillaje. Solo se había aplicado un brillo rosa en los labios que le daba un aspecto delicioso a su boca. Eso parecía ser lo único. Todo lo demás era natural. Sin ningún artificio. Al menos físicamente. El resto, no lo sabía. O no quería saberlo.

Rosie le tendió la mano.

—¿Me devuelves la mochila?

—¿Dónde quieres que la deje? —preguntó él en lugar de dársela. Esa cosa pesaba demasiado para que ella la cargara por toda la casa.

—Mmm. —Rosie miró a su alrededor—. Supongo que en esa encimera.

Dev llevó la mochila hasta la isla y la dejó allí.

—¿Qué llevas aquí?

—El equipo. —Cuando se acercó a él y abrió la mochila pudo captar su olor a coco—. Todo lo que necesito para la investigación.

—Esto se pone interesante. —Se giró hacia ella y se inclinó sobre la isla.

—Te va a dejar con la boca abierta. —Rosie hurgó dentro de la mochila y sacó un pequeño dispositivo—. Esto ya lo has visto antes. Es una grabadora EVP.

—¡Ah, sí! La tecnología más avanzada para cazar fantasmas.

Rosie resopló y soltó una carcajada.

—Te sorprendería lo que puedes llegar a captar con esto. —Se volvió hacia él y lo miró a los ojos. Dev se dio cuenta de que, en ese instante, se veían más marrones que verdes—. Por ahora, es lo único que necesito.

—¿Necesitas que te haga algo? —En cuanto la pregunta salió de su boca, se dio cuenta de que podía malinterpretarse.

Por lo visto, no fue el único en percatarse.

Rosie inhaló con suavidad y volvió a mirarlo a los ojos. Tenía la boca entreabierta. Cuando la vio humedecerse los labios, una oleada de puro deseo le recorrió la columna vertebral.

¡Mierda!

Aquello no podía traer nada bueno.

Rosie se aclaró la garganta y volvió a prestar atención a la cocina sin terminar.

—Necesito que no te interpongas en mi camino.

Dev examinó su perfil. ¿Cómo no se había percatado la noche anterior de lo largas que eran sus pestañas?

—No estoy seguro de que pueda conseguirlo —reconoció.

—Pues tienes que poder —replicó ella, alejándose.

Dev vaciló un momento antes de apartarse de la encimera. La casa olía a madera y a pintura. Se dirigieron a la sala de entretenimiento.

—Mi equipo ha investigado un poco la casa. Nada que no sea de dominio público —añadió—. Se construyó en 1859 y los anteriores propietarios vivieron aquí durante muchos años. Seguro que esta es la primera reforma importante que se ha hecho. Lo que es una buena noticia.

—¿En serio?

Rosie miró las molduras del techo.

—Sí. Verás, si una casa tiene una actividad paranormal importante, entonces cambiará a menudo de propietarios. A menos que los propietarios sean los De Vincent.

Dev enarcó una ceja.

Salieron de la estancia y fueron hacia una sala de estar que daba a una terraza acristalada.

—Las reformas pueden despertar a los espíritus porque su entorno cambia. A veces, cuando la reforma termina, la actividad se calma; otras, va a peor.

—A veces las casas solo dejan de asentarse.

Rosie se rio.

—Las casas dejan de asentarse poco después de construirse. Si pasan décadas, y todavía se oyen «crujidos de asentamiento» —dijo, haciendo el gesto de las comillas—, entonces no es un problema de cimientos. De todos modos, creemos que en este caso la actividad paranormal se ha generado a raíz de las obras. A menos que...

—¿A menos que qué? —Dev se detuvo en la entrada de la terraza. Esa zona de la casa estaba a oscuras porque todavía no se habían instalado los interruptores de la luz.

—A menos que un fantasma haya seguido a Lucian desde tu casa.

Empezaba a arrepentirse de haber reconocido que su casa podía estar encantada.

—¿Es eso posible?

—¡Oh, sí! Un espíritu puede apegarse a una persona en concreto e ir adonde esa persona vaya, como por ejemplo, a otra vivienda. —Lo miró—. O de un cementerio a una casa.

Dev la miró con los ojos entrecerrados.

—¿Y de un cementerio a una sesión de espiritismo?

—También. —Rosie le sostuvo la mirada—. Y si resulta que estás con una médium, no hace falta que tengas esto a mano —levantó la grabadora— para oír lo que tengan que decir. Por desgracia, deshacerse de estos espíritus puede ser complicado, así que esperemos que ese no sea el caso.

Al pasar junto a él, lo rozó. Dev apretó la mandíbula. Ese ligero toque lo sacudió de la cabeza a los pies. Se dio la vuelta. De pronto, tenía una urgente necesidad de saberlo.

—¿Por qué?

—¿Por qué qué? —dijo Rosie por encima del hombro.

—¿Por qué te has metido en un mundo como este?

Ella se dio la vuelta despacio. Estaba de pie, bajo el arco que unía la sala de entretenimiento con la sala de estar a oscuras.

—Un día me desperté y decidí que quería cazar fantasmas.

—Te lo estoy preguntando en serio, Rosie.

La vio negar levemente con la cabeza. Un movimiento que hizo que le cayera un grueso rizo por la frente. Después, se encogió de hombros y soltó un sonoro suspiro.

—¿De verdad quieres saberlo?

—Te lo he preguntado, ¿no?

—Sí, bueno, aunque me cuesta creer que quieras saber algo de mí. —Rosie bajó la mirada hacia la grabadora, de modo que no pudo ver cómo Dev contrajo la mandíbula—. No fue por ningún motivo genial como Jilly o Liz, las amigas que fundaron IPNO, que vieron fantasmas de pequeñas y, desde entonces, se convirtió en una obsesión para ellas. A mí empezó a interesarme de adolescente, supongo que porque los espíritus son la evidencia de que hay algo después de la muerte. Que no dejamos de existir cuando fallecemos. Odiaba esa idea, así que empecé a buscar información sobre fantasmas, la reencarnación, incluso el ocultismo.

—¿El ocultismo?

—Sí, como la *Wicca*. En esa época, pasé por una etapa en la que quise estudiarla, pero enseguida me di por vencida. Requería mucho esfuerzo y yo soy muy perezosa.

A él no le daba la impresión de que fuera perezosa en absoluto.

—Tu madre ha dicho que tienes tres títulos universitarios, ¿es cierto?

—Sí.

—Entonces no eres perezosa —señaló, un poco asombrado de que la mujer que estaba parada frente a él, con una grabadora EVP, tuviera tres carreras.

—Es verdad, pero está claro que no tienes ni idea de todo el trabajo que conlleva la práctica de la *Wicca* —respondió ella con tono divertido—. En todo caso, así es como empecé a interesarme por este mundo, como una forma de demostrar que todo esto, la vida, el amor, el dolor, la muerte, el odio... tiene un propósito. Supongo que también podía haberme dedicado a buscar a Jesús o algo parecido. Eso es lo que la gente encuentra más normal, pero es más probable que con esta grabadora logre captar la voz de un soldado de la guerra de secesión que la voz de Dios, así que...

Dev esbozó una sonrisa reticente.

—¿Crees en Dios?

—Sí. Puede que no vaya a misa todos los domingos, pero soy creyente. —Hizo una pausa—. ¿Y tú?

—Sí —dijo después de un buen rato—. Si hay un cielo...

—También hay un infierno —terminó ella por él.

El lugar donde Dev creería que terminaría.

—En fin. Como te he dicho, no fue por ninguna razón interesante. —Rosie dio un paso atrás y se giró—. Tenemos que apagar las luces.

—En mi casa he visto... cosas a plena luz del día.

Ella se detuvo de nuevo.

—¡Sí que eres raro!

—Mucho.

—¡Ajá! —Ladeó la cabeza—. ¿Sabes? En realidad, los espíritus pueden aparecerse en cualquier momento del día. Se cree que no tienen noción del tiempo.

—Eso debe de ser bastante molesto.

—Porque siempre llegan tarde, ¿no? —replicó ella. Dev sonrió en la penumbra—. La razón por la que hacemos la mayoría de nuestras investigaciones de noche es porque *estamos* más abiertos y atentos a la actividad paranormal.

—En otras palabras, vemos y oímos más cosas cuando estamos a oscuras y no hay ruido.

Rosie soltó un suspiro que resonó en la habitación vacía.

—Voy a empezar.

Se dio cuenta de que todavía no estaba listo para que comenzara. Al fin y al cabo, uno de los motivos por los que la había llevado allí era para saber un poco más de ella.

—¿Qué carreras tienes? —preguntó.

Sabía que la pregunta no tenía nada que ver con su relación con Ross.

Rosie respondió mientras atravesaba la sala de entretenimiento.

—Tengo una licenciatura en Filología Inglesa, con título de profesora, aunque nunca lo he usado. Después de sacarme la primera carrera, volví a la universidad y obtuve un grado en Administración y Dirección de Empresas, algo que me aburría soberanamente, pero pensé que me sería útil. Luego me fui a la universidad de Alabama y obtuve una licenciatura en Psicología.

—Eso es...

—¿Una prueba de lo loca que estoy? —Rosie se rio mientras se dirigía a la cocina.

Dev la siguió. Ella encontró el interruptor y apagó la luz.

—No, iba a decir que me parece impresionante.

—¡Vaya! —Se volvió de inmediato hacia él—. ¿Me acabas de hacer un cumplido? —Se acercó a él, le dio una rápida palmadita en el pecho y retrocedió—. Estoy conmocionada.

—No es para tanto —repuso Dev en tono seco, aunque tuvo que esforzarse por no sonreír.

—Estoy tan emocionada... —Rosie hizo un giro tan perfecto frente a él que se preguntó si había ido a clases de danza—. Me siento completamente realizada. ¡Devlin de Vincent cree que soy impresionante!

—Eso ha sobrado.

—¡Por supuesto que no! —Salió de la cocina hacia el salón dando saltitos—. Ya no necesito encontrar un fantasma. Ahora puedo morir en paz.

En la cocina, Dev miró hacia el techo y sonrió. Notó cómo se curvaban sus labios. Lo que no dejaba de ser una contradicción. Sabía que se estaba burlando de él, pero le hizo gracia.

Porque Rosie era... ¡Dios! Puede que fuera tan mala para él, para su familia, como lo había sido Sabrina, pero era tan *ella*... No se sentía intimidada por él lo más mínimo.

Negó con la cabeza y se reunió con ella en el vestíbulo, justo cuando estaba apagando la luz.

—Voy a encender la grabadora —le avisó.

Dev ladeó la cabeza.

Rosie lo miró fijamente durante unos segundos antes de volverse y presionar con el pulgar en un lateral del dispositivo. Luego caminó hasta el centro de lo que en breve sería un salón y miró hacia arriba.

—Hola. —Se aclaró la garganta—. ¿Hay alguien con nosotros?

Dev enarcó una ceja.

—¿Alguien que quiera comunicarse con nosotros? —Se quedó callada unos instantes y empezó a recorrer lentamente la estancia—. Me llamo Rosie. ¿Puedes decirme tu nombre? —Otra pausa. Fue hacia el vestíbulo—. ¿Por qué estás aquí?

Esa era la pregunta que él mismo se estaba haciendo.

Rosie se detuvo en las escaleras.

—¿Estas solo?

—Obviamente no —masculló él—. Nosotros también estamos aquí.

Ella se volvió hacia él.

—¿En serio?

—¿Qué? Me ha parecido una pregunta estúpida. Está claro que, sea lo que sea, no está solo, ya que también estamos nosotros.

—No me refería a eso con la pregunta —explicó Rosie—. Lo que quiero saber es si hay más de un espíritu.

—¿Cómo sabes siquiera que hay un espíritu?

Rosie lo miró fijamente.

—Y tu pregunta da lugar a equívocos —continuó él, siguiéndola por el vestíbulo—. ¿Y si responde que no está solo, pero se está refiriendo a nosotros y no a otros fantasmas?

—De acuerdo —repuso ella con exasperación. Se dio la vuelta—. ¿Hay otro espíritu contigo?

Dev la miró con una sonrisa de oreja a oreja y se metió las manos en los bolsillos.

—¿Por qué estás aquí?

Sabía que la pregunta no iba dirigida a él, pero no puedo evitar responder.

—No tengo ni idea.

Rosie dejó caer los hombros, tomó una profunda y sonora bocanada de aire y se giró hacia él.

—No estoy hablando contigo, Devlin.

—¡Oh! —murmuró él—. Lo siento.

Ella lo miró con los ojos entrecerrados y luego volvió a lo suyo.

—¿Cuántos años tienes?

—Tengo otra pregunta.

Rosie echó la cabeza hacia atrás.

—¡Cómo no!

—Cuando le preguntas la edad a un espíritu, ¿te refieres a los años que tenía cuando murió o a cuánto tiempo lleva atrapado en esta fría y vacía existencia?

Ella levantó la cabeza.

—¿Te das cuenta de que ahora mismo se está grabando todo lo que decimos?

Dev sonrió con suficiencia.

—¿Y que puede que alguien más que yo termine escuchándolo? —continuó Rosie.

Su sonrisa se desvaneció al instante. Frunció el ceño. No recordaba haber hablado de nada de eso.

Rosie sonrió con satisfacción y se alejó de él.

—¿Puedes decirme si te molesta la reforma que han hecho en la casa?

Dev soltó un bufido.

Rosie lo taladró con la mirada y luego apartó la vista.

—¿Cuántos estamos ahora mismo aquí?

¿No había preguntado lo mismo antes?

Rosie entró en el futuro comedor. Habían colocado las molduras de protección a la altura de donde irían las sillas, pero las molduras del techo estaban amontonadas en un rincón. Dev se apoyó en el marco de la puerta.

—¿Hay algo que quieras decirn...?

Un fuerte golpe la interrumpió. El sonido quebró el silencio con una brusquedad inquietante. Durante un instante, pareció provenir de todas partes. Entonces oyeron algo más.

Pasos. Justo encima de ellos.

20

Dev buscó a Rosie con la mirada. En la oscuridad, con la luz de la luna que entraba por las ventanas como única fuente de iluminación, no pudo distinguir su expresión.

Pero la oyó.

—Creo que ha venido de arriba —susurró ella—. ¿Es posible que haya alguien en esa planta?

—No. —Se apartó de la puerta, regresó al vestíbulo y observó las escaleras—. A menos que hayan entrado por el balcón.

Rosie se acercó a él en silencio.

—Tenemos que comprobarlo.

Dev ya estaba subiendo las escaleras.

—Quédate aquí abajo.

—¡¿Qué?! —exclamó ella en voz baja.

Se detuvo en mitad de las escaleras y se volvió para mirarla.

—¿Te importa quedarte aquí abajo, no vaya a ser que se trate de alguien empeñado en asesinarnos?

—No es un asesino en serie —susurró ella, subiendo detrás de él—. Acabas de decir que es imposible que haya alguien arriba.

—También te he dicho que podría haber entrado por el balcón.

—¿Saltando desde el patio como un canguro o un superhéroe? —Se podía notar la emoción en su voz—. Sabes que lo que hay arriba no es ninguna persona.

Dev no estaba tan seguro. Para él era más probable que se tratara de un asesino con un hacha que de un espíritu. Por eso no quería que Rosie subiera corriendo las escaleras para encontrarse con Dios sabía qué.

—No me voy a quedar abajo —dijo ella—. No he venido aquí para acobardarme al primer ruido raro que oiga.

Molesto, Dev se dio cuenta de que solo tenía dos opciones: atarla a algo en la planta de abajo (lo que le parecía mucho más apetecible de lo que debería) o dejar que fuera con él.

Soltó un suspiro y continuó subiendo las escaleras.

—Al menos, quédate detrás de mí.

—Sí, señor.

Llegó a lo alto de las escaleras apretando la mandíbula y encendió la luz. El rellano se dividía en dos pasillos. Ambos estaban desiertos, pero el sonido parecía provenir de la estancia que estaba encima del comedor, que podía ser el dormitorio principal, o la habitación de invitados de al lado. A ambos se podía acceder por el balcón. Tomó esa dirección con Rosie prácticamente pisándole los talones. Abrió la habitación de invitados, pero allí no había ninguna luz que encender. Cruzó la estancia para comprobar las puertas que daban al balcón. Estaban cerradas. Cuando se volvió, vio a Rosie yendo hasta el dormitorio principal.

—¡Maldita sea! —gruñó, apresurándose a salir de la habitación. La alcanzó en el pasillo—. ¿No te he dicho que te quedaras detrás de mí?

—Y es lo que estoy haciendo —insistió ella.

—No, en absoluto. —Pasó junto a ella y se acercó a las puertas dobles que conducían al dormitorio. Las abrió y escudriñó el amplio espacio mientras sus ojos se adaptaban a la tenue luz de la luna—. Mmm. —Algo en el suelo llamó su atención. Entró en la habitación y se agachó para recogerlo—. Creo que he encontrado el origen del ruido.

Rosie se acercó a él. La luz verde de la grabadora seguía encendida.

—¿Un casco de obra?

—Sí. —Se dio la vuelta y fue a dejarlo al banco de trabajo que había en un rincón—. Debe de haberse caído y rodado por el suelo.

Rosie se detuvo en el centro de la habitación y se quedó mirándolo. La pálida luz de la luna se reflejaba en la curva de su mejilla.

—¿Te parece similar el sonido de un casco rodando a unos pasos?

Bueno, no exactamente.

—Hemos oído algo parecido a unos pasos en una casa oscura y silenciosa que crees que está encantada. Eso no significa que hayan sido pasos de verdad.

—Es imposible que lo que hemos oído sea un casco rodando por el suelo —arguyó ella—. Además, ¿cómo se ha caído del banco al suelo? ¿Por una ráfaga de viento invisible?

Dev empezó a sonreír, pero luego se detuvo.

—Se habría quedado en el borde del banco y al entrar en la casa habremos propiciado que se cayera. Por cierto, el viento siempre es invisible.

—Eso no es lo que he querido decir. Da igual. Voy a por el medidor CEM.

—¿El mediqué?

Rosie ya había abandonado la habitación.

Hizo un gesto de negación con la cabeza, dejó el casco en el banco y decidió echar un vistazo al resto de habitaciones. No encontró nada fuera de lo normal, ni a ningún fantasma escondido en algún armario. No tenía ni idea de si lo que habían oído lo había ocasionado un casco o un espíritu, aunque dudó que ella pudiera demostrar cualquiera de las dos teorías.

Rosie deambuló de una habitación a otra con una especie de medidor de ondas electromagnéticas.

Mientras la seguía en silencio, casi podía imaginarse las caras que habrían puesto sus hermanos si lo hubieran visto en ese momento. O alucinarían o se morirían de la risa. Lucian lo había mirado divertido cuando le había dejado las llaves.

Según Rosie, el medidor CEM no detectó ninguna lectura extraña, pero eso no la hizo cejar en su empeño. Se pasó en la planta de arriba lo que le pareció una eternidad haciendo preguntas abiertas y vagas y luego algunas más específicas. ¿Había vivido el espíritu durante la guerra de Secesión? ¿Había muerto hacía poco? Mientras regresaban al que sería el dormitorio de Lucian y Julia, y al baño todavía en construcción, esperó algunos segundos, incluso algunos minutos, antes de hacer otra pregunta.

Dev empezó a darse cuenta de que cazar fantasmas requería de una buena dosis de paciencia.

Si hubiera estado con otra persona distinta a Rosie, se habría aburrido soberanamente. Aunque también era cierto que no habría aceptado hacer algo así con nadie más. Pero con ella, la experiencia estaba siendo bastante entretenida. Rosie se tomaba aquello muy en serio y estuvo alerta todo el tiempo. Los minutos se transformaron en horas. Si oía el más mínimo ruido, como un crujido en alguna zona del suelo, se quedaba inmóvil, y escuchaba en silencio durante unos cinco minutos, y si él hizo algún sonido sin querer o respiró demasiado fuerte, lo mandó callar de inmediato.

Un detalle que no encontró tan molesto como la primera vez que lo hizo.

Pero por muy entretenido que le pareciera seguirla y observarla, cuando bajaron las escaleras y la vio apagar la grabadora estuvo a punto de gritar de alivio.

—¿Hemos acabado?

Rosie se rio mientras recogía la mochila y la dejaba en la encimera cubierta de la cocina.

—No del todo.

Dev no sabía si sentirse aliviado o decepcionado.

—Has hecho todas las preguntas posibles e inimaginables. ¿Qué más te queda por hacer?

—Un montón de cosas. Necesito tomar algunas fotos.

—¿Fotos?

Ella asintió y sacó una pequeña cámara.

—A veces puedes captar un espíritu o...

—¿Una partícula de polvo? —sugirió él.

Rosie lo miró divertida.

—Se puede capturar a un espíritu en una foto. Usamos una cámara que produce imágenes de alta resolución —explicó—, y a menudo, cuando las cargamos, encontramos cosas que han pasado desapercibidas al ojo humano.

—¿De verdad es necesario?

—Sí. —Lo miró—. Siempre puedes irte y venir cuando haya terminado. Nadie te obliga a quedarte.

Cierto.

Pero no se iba a ir.

En su lugar, la siguió una vez más, yendo de habitación en habitación mientras ella hacía las fotos.

—He oído que Nikki va a regresar a su apartamento en breve —comentó Rosie cuando estaban en el salón.

—Sí, eso es lo que tengo entendido.

—Supongo que eso te hace feliz.

Dev se encogió de hombros.

—Nikki se ha criado en esa casa. Estoy acostumbrado a verla por allí.

Rosie disparó la cámara y el *flash* estuvo a punto de cegarlo.

—Supongo que Gabe y Nikki no tardarán mucho en irse a vivir juntos. Y como Lucian también se va a mudar, vas a estar... —Hizo una pausa y empezó a cantar—: *Sooolo otra vez, no sé vivir, sooolo otra vez.*

Se volvió lentamente hacia ella.

—Por favor, no vuelvas a hacer eso.

Rosie soltó una risilla antes de tomar otra foto de, literalmente, un rincón.

—Es una casa gigantesca para una sola persona.

—Lo es. —Dev no tenía claro cuánto tiempo seguiría allí cuando todos se hubieran ido.

Rosie se dirigió a las escaleras y luego se detuvo y se giró hacia él.

—Me gustaría hacerte una pregunta, una de esas preguntas de entrometida que sería normal hacerle a cualquier otra persona.

—¿Y por qué no va a ser normal hacérmela a mí?

Ella bajó la cámara.

—Porque lo más seguro es que dudes de mis auténticas intenciones.

—Probablemente —reconoció él—. Supongo que no lo sabrás si no me la haces.

Rosie se rio y continuó andando por la casa.

—Supongo.

Dev la siguió, esperando a que continuara.

—¿Entonces no me vas a hacer la pregunta?

—Todavía no lo he decidido.

Frunció el ceño.

—Haz la pregunta, Rosie.

Ella subió hasta el final de las escaleras y se paró para hacer otra foto.

—¿Qué pasó con tu prometida?

No se había esperado aquello. Empezó a desconfiar.

—¿A qué te refieres?

Rosie hizo una foto al otro lado del pasillo y siguió caminando.

—Entiendo por qué no seguís juntos. Lo que su hermano intentó hacer... —Hizo una pausa—. Pero si de verdad quieres a alguien, intentas superarlo, aunque parezca una locura.

—Supongo que sí —murmuró él.

Rosie lo miró y ladeó la cabeza. Se quedaron un instante en silencio.

—Lo había olvidado.

—¿El qué?

—Que dijiste que no la querías. Bueno, no fue exactamente así, pero eso es lo que deduje. —Rosie se volvió y se dirigió a la habitación que tenía más cerca—. ¿Por qué te comprometiste con una mujer a la que no querías?

Dev no sabía muy bien cómo responder a aquello. Tenía que andarse con cuidado. Si estaba compinchada con Ross, podía usar esa información para humillar a su familia o para tratar de confirmar las sospechas que Ross creía tener contra él.

Rosie hizo otra foto.

—No tienes por qué responder a mi pregunta.

—Lo sé. —Esperó en el pasillo mientras ella se movía por la estancia, haciendo fotos de la pared. Abrió la boca, la cerró y lo intentó de nuevo—: Los Harrington eran amigos de Lawrence. Fuimos a los mismos colegios y universidad. Lawrence siempre estuvo pendiente de sus negocios y creo que le gustaba la idea de que nuestras familias se unieran.

Rosie se giró hacia él.

—¿Entonces lo vuestro era un matrimonio concertado?

Dev tosió con una risa seca.

—Sí, puedes verlo de ese modo. Lawrence quería que uno de nosotros se casara con un Harrington, pero...

—¿Pero qué?

Se hizo a un lado para que Rosie pudiera salir de la habitación.

—Pero no funcionó.

—Bueno, supongo que, a la larga, es lo mejor que podía pasarte. —Fue hacia otra puerta—. Así no estarás atado a una persona a la que no quieres. Mejor solo que eso.

Dev no sabía qué decir. Nunca había querido a nadie que no fuera su familia.

—¿Sabes que Sabrina ha desaparecido? —preguntó para ver cómo reaccionaba ella.

—Sí, eso he oído. —Rosie entró en el dormitorio principal—. Es una locura. Hace que te preguntes si no tuvo algo que ver con lo que intentó su hermano.

Dev frunció el ceño. La miró. Más bien a su espalda. Sabrina había estado detrás de lo que había intentado hacer Parker. O Nikki no se lo había dicho, o Rosie estaba jugando con él.

—Ojalá la encuentren. —Rosie continuó haciendo fotos—. Al menos, por el bien de Nikki. Aunque no me ha comentado nada, sé que sigue aterrada. Yo también lo estaría.

Dev la observó sacar varias fotos más en el dormitorio.

—¿Querías a tu marido?

—Lo quiero con cada fibra de mi ser. —Rosie salió de la habitación—. He terminado aquí.

Él asintió y ambos bajaron las escaleras.

—Has dicho que lo quieres. En presente.

—Sí —respondió ella un tanto confusa—. Que ya no esté aquí no significa que haya dejado de quererlo. Creo que siempre lo querré.

Dev quiso preguntarle qué le había sucedido, pero se lo pensó mejor. Ese detalle no le iba a esclarecer nada sobre las verdaderas intenciones de Rosie. Además, era una pregunta demasiado... personal. No necesitaba saberlo.

Regresaron a la cocina. Rosie se acercó a la mochila, dejó la cámara en la encimera y sacó un objeto que le recordó a un aparato antiguo de radio.

—Antes de que preguntes, tengo que hacer otra cosa. Necesito probar la caja de espíritus.

—¿Caja de espíritus?

Rosie asintió, esbozando una inquietante sonrisa.

—¡Oh! La vas a odiar.

Rosie había tenido razón.

Desde el momento en que encendió la caja de espíritus y empezó a cambiar los canales de radio a toda prisa, Devlin pareció querer agarrar el aparato para lanzarlo por la ventana.

O tirarse él mismo por la ventana.

Tuvo que hacer acopio de todas sus fuerzas para no reírse durante todo el tiempo que duró el proceso. Al no oír ninguna voz en las distintas frecuencias, decidió no alargar demasiado el tormento de Devlin.

En el momento en que apagó la caja, lo vio frotarse el entrecejo.

—Es el ruido más molesto que he oído en mi vida. Estoy convencido de que podría usarse como un instrumento de tortura.

Rosie se rio y encendió las luces de la cocina. Sí, era cierto, el ruido era horrible.

—Lo único que me queda es instalar unas cámaras y habremos terminado.

—¿Cámaras?

—Sí, solo dos pequeñas. Una arriba, en el dormitorio principal, donde el casco se cayó al suelo. —Sonrió de oreja a oreja cuando lo vio entornar los ojos—. Y otra... seguramente aquí. —Se giró y sacó una cámara de la mochila—. Sí, aquí está bien. Ofrece una buena vista.

Devlin se ofreció a ayudarla, pero ella se negó. Habría tardado más explicándole cómo instalar las cámaras que haciéndolo ella misma. Cuando volvió a bajar, se lo encontró apoyado contra la isla, usando el teléfono. Era tarde, casi las dos de la madrugada, y parecía tan fresco e impecable como cuando el Uber la dejó en la puerta.

Ella, sin embargo, se sentía como si estuviera empezando a sudar azúcar.

Se acercó al lugar donde tenía la mochila, lo miró y se preguntó qué haría Devlin cuando salieran de allí. ¿Se iría directamente a casa, a dormir, o tendría a alguien esperándolo en algún lado? Después de lo ocurrido la noche anterior, se imaginó que tendría una legión de mujeres a las que podía llamar a cualquier hora de la noche, encantadas de recibirlo.

Siempre que no abriera la boca.

Se mordió el labio y guardó la grabadora y el medidor CEM, junto con la caja de espíritus en la mochila.

Devlin había abierto la boca esa noche y había estado... a gusto con él. Incluso cuando se puso a molestarla con sus preguntas mientras usaba la grabadora, se lo había pasado... bien.

Con Devlin de Vincent.

Algo que no había creído posible. Bueno, pasarlo bien aparte de enrollarse con él. Con eso también se lo había pasado genial.

Con lo que sucedió después, no.

Bostezó y cerró la mochila. Había llegado la hora de irse a casa.

—¿Sabes si mañana habrá alguien por aquí?

Devlin la miró desde el lugar donde se encontraba, en la entrada de la cocina.

—Puede.

—Necesito que alguien apague las cámaras. Las cajas están junto a ellas. Bastará con que las dejen en el porche.

—Puedo llevártelas yo.

Sintió un pequeño y molesto cosquilleo en el pecho.

—No hace falta.

Él enarcó una ceja.

—¿Por qué no?

—Porque no.

Devlin pareció entenderlo.

—Me aseguraré de que las dejen en el porche mañana por la tarde.

—Perfecto. Lo siguiente que haremos será revisar las grabaciones, y si encontramos algo...

—Si encontráis algo, me llamas.

Ella se inclinó hacia delante y se cruzó de brazos.

—No tengo tu número y seguro que no quieres dármelo.

—Creo que puedo dártelo.

—¿Seguro? Nunca se sabe. Podría publicarlo en internet.

—O escribirlo en la puerta de un baño público, por si alguien quiere pasar un buen rato.

—Más bien por si alguien quiere que lo saquen de sus casillas —replicó ella.

Devlin se rio.

—¿Tienes tu teléfono aquí? Te daré mi número.

—Sí. —Lo sacó del bolsillo delantero de la mochila. Después de agregar su número, abrió la aplicación de Uber—. Bueno, esto es todo por esta noche. Gracias por haberme permitido hacerlo y por no...

Devlin alzó ambas cejas.

—¿Por no qué?

—Por no hacer que quisiera arrojarme por las escaleras. —Levantó la mochila de la encimera con una sonrisa—. Así que gracias.

Devlin se acercó a ella y, sin mediar palabra, le quitó la mochila. Salieron de la casa en silencio. Mientras él cerraba la puerta, Rosie miró en la aplicación si había algún Uber cerca. Por suerte, encontró uno a menos de cinco minutos de allí.

—Estoy pidiendo un Uber —dijo cuando él se volvió hacia ella—. Gracias...

—Puedo llevarte a casa.

Aquello la pilló tan desprevenida que, al principio, no supo muy bien qué decir.

—No hace falt...

Devlin la interrumpió con una mirada.

—Súbete a la camioneta, Rosie.

Habría sido una tontería rechazar la oferta, ¿verdad? Miró una última vez su teléfono y tomó su decisión.

—¿Puedes pedirlo con un «por favor»?

Devlin fue hacia el lado del copiloto y le abrió la puerta.

—¿Puedes subirte a la maldita camioneta, por favor?

Rosie sonrió.

—Ya que me lo has pedido de una forma tan amable y has usado el «por favor», sí, acepto tu propuesta.

—¡Qué honor! —murmuró él, mientras ella se subía al vehículo. Luego se inclinó hacia delante y depositó la mochila junto a sus pies.

Rosie se relajó, se recostó contra el asiento y cerró los ojos. Devlin abrió la verja.

La noche no había ido nada mal. Tenía varias horas de grabación y, con un poco de suerte, la grabadora habría captado el sonido que habían oído. Estaba convencida de que no lo había producido el casco. Quizá la grabadora habría recogido alguna voz.

Devlin regresó a la camioneta, pero tuvo que bajarse de nuevo para cerrar la verja. En cuanto lo oyó entrar por segunda vez al interior del vehículo, abrió los ojos.

La estaba mirando con esa intensidad tan característica de él.

—¿Tienes frío?

—Un poco.

Encendió la calefacción, apoyó el brazo en el respaldo del asiento y condujo calle abajo.

Rosie echó un vistazo al interior de la camioneta. No era nueva, pero estaba bien conservada, limpia y ordenada.

La curiosidad pudo con ella.

—De acuerdo. Tengo que preguntártelo. ¿Por qué una camioneta?

—¿Por qué no?

Ella se quedó mirándolo.

—Es una camioneta bastante antigua.

—¿Y? —Devlin iba pendiente de la carretera.

—¿Y? Mira, no lo digo por criticar. Yo también conduzco un coche muy antiguo, pero tú tienes, ¿cuánto?, ¿un trillón de dólares? ¿Y vas en una camioneta vieja?

—No tengo un trillón de dólares —repuso él. Rosie puso los ojos en blanco y se sentó mejor en el cómodo asiento—. Me gusta esta camioneta. —La miró—. ¿Por qué? ¿Le ves algo malo?

—No. —Se rio—. ¿Por qué me preguntas eso?

—Bueno, tú eres la que has sacado el tema. Por eso te lo pregunto.

—Me sorprende. Solo eso. Me imaginaba que conducirías algún Porsche, un Ferrari o algo parecido.

Devlin volvió a prestar atención a la carretera.

—Tengo un Porsche.

—Por supuesto —replicó ella.

—Lo que no tengo es un Ferrari.

—¡Vaya por Dios! ¿Y qué piensa el club de eso?

—¿El club?

—Entiendo que los ricos pertenecéis a clubes privados y superselectos. Y entiendo que esos clubes tienen normas. Como qué tipo de automóvil debes conducir.

—Eres muy...

—¿Qué?

—Rara.

Rosie soltó una risa cansada.

—¿Entonces no hay club?

Él no respondió de inmediato.

—Sí hay clubes.

—¡Lo sabía!

Devlin apretó los labios.

—Pero no pertenezco a ninguno.

—¡Oh, vaya! ¡Qué aburrido! —Suspiró de forma melodramática—. Esperaba que pudieras hablarme de sus reglas y decirme si mi teoría es correcta.

—¿Qué teoría?

—Que los *illuminati* existen.

Devlin soltó una carcajada ronca y corta. Demasiado corta.

—Rara —repitió él—. Eres muy rara.

—¿Sabes? —Volvió a apoyar la cabeza en el respaldo y lo miró—. Puedes permitirte reír y sonreír.

Él la miró un instante.

—Lo sé.

—¿En serio?

Cuando pararon en un semáforo en rojo, Devlin se quedó mirándola un buen rato antes de volver a prestar atención a la carretera.

¡Oh, no!

Por lo visto, había ido demasiado lejos, porque estuvo sin dirigirle la palabra durante varios minutos.

Pero entonces le dijo:

—Sabrina odiaba esta camioneta. Creo que solo se subió una vez.

Aquella revelación la sorprendió.

—Parece que Sabrina era una auténtica zorra.

Devlin resopló antes de tomar la autopista.

—Yo también tengo una pregunta.

—Dispara. Soy un libro abierto.

—Eso no es verdad —replicó él, bajando la mano.

—¿Cómo conociste a Ross?

—En un club secreto para mentirosos confabuladores.

—Eso es lo que pensaba.

Rosie sonrió y cerró los ojos.

—Nos conocimos hace un par de años. Ross estaba escribiendo un artículo sobre las visitas guiadas de fantasmas en el Barrio Francés.

—¿Un par de años?

—Sí. No lo conozco desde hace mucho. —Reprimió un bostezo—. Éramos amigos. A ver, no amigos íntimos ni nada por el estilo, pero sí que tomábamos algo juntos de vez en cuando y, si nos veíamos por ahí, nos parábamos a hablar. Ya no —agregó antes de que él empezara con lo de siempre—. Cuando me dijo que estaba interesado en Nikki, creí que lo decía de verdad.

Como Devlin no respondió, abrió los ojos. Seguía concentrado en la carretera. Tardó un rato en darse cuenta de que estaban cerca de la calle Canal. Volvió a mirarlo.

—No pareces cansado.

—No duermo mucho —dijo él—. A estas horas, todavía no estoy en la cama.

—¡Vaya! —Rosie parpadeó—. Si no tengo que hacer nada, yo podría pasarme doce horas durmiendo.

—Eso tiene que estar bien.

—¿Por qué duermes tan poco?

—Nunca lo he hecho. —Aminoró la velocidad cuando se encontraron con más tráfico. Esa zona siempre estaba llena de gente, sobre todo los fines de semana—. Al menos no desde que era pequeño.

Rosie se quedó pensando en la respuesta y creyó entender lo que quería decir.

—¿Desde que te ocurrió esa experiencia cercana a la muerte?

—En efecto.

Esas fueron las últimas palabras de Devlin. El resto del corto trayecto que quedaba hasta su apartamento lo hicieron en silencio. Rosie no supo si porque estaba molesto o porque no tenía nada más que decir.

Cuando llegaron a su destino, se detuvo en el arcén y empezó a sacar las llaves del bombín de arranque.

—Puedo acompañarte hasta tu puerta.

—No hace falta. —Se desabrochó el cinturón y agarró la mochila—. Gracias por traerme, Devlin.

Puso la mano en la manija de la puerta, dispuesta a abrirla, pero se volvió hacia él en el último instante. Sus miradas se encontraron y una cálida e indeseada sensación se extendió en la parte baja de su estómago.

—Esta noche nos... hemos llevado bien.

—Sí. —Él bajó sus espesas pestañas—. Lo que probablemente significa que es mejor que terminemos aquí antes de que eso cambie.

Rosie apartó la mirada. Por desgracia, sus ojos decidieron detenerse en el peor sitio inimaginable. Su boca. No había logrado deshacerse del recuerdo de sus labios contra los suyos. El calor se intensificó en su estómago. Una pequeña parte de ella, completamente insensata y estúpida, quería invitarlo a entrar.

Pero al final, ganó el sentido común.

—Buenas noches, Devlin.

Devlin tomó una profunda bocanada de aire. Lo vio apretar el volante con tanta fuerza que los nudillos se le pusieron blancos.

—Buenas noches, Rosie.

21

Jilly fue a recoger las cámaras el domingo por la tarde mientras se reunía con los Méndez. Estaban guardadas en sus cajas y esperando en el porche. Lo único que sabía Rosie era que Devlin había regresado a la casa, las había apagado y dejado en el lugar que habían acordado.

Liz y Jilly iban a revisar las grabaciones y ella tenía planeado dejar limpios los audios para esa noche, o el lunes a más tardar, lo que significaba que tendría que haber llevado los auriculares pegados a las orejas. Pero no estaba haciendo nada de eso.

Seguía en la cama, tumbada de costado, buscando información sobre Devlin de Vincent en internet.

Algo que no la enorgullecía precisamente.

Pero ahí estaba. Llevaba las últimas... ¡Señor! ¿Cuántas horas habían pasado? Demasiadas, pero había un montón de información sobre Devlin en la red. Desde que era un niño pequeño hasta la actualidad, donde todos los medios estaban hablando de su ruptura con la heredera de los Harrington.

Había artículos sobre su madre; algunos de ellos parecían deleitarse con su trágica muerte, llegando incluso a dar detalles grotescos sobre cómo se había tirado desde la azotea de la casa familiar. En todos ellos se mencionaba algo que Rosie había olvidado.

La hermana que había desaparecido la misma noche en la que la madre se había suicidado.

No se había vuelto a saber nada de ella, ¿verdad? Al menos no había leído nada al respecto. No sabía si los hermanos estarían al tanto de lo que le había pasado a la hermana o si seguían preguntándose acerca de su paradero.

Supuso que el que peor lo llevaría sería Lucian, ya que Madeline y él eran mellizos.

También había encontrado varios artículos sobre la muerte de su padre. Mientras los leía, se dio cuenta de que Devlin nunca se había referido a él como su padre. Siempre decía «Lawrence». ¡Qué raro!

Y, por supuesto, encontró una ingente cantidad de fotos de Devlin y su exprometida. Tenía un vago recuerdo de cómo era físicamente esa mujer, pues llevaba años viéndola en las revistas, pero se había olvidado de lo guapa que era.

Se fijó en una foto de ambos en particular, probablemente más de lo que debería, pero era incapaz de apartar la vista. Estaban el uno al lado del otro, vestidos de gala. Devlin estaba... ¡Dios! Parecía un dios con ese esmoquin negro. Y Sabrina también parecía una diosa. Tenía el pelo rubio peinado en un elegante recogido y su pálida piel se veía tan impecable como sus brillantes labios rojos. Llevaba un impresionante vestido negro sin tirantes ajustado hasta las rodillas que luego se ensanchaba.

Si Rosie se hubiera puesto un vestido así, habría parecido cinco centímetros más baja y diez kilos más gorda, pero a alguien tan alto y esbelto como Sabrina le sentaba como un guante. Parecía una modelo parisina.

Se les veía absolutamente deslumbrantes juntos.

Pero no había ni un ápice de calidez entre ellos.

En ninguna de sus fotos juntos.

Pero en esa en particular era tan evidente que hasta dolía verlo. Estaban tensos y rígidos como dos tablas. La sonrisa de Sabrina era perfecta, pero sus ojos ligeramente entrecerrados delataban enfado. Devlin, por su parte, de pie junto a ella, parecía frío y distante. Lo poco que Rosie sabía de su relación se reflejaba perfectamente en esa foto.

Esas dos personas no se querían. Ni siquiera tenía claro que se gustaran. ¿De verdad merecía la pena estar atado a una persona a la que no soportabas, aunque solo fuera de cara a la galería, para fusionar dos fortunas? Tenía que haber otro motivo.

Al menos eso esperaba. De lo contrario, ¿qué diría eso de Devlin por haberse plegado a los deseos de su padre durante tanto tiempo?

Cerró el ordenador y se tumbó de espaldas. En los artículos más escandalosos se mencionaban el importante número de fallecimientos y misteriosas enfermedades que habían sufrido los De Vincent durante décadas. También hablaban de la maldición. Rosie conocía alguna de esas historias porque formaban parte de la leyenda que rodeaba a esa familia.

Pero esas muertes y desapariciones eran muy reales. Y las habían sufrido personas que una vez habían estado vivas. Miembros de su familia. No eran solo mitos o historias para alimentar los chismes. Si hubieran sido parientes suyos, seguramente habría sido igual de protectora que Devlin lo era con los suyos. No le extrañaba que estuviera tan paranoico.

Cuando pensó en la investigación que había hecho ella misma sobre la maldición y los fenómenos paranormales de la mansión De Vincent, sintió un nudo de culpa en el estómago. Jamás había considerado que se tratara de personas reales. Había actuado de una manera indiferente.

Se mordió el labio inferior mientras sus pensamientos volvían al único detalle en el que siempre se había fijado; el único detalle que no podía dejar de ver.

No debería haberle importado lo que decía dicho detalle sobre Devlin, pero no había ni una sola foto de él en la que saliera sonriendo, y había encontrado fotos que se remontaban unos cuantos años atrás. Jamás sonreía. Ni cuando posaba con sus hermanos o con su padre, ni siquiera en las más antiguas, donde salía de adolescente con su madre, que era tan rubia como Lucian. Siempre estaba absolutamente inmóvil en las fotos. Si hubiera tenido los ojos cerrados habría parecido dormido o... muerto.

¡Dios! Sí, eso era lo que parecía: muerto.

No sabía mucho sobre las experiencias cercanas a la muerte, salvo los pocos casos que había leído en internet sobre los testimonios y las explicaciones tanto psicológicas como físicas de gente que las había sufrido. Pero tenía entendido que era algo que cambiaba a las personas.

Se preguntó si Sarah sabría algo sobre el asunto que fuera más allá de la ciencia, porque buscar en Google la llevaría a un pozo sin fondo.

¿Cómo había sido Devlin antes de su accidente? Le había sucedido de pequeño. No obstante, aunque hubiera sido un niño feliz y despreocupado, eso no significaba que tuviera que ser igual de adulto. A esa edad, el ser humano todavía no tenía forjada la personalidad. ¿Pero y si estar al borde la muerte lo había cambiado?

—No —murmuró para sí, metiéndose un mechón de pelo rizado detrás de la oreja—. Estoy sacando demasiadas conclusiones.

No conocía a Devlin lo suficiente como para empezar a lanzar teorías sobre el impacto que podía haber tenido o no su experiencia cercana a la muerte.

Y tampoco debía de importarle.

Si no encontraban nada raro en la casa de Lucian, no tendría ningún motivo para seguir en contacto con él. Y si descubrían algo, entonces sabía lo que tenía que hacer.

Se apartaría del caso.

Esa era la decisión más sensata. Devlin y ella podían haberse llevado bien durante unas horas y ella podía haber vislumbrado una parte diferente de su personalidad (una que incluía sonrisas y risas), pero ese hombre era complicado.

Demasiado complicado.

Y, a pesar de todo eso, había despertado en ella un interés del que tenía que deshacerse cuanto antes. Podía no saber mucho de él, pero Rosie se conocía lo suficiente para ser consciente de que ese interés iría creciendo, sobre todo si el Devlin real era el del día anterior. Ese interés se mezclaría con la atracción que sentía por él y eso solo podía significar una cosa.

Que no acabaría bien para ella.

Rosie por fin logró sacar su trasero de la cama y escuchar las grabaciones EVP.

Bueno, eso no era del todo cierto. Revisó las grabaciones tumbada en la cama. Cuando terminó, eran cerca de las siete de la tarde y se fue directa a la casa de Liz y Jilly.

—Hola. —Liz la llevó al salón, donde Jilly estaba mirando las grabaciones de vídeo de la casa de Lucian—. ¿Cómo te fue anoche?

—Bien. No nos matamos el uno al otro.

Jilly pausó el vídeo en el portátil y se quitó los cascos.

—Lo he oído. Es una buena noticia.

Rosie sonrió y se sentó en la silla de platillo que tenían debajo de una de sus plantas colgantes.

—Sí, por eso estoy aquí.

—Yo pensé que era porque nos echaste de menos. —Liz hizo un mohín y se sentó al lado de Jilly.

—También. Te lo juro.

Jilly sonrió.

—No, no lo hiciste. ¿Has encontrado algo en las grabaciones EVP?

—Trabajo. Trabajo. —Liz se inclinó sobre Jilly y le dio un beso en la mejilla—. Menos mal que te quiero.

—Menos mal que os interesan las mismas cosas —señaló Rosie—. He terminado de revisar las grabaciones EVP. En cuanto al estruendo y los pasos que oímos de los que te he hablado en el mensaje de esta mañana, sí, los ha recogido la grabadora. Es un sonido bastante apagado, pero se puede mejorar.

—Genial —dijo Jilly, dejando los cascos en la mesa baja.

—Y he tomado un par de notas para Lance —continuó Rosie, deslizándose en el mullido cojín de la silla—. La grabadora captó un par de cosas más. Me ha parecido oír un nombre cuando estábamos en uno de los dormitorios de arriba, pero no consigo descifrarlo.

Liz la miró con un brillo de interés en los ojos.

—No estoy segura de que lo que hemos recogido sea algo concluyente, pero creo que vamos a tener que llevar a Sarah a que se dé un paseo por la casa. Solo por si acaso.

—Estoy de acuerdo. —Jilly apoyó los brazos en las rodillas—. Puedes encargarte...

—Esa es la otra razón por la que he venido. —Rosie respiró hondo. Después de su acoso *online* a Devlin y haberse dado cuenta de que, cuanto más tiempo pasaban juntos, más interesada estaba en él, sabía lo que tenía que hacer—. Voy a apartarme de...

—¿Esta narrativa? —sugirió Liz.

Rosie se rio.

—Algo así. Voy a apartarme de este caso.

Jilly la miró fijamente.

—¿Perdona? No lo dices en serio. Desde que te conozco, has estado obsesionada con la maldición de los De Vincent y su casa encantada. Sé que esta no es su mansión, pero sí una de sus viviendas. De acuerdo, no parece que te lleves muy bien con Devlin, pero no me puedo creer que no quieras formar parte de esto.

—¿Pasó algo anoche? —preguntó Liz con cara de preocupación.

—No, todo fue muy bien. Bueno, me distrajo un poco durante la grabación EPV. —Se detuvo y sonrió al recordarlo—. En realidad, hasta fue gracioso, pero una de mis mejores amigas está saliendo con Gabriel y no me siento cómoda.

Ambas seguían mirándola.

—Y aunque anoche no intenté matarlo, es cierto que no nos hemos llevado bien... —Se interrumpió, acordándose de lo bien que se habían llevado el viernes por la noche, antes de contarle lo de la sesión de espiritismo—. En todo caso, creo que es mejor que una de las dos se haga cargo de este caso.

—¡Vaya! —murmuró Jilly, sin dejar de mirarla.

Liz se inclinó hacia delante.

—¿Ha pasado algo entre vosotros dos?

—¿Qué? —Se le encogió el estómago—. ¿Por qué me preguntas eso?

—Porque es la primera vez que no quieres trabajar en un caso —respondió Jilly. Miró a Liz y luego volvió a prestarle atención—. Y ese «¿qué?» lo has dicho con voz chillona.

—Eso no es verdad.

Frunció el ceño.

Liz sonrió de oreja a oreja.

—Sí lo es.

—Voy a asumir que ha pasado algo entre vosotros.

Rosie se deslizó un poco más en la silla y soltó un sonoro suspiro.

—Yo... Está bien, ha pasado algo, y no estoy intentando ocultároslo ni nada por el estilo, pero ahora me siento rara formando parte de la investigación. Ya está.

Jilly cerró el portátil.

—Vamos a necesitar unos cuantos detalles más.

Rosie alzó ambas manos.

—Nos besamos el viernes por la noche, durante la Mascarada. No es gran cosa...

—Mmm. Sí es gran cosa —intervino Liz—. ¿No estaba comprometido?

—Han roto —explicó—. Nos besamos y fue increíble. Ese hombre sabe cómo usar los labios. Y anoche nos llevamos bien y todo eso, pero no nos gustamos mucho.

—Sí, yo siempre me beso con la gente que no me gusta —señaló Liz con tono inexpresivo—. Por eso estoy con Jilly.

Jilly soltó un resoplido.

—Tengo el presentimiento de que hay muchas cosas que no nos estás diciendo.

Lo único que Rosie pudo hacer fue enarcar las cejas y volver a levantar las manos.

Porque era cierto. No les había contado muchas cosas. Y tampoco se las iba a contar, ya que demasiadas personas (incluida ella) habían cotilleado bastante sobre los De Vincent. Y aunque no hubiera sido uno de ellos, Rosie tampoco era la clase de mujer que se ponía a contar sus aventuras románticas. No tenía ningún problema en escuchar la vida amorosa de sus amigos. Para ella, sin embargo, era algo íntimo y le gustaba guardarse ese tipo de detalles.

Jilly y Liz lo sabían.

Liz gruñó frustrada.

—Vale. Está bien. Intentaré olvidarme de que mi amiga ha tenido un lío con el Diablo, pero tengo que darte la enhorabuena. Te has enrollado con una celebridad.

Rosie sonrió, aunque no quería pensar en lo que había pasado entre ellos, porque le entraban ganas de repetir, y sabía que él terminaría sacándola de sus casillas de nuevo.

—Voy a enviarle un mensaje con vuestros números, porque, si os doy el suyo, seguro que le entra un ataque de pánico. Así que, si recibís una llamada o un mensaje de un número desconocido, puede que sea él.

—Estupendo. —Jilly se apoyó en Liz—. A partir de ahora, nos encargamos nosotras. Seguro que Devlin estará deseando trabajar con nosotras.

Rosie esbozó una lenta sonrisa, a pesar de que sintió una ligera decepción en su corazón.

—Sí, seguro.

22

El lunes por la tarde, Dev estaba sentado en su oficina de la ciudad, mirando el teléfono. Con la mandíbula apretada, volvió a leer el mismo mensaje por vigésima vez.

Aunque por mucho que lo leyera, el mensaje de Rosie no iba a cambiar. Y era un mensaje largo. Un auténtico párrafo. ¿Quién escribía un mensaje tan largo y lo terminaba con... el emoticono de la cabeza de una gallina?

No tenía ni idea de lo que significaba la gallina, pero el resto del mensaje estaba claro.

Le estaba pasando el caso a una amiga llamada Jilly, e indirectamente también a él, cuando Rosie no estaba en condiciones de pasar nada a nadie y menos cuando, según su opinión, ni siquiera había un caso.

Luego siguió con un: Gracias por confirmarme lo que ya sabía: que los ricos son miembros de clubes secretos (ahí Dev había esbozado una sonrisa la primera vez que lo leyó). Espero que Lucian no tenga ningún problema de fantasmas en su casa, pero si es así, Jilly se encargará de ellos.

Y ya estaba.

Era un mensaje de despedida. Del tipo que se imaginaba que uno recibía después de que una cita había ido bien, pero la otra persona no quería volver a verte. Era la primera vez en su vida que le pasaba eso.

Y no le gustó en absoluto.

¿Pero qué narices?

Se dispuso a alcanzar su teléfono, pero se detuvo antes de agarrarlo. ¿Iba a llamarla? Sí, eso era exactamente lo que había estado a punto de hacer. ¿Por qué? No tenía ningún motivo para hablar con ella.

Agarró el teléfono de todos modos. No iba a permitir que se deshiciera de él de ese modo. Iba a...

El teléfono sonó de repente, pillándolo desprevenido. Reconoció el número de inmediato.

Archie.

Tendría que lidiar con Rosie más tarde.

—¿Qué tienes? —preguntó mientras se levantaba del escritorio y se volvía hacia el ventanal que ofrecía una espléndida vista de la ciudad, sobre todo de noche.

—Algo bastante jodido. Logré que la compañía de seguros me diera el número de identificación del bastidor del coche —explicó. Se preguntó cómo se las había apañado para conseguir un dato como aquel—. Lo que me permitió rastrearlo hasta saber a nombre de quién estaba registrado. No te puedes ni imaginar de quién se trata.

—¿De quién?

—De Lawrence de Vincent.

—¿Qué? —Apretó el teléfono con fuerza y se apartó del ventanal—. Lawrence no tenía ningún Mercedes. Solo conducía vehículos Porsche. Cualquiera diría que le ponían un precio especial por su lealtad a la marca.

—Puede ser, pero los papeles dicen lo que dicen. —Hubo una pausa—. Te llamo en cuanto sepa más.

Cuando colgaron, Dev notó cómo se le tensaba la mandíbula. ¿Por qué coño estaba conduciendo Sabrina un coche registrado a nombre de Lawrence? ¿Un coche que no sabía que existía? ¿Y por qué al abogado de su padre se le había olvidado mencionar dicho coche a la hora de hacer el inventario de la herencia?

Dudaba que se tratara de un simple error.

Lo que significaba que ese cabrón les había ocultado el Mercedes y solo Dios sabía qué más.

Regresó al escritorio, agarró las llaves y salió a toda prisa de su despacho. Derek se levantó en cuanto lo vio.

—Cancela todas mis citas de esta tarde.

Su asistente sabía que era mejor no hacer preguntas. Así que se limitó a asentir y se sentó, estirando una mano hacia el teclado y la otra al auricular del teléfono.

Dev no tenía la paciencia necesaria para esperar al ascensor, de modo que bajó por las escaleras las diez plantas que lo separaban de la planta principal. El abogado de Lawrence tenía un despacho a menos de cuatro manzanas de allí y estaba a punto de recibir una visita inesperada. Una vez abajo, saludó con la cabeza a la recepcionista, atravesó el vestíbulo, andando bajo los murales *art déco* que habían sido diseñados a juego con los del Empire State Building y salió por las puertas dobles de la entrada. Fuera estaba nublado y el aire era inusualmente fresco.

Apenas había dado un paso en dirección a la derecha, cuando oyó una voz que conocía demasiado bien, llamándolo.

—Devlin, ¡qué sorpresa tan conveniente! Precisamente, venía a verte.

Apretó los dientes con tanta fuerza que le asombró no haberse roto ninguno y se volvió. Su tío había salido de su coche negro y se estaba poniendo la chaqueta de su traje gris.

—Stefan. —Dev lo esperó junto a las puertas de entrada—. Me sorprende verte por aquí.

Su tío se acercó esbozando una media sonrisa.

—¿Y eso?

—Supuse que, después de nuestra última conversación, tardarías un poco más en venir.

—Eso suponías, ¿eh? —La expresión divertida de Stefan era tan parecida a la de Lawrence que le entraron ganas de darle un puñetazo—. Tengo que hablar contigo. ¿Podemos subir a tu despacho?

—Ahora mismo no tengo tiempo —replicó él—. Si quieres hablar conmigo va a tener que ser aquí y rápido.

La expresión divertida desapareció del rostro de su tío como si hubiera sido una máscara. Se acercó un poco más a él, alejándose de los porteros.

—¿No puedes mostrarme un poco de respeto?

Dev era cinco centímetros más alto que el senador, así que prácticamente estaban cara a cara cuando lo miró.

—No.

Lo vio endurecer la mandíbula.

—Uno de estos días vas a arrepentirte de toda esta... actitud que tienes hacia mí.

—Lo dudo. —Soltó un suspiro—. ¿De qué quieres hablar?

Stefan se pasó los dedos por la correa del reloj.

—Hace unos días, me encontré con un viejo amigo en una cena y me contó una cosa de lo más extraña.

—¿Ah, sí? —Su tono rezumaba indiferencia.

—Sí. Después de hablar de Lawrence, saliste tú en la conversación. —Se le seguía marcando el músculo de la mandíbula de lo tensa que la tenía—. Interesante, ¿verdad?

La impaciencia se apoderó de él como una bomba con cuenta atrás.

—¿Puedes ir al grano?

—Mi amigo vive en el estado de Nebraska. —Stefan se detuvo cuando un coche tocó la bocina—. Ahora vive en Omaha, pero se encontró con un matrimonio que reside en un pequeño pueblo en mitad de la nada, que estaba muy emocionado porque se había enterado de que un De Vincent había visitado su pueblo hacía unos meses. El heredero, para ser más exactos.

Dev se puso rígido, pero mantuvo un gesto inexpresivo.

—¿Y?

—Que tengo curiosidad. —Stefan sonrió—. De todos los sitios en los que podrías estar, ¿qué hacías en Nebraska?

Miró fijamente a su tío. No logró discernir si Stefan sabía por qué había ido allí o si sabía lo que había allí. No tenía ninguna prueba de ello, pero era consciente de que no debía subestimar al senador.

—Estaba buscando una propiedad. —No era del todo falso—. Estoy pensando en expandir nuestra cartera de hoteles.

—¿En Nebraska? —replicó su tío con tono cordial, demasiado cordial—. ¿Quién va a querer irse allí de vacaciones?

—Un montón de gente, Stefan. —Inclinó la cabeza a un lado—. Hay personas que prefieren estar rodeadas por la naturaleza que en una playa o lugares concurridos. Personas que quieren... perderse unos días.

—¡Qué interesante! —repitió él.

Dev sonrió.

—No tanto. Tengo que irme.

—Seguro. —Stefan regresó al coche que lo estaba esperando—. ¡Ah, por cierto! Un pequeño consejo de alguien que conoce el tema. —Le guiñó un ojo—. Deberías tener más cuidado con tus indiscreciones.

Dev entornó los ojos.

—¿Perdona?

Su tío esbozó una sonrisa de complicidad.

—Tener un escarceo con una mujer en el baile de máscaras cuando ha pasado tan poco tiempo desde la desaparición de Sabrina es, bueno, bastante escandaloso, Devlin.

Sintió que se le erizaban los pelillos de la nuca.

—No te vi en la Mascarada.

—Llegué tarde —repuso Stefan, levantando un hombro—. Esperaba que tú, más que nadie, fuera más discreto. Sinceramente, me sorprendió bastante verte llevar a esa mujer al jardín... Un jardín oscuro. Espero haber sido el único que se diera cuenta y te reconociera.

A Dev le importaba una mierda si alguien lo había visto marcharse con Rosie. Lo que le preocupaba era que Stefan hubiera oído su conversación. La ira se apoderó de él.

—¿Nos seguiste?

—A diferencia de algunas personas, yo no me rebajo a esos burdos comportamientos —respondió, mirando su reloj mientras pronunciaba ese patético insulto—. Tengo que irme. —Empezó a darse la vuelta, pero se detuvo para mirarlo una última vez—. Por lo que vi, era una mujer muy guapa. Seguro que no se parece en nada a Sabrina. —Esos ojos, idénticos a los suyos, se clavaron en los de él—. Estoy seguro de que tiene que ser... única para haber llamado tu atención.

Dev no dijo nada y continuó manteniendo una expresión imperturbable. En su interior, sin embargo, se estaba desatando una rabia cegadora. Sabía que no debía dejarla traslucir, por mucho que quisiera advertir a Stefan de que no se le ocurriera pensar ni siquiera en Rosie. Pero si hacía eso, solo conseguiría que su tío se interesara más por ella.

Y ese no era el tipo de atención que quería atraer sobre Rosie. Daba igual lo que ella pudiera saber sobre él o si estaba compinchada o no con Ross.

—Eso la hace... interesante. —Stefan esbozó una sonrisa que no se reflejó en sus ojos—. Muy interesante.

—Lo siento, pero el señor Oakes está muy ocupado. —La agobiada secretaria rodeó su mesa y se apresuró a seguir a Dev mientras este se alejaba por el pasillo—. Le diré que ha venido.

Dev la ignoró. Después de su encuentro con Stefan y de tener que esperar para asegurarse de que no le siguiera, le quedaba poca o ninguna paciencia.

—Señor de Vincent, por favor, no puede...

Demasiado tarde.

Colocó las manos en los paneles de madera de las puertas (puertas que había hecho su hermano) y las abrió.

Oyó una maldición estrangulada proveniente del escritorio, o de la garganta de Edmond Oakes, para ser más exactos, que en ese momento tenía las manos ocupadas, y seguramente también la boca. Había una mujer en su regazo, una mujer mucho más joven y rubia que la esposa con la que llevaba casado veintitantos años.

—¡Lo siento mucho, señor Oakes! ¡He intentado detenerlo! —exclamó la secretaria—. Pero no me ha escuchado.

—¡Jesús, Devlin! —dijo Edmon, desde algún lugar detrás de la mujer—. Al menos podías haber llamado.

—Cierto.

Entró con paso decidido y se dejó caer en una silla. Después enarcó una ceja mientras la mujer se bajaba del regazo del hombre y se cerraba la blusa, revelando la figura del abogado de su padre.

Edmon Oakes era un hombre entrado en años, cuya tez amarilla indicaba que estaba a un vaso de burbon de sufrir una insuficiencia hepática. Llevaba la camisa desabrochada, mostrando una camiseta blanca interior tan ajustada que parecía estar a punto de estallar. Tenía el pelo castaño teñido despeinado y, cuando lo vio meter las manos debajo del escritorio, supo que se estaba abrochando la bragueta.

No tenía ni idea de por qué Lawrence había confiado a este hombre su herencia. No era particularmente notable, ni tampoco tenía buenas referencias. Posó la mirada en la mujer menuda que se estaba abotonando la blusa, de espaldas a ellos. Ella volvió la cabeza y miró en dirección a Dev. Era joven. Tan joven como Nikki; una veinteañera.

Volvió su atención a Edmond. Bueno, ya había algo que el viejo abogado tenía en común con Lawrence. Estaba seguro.

En ese momento, el hombre lo estaba mirando con ojos rubicundos, como si quisiera hacerle un agujero en la cabeza.

—Lo siento, señorita Davis. Tendremos que seguir con esto más tarde.

La señorita Davis sonrió y asintió.

—Por supuesto. —Cuando pasó al lado de él, le guiñó un ojo—. Hola, señor De Vincent.

Él la saludó con un gesto de la cabeza y esperó a oír la puerta cerrarse detrás de ellos.

—¿Cuántos años tiene, Edmond?

El abogado de Lawrence soltó un resoplido y se puso de pie. Tenía la camisa y la camiseta interior fuera de los pantalones.

—Es mayor de edad. La señorita Davis es mi nueva asistente. —Se acercó al mueble bar que ocupaba más espacio en la pared que las estanterías con libros de leyes—. Es la encargada de planificarme la agenda.

—¿Planificarte la agenda? ¿Así es como se le llama ahora?

El hombre bufó.

—¿Te apetece beber algo?

—No, pero por favor, sírvete lo que te apetezca.

Edmond hizo precisamente eso y se puso un vaso de wiski.

—¿En qué puedo ayudarte, Devlin? Entiendo que has venido por algo tan sumamente importante que no podías esperar a concertar una cita.

—Lo es. —Dev apoyó la mejilla contra su puño y observó al abogado arrastrar los pies hacia su escritorio y sentarse—. Quiero saber por qué no tenía conocimiento de la existencia de un Mercedes negro propiedad de Lawrence.

El hombre se congeló con el vaso a mitad de camino de su boca.

—¿Disculpa?

—Lawrence tenía un Mercedes negro. Algo de lo que no tenía constancia, ya que no estaba incluido en los papeles de la herencia que me enviaste. —Vio el rubor ascendiendo por el rostro del hombre, siguiendo sus tenues arañas vasculares—. Supongo que a un abogado con tus muchos años de experiencia no le habría costado mucho descubrir una propiedad como esa y la habría incluido en el inventario de bienes. A menos que sí esté en el inventario y se me haya ocultado parte de él.

Edmond se llevó el vaso a la boca y se lo bebió de un impresionante trago. Al terminar, mostró los dientes, negó con la cabeza y dejó el vaso vacío en el escritorio.

—Mira, Devlin, ya sabes que hay veces en las que una persona desea que no se hagan públicos todos sus bienes y...

—¿Tengo pinta de que me importe lo que digan las leyes de privacidad sobre la herencia de Lawrence?

—Devlin...

—Lo que me gustaría saber es por qué no me he enterado de la existencia de ese Mercedes en el inventario y por qué Sabrina Harrington lo tiene en su poder.

Edmond lo miró y apartó la mano del vaso.

—Eso vas a tener que preguntárselo a la señorita Harrington.

—Estoy seguro de que sabes que Sabrina ha desaparecido —replicó él—. Así que va a ser difícil preguntárselo a ella.

El abogado tosió una risa seca.

—Vamos, Devlin. Un hombre como tú, con todo tu... poder, seguro que puede encontrar a la señorita Harrington y hacerle la pregunta.

Devlin sonrió ligeramente al ver temblar la mano de Edmond.

El hombre tragó saliva ostensiblemente mientras el silencio se prolongaba.

—Devlin, tienes que entender que la ley me prohíbe compartir contigo cualquier detalle que mi cliente me diera bajo el amparo del secreto profesional.

—Y lo entiendo. —Dev colocó los pies encima del escritorio del abogado y cruzó las piernas a la altura de los tobillos—. Pero me gustaría que recordaras que te he dado una oportunidad para evitar lo que está a punto de suceder.

Edmond se quedó quieto, incluso detuvo la mano.

—¿Qué está a punto de suceder?

—Bueno, estás a una llamada de perderlo todo.

—¿Perdona?

Dev alzó las cejas.

—¿No has entendido lo que te he dicho? No te preocupes. Te lo voy a repetir. Te he ofrecido la oportunidad de conservar tu estilo de vida. Algo que puedo cambiar con una simple llamada. Lo que pase después de esa llamada, sin duda será merecido.

—¿Me estás amenazando? —preguntó Edmond con voz gutural, antes de mirarlo con la boca abierta.

—Tengo una pregunta para ti. ¿Qué crees que hará tu mujer si se entera de que te estás follando a la encargada de planificarte la agenda? ¿Se divorciará? ¿Te quitará la mitad de tu fortuna? Eso sería terrible, pero puedo hacer que sea incluso peor. —Dev volvió a sonreír, una sonrisa helada—. Sé que falsificaste documentos para Lawrence. Documentos falsos que tienen que ver con bancos situados en países como Rusia y China. También sé para qué se utilizaron esas cuentas bancarias. ¿Y tú, Edmond, lo sabes?

El abogado se puso tan pálido de repente que, por un instante, pensó que iba a sufrir un ataque al corazón. Edmond apoyó las manos en el escritorio y se inclinó hacia delante.

—Devlin, te lo juro, no tengo nada que ver con eso. Solo hice lo que tu padre me pidió. Era un De Vincent, como tú. Nadie le dice no a un De Vincent.

—Supongo que puedes contarle eso mismo a los federales, pero estoy seguro de que usarán palabras que te sonarán, como «cómplice» o «encubridor», ya sabes.

Edmond apartó la vista. Su pecho bajaba y subía por su respiración agitada. Quizá sí estaba teniendo un infarto. Esperaba que le pudiera dar la información antes de que eso sucediera.

—Bueno —Dev bajó los pies del escritorio—, veo que ya has hecho tu elección...

—Espera. —Edmond carraspeó y volvió la cabeza hacia él—. Solo necesito un momento.

—Tómate el tiempo que necesites. —Hizo una pausa—. Pero que no sea demasiado. Soy un hombre muy ocupado.

Edmond pulsó un botón del teléfono. La secretaria respondió de inmediato.

—¿Sí, señor Oakes?

—Tráigame el archivo De Vincent. El de la etiqueta roja —señaló con voz ronca—. Lo necesito ahora mismo.

—Por supuesto.

El abogado colgó y volvió a mirarlo.

—Lo traerá en unos minutos.

—Perfecto.

Por suerte para el abogado, la secretaria se dio prisa en hacer su trabajo. Dejó el archivo en la mesa y luego salió con premura.

Edmond tomó la carpeta y la abrió. Pareció satisfecho con los documentos que contenía, la cerró y la empujó sobre el escritorio, en dirección a Dev.

—Hay algo que tienes que entender.

Dev lo dudaba. Alcanzó el archivo.

—Había oído lo... despiadado que podía ser Lawrence. Todo el mundo de la ciudad lo sabía, así que nunca me propuse trabajar para él. —Edmond se derrumbó en su silla. Dev se imaginó que el abogado no había tenido ni idea de que su día iba a terminar de esa manera cuando tenía a la rubia en su regazo—. Pero, al igual que tú, Lawrence sabía cómo conseguir que la gente hiciera lo que él quería. Descubrió que tenía un pequeño problema con el juego y... y aquí estamos.

—Sí, aquí estamos.

—Le advertí a Lawrence que terminarías descubriéndolo. —Se frotó la cara con la mano—. Ya tienes lo que has venido a buscar. Ahora sal de mi despacho.

23

—¡Por Dios! —masculló Dev, con la vista clavada en los papeles de la finca.

Había descubierto que Lawrence no solo era el dueño de un Mercedes que había dejado a Sabrina al fallecer, sino también el propietario de un edificio en el Barrio Francés que albergaba un negocio y un apartamento. La dirección le sonaba.

Calle Chartres.

En la herencia, el edificio pertenecía a Propiedades De Vincent, pero no aparecía en los registros. Entonces, ¿quién estaba a cargo de él y por qué lo había mantenido separado del resto de los inmuebles?

Y lo que era más importante: ¿de verdad Lawrence había pensado que no terminaría enterándose? Una cosa era ocultar un coche (que también tenía su aquel), ¿pero un edificio entero? Tarde o temprano habría recibido algo de él que le hubiera puesto sobre la pista: impuestos, una reclamación, cualquier cosa.

Se recostó en la silla y negó lentamente con la cabeza. Sabía que Sabrina había tenido una relación clandestina con Stefan, pero no con Lawrence. Entonces, ¿por qué le había dejado un coche?

A menos que Sabrina también se hubiera acostado con Lawrence.

¡Señor!

El asco le removió las entrañas. Jamás había entendido qué había podido ver Sabrina en Stefan, y viceversa. ¿Se habría tratado solo de sexo? Esa mujer tenía un... apetito único por los hombres con poder, incluso si ese poder solo era en apariencia. ¿Pero con Lawrence, el hombre que ella creía que era su padre? También era cierto que, si no había tenido ningún problema en acostarse con su tío, tampoco le habría preocupado hacer lo mismo con su padre.

Dev no lograba entenderlo.

Esa era una de las preguntas que necesitaba hacer a su exprometida. ¿Por qué había querido casarse con él cuando estaba obsesionada con Gabe y se acostaba con Stefan, y quizá, con Lawrence? Tenía que haber algo más. Ahora que sabía que Lawrence le había dejado un vehículo, seguro que estaba involucrada en alguna de sus fechorías.

Lawrence había sido como una enfermedad, y tenía la sensación de que apenas había arañado la superficie de la infección que había provocado, de todas las personas que estaban involucradas en sus vilezas.

Pero tampoco podía culpar a Lawrence de todo lo que había hecho Sabrina, ¿verdad? Esa mujer era una persona inestable. Lo había sabido desde hacía mucho tiempo. Por eso se había comprometido con ella. De no haberlo hecho... Pensó en Gabe y se le formó un nudo en el estómago. El principal problema que había tenido su plan es que creyó que podría controlarla.

¡Qué equivocado había estado!

Se enderezó y escribió la dirección del edificio en la barra de búsqueda de Google. El mapa apareció en la pantalla, junto a una imagen de la propiedad a la izquierda de la pantalla.

—¡Joder! —susurró, apartándose del ordenador—. Es imposible.

Reconoció al instante el edificio de ladrillo de dos plantas de estilo criollo. Era uno de los muchos que había en el Barrio Francés, pero él había entrado en ese. Hacía poco. Era imposible olvidarse de la tienda de vudú de la planta baja o del apartamento de la primera.

O de la mujer que vivía allí.

Lawrence había sido el propietario del edificio en el que vivía Rosie Herpin.

Mientras miraba la imagen en la página web, se le escapó una breve y dura carcajada. Aunque hubiera creído en las coincidencias, en Rosie se daban demasiadas. Era amiga de Nikki. Conocía a Ross Haid. Afirmaba que se le había aparecido el espíritu de Lawrence, para decirle que lo habían asesinado. Y ahora, también vivía en una propiedad De Vincent, que Lawrence había ocultado.

¡Mierda!

Juntó todos los papeles. La ira se apoderó de él y cerró la mano que tenía libre en un puño. Los De Vincent poseían varias propiedades inmobiliarias en Luisiana, ¿por qué ocultar esa?

Necesitaba saber la verdad, y eso significaba que tenía que descubrir no solo quién se encargaba del edificio, sino qué podía haber en él que Lawrence no quería que se supiera. Estaba claro que alguien con unos preciosos ojos color avellana y una actitud fogosa que le excitaba por completo iba a tener que darle un montón de explicaciones, empezando por...

Pum.

Se quedó congelado.

Pum.

¿Pero qué...? Dejó los documentos en la mesa y alzó la cabeza.

Pum.

Otra vez. El sonido de algo golpeando contra... el suelo de la habitación que había justo debajo.

El despacho de Lawrence.

Pero eso era imposible. Nadie tenía permitido entrar en esa estancia. Ni siquiera Besson.

Cerró la carpeta y luego buscó en el escritorio la llave del despacho de abajo. Salió por la puerta que daba al exterior, ya que era el camino más rápido, y entró por la puerta trasera de la planta principal. Recorrió el pasillo vacío hasta llegar a las puertas cerradas del despacho de Lawrence. Giró el pomo.

Estaban cerradas.

—¿Pero qué coño?

Entrecerró los ojos y volvió a oír ese sonido.

Pum.

Sí, estaba claro que provenía del interior del despacho.

Metió la llave en la cerradura y abrió las puertas. Nada más entrar lo recibió una ráfaga de aire frío. La tenue luz del sol se filtraba por debajo de las persianas, extendiéndose por el suelo de madera. Habían retirado la alfombra oriental. Excepto por eso, el despacho seguía igual que lo había dejado Lawrence.

Miró el ventilador del techo. Estaba girando lentamente, pero no era el origen del sonido. Tendría que haber estado apagado. Besson no lo habría encendido sabiendo que en esa habitación no podía entrar nadie.

Se acordó de lo que Stefan le había dicho sobre Nebraska. Era algo que iba a tener que comprobar, aunque no en ese momento.

La llave se le clavó en la mano mientras miraba al techo. No tenía que hacer ningún esfuerzo para ver a Lawrence colgando de ese ventilador. Esbozó una sonrisa de disgusto. Lo que ese hombre había...

Notó otra ráfaga de aire helado en la nuca. Se volvió, pero no había nadie detrás de él.

Al menos, nadie que pudiera ver.

Se mordió el labio inferior mientras escudriñaba la habitación. No vio nada que pudiera provocar ese sonido ni causar la ráfaga de aire helado.

Salió del despacho, cerró las puertas y echó la llave. Cuando solo había dado un paso, volvió a oír ese sonido. Un golpe inequívoco que provenía del interior del despacho.

Con los ojos pegados a la pantalla del ordenador, Rosie buscó a tientas su copa de vino. Sabía que, si apartaba la vista, aunque solo fuera un segundo, podría perderse algo de las grabaciones de la casa de los Méndez.

Los fantasmas no solían holgazanear.

Hasta ese momento, solo había visto pelusas de polvo flotando. Supuso que los espíritus también descansaban los domingos.

Soltó un lento y prolongado resoplido y continuó mirando la pantalla. Jilly y Liz habían visto las grabaciones de la casa de Lucian y la habían puesto al tanto de sus hallazgos esa misma tarde. No habían encontrado nada destacable, excepto lo que podían ser unos orbes. Se lo habían enviado a Lance y estaban esperando a que Devlin se pusiera en contacto con ellas.

Hasta donde ella sabía, no lo había hecho, a pesar del mensaje que le había mandado.

Cuando rozó la copa con los dedos, la agarró de inmediato para que no se cayera. Mientras bebía un sorbo, movió los dedos de los pies cubiertos con los calcetines y se hundió más en el sofá.

Los Méndez todavía no les habían dado permiso para seguir investigando, sobre todo porque la actividad parecía haber disminuido, pero sí les habían dejado colocar cámaras. Rosie tenía la sensación de que eso también desaparecería si los fenómenos iban decreciendo.

Y eso tampoco era raro. A veces se producía una fase de mucha actividad y luego no sucedía nada durante varios meses, incluso años.

Se colocó mejor las gafas y miró el pasillo del vídeo. Abajo, a la derecha, la hora marcaba las dos y treinta cuatro de la mañana. Rosie suspiró. Esa era la parte más aburrida de la investigación. Soportar horas y horas de una calma absoluta para conseguir el premio, si llegabas a conseguirlo.

Había muchas personas, como Devlin, que no tenían ni idea del trabajo que conllevaba algo como eso. No era solo un pasatiempo. Era como un trabajo (uno en el que no te pagaban). No obstante, después de la noche del sábado, esperaba que viera las cosas desde una nueva perspectiva.

Vale, estaba empezando a distraerse.

Puso la grabación en pausa y se terminó lo que quedaba del vino de un trago del que Sarah habría estado orgullosa. Dejó el vaso a un lado y echó la cabeza hacia atrás.

Sí, no quería volver a saber nada de él. Sin embargo, la parte de su cerebro que había querido entender el momento exacto en el que Ian había decidido acabar con su vida era la misma que la había llevado a estudiar Psicología en la Universidad de Alabama. Y le gustaba analizar a la gente.

Y Devlin le estaba dando dolor de cabeza. Creía en los fantasmas, pero, por lo visto, solo los que rondaban por su casa. Había vivido una experiencia cercana a la muerte, pero creía que los videntes eran unos charlatanes. Era obvio que no confiaba en nadie, sin embargo, había compartido con ella detalles de su vida muy personales sin apenas conocerla. La había acusado de estar compinchada con alguien para acabar con su familia, pero también había querido llevarla a su casa para pasar un buen rato. La sacaba de sus casillas, pero también conseguía hacerle tocar el cielo con un simple beso o una caricia de sus dedos.

Podría haber escrito una tesis sobre ese hombre.

Miró al techo y apretó los labios.

¿Por qué estaba pensando en él? Había salido con otros hombres a los que apenas había dedicado un pensamiento, lo que era completamente ridículo, porque tenía...

Un golpe en la puerta la sacó de su ensimismamiento. Se enderezó y agarró el portátil para evitar que se le resbalara por las piernas desnudas. Miró la hora. Eran cerca de las nueve de la noche. Aunque no era muy tarde, no esperaba a nadie.

No obstante, como vivía en el Barrio Francés, muchas veces sus amigos le hacían una visita sorpresa, para saludarla cuando regresaban de camino a sus casas.

Dejó el portátil en la mesa baja, se levantó y fue hacia la puerta mientras se cerraba los extremos de su largo cárdigan gris. Debajo solo llevaba unos pantalones cortos y una camiseta de tirantes. No estaba vestida para recibir a nadie.

Quitó el cerrojo y abrió la puerta lo suficiente para ver quién estaba fuera. Pero solo le bastó esa rendija para que el corazón se le saliera del pecho. La conmoción la dejó muda de asombro, mientras sus ojos bajaban por aquel pelo negro pulcramente peinado, los ojos azul verdosos enmarcados en unas pestañas increíblemente espesas y una fuerte mandíbula que habría podido romper el granito.

Devlin de Vincent estaba en su apartamento.

Otra vez.

24

Como si estuviera bajo el efecto de algún hechizo para tomar las peores elecciones de su vida, abrió la puerta de par en par, obteniendo una vista completa de Devlin. Y no se le ocurrió otra cosa que soltar la primera tontería que le vino a la mente.

—Son las nueve de la noche y sigues con los pantalones de vestir y una camisa inmaculada. Como el sábado. —Negó con la cabeza, un tanto estupefacta—. Es increíble.

Devlin frunció el ceño.

—¿Perdona?

—¿No tienes unos vaqueros? ¿Unos pantalones de chándal o de pijama? —preguntó—. ¿Duermes con pantalones de vestir?

—Por supuesto que no.

—No te creo —susurró.

Devlin la miró a los ojos un instante y después la observó de arriba abajo.

—¡Jesús!

—¿Qué? —preguntó ella, tensa.

—¿Qué es lo que llevas *tú*? —Cuando le miró las piernas lo hizo con tal intensidad que Rosie lo sintió como una caricia. Devlin ladeó la cabeza al llegar a los muslos—. ¿Eso que hay en tus pantalones son trozos de tacos?

—Absolutamente, señor mío. Todo el mundo sabe que en este país los martes se cenan tacos.

Lo vio morderse su generoso labio inferior y odió sentir esa punzada en el estómago y el cálido temblor que la recorrió por completo.

¡Dios! ¿Qué estaba haciendo él allí?

—Hoy es lunes, Rosie.

Una oleada de calor se instaló en su bajo vientre. Algo que la molestó sobremanera. En realidad, le molestaba toda esa situación.

—Me estoy preparando para los martes de tacos, gracias.

—Mmm. —Devlin alzó la mirada y volvió a morderse ese maldito labio.

Ahí fue cuando se dio cuenta de que se le había abierto el cárdigan. No tuvo que mirar hacia abajo para saber que él podía ver el efecto que estaba teniendo en ella.

Lo que significaba que esa conversación estaba durando demasiado.

—Deja de comerme con los ojos —exigió—. Y dime a qué has venido. Te mandé un mensaje y te dije que te pusieras en contacto con...

—Sé lo que me dijiste. —Devlin levantó lentamente los ojos hacia los de ella. Vio una calidez en su mirada que le recordó a la de la noche de la Mascarada—. No estoy aquí por lo del mensaje, y me resulta muy difícil no comerte con los ojos.

—Pues inténtalo con más empeño... Mira, da igual. —Empezó a cerrar la puerta—. Voy a hacer como que no estás aquí, cerraré la puerta y volveré a lo que estaba haciendo.

Devlin agarró la puerta antes de que pudiera cerrarla.

—Necesito entrar en tu apartamento.

—Y yo necesito un millón de dólares, pero no voy a tu casa a pedírtelos.

Devlin enarcó una ceja.

—Bueno, sería la casa correcta a la que ir si los necesitaras.

—¡Qué bien! —Rosie puso los ojos en blanco—. Sinceramente, no sé a qué has venido si no tiene que ver con el mensaje que te envié sobre la casa de Lucian... Espera. —La preocupación floreció en la boca de su estómago y se fue extendiendo como un incendio forestal—. ¿Nikki está bien? ¿Le ha pasado algo?

—Nikki está muy bien. Por lo que sé, mi hermano sigue cuidándola.

—Como debe ser. —Respiró aliviada. Durante un horrible segundo, había creído que le había sucedido algo malo, de modo que le alegró oír lo contrario. Entonces, solo le quedaba una pregunta—. ¿Estás borracho?

—¿Qué?

—Que si estás borracho —repitió.

La estaba mirando como si le hubiera pedido que resolviera la ecuación más complicada del mundo.

—No, no estoy borracho.

—Entonces, ¿a qué has venido, Devlin? Estoy segura, o al menos eso espero, que entendiste que mi mensaje era...

—¿Un claro rechazo a mi persona? —Su expresión era tan neutra como la pintura blanca—. Sí, entendí perfectamente que no querías volver a saber nada más de mí, Rosie. Pero te lo digo una vez más: no estoy aquí por eso.

Oírle decir aquello fue un tanto embarazoso. Peor aún, se sentía... ¡Oh, Dios! Le había decepcionado que la razón por la que Devlin estaba allí no fuera que ella había intentado cortar todo contacto con él y así tener menos posibilidades de que sus caminos se cruzaran. Lo que no tenía sentido. Aun así, sintió como si un globo se estuviera deshinchando en su pecho.

¡Menuda tontería!

Cambió de peso de un pie a otro.

—Entonces, ¿qué haces aquí?

—Lawrence es el propietario de este edificio.

De acuerdo, no se había esperado para nada esa respuesta.

—¿Qué?

Devlin agudizó la mirada.

—Acabo de descubrir que el edificio entero pertenece a Propiedades De Vincent, incluida la tienda que hay debajo.

Rosie abrió la boca, pero tardó unos segundos en darse cuenta de lo que quería decir. Estaba conmocionada. Sinceramente, no tenía ni idea de quién era el propietario de ese edificio. Hasta ese momento, solo había tratado con el administrador de la propiedad, pero si los De Vincent eran los dueños significaba...

¡Vaya! Devlin había tenido razón el sábado, cuando estuvieron fuera de la pastelería de sus padres. Por lo visto, sus caminos sí estaban destinados a cruzarse. Por absurdo que pareciera, sintió un pequeño escalofrío bajando por su columna vertebral.

Aquello era... demasiado surrealista.

Primero estaba su obsesión por la casa De Vincent y la leyenda que la rodeaba. Luego su amistad con Nikki y su relación con la familia. Había estado en el cementerio exactamente al mismo tiempo que él, por no olvidarse del espíritu que había contactado con ella durante la sesión con Sarah; un espíritu que muy bien podía ser su padre. ¿Y ahora esto? ¿El apartamento donde vivía pertenecía a los De Vincent?

Eran demasiadas coincidencias. Tantas, que incluso las personas que no fueran supersticiosas se habrían preguntado si eso no estaba siendo obra de algún poder superior (un poder superior con un dudoso sentido del humor).

En cualquier caso, ahí estaba pasando algo. Algo realmente raro.

Todavía un poco aturdida, se hizo a un lado. Devlin volvió a mirarla, con un brillo inquisitivo en los ojos.

—Puedes entrar. —Su voz le sonó ronca hasta a ella misma—. No tenía ni idea de que este edificio pertenecía a tu familia.

Cuando Devlin accedió al interior, cerró la puerta y echó el cerrojo.

—¿De verdad? —preguntó él.

—Sí. En serio. —Se cruzó de brazos. Sentía calor y frío al mismo tiempo—. No lo entiendo. No sabía quién era el dueño; solo he tratado con el administrador de la propiedad.

Dev no la estaba mirando. Estaba escudriñando el salón y la cocina como si estuviera buscando algo.

—¿Quién es el administrador de la propiedad?

—Espera un segundo —dijo, un poco sorprendida—. ¿De verdad acabas de descubrir que eres el dueño de este edificio? ¿Hoy mismo?

Dev fue hacia la zona de la cocina.

—Sí.

—¿Cómo es eso posible?

Dev se colocó detrás de la isla.

—Buena pregunta. Conozco todas las propiedades que tenemos en nuestra cartera de inversiones. Todas menos esta. Este edificio figuraba en el patrimonio personal de Lawrence. —Se detuvo y la miró—. ¿Y tú no tenías ni idea de que este edificio pertenecía a Propiedades De Vincent?

—Pues... no. Como te he dicho, siempre he hablado con el administrador de la propiedad. Suponía que él era el dueño. —Fue hacia el frigorífico y sacó de debajo de un imán la tarjeta de visita del administrador con todos sus datos. Tenía su número guardado en sus contactos. Dejó la tarjeta en la encimera de la isla y la deslizó hacia Devlin.

—Puedes preguntárselo tú mismo. Se llama Carl Tassi. Tengo su número de teléfono.

—Gracias. —Devlin tomó la tarjeta, se la metió en el bolsillo y se arrodilló, desapareciendo de su vista.

—¿Qué haces? —preguntó, antes de oír la puerta de un armario abrirse—. ¿Pero qué...? —Rodeó la isla y se detuvo en seco—. ¿Por qué narices estás husmeando en mis armarios?

Devlin se inclinó hacia delante.

—Lawrence ocultó este edificio por algún motivo.

—Si hay algún motivo te aseguro que no lo vas a encontrar entre los productos de la limpieza.

Devlin la taladró con la mirada y pasó al siguiente armario.

¡Madre mía!

—Mira, colega. No puedes presentarte en mi casa y ponerte a hurgar en mis cosas.

Lo vio echar un vistazo al armario donde guardaba sus tropecientos cuencos.

—Ya hemos mantenido esta discusión antes, Rosie. Es un apartamento, no una casa.

—¡Madre mía! —Esta vez lo dijo en voz alta, levantando las manos—. ¡Esto no puede estar pasando!

Devlin se incorporó y pasó junto a ella, dirigiéndose a otra fila de armarios.

—He debido de beber demasiado vino, me he caído cuando me he levantado del sofá y me he dado un golpe en la cabeza —continuó mientras se volvía hacia él—. Esa es la única explicación posible.

—¿Eso te pasa a menudo? —inquirió él sin dejar de buscar en los armarios, como un mapache en un contenedor de basura.

—Sí, al menos dos veces por semana. Soy alcohólica. ¡Por supuesto que no! —masculló—. ¿Qué estás buscando?

—No lo sé. —Devlin cerró la puerta del último armario, giró sobre sus talones y fue hacia la zona del salón.

—¿Estás buscando algo en mi apartamento y ni siquiera sabes lo que es? ¿Has fumado hoy sales de baño? ¿Tengo que llamar a alguien? ¿Algún adulto? ¿Un cuidador?

Devlin volvió la cabeza y le lanzó una mirada divertida.

—¿Saben tus familiares dónde estás?

Lo oyó suspirar; un suspiro como si ella lo estuviera molestando en su propia casa, cuando no lo había invitado y estaba rebuscando entre sus cosas. Aquello era una locura.

Lo siguió hasta la estantería, donde empezó a inspeccionar la parte trasera de los estantes.

—Mira. En serio. Esto no es normal. Y si esto te lo dice una persona como yo, te aseguro que es bastante malo.

Se apartó de la estantería y se volvió hacia ella. Dio un paso en su dirección y sus miradas se encontraron.

—Quiero creerte. Por inexplicable que parezca, quiero creer que no tienes nada que ver con Ross, ni con Lawrence. Quiero, pero no creo en las coincidencias.

Rosie se quedó con la boca abierta.

—Ya te he contado cómo conocí a Ross. Y también sabes que nunca he conocido a tu padre. Jamás.

—Pensaba que lo habías conocido en la sesión de espiritismo —replicó él.

—Y yo pensaba que eso te parecía pura bazofia.

Devlin resopló.

—¿Tienes algún armario?

—Eh... Sí. —Frunció el ceño—. Claro que tengo.

Devlin se volvió hacia las cortinas de cuentas e hizo una mueca de disgusto. Rosie puso los ojos en blanco, pero entonces lo vio ir hacia ellas.

—¡Ni se te ocurra! —Salió disparada hacia él.

—Tanto Lawrence como mi madre solían guardar cosas en los armarios. Si aquí hay algo escondido, algo que no quería que yo averiguara, podría estar ahí. —Separó las cortinas de cuentas como Moisés ante el mar Rojo. En serio, Rosie habría jurado que ni llegó a tocarlas. Después, entró en el oscuro dormitorio y se detuvo tan de repente que estuvo a punto de chocarse con su espalda—. ¿Pero qué...?

—¿Qué? —Lo empujó a un lado, pensando que había visto un fantasma en su cama.

Pero ahí no había nada.

Devlin estaba mirando fijamente al techo.

—¿Eso de ahí son... estrellas fosforescentes?

—Como hagas el más mínimo comentario al respecto, te tiraré por la ventana de una patada giratoria. —Se acercó molesta al interruptor de la luz y lo encendió—. Te lo juro.

Devlin bajó lentamente la barbilla y la miró.

—¿Sabes cómo dar una patada giratoria?

—No, pero aprendo rápido.

Él se la quedó mirando un instante antes de fijarse en la cama. Por suerte, estaba hecha, pero Devlin la observó durante tanto tiempo que empezó a sentirse un poco incómoda. No en el mal sentido de la palabra, sino de una forma que revolucionó por completo sus hormonas. Como si estuviera experimentando una crisis de la mediana edad o algo parecido.

Cuando él volvió a mirarla con esa intensidad tan propia de él, se estremeció. Devlin se dio la vuelta.

—¿Eso es el armario?

—Es el baño.

Abrió la puerta como si no la creyera.

—¡Vaya! Esto sí que es una sorpresa.

—¿El qué? ¿Que no te mienta? Te voy a revelar un secreto: nunca te he mentido. Jamás.

—No, me refería a que no esperaba que tuvieras un baño tan grande. —Se encogió de hombros y cerró la puerta. Un segundo después, estaba frente a la puerta del armario—. Me sorprende que no hayas puesto una cortina de cuentas aquí también.

—¡Oh! Vete a la mi...

—¿Es el único armario?

Lo abrió antes de que pudiera impedírselo.

—Sí, algunos de nosotros no tenemos vestidores del tamaño de un apartamento. —Corrió hacia él y consiguió meterse bajo su brazo estirado e interponerse entre él y el armario—. No, no vas a husmear, ni a descolocarme el armario. Me pasé todo el sábado por la mañana invirtiendo mi rabia en ordenarlo.

Devlin la miró confundido.

—¿Invirtiendo tu rabia?

—Sí, algo que los seres humanos hacen cuando están enfadados con otras personas o molestos por alguna situación —explicó—. Algo a lo que, obviamente, no estás acostumbrado ya que no sientes la menor emoción.

Devlin frunció el ceño.

—Claro que siento emociones.

—Sigue diciéndote eso a ti mismo, amigo. Quizá algún día te conviertas en un niño de verdad.

Él apretó los labios.

—¡Ah! Espera. Me equivoco. Percibo una emoción. Irritación. Enfado —se burló ella, mirándolo a los ojos. Estaba enfadada con él. Con ella misma. Con la forma en el que el destino los seguía juntando—. Así que deberías entender lo que es ponerse a limpiar como un poseso por lo cabreado que estás. Tal vez deberías probarlo y dar a tu personal un día libre.

Devlin abrió los ojos ligeramente.

—Nadie se ha atrevido nunca a hablarme como tú.

—Voy a jugármela del todo y a decirte que necesitas que haya más gente que te diga lo que realmente piensa —espetó con los brazos en jarras.

Él bajó la cabeza.

—¿Y qué es lo que realmente piensas?

—Creo que es más que obvio —replicó ella—. No me gustas.

Devlin esbozó poco a poco una media sonrisa.

—No te tomaba por una mentirosa.

—No lo soy. —Bullía por dentro.

—Pero ahora mismo estás mintiendo.

—Para nada.

—¡Oh, sí! Dices que no te gusto, pero ambos sabemos que eso no es verdad.

Rosie se rio en toda su cara mientras se ponía de puntillas.

—Si eso es lo que crees porque nos hemos llevado bien una de cada cinco veces que hemos coincidido, entonces eres todo un iluso. Y sé de lo que hablo. Como te dije, tengo un título en Psicología.

Él sonrió con sarcasmo.

—¿Y a qué conclusión llegaría ese título en Psicología con el hecho de que, hace unas noches, te frotaras contra mi pene mientras me decías que podía hacerte todo lo que quisiera?

Rosie jadeó estupefacta. No supo qué responder durante lo que le pareció una eternidad. Ahí la había pillado.

—Diría que, seguramente, estaba sufriendo un caso de enajenación mental transitoria.

Devlin bajó aún más la cabeza.

—Vuelves a mentir, Rosie. Todavía no confío en ti; no me lo pongas más difícil.

—Me da exactamente igual que confíes o no en mí. Ese es tu problema. —La ira y algo más ardiente y feroz la estaban consumiendo por dentro—. Lo que sucedió entre nosotros en la Mascarada fue algo de una sola vez.

—¿Estás segura?

—Sí. Ahora mismo podrías besarme y me provocaría la misma emoción que besar un trozo de sushi.

Devlin apoyó las manos en el marco de la puerta, justo por encima de la cabeza de ella.

—¿Me estás desafiando?

Rosie se rio.

—No, te estoy diciendo la verdad. Aunque seas guapo y tengas un cuerpazo, me excitas tanto como...

Devlin se movió tan rápido que no tuvo tiempo de reaccionar. La agarró del cuello y presionó los labios contra los de ella.

No hubo ninguna suavidad o vacilación en ese beso. Fue apasionado y brutal, como si una cerilla hubiera caído en un tanque de gasolina. Cualquier pensamiento coherente o sentido común desapareció. Todo su cuerpo explotó. No supo muy bien qué sucedió a continuación, pero antes de darse cuenta él la estaba besando como si quisiera devorarla por completo y ella le devolvía el beso, agarrándose a su inmaculada camisa, arrugándosela.

Devlin le rodeó la cintura con un brazo, la alejó del armario y la empujó contra la pared. Se pegó a ella, mientras deslizaba la mano desde su nuca hasta su mejilla. Sintió su erección contra su estómago, gruesa y dura. Su sangre se convirtió en lava fundida corriendo por sus venas.

Aquello estaba mal, muy mal, pero no se habría detenido aunque hubiera querido. Su pierna, como si tuviera voluntad propia, subió por la de él. Devlin pareció entender lo que quería, porque la alzó y luego volvió a pegarse a ella, pero esta vez... ¡Oh, Dios mío! Esta vez la parte más dura de su anatomía se frotó contra la parte más suave de ella.

Él tampoco parecía capaz de detenerse.

Continuó besándola. Rosie pudo sentir su deseo en sus labios, en la forma en que movía la lengua contra la suya, en la manera en que balanceó sus caderas mientras la mano que tenía en la mejilla iba bajando. Notó cómo el cárdigan le caía por un hombro. Se retorció contra él. Cuando la mano de él le acarició un pecho y pasó por debajo de su camiseta de tirantes, se agarró a Devlin un poco más.

Se estaba ahogando en él. No podía respirar, pero no le importaba. El corazón le latía con tal fuerza que podía sentir el pulso en cada célula de su cuerpo.

—De acuerdo. Está bien —jadeó, en busca de aire cuando él rompió el beso—. Ya has demostrado lo que querías.

—¿Sí? —La mano de debajo de su camiseta se cerró sobre su pecho. El toque de su palma contra el seno le robó el poco aire que había conseguido insuflar a sus pulmones—. Creo que no lo he demostrado del todo.

Rosie gimió. Al sentir sus dedos pellizcarle el enhiesto pezón, arqueó la espalda.

—Aunque con ese sonido que acabas de hacer... —la besó, apretando el brazo que tenía en su cintura y deslizando los labios por su cuello— creo que casi lo he conseguido.

—Idiota.

Volvió a gemir. Le ardía la piel. Su cuerpo ansiaba hasta tal punto la liberación que le dolía.

Devlin se rio contra su piel.

—Eso no ha sido muy amable por tu parte.

Devlin metió los dedos en su pelo y tiró de él mientras ascendía con la boca por su cuello.

Rosie cerró los ojos.

—Puede que no haya sido amable, pero es la verdad.

Aquellos ojos azul verdoso la miraron. Estaban en llamas.

—¿Quieres que pare?

Rosie apretó los labios y lo fulminó con la mirada. Necesitaba decirle que sí antes de que aquello se les fuera de las manos, y ya se había descontrolado bastante.

Devlin retiró la mano de debajo de la camiseta y la agarró por la cadera.

—¿Rosie? ¿Quieres que pare?

¿Quería?

—No —susurró ella.

—¡Gracias, joder! —gruñó él.

La apartó de la pared y dejó que apoyara los pies en el suelo. Entonces se separó de ella y dio un paso atrás.

Rosie lo miró, contemplando cómo su pecho subía y bajaba rápidamente. Estaba muy excitado, su erección tensaba la tela de sus pantalones grises.

—¿Vas a parar? —preguntó.

—Por supuesto que no —replicó él con voz ronca—. Solo estoy disfrutando de este momento.

Rosie sintió que volvía a ruborizarse.

—¿Por qué?

Él la miró.

—Porque eres un peligro precioso.

Se le encogió el corazón.

—No soy ningún peligro.

—¿Entonces qué eres? —Dio un paso adelante, quedándose justo enfrente de ella.

Rosie cerró los ojos al sentir sus manos en las caderas.

—Soy solo Rosie.

—No eres «solo» nada. —Su cálido aliento le rozó la frente. Le agarró el dobladillo de la camiseta—. Esa es la mayor mentira que me has dicho hasta ahora.

Abrió la boca para protestar, pero Devlin le levantó la camiseta, mostrando sus pechos.

—¡Dios! —murmuró él, con los labios entreabiertos.

Parecía imposible, pero sus pechos se volvieron más pesados, intensificando ese placentero dolor.

—¿Te gustan? —preguntó ella, manteniendo los brazos a los costados.

—Sí.

Le daba vueltas la cabeza. El aire fresco de la habitación le endureció los pezones.

—¿Mucho?

—Sí —repitió él.

—Eso... eso está muy bien. —Se mordió el labio inferior—. Pero sigues sin gustarme, Devlin. Nada de esto significa que me gustes.

Él esbozó una sonrisa torcida.

—Me da igual.

—Mejor.

—Porque sé la verdad.

Entonces bajó su cálida y húmeda boca y la apretó contra su pecho. Rosie gritó de placer cuando él le lamió y mordisqueó la piel antes de meterse un pezón en la boca. Después se movió hasta su otro pecho, para dedicarle la misma atención. Con cada pequeño mordisco, cada succión, envió un ramalazo de placer directo a su centro.

—¿Qué... qué verdad? —inquirió ella. Echó la cabeza hacia atrás.

Devlin bajó la mano muy despacio hasta su estómago.

—Que puede que no te guste. —Depositó un reguero de besos sobre sus senos—. Pero te gusta esto.

Cuando Devlin metió la mano dentro de sus pantalones y le acunó el pubis, gimió y arqueó las caderas.

—Esto te gusta mucho —continuó él, arrastrando un dedo por su centro húmedo y palpitante—. ¿No es así?

Rosie cerró la boca, pero sus caderas se movieron al ritmo de las caricias de él.

—Me gusta. Me gustó el viernes por la noche. —Devlin ascendió con la boca por su cuello hasta llegar a su oreja—. Me gustó tanto que he dejado de contar las veces que me he masturbado desde entonces. Lo único que tengo que hacer es pensar en lo suave que eres, en lo húmeda que estabas. Entonces recuerdo el sabor de tu boca y me imagino introduciendo el miembro en ella y... Nunca me he corrido tan rápido.

¡Oh, Señor! ¿Quién habría pensado que Devlin podía decir esas cosas? Se estaba derritiendo por completo.

—Yo...

—¿Qué? —Siguió moviendo el dedo, acariciándola desde delante hacia atrás, pero sin penetrarla en ningún momento—. ¿Qué, Rosie?

—A mí también me gustó. —Dejó caer la cabeza hacia delante, apoyándola contra su pecho—. Y también lo he hecho.

Detuvo el dedo.

—¿Hacer qué?

—Pensar en ti. —Se agarró con más fuerza a su camisa—. Pensar en ti mientras me masturbaba.

Devlin se quedó inmóvil y luego gimió.

—¡Joder!

—Me corrí... pensando en lo que me hiciste —susurró ella—. Aunque no me gustes.

—Me pasó lo mismo. —Sacó la mano de sus pantalones y tiró de ellos con brusquedad, bajándoselos hasta los muslos. La prenda se deslizó por si sola hasta sus pies. Entonces Devlin usó la rodilla para separarle las piernas—. Nos voy a dar nuevo material para nuestras fantasías.

Y eso fue lo que hizo.

Devlin de Vincent se arrodilló frente a ella, le agarró los muslos con sus grandes manos y posó la boca sobre ella.

Rosie abrió los ojos cuando un espasmo la recorrió. Intentó respirar, pero se quedó a medias al sentir su lengua recorriendo toda su hendidura antes de hundirse en ella.

—¡Joder! —jadeó. Hundió los dedos en el pelo de él—. Devlin.

Él gruñó contra ella y movió la lengua por su clítoris. Cuando sintió su boca cerrarse sobre el sensible nudo de nervios, casi se cayó al suelo.

—¡Oh, Dios! —Levantó las caderas.

Devlin movió lentamente una mano por su muslo y luego la penetró con un dedo.

Y entonces se dio un festín con ella.

Un sinfín de escalofríos la recorrieron por completo. Respiraba con dificultad entre gemidos. Las piernas le empezaron a temblar mientras sus músculos internos se tensaban poco a poco y movía las caderas con descaro, montando su boca y su dedo.

Devlin levantó sus espesas pestañas y la miró mientras la penetraba con otro dedo.

Y ahí fue cuando explotó.

El clímax le llegó de repente, como un tsunami golpeando cada fibra de su ser. Casi se le doblaron las piernas. No supo cómo consiguió mantenerse de pie mientras él continuaba acariciándola, provocándole pequeños temblores. Cuando él levantó la cabeza, Rosie todavía jadeaba.

Volvió a estremecerse de placer cuando lo vio lamerse los labios.

—Sí —dijo él—. Sin duda ha sido nuevo material.

Y lo era, pensó Rosie mientras él se incorporaba frente a ella. Se le veía tenso por el deseo no liberado. La agarró de nuevo por la nuca y la besó.

Y ese beso...

Probar el sabor de él junto con su propio placer fue embriagador. Como estar borracha. Como si se hubiera caído al agua y hubiera estado conteniendo la respiración hasta que le ardían los pulmones y se le nublaba la visión. La estaba consumiendo una lujuria cegadora y ya no existía el sentido común, ni la voluntad, ni un fin.

—¿Te gusto ya un poco? —preguntó él contra su boca.

—No. —Bajó las manos por su pecho, hasta su cinturón.

Devlin torció los labios contra los de ella en una sonrisa y aflojó el agarre contra su nuca.

—Entonces, demuéstramelo.

25

Devlin no había ido allí por eso. Pero a esas alturas, el auténtico motivo de su visita (lo que sospechaba de Rosie) ya no importaba. Su cabeza se había apagado en el mismo instante en que su boca tocó la de ella y se perdió.

Era como si Rosie tuviera una especie de superpoder: silenciar el constante flujo de sus pensamientos.

Y lo único que le importaba en ese momento era que Rosie sabía lo que él quería y ella también lo quería.

Cuando le sacó la camisa de los pantalones y colocó las manos en su cinturón, cerró los ojos. Se lo quitó y luego se apresuró a desabrocharle el botón de la bragueta. Todavía podía sentir su sabor en la boca mientras ella le bajaba los pantalones y la ropa interior para liberar su miembro.

—Esto no quiere decir que me gustes —señaló Rosie con una voz ronca que lo hizo sonreír—. Sigo pensando que eres un idiota.

—Lo sé.

Al sentir la mano de Rosie en su pene, dejó de sonreír y soltó un gruñido. Abrió los ojos y bajó la cabeza. Ella lo estaba mirando fijamente mientras le acariciaba el pene desde la base hasta la punta. Después, sin apartar los ojos, le pasó el pulgar por el glande.

—¡Joder! —gimió él.

Rosie se echó hacia delante y le dio un beso en el centro del pecho a través de la camisa, lo que le provocó un extraño pellizco en el corazón.

Fue algo inesperado.

Potente.

Y tremendamente desconcertante.

Pero cuando Rosie fue depositando besos desde su pecho a su estómago y se puso de rodillas, tal y como él había hecho antes, se olvidó de todo lo demás. Al notar su cálido aliento sobre su pene todos sus músculos se tensaron.

No podía dejar de mirarla. Metió la mano entre sus rizos y se deleitó en la imagen que le estaba ofreciendo; la viva imagen del pecado. El cárdigan le caía por los brazos y seguía con la camiseta levantada. Se le hizo la boca agua con sus apetitosos pechos y aquellos pezones hinchados. Vio la cadena de oro con la alianza que siempre llevaba descansando entre sus senos y sus muslos desnudos.

Sabía que podría correrse con solo mirarla, con los pechos al aire y ese pedazo de cielo que había entre sus muslos húmedos por su anterior orgasmo.

Rosie se inclinó hacia delante y sustituyó los dedos por esa perversa y afilada lengua que tenía.

Una tormenta de sensaciones se apoderó de él, sacudiéndolo por completo. Verla saborear su miembro, lamerlo centímetro a centímetro y sentir esa cálida y húmeda lengua sobre su piel sensible fue toda una experiencia religiosa.

—¿Así que dices que no te gusto?

Rosie esbozó una sonrisa con sus generosos e hinchados labios.

—No me gustas ni un pelo.

—Sí, ya me doy cuenta. —Echó un poco la cabeza hacia atrás—. ¿Rosie?

Ella lo miró con los ojos entrecerrados.

—¿Sí?

—Muéstrame lo mucho que me odias.

Su sonrisa se hizo mucho amplia y apretó el agarre sobre su pene.

—En ello estoy... si consigues cerrar la boca durante cinco segundos.

Una risa ronca se formó en el interior de su garganta, pero en cuanto notó su boca alrededor del miembro y empezó a succionar solo pudo gruñir a modo de respuesta.

Rosie... ¡Dios! Sabía lo que hacía. Aunque también era cierto que la calidez de su boca había dinamitado todos sus sentidos, así que no sabía si esa reacción se debía solo a la propia Rosie o a su talento.

¡Joder!

Solo ella tenía ese efecto en él.

Pero sabía cómo mover la boca, la lengua, la mano..., ambas manos. Cuando le acunó el escroto con una de ellas, volvió a explotarle la cabeza.

No tardó mucho en meter y sacar su pene de la boca. Devlin intentó controlarse todo lo posible.

Pero cuando Rosie gimió alrededor de su miembro, para hacerle comprender que estaba disfrutando tanto como él de aquello, desapareció cualquier atisbo de control.

La sujetó por la nuca y se introdujo en su boca, completamente perdido en el orgasmo que le recorrió la columna vertebral y la parte posterior de las piernas.

Entonces sucedió algo muy extraño. La luz de la lámpara ventilador del techo empezó a parpadear. Se apagó y luego volvió a encenderse, más brillante que nunca, antes de volver a la normalidad. Seguro que fue debido a una subida de tensión, pero en ese momento sintió el clímax en el pene e hizo algo que nunca había hecho con otra mujer.

—¡Rosie!

Gritó su nombre. Un nombre que se marcó a fuego en su piel, resonó en su cabeza y llegó directo a su corazón. Era la primera vez que gritaba el nombre de una mujer con la que estaba.

Rosie no trató de apartarse y recibió todo el placer que él tenía para darle en la boca mientras Devlin se estremecía por completo. Aguantó hasta el final. Hasta la última gota.

Solo entonces echó la cabeza hacia atrás y lo miró con los ojos nublados por el deseo. Ella era... ¡Dios! En ese momento era incapaz de encontrar las palabras adecuadas para describirla. Era preciosa, como un ángel envuelto en pecado, y él quería...

Rosie empezó a levantarse.

—No.

—¿No? —Lo miró ella, con los ojos más despejados.

—No —repitió él—. Todavía no he terminado contigo.

Estaban tumbados el uno al lado del otro en el suelo, respirando con dificultad. Rosie no estaba segura de poder moverse. Ni siquiera tenía claro cómo habían llegado allí, tendidos en la mullida alfombra. Lo que había ocurrido después de que Devlin le dijera que no había terminado con ella era una neblina de apasionados y demoledores besos y de manos ávidas que terminaron en un segundo orgasmo tan intenso como el primero, aunque esta vez con sus manos. Técnicamente no se habían acostado y ya había sentido más placer del que había experimentado en diez años desde la muerte de Ian.

Y eso era... ¡Dios! Ni siquiera sabía qué pensar al respecto.

Pero ahora el calor y la euforia de toda aquella pasión desesperada comenzaba a desvanecerse y, mientras estaba allí tumbada, mirando al techo, se preguntó cómo podían pasar dos personas de discutir enérgicamente a terminar semidesnudas en el suelo. Era la segunda vez que le sucedía. Cerró los ojos y respiró con suavidad.

Parece que nuestros caminos están destinados a cruzarse.

Se estremeció.

No se arrepentía de lo que habían hecho. ¡Jesús! No había ni una sola célula de su cuerpo que no hubiera disfrutado con aquello, pero... ¿qué significaba?

—Nada —susurró.

—¿Qué?

Abrió los ojos.

—Sigues sin gustarme.

Devlin volvió la cabeza hacia ella.

—Eso ya lo has dicho antes y acabo de demostrarte que no es cierto.

—Lo que hemos hecho no significa que me gustes. —No sabía si estaba mintiendo o no; algo que la hacía sentir incómoda. Devlin era un hombre difícil, en más de un sentido, pero había momentos, muy breves momentos, en los que atisbaba el tipo de hombre que *podría* llegar a ser, si él mismo alguna vez se lo permitía.

Se sentó y miró a su alrededor en busca de sus pantalones cortos. Estaban junto a las cortinas de cuentas. ¿Cómo narices habían llegado hasta allí? Volvió a mirar a Devlin. Seguía teniendo la camisa abierta y arrugada, mostrando sus abdominales. Llevaba la bragueta desabrochada, revelando parte de su pene, brillante y medio erecto. Se ruborizó y apartó la mirada.

Era un hombre complicado.

Un hombre que, tenía el presentimiento, estaba un poco roto por dentro.

Y un hombre absolutamente impresionante.

Un triplete que debería haberla hecho alejarse de él como alma que lleva el diablo. Pero no estaba haciendo precisamente eso, ¿verdad? A menos que hacerle una mamada contara como una huida. Lo dudaba. Como también dudaba que lo que acababan de compartir fuera a cambiar algo entre ellos.

—Lo que hemos hecho no significa nada —dijo ella. Y deseó que fuera verdad, quería que fuera verdad por un sinfín de razones—. No creo que tampoco haya significado nada para ti, ¿verdad? Lo hemos pasado bien y... Pues eso, que lo hemos pasado bien.

Devlin no respondió. Rosie se puso de pie sobre sus rodillas temblorosas. Se bajó la camiseta, se colocó el cárdigan y pasó por encima de él. No llegó muy lejos. Devlin la agarró por la pantorrilla, deteniéndola.

—Crees que soy un monstruo, ¿no?

Lo miró sin aliento.

—Yo... no sé qué pensar, pero llamar «monstruo» a alguien es algo muy serio.

—Sí. —Le soltó la pantorrilla. Rosie tardó unos segundos en ir a por sus pantalones—. Estrellas fosforescentes y cortinas de cuentas.

Recogió los pantalones y volvió la cabeza hacia él. Seguía tumbado, mirando al techo. Nunca lo había visto tan relajado. Había una suavidad en su expresión que lo hacía parecer *humano;* un detalle que habría sido sorprendente pensar de cualquier persona, pero no de Devlin. En él era algo trascendental, porque su instinto le dijo que poca gente lo había visto de esa forma, tan sosegado.

Y eso lo hacía... ¿Qué? ¿Qué lo hacía? Rosie negó con la cabeza y se puso los pantalones.

—Suena como el título de una vieja canción de *country*, ¿no crees?

—Apoyó las manos en el estómago y dejó escapar un largo suspiro.

—Más o menos. —Vestida y con un aspecto más decente, se volvió hacia él—. Una vieja canción de *country* que odiarías.

Devlin torció los labios en un atisbo de sonrisa. No una sonrisa completa, pero una sonrisa al fin y al cabo.

—Por cierto, le pasa algo a tu lámpara.

—¿Qué? —preguntó ella con el ceño fruncido.

—Antes la luz ha parpadeado. Se apagó y volvió a encenderse.

—¡Qué raro! Es la primera vez que pasa. —Fue hacia la cama y se sentó en el borde. Se quedaron unos segundos en silencio—. Esto... esto no puede ser sano, ¿verdad? Discutir y luego besarnos.

—Creo que hicimos algo más que besarnos.

—Tienes razón, pero eso no cambia el hecho de que no es lo más sano.

Devlin se pasó las manos por la cara y el pelo.

—Normalmente, cuando algo es bueno no suele ser sano.

A Rosie se le escapó una breve carcajada. Se rodeó las rodillas con los brazos y se concentró en el armario mientras él bajaba las manos a su cintura. Sabía lo que estaba haciendo: abrochándose los pantalones.

—¿Puedo preguntarte algo?

Él no respondió, solo se sentó.

Rosie se tomó aquello como un sí.

—Sigues sin confiar en mí, ¿no?

—¿De verdad quieres que responda a esa pregunta? —Devlin se inclinó hacia atrás. Era tan alto que pudo apoyarse en el borde de la cama, junto a sus piernas.

—Sí.

Se quedó callado un buen rato.

—No.

Rosie soltó un suave jadeo. No la había pillado por sorpresa, pero estaba... No sabía cómo se sentía.

—Entiendo que haya cosas de mí que te hagan sospechar, pero no he hecho nada para ganarme tu desconfianza —dijo—. A nadie le gusta que le acusen de ser un mentiroso confabulador, y más cuando solo he intentado ser honesta.

—No debería haberte dicho eso —señaló al cabo de un momento—. No es ninguna excusa, pero en mi defensa diré que estaba un poco cegado por todo el asunto del espiritismo.

—Lo entiendo. Por eso no quise contártelo al principio, pero hay una gran diferencia entre estar cegado y comportarse como un idiota.

—Lo sé. —Devlin respiró hondo—. Hay una cierta hostilidad entre Ross y mi familia. Cuando me enteré de que lo conocías, me pilló desprevenido y llegué a una conclusión de la que espero estar equivocado.

—¿Que esperas estar equivocado? —Rosie soltó un suspiro—. Estás equivocado, Devlin. No te mentí cuando te dije que llevo semanas sin hablar con Ross. Y aunque te parezca una locura, lo que te conté sobre la sesión de espiritismo también es verdad.

Lo vio morderse el labio inferior. Transcurrieron unos instantes antes de que se decidiera a hablar.

—A mi familia la acosan todos los días, Rosie. Llevan años haciéndolo. Algunos intentan utilizarnos. Otros, ganar dinero o ascender en su profesión a costa de nuestras tragedias. Tengo que andarme con mucho cuidado. Todos nosotros.

Rosie podía entenderlo. En serio. Sabía lo raro que sonaba el asunto de Lawrence y comprendía que había un montón de gente deseando manipular a los De Vincent. Al fin y al cabo, había logrado encontrar fotos de todas las etapas de la vida de Devlin en internet. Sí, lo entendía, pero eso no justificaba su comportamiento.

—Mira, entiendo que tienes tus razones para pensar siempre lo peor de la gente, pero conmigo has sido más grosero que amable, y aunque lo que acabamos de hacer ha sido increíble y maravilloso, no compensa lo que hemos vivido antes. Me niego a ser el saco de boxeo verbal de nadie.

Volvió a quedarse callado.

Ella lo miró fijamente.

—Y no creo que sea solo yo. Creo que no confías en nadie.

—Sí. En mis hermanos.

Bueno, al menos tenía eso.

—¿Por qué te cuesta tanto confiar en la gente? Tiene que haber algo más que todos esos extraños intentando utilizaros. Algo más profundo.

Devlin resopló.

—Mucha gente no es de fiar, Rosie.

Ella alzó ambas cejas.

—¿Pero cómo vas a saber si son de fiar o no si ni siquiera les das una oportunidad?

Devlin no respondió.

—Tengo otra pregunta.

—¡Cómo no!

—¿Por qué siempre que hablas de tu padre lo llamas Lawrence y no «papá»?

A Devlin se le tensaron los hombros de tal manera que incluso ella lo percibió. Se quedó callado durante tanto tiempo que pensó que no iba a responder, pero al final lo hizo.

—No era un buen hombre, Rosie.

Ella se quedó inmóvil.

—Yo... no tenía ni idea.

—Lo cierto es que la mayoría de las malas personas tienen la habilidad de hacer creer a los demás que son buena gente. Y Lawrence tenía un talento innato para eso. No es que fuera mala persona o mezquino, es que era malvado. Creo que Ross está al tanto de algunas de sus fechorías. Mis hermanos también saben algo, pero no todo. No saben de lo que era capaz de verdad.

Rosie se mordió el labio. Le habría encantado decirle que estaba compartiendo con ella el tipo de cosas que uno solo le cuenta a alguien en quien confía. Sin embargo, se contuvo. Tal vez fueron las clases de Psicología y la formación que obtuvo en la universidad, pero supo que, si abría la boca y hacía ese comentario, él se callaría de inmediato, y no quería que eso sucediera.

—Era como... como una enfermedad, contagiando a todo aquel que entraba en contacto con él —continuó Devlin con tono distante—. A veces, ni siquiera se daban cuenta.

—Lo... lo siento —murmuró ella, deseando poder decir algo más.

—Ahora está muerto. —Devlin echó la cabeza hacia atrás y Rosie se percató de que tenía los ojos cerrados—. Y, gracias a eso, el mundo es un lugar mucho mejor.

Se sobresaltó. Fuera como fuera ese hombre, era una descripción muy dura para dedicar a un padre. Aunque también era cierto que no lo había conocido. Si, por ejemplo, el padre de Rosie hubiera sido un asesino en serie, ella también habría sentido lo mismo que Devlin. Y odiar a tu propia sangre, incluso si ese odio estaba justificado, tenía que dejarte muy tocado.

Devlin giró la cabeza hacia la derecha y luego hacia la izquierda, como si estuviera intentando aliviar una contractura.

—Lawrence estaba metido en asuntos que no eran precisamente honrados, así que no hace falta tener mucha imaginación para pensar que estaba ocultando este edificio por algún motivo.

—¿Sabía él que estabas al tanto de lo que estaba haciendo?

—Creía que no. —Devlin hizo una pausa—. Pero estoy empezando a dudarlo.

Rosie se puso a juguetear con el dobladillo de su cárdigan. Quería preguntarle si era posible que aquello en lo que estaba metido Lawrence hubiera tenido algo que ver con su muerte, ya fuera un suicidio o un asesinato.

—¿Y dices que Ross sospecha algo?

—Algo. Sí.

Ahí fue cuando lo entendió todo.

—Por eso me estás contando esto. Porque es algo que él ya sabe y tampoco has entrado en muchos detalles.

Devlin no respondió, pero abrió los ojos.

—Que me creas o no, es cosa tuya —continuó ella—. No depende de mí. Y tampoco puedo hacer nada para cambiar eso.

Devlin dobló una pierna.

—¿No te parece raro que vivas en el apartamento de un edificio que era propiedad de Lawrence y del que yo no sabía nada?

—Creo que es raro de narices. Y también un poco espeluznante, pero me gustan las cosas espeluznantes.

Él emitió un sonido parecido a la risa.

—Eso está claro.

—Tal vez sea cosa del destino. Dijiste que nuestros caminos estaban predestinados a cruzarse. Puede que sea cierto. No lo sé. Lo que sí sé, es que a veces suceden cosas que no tienen explicación. Quizá hay una razón detrás de todo esto. Algún poder superior moviendo sus hilos. —Se sintió un poco vulnerable por reconocer aquello en voz alta. Esperaba que se riera o le dijera que era una tontería. Cuando se quedó callado, se sintió todavía más frágil.

Porque, ¿y si en realidad era el destino? A algunas personas podía parecerles una cursilada o una chorrada, pero también pensaban lo mismo de los espíritus y de las maldiciones. Y de los ángeles y los demonios. Había un montón de cosas en que la gente creía a pesar de que nunca las había visto. No podía explicarse todo.

Así que Rosie decidió olvidarse de todo lo malo que había sucedido entre ellos, del mensaje que le había mandado y de su decisión de mantenerse alejada de él. Estaba claro que entre ellos había algo, una química incandescente y... tal vez algo más. No podía negar lo evidente. Y si conseguían derribar los muros que *él* había erigido a su alrededor, quizá podrían averiguar de qué se trataba exactamente.

Tomó una profunda bocanada de aire para aclarar su mente.

—Es mentira que no me gustas. Me gustas. De verdad, estás empezando a gustarme. Ni siquiera sé por qué. —Se le escapó una risa temblorosa—. Pero es así. Por eso decidí apartarme de la investigación sobre la casa de Lucian. Fue... No lo sé. Estoy divagando. —Exhaló nerviosa—. Puedes confiar en mí, Devlin.

Silencio.

Rosie cuadró los hombros y volvió a intentarlo.

—Podríamos empezar de cero. Hola. —Se inclinó hacia delante y estiró la mano—. Soy Rosie Herpin. Una cazadora de fantasmas extraordinaria.

Devlin no dijo ni una palabra. Transcurrió un buen rato. Y durante todo ese tiempo, se produjo un cambio en él. Casi pudo ver cómo reparaba las brechas de los muros que había erigido a su alrededor, convirtiéndolos de nuevo en una fortaleza impenetrable.

—La gente no puede empezar de cero, Rosie. —Se puso de pie—. Será mejor que me vaya.

Fue como si una ráfaga de aire helado atravesara la habitación.

Será mejor que me vaya.

Aquellas palabras se repitieron una y otra vez en su mente, hiriéndola. Se echó hacia atrás, como si la hubieran abofeteado y, durante un instante, se quedó congelada. ¡Vaya! No podía pensar en nada más. Se quedó allí sentada, con la piel fría y un nudo en la garganta, mientras lo veía dirigirse hacia las cortinas de cuentas.

—Sé dónde está la puerta. —Devlin separó las cortinas con un suave traqueteo de las cuentas—. Adiós, Rosie.

Rosie no abrió la boca, no dijo absolutamente nada. Y Devlin salió de su apartamento sin mirar ni una sola vez atrás.

26

Devlin era un idiota.

Y un completo inútil.

Sonrió ante la idea, se bebió de un trago lo que le quedaba del burbon y atravesó el salón de su casa en dirección a la cocina. No estaba en la mansión De Vincent. No había querido volver allí esa noche. Simplemente, no había podido. Así que se fue a su casa del puerto.

El amplio apartamento con ventanas que iban del suelo hasta el techo ofrecía unas vistas increíbles al río Misisipi desde el salón, y a la ciudad desde el dormitorio. Aunque estaba completamente amueblado y equipado, parecía una vivienda a la venta. No iba a menudo por allí. A veces pasaban semanas entre visita y visita. Les decía a sus hermanos que se iba de viaje, cuando en realidad iba allí y se quedaba a dormir.

Porque ni siquiera Gabe y Lucian tenían conocimiento de la existencia de ese apartamento.

En ese momento, supuso que se parecía más a Lawrence de lo que quería reconocer. Al fin y al cabo, también tenía sus secretos. Secretos enormes. De los que podían poner patas arriba una vida.

Dejó el vaso sobre la isla y agarró la botella de burbon. La noche no había salido como había planeado. ¡Mierda! Ni siquiera había inspeccionado todo el apartamento de Rosie. Pero ¿había ido allí por eso? ¿Porque esperaba encontrar algún escondite con información relevante?

¿A quién quería engañar?

Se había topado con la oportunidad de ir a ver a Rosie y la había aprovechado, con independencia de que su motivo no obedeciera a ninguna lógica.

Pero la pura verdad era que había querido verla. Había querido recuperar la *tranquilidad* que encontraba con ella. Había querido perderse durante un rato.

¡Qué insensato por su parte!, ¿no? Hacer lo que de verdad quería. Ser egoísta, aunque solo fuera un rato. No se había permitido ese lujo desde que era un niño.

Puedes confiar en mí, Devlin.

Bebió un sorbo directamente de la botella y fue al dormitorio. De pie, frente al ventanal, contempló las luces resplandecientes de la ciudad. Agarró con más fuerza la botella, cerró los ojos y apoyó la frente en el frío cristal.

Sintió la presencia antes de oír el clic de la puerta abriéndose. No era la puerta de entrada, sino la del otro dormitorio. Debería haber comprobado las habitaciones antes de abrir la botella. Se apartó de la ventana y esperó, aunque su espera no fue larga.

Una sombra apareció en el pasillo y se fue acercando a la tenue iluminación del dormitorio. La figura se detuvo en la puerta.

Dev dio otro trago de la botella.

—Creía haberte dicho que no estabas a salvo aquí.

Silencio.

—Estoy convencido de que no dijiste «a salvo», sino más bien que no iba a resultarme «fácil» estar aquí.

—Es lo mismo. —Dev se encogió de hombros y se volvió de nuevo hacia la ventana—. Debes tener cuidado cuando vengas aquí. Ya te han visto una vez, no puede volver a suceder.

—Lo sé. —Hubo una pausa—. Por supuesto.

Dev bebió otro sorbo.

—¿A qué has venido?

—Esto va a parecerte raro.

Pensó inmediatamente en Rosie y esbozó una sonrisa irónica.

—Me estoy empezando a acostumbrar a lo raro.

—Mejor. —Oyó un profundo suspiro—. Porque he tenido un extraño presentimiento, ¿sabes? Como si fuera a pasar algo, pero no tuviera claro qué. Como si me estuviera perdiendo una cita. He tenido sensaciones como esa toda mi vida. Al menos ahora entiendo por qué.

La sonrisa desapareció de su rostro. Bebió otro trago. Este le quemó la garganta.

—¿Te encuentras bien, Devlin?

Dev cerró los ojos, bajó la botella y dijo una mentira con la que cada vez le resultaba más difícil vivir; una mentira que ya no sabía si seguían creyendo.

—Sí.

Dormir no le había supuesto un problema. Después de que Devlin se fuera, Rosie cerró la puerta con llave, se acurrucó de costado en la cama y cerró los ojos que le ardían. No recordaba haberse quedado dormida. Solo sabía que, cuando se despertó, el sol aún no había salido y las estrellas fosforescentes seguían brillando en el techo.

Mientras miraba hacia arriba, notó un dolor en el pecho. Ya no podía dormir más y sabía por qué: Devlin. Había bajado la guardia durante unos instantes y él le había dado con la puerta en las narices.

No tenía que haberle dicho que le gustaba. Y lo peor de todo era que, al decirlo, también lo había admitido ante sí misma, que era mucho más perjudicial que estar avergonzada. Porque sí, estaba avergonzada. ¿Quién no lo habría estado después de decirle a alguien que te gustaba y que podía confiar en ti para que ese alguien saliera por la puerta nada más confesarle aquello?

Sin embargo, la vergüenza no era lo que la había despertado mucho antes de rayar el alba.

¿Qué le pasaba?

Gruñó y se frotó los ojos con las palmas de las manos hasta que solo vio unas luces blancas deslumbrantes detrás de sus ojos.

No, no le pasaba nada. Solo se había interesado por un tipo que no merecía su atención. Un tipo al que no entendía en absoluto.

Aunque a una parte de ella le hubiera gustado intentarlo; una parte enorme. Y no solo porque ese hombre le pareciera un rompecabezas que quería resolver.

Bajó las manos a ambos lados y se tumbó de costado. Ni una sola de las relaciones que había tenido después de la muerte de su marido la habían despertado en mitad de la noche, ni para bien, ni para mal. Con Ian, sin embargo, había habido muchas noches en las que se había desvelado, por buenas y malas razones.

En su vida, solo habían existido dos hombres que tenían ese efecto en ella. A uno de ellos creía haberlo conocido perfectamente. Resultó no ser así. ¿Al otro? Ni siquiera podía comprenderlo lo más mínimo.

Por centésima vez, se dijo que era lo mejor. Lo último que necesitaba era que alguien como Devlin irrumpiera en su apartamento, buscando Dios sabía que...

Un momento.

Se sentó en la cama. ¿Qué había estado buscando? No tenía ni idea, pero porque él tampoco lo había sabido. Solamente había creído que podía haber algo oculto en su casa, por extraño que aquello pareciera. Aunque había cosas más extrañas que esas en el mundo.

Retiró las sábanas y sacó las piernas de la cama. Devlin se había dirigido al armario como si hubiera creído que allí había algo escondido.

Entonces se acordó de aquella grieta en el fondo del armario, desde la que se podía ver la pared, y se quedó sin aliento. Cuando lo estaba ordenando pensó que la parte trasera del armario se estaba rompiendo, seguramente por una mala remodelación, pero...

Tal vez había algo oculto.

Parecía una tontería, sin embargo, se levantó de la cama y encendió a toda prisa el interruptor. Cuando la luz inundó la estancia, parpadeó hasta que sus ojos se acostumbraron. Abrió la puerta del armario y tuvo un momento de vacilación.

—¿De verdad estoy hurgando en mi armario a las cuatro de la mañana? —preguntó en voz alta—. Sí, eso parece.

Se retiró el pelo de la cara, se arrodilló y sacó con cuidado la pila de vaqueros que casi nunca usaba. Entrecerró los ojos, se inclinó hacia delante y apartó la ropa colgada. Estaba demasiado oscuro. Se puso de pie, agarró el teléfono de la cama y encendió la linterna. Volvió al armario y observó la grieta.

—De acuerdo —dijo—. O no hay nada y el armario se me cae encima o, peor aún, despierto a un nido de arañas o... encuentro algo. Como un... esqueleto. —Arrugó la nariz—. Eso sería horrible.

Apoyó el teléfono contra la pared, deslizó los dedos por la grieta y tiró. El contrachapado del armario se movió unos centímetros. Rezando para no encontrar ningún cadáver, un ejército de insectos o derribar todo el edificio, apretó los labios y tiró con más fuerza. La mitad de la sección de la pared cedió, como si no estuviera conectada con el resto, pero arrastró consigo otra sección.

Un muro de yeso se partió y cedió a su vez. Fragmentos salieron volando por el aire. Rosie se protegió la cara con el brazo y se echó hacia atrás con la mano agarrando el trozo de pared desprendido.

—¡Mierda! —gimió, abriendo los ojos.

El polvo blanco cubría varias de las blusas colgadas. Tendría que haber quitado la ropa, pero ya era demasiado tarde para eso. Soltó un suspiro, pensando en la cantidad de prendas que iba a tener que lavar, y dio la vuelta al trozo de pared que tenía en la mano. Cuando vio las bisagras oxidadas, se dio cuenta de que no solo era una sección de pared, sino una especie de puerta.

Que acababa de arrancar.

—¿Pero qué...?

Tomó su teléfono y se echó hacia delante, apuntando la luz en el agujero que acababa de crear.

Al principio solo vio vigas de madera (vigas de madera como las de las casas antiguas), luego inclinó el teléfono a un lado y... Sí, había algo ahí dentro. Algo rectangular y grueso. En realidad había varias cosas.

El corazón le empezó a latir a toda velocidad mientras un escalofrío le recorría la columna vertebral. Una parte de ella no terminaba de creerse que hubiera encontrado algo.

Metió la mano dentro, pensando en lo surrealista que era todo aquello. Agarró el primer objeto y lo sacó.

Se trataba de un álbum de fotos lleno de polvo.

Se apartó un poco del armario y pasó los dedos por el álbum para limpiarlo un poco antes de dejarlo a un lado. Después, volvió a inclinarse sobre el armario, metió la mano y tocó algo fresco y suave al tacto.

—¿Un... iPad? —Le dio la vuelta. Sí, definitivamente era un iPad, también polvoriento—. Vale, esto es... de locos.

Como no sabía si quedaba algo más, volvió a hacerse con el teléfono, se inclinó e iluminó el espacio que parecía haber servido de cubículo. Había otra cosa. Una caja rectangular y alargada. La agarró y enseguida reconoció el tacto del terciopelo.

Un joyero.

El corazón se le aceleró todavía más. Se arrodilló y lo abrió.

—¡Madre mía! —susurró con los ojos como platos mientras contemplaba una pulsera de diamantes. Una pulsera preciosa y bien conservada.

Increíble.

Miró el armario mientras sostenía el joyero. Devlin había ido allí, pensando que encontraría algo escondido y... ¡Virgen santa! Había encontrado una pulsera de diamantes, un iPad y un álbum de fotos.

Se fijó en el álbum y dejó el joyero en el suelo. Lo agarró con un nudo en el estómago. Puso los dedos en el borde polvoriento y dudó un instante antes de abrirlo. No sabía por qué se había tomado esos segundos, pero volvió a sentir un escalofrío, esta vez en los hombros, y una voz interior le dijo que era mejor que no lo abriera.

Que dejara la pulsera, el iPad y el álbum donde los había encontrado porque alguien los había escondido allí por alguna razón.

Al final, decidió abrirlo.

En la primera página había dos fotos: una de unas palmeras y otra de una playa con un mar resplandeciente. Pasó la página y vio una foto de un hombre tumbado en una hamaca, sin camisa y con un bañador rojo y azul. Llevaba una gorra de béisbol y unas gafas de sol que le ocultaban el rostro. Debajo de esa foto, había otra de una mujer joven de pelo castaño, que parecía ser un poco mayor que Nikki. También llevaba gafas de sol y sonreía abiertamente a la cámara mientras sostenía lo que parecían dos cócteles tropicales.

Volvió a pasar la página. Contempló la siguiente foto con la boca abierta. Se trataba de una pareja, de noche, de pie frente a unas antorchas tipo *tiki* encendidas. Ya no había gafas de sol, ni gorras. Ambos llevaban collares de flores azul pastel y rosa alrededor del cuello. La chica era muy guapa y le sonaba de algo. Pero no era ella la que había provocado su jadeo de sorpresa. Era el hombre que estaba a su lado, que le había pasado un brazo por los hombros y le sonreía.

A ese hombre lo conocía perfectamente.

—¡Oh, Dios mío!

Era Ross Haid.

27

—Aquí tiene.

Rosie salió de su ensimismamiento al ver que el camarero le colocaba la cerveza de raíz enfrente.

—Gracias.

El hombre joven sonrió.

—¿Necesita algo más?

—No, estoy esperando a alguien. —Agarró el vaso mientras el camarero asentía con la cabeza y se retiraba para atender a las otras mesas.

Estaba sentada en un reservado medio oculto por la llamativa e impresionante escalera de caracol que conducía a la planta de arriba. Cuando alzó la vista, vio a Ross Haid entrar por la puerta del Palace Café.

A lo largo de su vida, había habido momentos en los que le habría gustado darse un puñetazo en plena cara.

Ese era uno de ellos.

Pero después de lo que había encontrado en su apartamento, necesitaba hablar con Ross, y no era una conversación para mantener por teléfono, porque ¿cómo era posible que en *su* apartamento, un apartamento propiedad de los De Vincent, hubieran aparecido fotos de Ross, un periodista que estaba investigando precisamente a los De Vincent? Si Devlin las hubiera encontrado...

¡Dios!

Ni siquiera habría podido culparlo por pensar que estaba involucrada en cualquier locura que estuviera sucediendo, porque habría sido una prueba inequívoca.

Rosie jugueteó con la servilleta mientras veía a Ross pasar entre las mesas, la mayoría vacías. El restaurante no estaba lleno porque todavía era pronto, pero en una hora las mesas de dentro y las de fuera estarían abarrotadas, y eso que parecía que iba a llover.

Ross se deslizó en el reservado frente a ella, con una sonrisa vacilante en su apuesto rostro.

—Tengo que reconocer, Rosie, que todavía sigo sorprendido por tu llamada de esta mañana para que nos encontráramos aquí.

Seguro que no le había sorprendido tanto como a ella. La última vez que habían hablado, le había amenazado con hacerle daño físico si volvía a cruzarse con él.

—No tengo pensado pasar demasiado tiempo contigo, Ross. Sigues sin gustarme. —Y había una diferencia abismal entre el tono que usó con el periodista y el que utilizaba con Devlin cuando le decía lo mismo.

Ross se dio cuenta de que hablaba en serio porque su sonrisa se desvaneció al instante. Tomó asiento y se pasó una mano por el pelo rubio.

—Me merezco que estés cabreada conmigo. Debería haberte dicho la verdad.

—Si me hubieras dicho la verdad, jamás te habría organizado una cita con Nikki. —Quitó el papel que protegía su pajita—. Por eso no fuiste sincero.

—Estaba interesado en Nikki, y no solo...

—No quiero oírlo —lo interrumpió, alzando una mano—. Porque estoy a punto de darte una patada en las pelotas y no estoy aquí por esto.

Ross apretó la mandíbula y apartó la mirada.

—Entonces, ¿por qué estamos aquí?

—Tengo algo que creo que puede interesarte. —Dio un sorbo a su bebida. Le encantaba el sabor de la raíz de sasafrás. Después, hurgó en su bolso y sacó la foto—. Mira.

El periodista frunció el ceño y la miró a los ojos unos segundos antes de bajar la vista. En cuanto vio la imagen, la sangre abandonó su rostro tan rápido que pareció estar a punto de desmayarse. Estiró la mano y agarró la foto.

—¿Dónde... dónde has encontrado esto?

—En el armario de mi apartamento —explicó—. Había un álbum lleno de fotografías de vacaciones. Creo que de Hawái.

Ross no respondió, solo se quedó mirando la foto de él con la mujer misteriosa.

—Lo que quiero saber es por qué había un álbum de fotos tuyas con una mujer escondido en mi armario.

Ross negó lentamente con la cabeza. Rosie se fijó en que le estaba temblando la mano, haciendo que la foto se moviera.

—¿Has encontrado esto en tu armario?

—Sí. —Se cruzó de piernas—. Extraño, ¿no crees?

—Yo... —La miró—. ¿Has encontrado algo más?

—No —mintió—. Solo el álbum de fotos.

—¿Lo has traído?

Rosie hizo un gesto de negación con la cabeza.

—Únicamente esta foto. Quiero saber por qué estaba en mi armario.

El periodista tragó saliva, dejó la foto bocabajo en la mesa y colocó la palma sobre ella.

—¿No sabes quién es ella?

—No. ¿Debería?

—¡Dios! —murmuró él, cerrando los ojos—. ¡Qué rápido se olvida la gente de todo!

Rosie no tenía ni idea de a qué se estaba refiriendo con eso.

—Te vi el viernes pasado... en la Mascarada.

Se sobresaltó, sorprendida.

—¿Perdona?

Ross abrió sus ojos marrones y los clavó en los de ella.

—Te reconocí al instante, incluso con la máscara. Me sorprendió encontrarte allí. Luego subiste las escaleras —continuó—, y Devlin de Vincent te siguió poco después.

Se mordió el labio inferior. ¿Fue tan obvio? ¿Se habrían dado cuenta más personas? Y lo que era más importante:

—¿Nos seguiste?

Ross no respondió de inmediato.

—Solo lo suficiente para saber que estabas en una habitación con él. Nada más.

Rosie respiró hondo y cerró en un puño la mano que tenía en el regazo. ¿Los habría oído? Se le revolvió el estómago por el asco. No sabía si podía confiar en lo que decía o si, por el contrario, los había espiado, porque lo cierto era que no conocía al hombre sentado frente a ella. En el pasado, creía haberlo conocido, pero eso había cambiado.

—¿Nos... nos oíste?

Al verlo dudar, lo supo. Supo enseguida que había oído algo. Y eso ya era bastante. Pero antes de que él pudiera continuar o de que ella pudiera decirle algo, apareció un camarero con camisa blanca.

—¿Quieren pedir algo? —preguntó, mirándolos alternativamente.

Mientras Ross negaba con la cabeza, se obligó a abrir el puño. Se había clavado las uñas en la palma de la mano, dejando pequeñas marcas.

—No vamos a pedir nada —dijo ella.

El camarero enarcó una ceja, pero tuvo el buen tino de retirarse y ocuparse de las otras mesas. Rosie se concentró en tomar una lenta y profunda bocanada de aire.

Ross cerró los ojos brevemente.

—Rosie, yo...

—Cierra la boca —siseó—. No he venido aquí para oírte hablar de tus perversiones y tendencias de acosador. ¿Por qué estaba esta foto en...?

—Los De Vincent mataron a mi novia.

A Rosie se le tensaron todos los músculos. Miró fijamente al periodista. Por lo visto, su cuerpo había reaccionado antes de que su cerebro asimilara lo que acababa de decirle.

Ross se inclinó hacia delante sin apartar los ojos de ella.

—¿Quieres saber más sobre esta foto? —Golpeó la imagen con la palma de la mano, haciendo que los vasos y cubiertos traquetearan—. Ellos mataron a mi novia y luego lo encubrieron. Sé que lo hicieron. Solo que no puedo probarlo. Todavía no.

Rosie se agarró con fuerza a la correa de su bolsa.

—¿De qué estás hablando?

A Ross se le endureció la expresión.

—¿Recuerdas a una mujer llamada Andrea Joan?

Negó levemente con la cabeza mientras pensaba en el nombre.

—Me suena de algo.

—Era una pasante de Stefan de Vincent —señaló él en un áspero susurro.

La pasante. La pasante *desaparecida*. ¡Madre de Dios! Rosie abrió los ojos como platos. Ahora sí que se acordaba. Los medios habían estado hablando de ella durante meses, hasta que dejaron de hacerlo. Nadie sabía qué le había pasado, o si todavía seguía con vida.

—Veo que ahora te acuerdas —comentó el periodista con una risa amarga—. La mujer que sale en la foto conmigo es Andrea.

—¡Dios mío! —susurró. Su mente fue en mil direcciones distintas mientras tomaba aliento—. Creía que estaba desaparecida...

—¿Desaparecida? —El periodista torció el labio mientras soltaba otra carcajada desprovista de humor—. Eso es lo que ellos quieren que todo el mundo crea. Al fin y al cabo, lo organizaron para que pareciera así. A los ojos del público es como si Andrea hubiera decidido un buen día marcharse y dejar todo atrás, pero yo no creo que le sucediera eso.

Rosie, que se había quedado helada, lo miró.

—No sé qué decir, pero eso no responde a la pregunta de por qué hay fotos vuestras escondidas en mi armario.

Ross bebió un sorbo de agua y se aclaró la garganta.

—Nos conocimos en Tulane. Hasta ese momento, nunca había creído en el amor a primera vista. Pensaba que era una patraña hasta que la vi sentada en mi clase de Comunicación de primero. Pensé que era la mujer más guapa que había visto en mi vida y la primera vez que discutimos, me dijo que los tres anillos de poder no habían sido forjados por Sauron. Me enamoré perdidamente de ella.

Rosie alzó ambas cejas.

—¿*El señor de los anillos*?

—Éramos muy fans. —Esbozó una rápida sonrisa que desapareció enseguida—. Cuando le ofrecieron hacer las prácticas con el gobernador, unas prácticas remuneradas, lo vio como una forma de meter la cabeza en este mundo. Era una oportunidad única. Andrea estaba tan emocionada... Y antes de que... desapareciera, yo... —se detuvo y bebió otro sorbo de agua— iba a proponerle matrimonio. Se esfumó hace poco más de dos años y la gente ya se ha olvidado de ella.

Al verlo acariciar la foto con los dedos, la embargó una tristeza enorme. Seguía enfadada con él, pero aquello... ¡Dios! Era una historia tan trágica...

—Antes de desaparecer, empezó a actuar de una manera muy extraña. —Apartó la mano de la mesa, dejando la foto allí—. Tenía unos horarios muy raros, trabajaba hasta altas horas de la noche y estaba muy distante, incluso se volvió un poco paranoica, no sé cómo describirlo de otro modo. Creía que alguien la seguía. No conseguí que confiara en mí y me contara lo que estaba pasando. Siempre me decía que no quería que me involucrara, porque me conocía, sabía todo sobre mí, y terminaría metiéndome de lleno.

Ross hizo una pausa y observó el restaurante casi vacío a su alrededor.

—Algo estaba pasando con el senador..., con los De Vincent. Lo supe porque... porque empecé a seguirla. Una semana antes de que desapareciera, quedó con Lawrence de Vincent en el Ritz.

Rosie intentó mantener una expresión neutra, pero no pudo evitar pensar que, con todo lo que le estaba contando, Andrea podría haber tenido una aventura.

—¿Cómo supiste que era con Lawrence y no con Stefan? Eran gemelos idénticos, ¿no?

—Sí, pero me acerqué lo suficiente como para notar la diferencia. Hice mi trabajo, Rosie. Stefan siempre lleva su Rolex de oro en la muñeca derecha. Lawrence lo llevaba en la izquierda —explicó—. Además, esa noche Stefan tenía un evento en Baton Rouge. Andrea fue a ver a Lawrence.

Aunque sabía que lo más prudente era no continuar con esa conversación, le pudo más su creciente curiosidad.

—¿Pero y eso qué significa? ¿Por qué quedó con Lawrence?

—Creo que quería poner al tanto a Lawrence sobre algún asunto en el que estaba involucrado Stefan. No sé por qué confió en él, pero eso ya no importa. —Apretó la mandíbula—. Porque Lawrence está muerto.

—Lawrence se suicidó...

—No. No se suicidó, Rosie. —Ross volvió a poner las manos sobre la mesa—. Eso es una memez. La policía lo sabía. ¿Te acuerdas del jefe? ¿El que murió?

—¿El que tuvo un ataque al corazón mientras conducía?

—¿Un hombre de unos cuarenta y tantos años al que no se le conocía ningún problema cardíaco previo, pero tuvo un infarto fulminante que hizo que perdiera el control del coche y se estrellara? —resopló—. ¡Venga ya!

Muchas personas desconocen que tienen afecciones cardíacas hasta que sufren un ataque.

—Ross...

—Sé que suena raro, pero escúchame. Los De Vincent están metidos en asuntos muy turbios y tienen el dinero y los contactos suficientes para evitar que la mierda les salpique —dijo en voz baja—. Mira lo que le ha pasado a los Harrington. Parker está muerto. ¿Y Sabrina desaparecida?

Rosie se quedó helada. El periodista no tenía ni idea de que Nikki estaba involucrada en la muerte de Parker, y ella no estaba dispuesta a decirle nada.

—Está bien. Supongamos que tu novia se vio envuelta en lo que quiera que estuviera haciendo el senador. ¿Qué tiene que ver eso con Devlin y con que me haya encontrado fotos vuestras en mi armario?

Ross agachó la cabeza, pero la miró a los ojos.

—Creo que Devlin mató a su padre.

Rosie abrió la boca estupefacta y, durante un buen rato, lo único que pudo hacer fue pensar en la sesión de espiritismo con Sarah.

Asesinado.

Eso era lo que Sarah creía que había dicho el espíritu. ¿Y si habían estado en lo cierto al asumir que era el espíritu de Lawrence?

¿Pero deducir que Devlin era un asesino?

Rosie negó con la cabeza.

—¿Por qué crees eso?

—¿Aparte de por la fría mirada vacía de sociópata que tiene?

Rosie se estremeció.

—Eso no es verdad.

—¿En serio? —Ross se echó hacia delante—. Estás saliendo con él, ¿no? Rosie, ¡Dios!, tienes que...

—Lo que yo haga o deje de hacer con Devlin no es asunto tuyo —lo interrumpió de inmediato—. Lo que sí es asunto mío es averiguar por qué esa foto estaba en mi apartamento.

Ross se recostó en su silla y frunció los labios. Transcurrieron unos segundos antes de que volviera a hablar.

—Andrea vivía en tu apartamento.

Se le encogió el estómago. No podía hablar. ¡Virgen santa! Le tembló todo el cuerpo. Se había ido a vivir a ese apartamento hacía dos años. Andrea había desaparecido en la misma época. De hecho, Rosie tuvo que retrasar un poco la mudanza porque habían tenido que sacar las pertenencias del anterior inquilino.

—¡Oh, Dios mío! —susurró. ¿Vivía en el mismo sitio que la pasante desaparecida? ¿En el apartamento propiedad de los De Vincent? ¿Lo sabía Ross? ¿Sabía que...?

—Un momento. —Miró al periodista—. Espera un segundo.

—¿Qué?

—Tú... viniste a hacerme la entrevista para el artículo de las visitas guiadas de fantasmas en el Barrio Francés, como un mes después de que me mudara al apartamento. Hasta ese momento, no te había visto nunca.

Ross volvió a inclinarse hacia delante y se agarró a los lados de la mesa.

—Rosie...

—¿Sabías que vivía en el mismo apartamento que Andrea cuando contactaste conmigo? —preguntó con los ojos muy abiertos—. ¿Por eso escribiste ese artículo?

—No lo entiendes. Empecé a investigar a los De Vincent y a los miembros de su personal. Entraste en mi radar cuando volviste de Alabama, siendo amiga de Nikki, la hija de los principales empleados de la casa.

Atónita, se recostó en su asiento.

—¡Dios bendito, Ross! ¿Contactaste conmigo porque era amiga de Nikki y vivía en el antiguo apartamento de tu novia?

—Escucha, sigues sin entenderlo. Estabas conectada a los De Vincent y te mudaste a la casa de mi novia desaparecida —explicó él—. Era sospechoso de cojones.

En ese momento, cualquier cosa le parecía sospechosa.

—No sabía que había cosas escondidas en tu armario —continuó el periodista—. Me resulta demasiado raro que Andrea metiera un álbum de fotos ahí. ¿Estás segura de que no había nada más, Rosie? Es de vital importancia. Si había algo más, podría cambiarlo todo. Te lo vuelvo a preguntar: ¿estás segura?

—Sí —respondió mirándolo a los ojos—. Estoy segura.

28

Por segunda vez en el mismo día, Rosie deseó darse un puñetazo por lo que estaba a punto de hacer.

Y todavía no era mediodía.

Agarrando con fuerza su pesado bolso, alzó la otra mano para poder llamar a la puerta, pero antes de que le diera tiempo, esta se abrió.

Ante ella apareció Richard Besson. Al reconocerla, las arrugas de su frente se hicieron más pronunciadas y alzó ambas cejas.

—¡Rosie! ¡Qué sorpresa!

—Hola —sonrió mientras el hombre se acercaba a ella y la daba un rápido y caluroso abrazo.

—¿Has venido a ver a Nikki? —La agarró de los hombros—. Está en las habitaciones de Gabe. Puedo llevarte allí...

—No he venido a ver a Nikki. Estoy aquí por Devlin.

La sorpresa transformó el rostro del hombre hasta el punto de ser casi tangible.

—¿Has venido a ver a Devlin?

—Sí. —Forzó una sonrisa, esperando que no fuera demasiado espeluznante—. Sé que suena raro, pero necesito verlo. ¿Está aquí?

El padre de Nikki suavizó su expresión. Durante un instante, temió que le fuera a decir que no y la echara de allí.

—Sí, está aquí. Todavía no ha ido a la oficina. —Richard se hizo a un lado y le sostuvo la puerta—. Voy a ver si está disponible.

—Eso sería estupendo. Gracias. —Entró y se detuvo en el gigantesco vestíbulo que debía de ser tan grande como su apartamento.

Richard cerró la puerta detrás de ellos.

—Ven. Te llevaré al salón para que lo esperes allí.

Rosie contempló con los ojos muy abiertos la deslumbrante lámpara de araña, la imponente escalinata y, finalmente, la espalda de Richard. La estaba conduciendo hacia la derecha, bajo un arco que conectaba con un largo pasillo. Donde quiera que mirara, había algo que llamaba su atención.

—La carpintería es increíble. ¡Lo juro! —exclamó, mirando las molduras que tenían talladas lo que parecían enredaderas.

—¿Verdad? —Richard pasó por delante de varias puertas cerradas antes de detenerse frente a una que se parecía a las otras que habían dejado atrás—. Gabriel hizo todas las molduras que ves y la mayoría del mobiliario.

—¡Vaya! —Nikki le había hablado del negocio de Gabe, pero hasta ese momento no se había dado cuenta del talento que tenía.

—¿Por qué no te sientas aquí mientras veo si Devlin está disponible? —Cuando ella asintió, Richard le sonrió—. ¿Te apetece tomar algo?

Rosie hizo un gesto de negación con la cabeza mientras miraba a su alrededor. Se trataba de uno de esos salones con lujosas sillas y sofás que no parecían usarse a menudo.

—No, gracias.

Richard asintió y comenzó a dirigirse hacia la puerta. Pero entonces se detuvo y se volvió para mirarla.

—No he tenido la oportunidad de agradecerte que estuvieras ahí para mi hija.

—¡Oh! —Sintió el rubor tiñendo su rostro—. No fue nada. Eso es lo que hacen los amigos.

—Eso es lo que hacen los auténticos amigos, Rosie. Hay una diferencia.

Richard se marchó antes de que le diera tiempo a responder. Lo vio cerrar la puerta, cerró los ojos y echó la cabeza hacia atrás.

Había dejado a Ross sentado en la cafetería y había ido directamente a su apartamento a recoger el resto de... las cosas de Andrea. La paranoia de Devlin debía de ser contagiosa, porque se aseguró de que Ross no la siguiera antes de subirse al coche y conducir hasta la mansión De Vincent.

Una parte de ella había actuado sin pensar, porque podía haberlo llamado, pero aquello era algo que Devlin tenía que ver en persona, no escucharlo por teléfono. Se acercó al sofá de terciopelo con un sonoro suspiro. Tal vez había cometido un error yendo allí, y quizá fuera su instinto, pero no se creía lo que Ross le había dicho. Que Devlin había matado a su padre. Aunque eso no significaba que alguien de su familia (lo más probable, el senador) no hubiera tenido nada ver con la desaparición de esa pobre mujer o la muerte de Lawrence.

No tenía ni idea de lo que estaba pasando, pero no confiaba en Ross. No después de lo que le había revelado esa mañana. Sin embargo, sí sabía que Devlin se había enterado ese mismo fin de semana de que el apartamento pertenecía a su padre. Y que, por lo tanto, no había podido tener conocimiento de lo que había oculto en su armario.

Fuera lo que fuese lo que sucedía, tenía que contárselo a Devlin.

Se mordió el labio inferior y se giró para contemplar con más detalle el salón. Era bonito. Con unos muebles magníficos frente a una chimenea enorme. Los cuadros de las paredes llamaron su atención. Dejó el bolso en el sofá estilo victoriano y fue hacia uno de ellos. Parecía un cementerio, con tumbas en diferentes tonos grises. ¡Dios! Estaban tan bien dibujadas que daba la sensación de ser una foto. Uno solo podía ver las pinceladas si se acercaba lo suficiente. En la esquina derecha estaban escritas las iniciales LDV.

Ladeó la cabeza.

—¿LDV?

—Lucian de Vincent.

Un grito de sorpresa se escapó de su garganta. Se dio la vuelta y se dio cuenta de que ya no estaba sola.

—¡Por Dios! —Se llevó una mano al pecho—. Ni siquiera te he oído entrar.

El De Vincent rubio le sonrió.

—Puedo ser muy silencioso cuando quiero, lo que no me pasa a menudo. —Su sonrisa se hizo más amplia mientras se apoyaba en la encimera de la chimenea—. No nos han presentado oficialmente, ¿verdad?

—No. —Rosie se apartó del cuadro—. Soy...

—Rosie —terminó él por ella, con otra sonrisa. Era el tipo de sonrisa que aún no había visto en el rostro de su hermano—. Sé quién eres y tengo un montón de preguntas que hacerte.

Dev sintió los efectos de la falta de sueño y del abuso de burbon mientras se bajaba de la cinta. Agarró una toalla limpia.

¡Jesús! Estaba sudando alcohol.

Sabía que lo más sensato habría sido tomarse el día libre, pero correr conseguía apagarle la mente. Siempre había sido así. En el momento en que sus zapatillas tocaban la cinta de correr o el pavimento, no pensaba en nada. Su cabeza se quedaba en silencio. Sin embargo, esa misma tarde se había dado cuenta de que la tranquilidad que experimentaba corriendo era muy distinta a la que sentía cuando estaba con Rosie. Había creído que era igual, pero se había equivocado. Cuando estaba con ella, no pensaba en Lawrence, o en sus hermanos, o en Sabrina, o en quien había venido de Nebraska, que ahora estaba en su apartamento. Pero seguía pensando. No como cuando corría, que se quedaba en blanco. Con Rosie, su mente se centraba solo en ella, en nadie más. Y eso era tan agradable como el silencio que lo invadía cuando corría.

Puedes confiar en mí.

¡Mierda!

Sus palabras no dejaban de perseguirle.

Se secó la cara y se quitó los auriculares mientras se dirigía al cesto de la ropa sucia. Tiró la toalla allí y abrió la puerta. No había dado más de tres pasos cuando se topó con Besson.

—Te estaba buscando. —Las largas zancadas de Besson eran más propias de un hombre joven que de alguien de su edad—. Tienes visita.

—Por favor, dime que no es Stefan. —Se detuvo.

Besson era demasiado profesional como para mostrar ninguna emoción.

—No. Es Rosie Herpin.

Dev parpadeó.

—¿Disculpa?

—Es Rosie Herpin —repitió Besson, juntando las manos por detrás de la espalda—. Es una amiga de...

—Sé quién es. —No se podía creer que se hubiera presentado en su casa—. ¿Dónde está?

—En el salón reservado para las visitas.

Se dio la vuelta y empezó a caminar por el pasillo. El corazón le latía más rápido que cuando estaba corriendo.

—Devlin —lo llamó Besson—. Un momento, por favor.

Se paró y volvió la cabeza hacia el hombre mayor con gesto de impaciencia.

—¿Sí?

Besson lo miró confundido.

—¿No quieres tomarte unos minutos para arreglarte?

Durante un segundo, no entendió lo que le estaba diciendo, pero luego se dio cuenta de que Besson le estaba señalando la camiseta sudada.

—Puedo decirle a Nikki que le haga compañía mientras espera —sugirió el mayordomo.

Sin duda sería lo más apropiado. Estaba empapado.

—No hace falta.

Besson pasó de estar confuso a estar sorprendido. No podía culparle. Pero no iba a perder el tiempo dándose una ducha y cambiándose. Fue hasta el final del pasillo y giró a la derecha. En unos segundos estaría en el salón, redujo la velocidad y entonces... oyó risas provenientes de dentro de la estancia.

¿Qué estaba pasando?

Aceleró el paso y maldijo en voz baja mientras alcanzaba el pomo de la puerta. Lo que había oído era la risa de Lucian mezclada con la de Rosie. ¡Mierda! Que esos dos estuvieran juntos no iba a terminar bien para él. Abrió la puerta y lo primero que hizo fue buscar a Rosie con la mirada. Por extraño que pareciera, supo exactamente dónde se encontraba, sentada en el sofá. En ese instante, se olvidó por completo de que estaba solo. Solo existía ella.

Rosie volvió la cabeza hacia él y sus ojos color avellana se abrieron por la sorpresa. Llevaba el pelo suelto. Sus rizos caían por sus hombros y le enmarcaban la cara con forma de corazón. Iba vestida de manera informal, con una camiseta holgada de manga larga que se deslizaba por el hombro, mostrando un poco de piel. ¿Quién iba a pensar que podría encontrar un hombre tan atractivo?

La había visto hacía menos de veinticuatro horas y todavía se turbaba al verla. Todo en ella lo pillaba desprevenido. Se quedó quieto, absolutamente embelesado. Aquello no era normal en él, tenía que pasarle algo.

Oyó una garganta aclararse y, con enorme esfuerzo, apartó la vista de Rosie y la dirigió al sillón en el que estaba tirado Lucian.

—¿Qué estás haciendo aquí? —preguntó.

Lucian le sonrió con picardía.

—Estoy haciendo compañía a Rosie mientras te espera. Le he dicho que quizá tardarías un poco ya que estabas entrenando, pero está claro que subestimé tus ganas de unirte a ella. —Miró a Dev—. Ahora mismo le estaba contando la vez que te expulsaron del internado por saltarte el toque de queda.

Dev arqueó ambas cejas.

—¿De qué estás hablando?

—No dejes que te engañe, se está haciendo el modesto. —Lucian le guiñó un ojo a Rosie—. Dev es un poco más salvaje de lo que aparenta. Está hecho todo un rebelde.

—¿En serio? —murmuró Rosie, apretando los labios como si estuviera procurando no reírse.

—Sé de lo que estás hablando. Sin embargo, creo que no has contado toda la historia —señaló con tono seco—. Me pillaron saltándome el toque de queda porque Gabe y Lucian decidieron escaparse por la ventana, haciendo escalada con las sábanas. Evité que se rompieran el cuello.

—Tú siempre evitando que hagamos alguna tontería —replicó Lucian con sarcasmo.

—La mayoría de las veces, pero no siempre. —Volvió a mirar a Rosie—. Si nos disculpas, Lucian...

—Por supuesto. —Su hermano se puso de pie y se volvió hacia Rosie—. Di a los miembros de tu equipo que se pongan en contacto directamente conmigo sobre el asunto de la casa.

Rosie asintió.

—No te preocupes.

Dev abrió la boca.

—Perfecto —continuó Lucian, sin dejarle hablar—. A partir de ahora, me ocuparé de todo. No olvides mi propuesta. Espero que puedas unirte a nosotros, Rosie.

—¿Unirse a qué? —quiso saber él mientras los miraba a ambos alternativamente.

Lucian se limitó a sonreírle antes de pasar junto a él y salir del salón, cerrando la puerta tras de sí.

Dev se volvió hacia Rosie.

—¿Unirte a qué?

—¡Vaya! —dijo ella, mirándole de arriba abajo—. Tienes algo más que pantalones de vestir. Estoy conmocionada.

Dev ladeó la cabeza.

—Lucian me ha invitado a cenar con él y su novia a finales de mes —respondió ella—. Y con Gabe y Nikki. Van a celebrar una especie de fiesta.

—¿Te ha invitado? —La cena de la que hablaba era aquella en la que Lucian tenía pensado proponerle matrimonio a Julia. ¿Por qué habría invitado a Rosie, una mujer a la que apenas conocía? Algo se traía entre manos—. Sabes que harás de aguantavelas, ¿no?

Rosie esbozó una media sonrisa.

—Haría de aguantavelas si fuera la única persona en ir, pero tengo la impresión de que va a ser una *fiesta* y no una cena de parejas. Y supongo que tú también irás.

Sí, Dev también estaría allí.

—¿Por eso vas a ir? ¿Porque crees que es una fiesta?

Rosie no contestó de inmediato. Después de unos segundos, soltó un sonoro suspiro y apoyó las manos en las rodillas.

—No tengo pensando ir. Así que no tienes que preocuparte por verme allí.

La decepción se apoderó de él, aunque decidió ignorar la sensación.

—¿A qué has venido, Rosie?

Ella apartó la mirada y clavó la vista en el bolso que tenía al lado.

—He encontrado algo que creo que deberías ver. En realidad, también me he enterado de algo, que también creo que deberías saber. —Lo miró y frunció el ceño—. ¿No puedes ponerte otra camiseta que no se te pegue tanto a la piel?

Enarcó una ceja.

—¿Por qué? ¿Esto te hace sentir incómoda?

—Sí.

Se acercó a ella.

—Me has visto y has tocado algo más que mi pecho.

—Lo sé. —La vio revolverse en el sofá y mirarlo con una intensidad que hizo que se preguntara si no estaba deseando tocarlo. Su pene cobró vida ante la idea—. Debes de haber entrenado... un montón.

—Corro a diario. Pero esto no te incomoda en absoluto —aclaró él—. Te distrae.

Rosie levantó lentamente los ojos hacia él.

—Si te digo que sí, ¿te pondrías otra camiseta?

—No.

Ella negó con la cabeza mientras esbozaba una rápida sonrisa.

—Entonces tendré que apañármelas así.

—Sí.

Rosie agarró el bolso.

—Bueno, da igual. He visto suficientes cuerpos en mi vida. El tuyo está bien, pero no tiene nada de especial.

Dev levantó las cejas, pero antes de que pudiera rebatírselo, Rosie continuó:

—Anoche, cuando te fuiste, me acordé de algo. El otro día, mientras ordenaba el armario en un acceso de ira...

—¿Eso que solo pueden hacer los humanos con emociones, no como yo?

—Efectivamente, eso. Bueno, pues estaba ordenando el armario y vi algo raro en la pared del fondo, pero me olvidé de ello.

Acababa de despertar su curiosidad.

—¿A qué te refieres con «raro»?

—Era como si la pared se estuviera agrietando. Pero al final resultó ser una puerta secreta —explicó ella—. Tiré de ella y encontré una cosa allí. Bueno, en realidad tres cosas.

El sudor se le enfrió al instante.

—¿Qué encontraste, Rosie?

Ella se humedeció el labio inferior y abrió el bolso.

—Espero haber tomado la decisión correcta al traerte esto aquí y no terminar como la última inquilina de mi apartamento.

—¿A qué te refieres con eso de la inquilina?

—¿No lo sabes? Entré a vivir en ese apartamento hará unos años. ¿Sabes quién desapareció en esa misma época? —Se agarró a la parte superior del bolso—. Andrea Joan. La pasante de tu tío.

Dev sintió que el suelo temblaba bajo sus pies.

—¿Andrea Joan vivía en tu apartamento?

—Por lo visto. Y no solo eso, también era la novia de Ross Haid. —Se le escapó una risa nerviosa—. Algo de lo que me acabo de enterar esta misma mañana. —Hurgó en el bolso, sacó un álbum de fotos granate y lo dejó en la mesa baja.

—Esto estaba allí dentro. Unas cuantas fotos de unas vacaciones. Ross también sale. ¿Sabías que era su exnovia?

Dev agarró el álbum y lo abrió.

—Sí.

—Por supuesto —murmuró Rosie—. ¿Sabías que la única razón por la que contactó conmigo al principio fue porque me había mudado a ese apartamento y porque estaba al tanto de que era amiga de Nikki?

La miró, poniéndose rígido.

—Sospechaba que se había hecho amigo tuyo por tu relación con Nikki, pero no sabía que Andrea había vivido allí. No era la dirección que aparecía en su expediente.

—Ross me ha confirmado que vivía allí —dijo ella—. Me he encontrado con él esta mañana, porque lo vi en las fotos y al principio no sabía quién era la mujer.

Dev se tensó y cerró el álbum de fotos.

—¿Ah, sí?

—Sí. Me ha preguntado si el álbum era lo único que había encontrado y le he dicho que sí, pero no es cierto. También encontré un par de cosas más. —Alcanzó el bolso y sacó un estuche alargado—. Una pulsera de diamantes. Es bastante raro esconder una cosa como esta con un álbum de fotos, ¿no crees?

—Sí. —Agarró el estuche y lo abrió. Cuando vio la pulsera apretó la mandíbula.

—Pero no es lo único raro. También había un iPad dentro. —Cuando Rosie sacó el dispositivo del bolso, Dev estuvo a punto de caerse al suelo—. No se enciende. Supongo que solo necesita que lo carguen y a un hombre con tu talento y dinero para encontrar a alguien que lo desbloquee. —Se inclinó hacia delante y lo dejó en la mesa—. No sabía que Andrea vivía allí ni que habían escondido eso allí dentro. Y no tengo la menor idea de la información que puede contener el iPad, porque tiene que haber algo, ¿verdad? Si no, ¿para qué esconderlo?

¡Joder!

Dev dejó el estuche en la mesa y se quedó mirando el iPad. Solo Dios sabía lo que podía haber en el dispositivo, pero Rosie tenía razón, ¿para qué esconderlo? Una parte de él estaba dispuesta a apostar que el contenido del iPad era el motivo por el que Andrea había desaparecido.

—Eso no es todo —murmuró Rosie, mirando la puerta cerrada—. También está lo que me ha dicho Ross, y seguro que quieres saberlo...

—¿Cree que tuvimos algo que ver con la desaparición de Andrea? Porque es algo que ya nos ha dejado claro en el pasado.

Rosie dejó el bolso en el sofá.

—Pero no es lo único que piensa.

—No quiero ni imaginarlo —replicó él con tono seco.

—Me ha dicho que... que cree que tú mataste a tu padre.

Le tembló un músculo en la mandíbula. Se acordó de la fotografía que recibió en el Red Stallion.

—¿Te ha dicho por qué cree eso?

—No.

—¿Y a ti qué te parece, Rosie?

—¿Sinceramente? No sé qué pensar. Creo que es posible que Andrea tuviera una aventura con tu tío. ¿Por qué si no iba a ocultar una pulsera? Y por lo que Ross me ha comentado, parecía que estuviera con otro, aunque tal vez... tal vez lo que quiera que le estaba pasando a Andrea tuviera que ver con tu padre. Ross me ha dicho que Andrea se había vuelto un poco paranoica y que quedó con Lawrence una semana antes de su desaparición. Quizá sabía... algo, se lo dijo a tu padre y...

—¿Y a Lawrence lo mataron por eso? —terminó él.

Rosie se pasó las manos por los muslos y se puso de pie.

—Tal vez. Mira, no tengo ni idea de lo que está pasando, pero te presentaste en mi apartamento porque descubriste que el edificio era propiedad de tu padre. Y luego yo me he enterado de que la anterior inquilina era la pasante de tu tío que desapareció. Algo está sucediendo. No sé qué, pero es aterrador. —Empezó a pasear de un lado a otro delante del sofá—. Me imaginé que querrías saberlo.

No estaba seguro de cómo interpretar el hecho de que ella le hubiera llevado los objetos que había encontrado.

—¿Y no pensaste que Ross también tenía que saberlo?

—Ross es un mentiroso —repuso ella—. Entiendo sus ansias por averiguar qué le pasó a su novia, pero no ha sido sincero conmigo. Me ha mentido.

Se puso enfrente de Rosie sin pensarlo. Ella también se acercó a él y echó la cabeza hacia atrás. Estaban tan cerca que pudo ver las motas verdes en sus ojos. La vio bajar las pestañas y supo que estaba mirando su pecho sudoroso. Entonces, Rosie dio un paso atrás y él tuvo que hacer acopio de todas sus fuerzas para no seguirla.

Rosie respiró hondo.

—¿Te has puesto ya en contacto con el administrador del edificio?

—Le he dejado un mensaje esta mañana —respondió él.

—Bien. ¿Si te enteras de algo me lo dirás? —Arrugó la nariz de una forma adorable—. Espera, no. Creo que prefiero no saber nada.

Una extraña sensación ascendió por su estómago hasta su pecho. Si todo aquello formara parte de un complejo plan elaborado por Ross, ¿no habría querido conocer cualquier información al respecto?

¡Mierda!

Se sintió mareado. ¿Y si Rosie le hubiera estado diciendo la verdad desde el principio? ¿Si esa voz interior que le susurraba que confiara en ella había tenido razón?

—Da igual. He venido a contarte lo que había descubierto y espero... espero que tomes la decisión correcta. —Le dio la espalda, recogió el bolso y se lo colgó del hombro—. No sé lo que está pasando con tu familia. Parece que tenéis un montón de... Un montón de cosas con las que lidiar. Solo espero que esto no afecte a Nikki más de lo que ya le ha afectado.

—No lo hará. —Posó la mirada en su hombro medio desnudo—. Te lo prometo.

Rosie se quedó quieta mientras clavaba los ojos en él.

—Te... te creo.

Sintió como si todo su cuerpo temblara, pero solo fue su corazón. Estaba completamente consternado.

—¿Por qué confías en mí? —preguntó confundido de verdad—. Si lo que Ross sospecha es cierto, que Andrea desapareció porque dio con algo que implicaba a Stefan, ¿por qué has acudido a mí? Podría sucederte lo mismo.

—Buena pregunta, sobre todo teniendo en cuenta la poca confianza que tú tienes en mí. Lo único que sé es que Ross me ha mentido desde el principio —explicó, sosteniéndole la mirada—. Y hasta donde sé, tú siempre me has dicho la verdad. Por eso.

Dev apartó la mirada. Por primera vez en mucho, mucho tiempo, quiso decir la verdad. Que no era más que un mentiroso, bastante peor de lo que Rosie pensaba de Ross.

29

Dev no llegó muy lejos antes de encontrarse con Lucian. Su hermano echó un vistazo a los objetos que tenía en las manos y frunció el ceño.

—¿Quiero saber por qué vas con un álbum de fotos, una pulsera y un iPad? —preguntó.

—No, no quieres.

—Ahora mismo parece que estás a punto de hacer uno de esos apaños a lo MacGyver —dijo Lucian, caminando a su lado. Para sorpresa de Dev, se quedó unos segundos en silencio—. Me gusta.

Dev se detuvo y lo miró.

—Me refiero a Rosie, por si te lo estás preguntando.

—¿Has estado hablando con ella, ¿cuánto tiempo?, ¿y ya sabes que te gusta?

—He hablado el tiempo suficiente para saber que no se parece en nada a Sabrina.

—Eso tampoco dice mucho. Lo sabes, ¿verdad?

Lucian se rio.

—No dice y dice.

Miró a su hermano y le preguntó:

—¿Qué piensas de ella?

—¿Me lo estás preguntando en serio?

—Sí.

Lucian parpadeó un par de veces.

—Nunca has pedido que te diera mi opinión sobre nada, ni te ha preocupado lo que pensara...

—Claro que me preocupa lo que piensas —lo interrumpió él. Esperó hasta que Lucian lo miró. Detestaba ver esa expresión de sorpresa en los ojos de su hermano—. Me importa.

—Eso no es... lo que sueles decirme.

Tenía razón. No supo qué responder.

—Bueno, pues te lo acabo de decir.

—Y... te creo. —Lucian parecía estar a punto de desmayarse del impacto—. Nikki solo dice cosas buenas de ella. Que es inteligente, divertida. También es muy guapa.

Dev respiró hondo, pero el aire se le quedó atrapado en la garganta.

—Es muy... guapa, pero...

—Le presentó Nikki a Ross. ¿Y qué? ¿Qué más ha hecho?

No pudo responder a su pregunta. En realidad no podía. La situación en sí era sospechosa, pero Rosie no había hecho nada malo.

Puedes confiar en mí.

No había confiado en ella, pero ella sí había creído en él. Había confiado en él lo suficiente como para traerle las pruebas que, en manos de Ross, habrían podido destruir a su familia, incluso aunque sus hermanos no supieran lo que había pasado.

—En mi vida, he hecho cosas más insensatas y menos dignas de confianza, como bien sabes —comentó su hermano.

Devlin esbozó una media sonrisa.

—¡Dios! No me lo recuerdes.

—Me gusta —repitió Lucian—. Pero sobre todo me gusta cómo eres cuando estás con ella.

—¿Qué? —Dev frunció el ceño—. Pero si no...

—Olvidas que te vi con ella en el baile de máscaras. Te pusiste delante de ella para que no la viera. Me alejaste de la puerta para que ella pudiera salir. —Lucian sonrió de oreja a oreja mientras Dev lo miraba con los ojos entrecerrados—. Y también te acabo de ver entrar en una habitación en la que ella estaba, sin molestarte en ducharte ni en ponerte la ropa *adecuada*. Tú, Devlin de Vincent, que siempre vas de punta en blanco, ibas hecho un cochino.

—¿Un cochino?

—Sudoroso. Medio desnudo. Un cochino. Nunca te he visto así. Ni siquiera de niños —señaló Lucian—. Y jamás te he visto así con una mujer. Nunca. De modo que sí, me gusta y me gusta cómo eres con ella.

Y dicho eso, le dio una palmada en el hombro y dijo:

—No dejes que lo que Sabrina y Lawrence hicieron te arruine la vida más de lo que ya lo ha hecho. Bueno, ahora tengo a una mujer a la que puedo ir a molestar. Aunque a ella le encanta que lo haga.

Dev observó a Lucian irse y recordó una vez más que su hermano pequeño era mucho más observador de lo que la gente pensaba, incluido él mismo.

A la mañana siguiente, Rosie estaba en la panadería, colocando las bandejas de bombones en las encimeras para que se enfriaran y haciendo todo lo posible para no pensar en lo que se había encontrado en su armario, lo que Ross le había contado y la reacción de Devlin.

Se negaba a seguir dándole vueltas a ese asunto.

Prefería concentrarse en lo que iba a hacer a partir de ese momento. Volvía a sentirse inquieta, y eso solía terminar con una nueva matrícula en la universidad. Pero ahora no podía planteárselo siquiera, iba a estar pagando hasta la jubilación los préstamos para estudiar que había pedido.

Así que no más universidad para ella. ¡Qué lástima!

Lo que significaba que, o empezaba a usar alguno de sus títulos de algún modo... o quizá había llegado el momento de mudarse. Dejó los guantes para el horno a un lado y miró hacia el frente de la pastelería. Odiaba la idea de dejar a su familia, pero Bella iba a heredar el establecimiento, como tenía que ser. Su hermana había dedicado todo su tiempo y esfuerzo en la panadería. Además, Rosie tampoco se iría muy lejos. Quizá...

Todo su cuerpo se rebeló ante la idea.

¿A quién quería engañar? No le apetecía lo más mínimo dejar Nueva Orleans. Aquella estrafalaria, alocada y multicultural ciudad era su hogar, su único hogar. ¿Pero esa inquietud? Era una necesidad de cambio que sentía de tanto en tanto. No la había experimentado con tanta fuerza antes de Ian, pero entonces había sido joven y...

Su hermana apareció en el umbral de la puerta. Traía la camiseta negra de Pradine's sin la más leve mácula de harina. Estaba claro que había heredado la mágica habilidad de su madre de no mancharse en la pastelería.

Ella, sin embargo, estaba hasta arriba de harina.

Hasta podía haber inhalado un poco por accidente.

—Hola —saludó a su hermana.

—¿Estás ocupada? —preguntó Bella.

—No. Solo les queda enfriarse. —Se apartó del mostrador—. ¿Necesitas que te eche una mano en algo?

—En realidad, no. —Esbozó una sonrisa—. Tienes visita. En un momento ideal, he de añadir. Mamá y papá todavía no han llegado. Hoy entran más tarde.

Rosie alzó ambas cejas.

—¿Por qué dices que en el momento...? —Se calló al ver que alguien se unía a Bella en el umbral de la puerta de la cocina. Cuando vio que se trataba de Devlin, se quedó sin aliento—. Está bien. Ahora entiendo por qué.

Bella sonrió y luego le lanzó una mirada significativa con la que le avisó de que luego tendría que darle unas cuantas explicaciones.

Sí, un montón de gente tenía que dar algunas explicaciones. No solo ella.

Cuando Bella salió de la cocina, Devlin le hizo un gesto con la cabeza a modo de despedida y luego posó esa intensa mirada suya en ella. Iba vestido como siempre, como si acabara de salir de una importante reunión de negocios, pero solo podía acordarse de él con esa camiseta blanca pegada a sus músculos que dejaba tan poco lugar a la imaginación.

Jamás podría olvidarse de eso. No mientras viviera.

—¿Haciendo bombones? —preguntó Devlin, mirando la encimera.

A Rosie se le hacía muy raro verlo en la cocina. Parecía que ocupaba todo el espacio.

—Sí. —Agarró un paño húmedo, se limpió las manos y lo dejó sobre la encimera. Se imaginó que estaba allí por lo que ella le había contado el día anterior—. ¿Quieres que salgamos por detrás? Es más privado.

Devlin la miró de una forma extraña y asintió una vez más.

Sin saber muy bien por qué el corazón le latía tan deprisa, se volvió para conducirlo por la estrecha puerta trasera, hacia el pequeño patio en el que sus padres habían dispuesto una mesa y unas sillas de plástico para que los trabajadores pudieran sentarse durante sus descansos. Las paredes de ladrillo cubiertas de enredaderas proporcionaban un poco de privacidad con respecto al callejón que había al otro lado. Cuando los rosales estaban en flor, el patio ofrecía una imagen bastante bonita.

Se sentó en una de las viejas sillas y entrelazó los dedos.

—¿Qué puedo hacer por ti?

Devlin, que se había quedado de pie frente a ella, ladeó la cabeza y la miró:

—¿La pregunta va con segundas intenciones, Rosie?

Sintió una lengua de lava enroscarse en su estómago.

—No.

—Mmm —murmuró él, alejándose un poco.

Rosie tomó aire.

—¿A qué has venido? Supongo que tiene que ver con las cosas que te llevé ayer.

—Supones mal. —Devlin tomó una silla blanca de plástico con una mano.

—De acuerdo —dijo ella, arrastrando las palabras mientras contemplaba cómo llevaba la silla junto a ella.

Devlin dejó la silla justo enfrente y se sentó.

—Tenemos que hablar.

De nuevo, le resultó raro verlo sentado en una vieja silla de plástico vestido de punta en blanco. Lo miró a la cara.

—¿Sobre qué, Devlin?

—Sobre un montón de cosas. —Se inclinó hacia delante y apoyó los brazos en las rodillas—. He estado pensando.

—Felicidades.

Él esbozó una media sonrisa.

—He estado pensando en *nosotros*.

—¡¿Nosotros?! —gritó ella—. No hay un «nosotros».

—Desde luego que lo hay.

Se quedó tan perpleja, que lo único que pudo hacer fue mirarlo fijamente durante un rato.

—¿Y qué tienes que decir sobre nosotros?

—Muchas cosas.

Rosie entrecerró los ojos.

—Está bien. Vas a tener que ser un poco más específico que eso, porque intenté hablar contigo, Devlin. ¿Acaso no te diste cuenta? Cuando viniste a mi apartamento, después de lo que hicimos, intenté hablar contigo. ¿Te acuerdas?

Él bajó sus espesas pestañas, ocultando sus ojos.

—Sí.

—No creo que lo recuerdes. —Se echó hacia delante y bajó la voz—. Y no creo que haya nada de qué hablar. No confías en mí. No confías en nadie. No veo cómo se puede construir una amistad a partir de eso.

—¿Qué crees que estamos construyendo aquí, Rosie? —Devlin habló en voz más baja que ella.

Rosie tomó una profunda bocanada de aire.

—Nada, no estamos construyendo nada.

—Eso no es cierto. Empezamos a construir algo el día en que me diste esas peonías en el cementerio. —Se movió un poco, de modo que apoyó una rodilla en las de ella—. Y no precisamente una amistad.

Rosie lo miró con los ojos abiertos.

—¡Vaya, Devlin! ¿No podías habérmelo dicho en un mensaje o simplemente guardártelo para ti mismo?

—No me estás entendiendo. —Esbozó una pequeña sonrisa. No una normal, solo un atisbo de emoción—. Mira, no se me da bien...

—¿Hablar? —sugirió ella—. ¿Actuar como un ser humano?

Devlin apretó los labios.

—Supongo que ambas.

—Me alegro de que seamos de la misma opinión. —Apoyó las manos en los brazos de la silla y empezó a incorporarse—. Tengo que volver al trabajo.

—Me he equivocado contigo.

Rosie se detuvo en seco.

Aquellos ojos del color del mar en invierno se clavaron en los de ella.

—Te he juzgado mal. He pensado lo peor de ti, porque... —Se enderezó y miró al frente—. Porque estoy acostumbrado a ver lo peor de la gente. No es una excusa, ni pretendo que lo sea. Pero me he equivocado contigo y me... me gustaría compensártelo.

—¿Compensármelo? —repitió ella, aturdida—. ¿Cómo? ¿Comprándome un coche nuevo? ¿Arreglándome el armario? Porque te aseguro que necesito arreglarlo.

Volvió a ver esa leve sonrisa.

—Estaba pensando en algo más parecido a una cena, en Firestones.

—¿En Firestones? —susurró ella—. ¿El Firestones de toda la vida?

—En el único que hay.

—Pero... —Nunca había comido en Firestones. Era un lugar tan caro que uno tenía la sensación de que tenía que pagar simplemente por entrar allí. Toda la ciudad conocía el restaurante. Su comida era legendaria, como esa carne que se derretía en la boca o el pescado y marisco fresco por los que no tenías que preocuparte de contraer algún parásito. En circunstancias normales, habría dado su brazo izquierdo por comer allí, pero no se veía cenando con Devlin en ningún sitio—. ¿Me estás pidiendo que vaya a cenar contigo? ¿A Firestones?

Devlin estiró la mano y le agarró un rizo que le caía por la mejilla.

—Sí.

—Pero si ni siquiera nos gustamos.

—No creo que eso sea del todo cierto. Te he dado un montón de razones para no gustarte, pero voy a hacer que cambies de opinión. —Le metió el rizo detrás de la oreja, haciéndola estremecer—. Me gustas, Rosie.

—Tienes una forma horrible de demostrar a la gente que te gusta.

—Estoy intentando arreglarlo —replicó él, enarcando una ceja. Hizo una pausa—. Quiero arreglarlo.

Rosie se rio, pero al ver su expresión, su risa se apagó entre los rosales.

—Lo estás diciendo en serio, ¿verdad?

—Sí.

Durante un instante, lo único que pudo hacer fue mirarlo. No se había esperado aquello. No después de que él se marchara nada más decirle que podía confiar en ella, cuando intentó volver atrás y empezar de cero. En ese momento, él se lo había dejado muy claro. Pero ahí estaba ahora, sentado frente a ella, pidiéndole...

—¿Es una cita? —preguntó. Su corazón dio un pequeño brinco—. ¿Una *cita,* cita?

—Que yo sepa, solo hay un tipo de citas.

—No, eso no es verdad. Hay muchas clases de citas. Las citas entre amigos. Las citas para conocerse. Las citas en las que solo sales con alguien porque quieres tener sexo. Citas de...

—Es una *cita,* Rosie. Entre dos personas que están claramente interesadas en ser algo más que amigos —la interrumpió él—. Ese es el tipo de cita del que estoy hablando.

Rosie abrió la boca, la cerró e intentó hablar de nuevo pero sin mucho éxito. Se había quedado sin palabras. No sabía qué decir. Si en ese momento se le hubiera aparecido un fantasma, se habría sorprendido menos.

—Sé que he sido... difícil...

Se echó a reír. No pudo evitarlo.

—¿Perdona? ¿Que has sido difícil? Esa no es la palabra que yo usaría.

—Seguro que tienes un montón de palabras para describir mi comportamiento y me las merezco todas. —Tomó una profunda bocanada de aire—. Ni siquiera debería estar planteándome tener nada contigo. Si supieras lo que está pasando en mi vida, entenderías por qué he dudado tanto antes de venir.

—Creo que algo sé, evidentemente, pero no me has contado nada, Devlin. Nada.

—Es no es cierto. Te he contado cosas que no he compartido con nadie.

—Me has dado una versión muy resumida, Devlin. Decirme que crees que tu casa está encantada no es compartir tu vida conmigo. Me contaste que habías tenido una experiencia cercana a la muerte, pero no entraste en detalles de cómo sucedió. Me comentaste que tu padre era un hombre horrible, pero era algo que otras personas ya sabían. Sí, has compartido cosas conmigo, pero solo por encima.

—Y quiero que eso cambie. Por primera vez en mi vida, quiero que eso cambie porque... porque no puedo dejar de pensar en ti. —Devlin se ruborizó, pero no apartó la vista—. Lo he intentado. ¡Dios! No sabes lo mucho que lo he intentado, pero no puedo. Nunca me había sentido así.

Rosie respiró hondo. ¿Estaba hablando en serio? Por su lenguaje corporal parecía que sí, pero Devlin... era un hombre impresionante, complicado, y estaba... estaba un poco roto por dentro. A esas alturas, ya se había dado cuenta de todo eso. Y eso era demasiado. *Él* era demasiado.

Se vio invadida por un torrente de emociones. Una mezcla de anticipación con vacilación. De ira con desconcierto. De esperanza teñida de duda. Deseaba a Devlin. Eso era evidente. Y no solo en el plano físico. Eso también era obvio. Anhelaba aprender a quererlo, y una parte enorme de ella ya lo hacía, pero no podía evitar contenerse.

—Devlin, quiero decirte que sí, pero...

—Pero eso no es un sí.

—No —susurró ella, sintiendo un nudo en la garganta que la quemaba—. No confías en mí.

—Me equivoqué. Debería haber confiado en ti desde el principio. Ahora lo sé.

Rosie esbozó una sonrisa triste mientras negaba con la cabeza y miraba hacia otro lado.

—Pero ahora soy yo la que no confío en ti, Devlin.

—Si no confiaras en mí, ayer no me habrías llevado lo que encontraste en tu armario.

—Para eso sí confío en ti. Pero no para lo que de verdad importa —reconoció ella. Se apartó el rizo que se le había caído frente a la cara y luego suspiró y miró a su alrededor—. La noche de la Mascarada me preguntaste cómo había muerto mi marido y no te contesté. Ni siquiera sé por qué. Supongo que era algo de lo que no quería hablar en ese momento.

Devlin se inclinó hacia delante.

—¿Y ahora quieres?

Rosie tomó una profunda bocanada de aire, se llevó la mano hacia la cadena y se la sacó de la camiseta. Cerró los dedos sobre la alianza.

—Ian y yo nos enamoramos en el instituto. Nos casamos tan pronto como nos graduamos. Un cliché absoluto, ¿verdad? Pero era real. Nos queríamos muchísimo. Él se dejaba la piel en el trabajo mientras yo iba a la universidad. Él me apoyaba en mis estudios y lo único que yo quería era ser la mejor esposa del mundo. Le gustaban mis rarezas y a mí me gustaba su... tranquilidad. No era una relación idílica. A veces discutíamos por tonterías, pero nunca nos fuimos a la cama enfadados el uno con el otro. Pensé que estaríamos juntos para siempre. —Se rio con suavidad mientras acariciaba la alianza con un dedo—. Creí que lo conocía, que sabía todo sobre él. Pero me equivoqué.

—¿Cómo te equivocaste?

Detuvo el dedo, pero siguió mirando el anillo.

—Mi marido, que también era mi mejor amigo, se suicidó en el baño con un arma que yo no sabía que tenía.

Devlin maldijo entre dientes. Cuando habló, su voz era suave.

—Rosie.

No lo miró. No podía.

—Llamó a la policía antes de hacerlo, para que no me lo encontrara cuando llegara de clase. Y lo hizo en el baño para que... para que fuera más fácil limpiarlo. ¿Sabes? Estábamos empezando a ver viviendas para comprarnos nuestra primera casa y yo no tenía ni idea de lo mucho que estaba sufriendo. Visto en retrospectiva, ¿hubo alguna señal? Sí. Pero lo disimuló bien. Y creo que lo ocultó porque no quería disgustarme. —Se encogió de hombros y se mordió el labio inferior—. Han pasado diez años y jamás entenderé qué lo condujo a hacer eso, como jamás dejaré de sentirme un poco culpable. Siento que debería haber visto algo, haber hecho algo para impedirlo. Aunque sé perfectamente que no fue culpa mía, la mente funciona de esa manera. Te cuento esto para decirte que sé lo que es vivir con alguien a quien crees conocer. Que sé lo que es perder a la persona que era todo tu mundo. Y que sé lo que es estar enfadado con alguien, pero al mismo tiempo echarlo de menos y seguir queriéndolo. No puedo decirte la de veces que he deseado que él hubiera compartido conmigo las tribulaciones por las que estaba pasando, pero eso no va a cambiar el pasado.

Soltó el anillo y volvió a respirar hondo.

—No me conoces, Devlin. No sabes por todo lo que he pasado. Del mismo modo que yo no sé por lo que has pasado tú, ni por lo que estás pasando. Tú usas esa experiencia para juzgar a todos los que vas conociendo. Si yo también hiciera eso, jamás volvería a abrir mi corazón a nadie. Después de perder a mi marido como lo perdí, no habría hecho ni haría amigos nuevos. Pero esa no soy yo. No es mi forma de hacer las cosas. Así las haces tú. Supongo que te cuento todo esto porque... porque quiero que me gustes. —Rosie lo miró y se dio cuenta de que él la estaba observando—. Creo que debajo de todo ese caparazón, hay un fondo realmente bueno, pero creía que conocía a mi marido y no era así. Y ni siquiera sé qué pensar con respecto a ti. Me haces reír y, al instante siguiente, me entran ganas de darte una patada *ninja*. Si alguien me hubiera dicho que hoy ibas a venir aquí para pedirme una cita y demostrarme que hay un *nosotros*, me hubiera reído en su cara. Que es lo mismo que he hecho contigo, reírme en tu cara. Nunca he conocido a alguien tan exasperante y desconcertante como tú y... No sé, Devlin. Quieres confiar en alguien y me estás diciendo que quieres intentarlo conmigo, pero ¿de verdad estás listo para hacerlo? ¿En serio?

Devlin apartó la mirada y apretó la mandíbula.

—¡Joder! Es cierto eso de que tienes el título de Psicología.

Ella sonrió.

—Sí. —Se puso seria de nuevo—. Y tengo que estar dispuesta a correr ese riesgo contigo. Porque sería un riesgo enorme.

Devlin volvió a mirarla.

—Podrías gustarme de verdad, Devlin. Y sé que nada en la vida es seguro al cien por cien. Fíjate si no en mí: creía conocer a mi marido y no era así. ¿Contigo? Sé que no conozco a tu yo real. No sé qué es lo que te hace vibrar. Cuántos secretos no has compartido aún y por qué eres como eres.

Él se quedó callado un instante.

—No sé qué decirte aparte de que lo siento. Nadie debería pasar por algo como eso. No me puedo imaginar lo duro que debió de resultarte.

—Pero sí lo sabes —susurró ella.

—Ninguno creemos que Lawrence se suicidara —reconoció en voz baja. Soltar esas palabras tuvo un efecto en él. Rosie tuvo la sensación de que se le relajaban los hombros—. Ni Gabe. Y menos aún Lucian.

Aquello la dejó consternada.

—Entonces, ¿crees que lo mataron?

—Lo único que sé es que, fuera lo que fuese lo que le pasó, se lo buscó él mismo.

No supo qué pensar de aquello. Lo poco que le había contado Devlin sobre su padre le había bastado para saber que Lawrence de Vincent no había sido una buena persona, pero como hijo suyo, ¿no quería que se hiciera justicia? ¿Y sus hermanos tampoco? ¿De verdad había sido su padre un hombre tan horrible?

—Pero ¿y tu madre?

—Mi madre no se suicidó, Rosie.

Al principio, no creyó haberlo oído bien.

—¿Qué?

Devlin siguió mirándola a los ojos.

—Mis hermanos y yo creímos que se había suicidado. De modo que sí, en parte entiendo un poco por lo que pasaste, pero no es lo mismo. No hay dos pérdidas iguales. De todos modos, lo que siempre pensamos sobre el suicidio de nuestra madre resultó no ser cierto.

Mil pensamientos se acumularon en su cabeza mientras lo miraba.

—¿Qué quieres decir?

—¿Te acuerdas de mi hermana? ¿Madeline? —Cuando ella asintió, Devlin tomó una profunda bocanada de aire que le hizo levantar los hombros—. Esto es algo que solo lo saben mis hermanos, Julia y los padres de Nikki. Puede que ahora Nikki también lo sepa, si se lo ha contado Gabe, pero muy poca gente conoce la verdad. Si saliera a la luz, se convertiría en un circo mediático. —Habló en voz tan baja que era imposible que alguien, aparte de ella, lo escuchara—. Nuestra hermana desapareció el mismo día que nuestra madre murió. Lucian siempre pensó que Madeline encontró el cuerpo de nuestra madre y enloqueció. Gabe y yo..., bueno, no estábamos tan unidos a Madeline como él. Pasamos mucho tiempo sin tener ni la más remota idea de por qué había desaparecido esa noche. Así que siempre creímos que pudo haber visto a nuestra madre muerta y que, quizá, no pudo soportarlo. Madeline siempre fue... un poco inestable. La prueba viviente de que la maldición de los De Vincent existía.

—¿La que dice que las mujeres De Vincent o mueren en misteriosas circunstancias o no son las personas más cuerdas del mundo?

—Exacto. —Él bajó la cabeza y se miró las manos—. El caso es que descubrimos que nuestra hermana se escapó con nuestro primo Daniel, con el que mantenía una relación. Vivieron juntos todo el tiempo que la creímos desaparecida.

—¡Dios mío! —susurró ella—. ¿En serio?

—En serio. Bonito, ¿verdad? Entre primos. Apareció la primavera pasada. La encontramos en la piscina, flotando bocabajo y sin poder comunicarse. Lucian creyó que la habían tenido secuestrada todos estos años y que, por fin, había logrado escapar. En realidad ella y Daniel se quedaron sin dinero y planearon matar a Lawrence. Un plan terrible.

—Espera un momento. —Rosie se enderezó—. ¿Ella...?

—Madeline hizo un montón de cosas, Rosie. Muchas. Daniel, que nunca fue el tipo más listo del mundo, destapó el plan y puso en peligro a Julia, a la que habíamos contratado para cuidar de Madeline. Esa noche se produjo una pelea terrible. Daniel intentó dispararme y murió en el proceso. Y Madeline se cayó de la azotea y falleció, esta vez de verdad. —Lo vio tragar saliva. Rosie estaba estupefacta—. Nos enteramos de que nuestra madre la sorprendió con Daniel. Discutieron y Madeline empujó a nuestra madre por la azotea. Por eso se escapó aquella noche.

—¡Madre mía! —Rosie apoyó las manos en los brazos de Devlin. Si su hermana había matado a su madre, era bastante probable que también hubiera matado a Lawrence, con la ayuda de su primo, y que Devlin no quisiera reconocerlo—. ¡Dios bendito, Devlin!

—Hemos mantenido todo esto en secreto. No hay razón para que salga a luz. ¿Qué podría cambiar? Madeline había estado desaparecida durante diez años y ahora se ha ido para siempre. La enterramos en una ceremonia privada en el mausoleo familiar y, de nuevo, ocultamos nuestros trapos sucios en el armario. —Esbozó una sonrisa irónica—. Para no volver a hablar de ellos.

La desconcertó que compartiera esa historia con ella. Podría hacer una fortuna con ella si acudía a los medios sensacionalistas. Era más truculenta que la mayoría de las telenovelas. Por supuesto que nunca lo haría, pero la sorprendió que Devlin confiara en ella de ese modo, sin obligarla a firmar una cláusula de confidencialidad con su propia sangre.

—A veces no podemos evitar preguntarnos si la maldición es real. Seguro que conoces todas las muertes accidentales que se han producido en nuestra propiedad, algunas de ellas inverosímiles. Sin embargo, la maldición tiene otra parte. No es una parte mala, pero la gente no suele prestar atención a las cosas buenas.

—Sé todo lo que hay que saber de la maldición. Aunque nunca he oído que hubiera otra parte.

Devlin la miró.

—Te propongo un trato. Te cuento la otra parte si cenas conmigo.

Su estúpido corazón volvió a saltar emocionado, aunque ahora le pareció un poco menos estúpido. No obstante, aunque acabara de compartir con ella algo de tal calado, eso no significaba que fuera a cambiar de la noche a la mañana.

—Devlin...

—Dame una oportunidad, Rosie. Solo una.

—No lo sé. Acabas de contarme algo muy serio y absolutamente escandaloso. —Se rio con dureza. Todavía estaba intentando procesar toda esa información—. De modo que sí, lo estás intentando, pero...

—Una oportunidad, Rosie —repitió él—. Una noche. Una cena. Hoy.

El estómago se le revolvió como si estuviera en una montaña rusa.

—Esta noche no puedo.

—Pues mañana por la noche.

Abrió la boca para responder, pero Devlin se inclinó hacia ella de repente y le agarró la barbilla con los dedos.

—Solo una cena, Rosie. Por favor.

Por favor.

Tuvo el presentimiento de que era algo que Devlin no decía a menudo. Y pronunció esas palabras con tanta dulzura que hizo un boquete del tamaño de un camión en el muro que estaba intentando erigir entre ellos dos con desesperación.

—Está bien.

—¿Está bien? —repitió él con los ojos abiertos como platos.

—Sí, está bien.

—Estaba dispuesto a suplicártelo de rodillas.

Rosie se rio de oreja a oreja.

—Si quieres, puedes hacerlo.

A él se le escapó una risa ronca.

—Ganas no me faltan, pero me temo que si me pongo de rodillas, terminaría haciendo algo que a tu hermana no le gustaría ver.

¡Virgen santa!

Su temperatura corporal ascendió unos cuantos grados.

—Te vas a arrepentir de haberme invitado a cenar.

—Me arrepiento de pocas cosas. Y te aseguro que esta cena no es una de ellas.

—Ya veremos —murmuró ella.

—Tienes razón. Ya lo veremos. Mañana te recogeré a las siete de la tarde. Ponte algo elegante. —La sobresaltó, tocándole el labio inferior con la yema del pulgar. Tomó aire con fuerza. Fue una caricia tan suave como el terciopelo y tan ligera como una pluma, pero la sintió en cada fibra de su ser. Un escalofrío se apoderó de su estómago mientras el corazón se le subía a la garganta—. Tienes unos ojos preciosos, Rosie. —Le acarició el labio con el pulgar una última vez y apartó la mano—. Mañana por la noche.

—Mañana por la noche —repitió ella.

Se sintió como si acabara de hacer un pacto con el diablo.

30

—Sabrina está muerta —anunció Archie con voz ronca, cargada de frustración.

Dev, que estaba mirando el iPad, no creyó haberlo oído bien.

—¿Qué?

—Encontraron el Mercedes abandonado en un pequeño pueblo cerca de la frontera. Sabrina estaba dentro. Creo que estaba intentando huir a México.

—¿Cómo fue?

—Un disparo en la nuca. Parece una ejecución.

—¡Jesús! —Dev se recostó en su silla.

—No tengo ninguna bola de cristal, pero si estaba metida en lo que hacía Lawrence, puede que confiara en la persona equivocada y la considerara un peligro —respondió Archie—. Lo que significa que tienes que andarte con cuidado.

Dev apretó la mandíbula mientras levantaba el iPad.

—Siempre tengo cuidado.

—Pues ahora ten más de lo habitual. No sabemos si habló antes de que la mataran —señaló—. Ahora mismo, he acabado aquí. Así que vuelvo.

—Entendido.

—También te estoy mandando un correo electrónico con todo lo que he averiguado sobre Stefan y Lawrence. Proviene de varios contactos de dentro y de fuera del país. —Archie hizo una pausa—. ¿Qué vas a hacer con esta información?

Dev sonrió con suficiencia.

—Quemar hasta los cimientos todo lo que han construido.

—Bien. Llámame si me necesitas —dijo Archie antes de colgar.

Dev esperaba no precisar más sus servicios, pero tuvo la sensación de que esa no sería la última vez que hablara con el hombre.

—¡Joder!

Cerró los ojos. Sabrina estaba muerta y no sabía muy bien qué sentir al respecto. No la deseaba muerta. Al menos no hasta que hubiera respondido a algunas preguntas. Sí, sabía que podía parecer despiadado, pero esa mujer había sido un ser humano despreciable. Abrió los ojos, tratando de procesar su muerte. Se había quedado con un mal sabor de boca. Sin embargo, por terrible que sonara, era una buena noticia para Gabe y la familia que estaba intentando formar porque, con Sabrina viva, jamás habrían estado a salvo del todo.

Seguro que lo que Archie sospechaba era cierto. Sabrina había pedido ayuda a la persona equivocada y esta no había querido correr riesgos.

Volvió a mirar el iPad. En cuanto estuvo cargado, había resultado sorprendentemente fácil jaquearlo y desbloquearlo. A los pocos minutos de acceder al dispositivo, supo por qué Andrea lo había escondido.

La pasante había guardado en él capturas de pantalla de donaciones sospechosas y actividades de dudosa legalidad durante la campaña. El mismo tipo de depósitos que Dev ya había descubierto. Ahora tenía pruebas de que Stefan también estaba involucrado, aunque en menor escala que Lawrence.

El contenido del iPad también confirmaba las sospechas de Rosie. Andrea había tenido una aventura con Stefan. Había copias de facturas de hotel y escritos detallados del tiempo que había pasado con Stefan, algunos bastante gráficos.

Incluso había algunas... fotos íntimas de Stefan.

Unas fotos que Dev habría preferido no haber visto en su vida. En cualquier caso, Andrea estaba planeando exponer al ojo público al senador o chantajearlo, y por algún horrible giro del destino, y depositar su confianza en quien no debía, había aprendido que con los De Vincent no se jugaba.

Ni tampoco se confiaba en ellos.

Si se lo hubiera contado a su novio, seguro que Ross habría corrido la misma suerte que ella.

Lawrence y Stefan eran capaces de cualquier cosa con tal de encubrir sus crímenes.

Asqueado, guardó el iPad en el cajón inferior de su escritorio y lo cerró con llave. Tenían que hacer algo con Stefan, pero al igual que con Lawrence, sabía que el senador tenía muchos contactos. Iba a ser difícil sostener una acusación contra él y mucho menos que saliera a la luz.

La gente en general no se hacía una idea de todo lo que podía comprarse con dinero.

Le darían la vuelta a toda la información que él había ido recopilando. Conseguirían que desaparecieran todas o la mayoría de las pruebas que involucraban al senador. Pero, aunque estas salieran a la luz, o las que le había pasado Archie por correo implicaran a Stefan o a Lawrence, era un riesgo que Dev estaba dispuesto a correr si eso significaba desmantelar, al menos, una rama de esa red internacional.

Se puso de pie y dejó el asunto de Stefan para más tarde. Ahora tenía otra cosa que hacer. Salió del despacho y fue en busca de Gabe.

Lo encontró en la cocina. Por suerte, solo.

Estaba junto a la isla, viendo cómo se calentaba una olla de agua. Cuando Dev entró en la estancia, lo miró.

—Hola.

Se detuvo frente a la isla y frunció el ceño.

—¿Qué estás haciendo?

—Voy a hacer unos huevos duros. —Señaló un pequeño cuenco con media docena de huevos—. Estoy esperando a que hierva el agua. —Se enderezó—. Por cierto, hoy me he enterado de algo muy interesante.

—¿Hirviendo agua?

Gabe soltó un resoplido.

—Se supone que no debo decir nada, pero necesito hacerlo. Estoy orgulloso de ti. Bueno, espero estar en lo cierto.

Dev alzó ambas cejas.

—¿Sobre qué?

Mientras alcanzaba una tableta de chocolate que había en la isla, vio a su hermano esbozar una sonrisilla.

—¿Sabes dónde está ahora mismo Nic? —preguntó Gabe.

—Supongo que arriba o en su apartamento. —Quitó el envoltorio.

—Supones mal. —Gabe sonrió de oreja a oreja—. Nic está en casa de Rosie, porque Rosie se está preparando para una cita... Una cita contigo.

Dev se puso tenso. Había hecho todo lo posible para no pensar en ella. No porque no quisiera, sino porque quería alejar a Rosie de toda la mierda con la que había tenido que lidiar esa mañana, incluso en su mente.

Al no responder, Gabe lo miró con ojos entrecerrados.

—Tienes una cita esta noche con Rosie, ¿verdad?

Partió un trozo de chocolate y se lo llevó a la boca.

—Sí.

El agua empezó a hervir.

—¿Y por qué le has pedido una cita?

Dev masticó pensativo.

—¿Por qué tiene citas la mayoría de la gente, Gabe?

—Por un montón de razones, pero tú no eres como la mayoría de la gente. —Su hermano tomó un par de pinzas, agarró los huevos de uno en uno y los fue metiendo en la olla—. Cuando me enteré de que habías invitado a Rosie a cenar, me sorprendí, pero entonces me acordé de que Lucian me había comentado que te vio con ella la noche de la Mascarada.

Dev partió otro trozo de chocolate.

—Cierto.

Gabe lo miró fijamente.

—¿Eso es lo único que vas a decir?

—Más o menos. —Se comió el otro trozo de chocolate.

Su hermano soltó un suspiro.

—¿Te gusta Rosie, Dev? ¿O estás haciendo una de esas cosas raras para molestar a Nic y, por extensión, a mí?

Dev dejó la tableta en la isla, se fue hacia el frigorífico y sacó una botella de agua.

—No es ninguna cosa rara. Me... me gusta Rosie. En serio. Un montón.

Cuando se dio la vuelta, vio a Gabe inmóvil, mirándole fijamente con un huevo entre las pinzas, a medio camino de la olla.

—¿Qué pasa?

—Creo que... Creo que es la primera vez en mucho tiempo que has respondido a una pregunta directamente —apuntó Gabe—. Estoy conmocionado. Al borde de un infarto. ¡A ver si el infierno se ha congelado!

—No es para tanto. —Dev regresó a la isla—. Rosie es... —Hizo una pausa. No sabía cómo describirla—. Tiene un algo que me gusta, y eso es lo único que te puedo decir.

Gabe seguía mirándolo.

—Estás... estás sonriendo.

¿Sí? Tardó un momento en darse cuenta de que era cierto.

—Ahora ya no sonríes —dijo Gabe con tono seco.

Dev parpadeó y negó con la cabeza.

—He venido a buscarte para hablar contigo, no para discutir sobre Rosie o mis expresiones faciales.

Gabe se rio y el sonido se mezcló con el de los huevos chocando entre sí en la olla.

—Soy todo oídos.

Sabía que pronto se acabaría la risa.

—Como sabes, contraté a alguien para que encontrara a Sabrina.

Al instante, la expresión de Gabe cambió por completo. Apretó la mandíbula.

—¿Alguna novedad?

—Sí. La han encontrado cerca de la frontera con México. Muerta.

—¿Qué? —Gabe apoyó las manos en la isla y respiró hondo—. ¿En serio?

—Sí. Todo apunta a que ha sido asesinada —indicó él—. Es lo único que sé. Estoy seguro de que los medios se harán eco de la noticia en breve. —Tomó una profunda bocanada de aire—. Lo único bueno es que ya no tendrás que preocuparte por ella. No le hará daño ni a Nikki, ni a tu hijo.

Gabe lo miró en silencio durante un rato.

—Tienes razón. Me... me siento aliviado y... y es una mierda sentirse aliviado por eso, ¿verdad?

—No —se apresuró a corregirlo él—. Esa mujer era peligrosa, Gabe. Quizás hubiéramos tenido suerte y hubiera abandonado el país para siempre, pero también podría haber regresado. Nunca lo sabremos, pero al menos se acabó el preocuparnos por ella.

—Sí. —Gabe continuó mirándolo—. ¿Has sido tú?

—¿Qué? —Dev se echó hacia atrás.

—¿Ordenaste que la mataran? —preguntó sin rodeos.

—No. —Le sostuvo la mirada. No le sorprendió que su hermano lo creyera capaz de hacer eso. Lo que demostraba lo jodidos que estaban todos—. Por supuesto que no. Te lo juro, Gabe.

—Está bien... —Gabe apagó el fuego. Se quedaron unos segundos en silencio—. Tengo que preguntártelo, Dev. Necesito volver a preguntarlo. ¿Por qué te comprometiste con ella?

Dev miró a su hermano a los ojos y, por primera vez, quiso decirle la verdad, pero no podía, porque lo había hecho por él, y no quería que Gabe se sintiera culpable.

Así que se limitó a responder:

—Es complicado.

—Sigo en estado de *shock* —dijo Nikki, sentada en la cama de Rosie. Sin ningún hematoma en la cara y con esa sonrisa deslumbrante en los labios, su amiga volvía a tener el aspecto de siempre—. Creo que en cualquier momento me voy a despertar y a darme cuenta de que todo ha sido un sueño.

Rosie se volvió desde el armario, con un vestido en cada mano.

—Sí, aunque no creo que estés más sorprendida que yo de que Devlin me haya invitado a cenar.

—Y en Firestones, nada más y nada menos —indicó Sarah, entrando en la habitación con una botella de vino en una mano y una copa en la otra. Bree iba detrás de ella, llevando una funda de ropa.

Como nunca había estado en Firestones, ni había tenido una cita con Devlin de Vincent, aquella era una situación de código rojo absoluta.

Ya se había duchado, afeitado casi *todo*, echado crema, puesto la ropa interior más sexi que tenía por si la cita salía muy, muy bien y prácticamente había terminado de maquillarse. El problema era que no tenía ningún vestido que ponerse. Corrección. Tenía un montón de vestidos, pero ninguno que le gustara para esa cita.

—No, chicas, no lo entendéis —dijo Bree, dejando la funda en la cama—. Nikki y yo conocemos a los De Vincent.

—Y por ende a Devlin, y el hecho de que quiera tener una cita es la noticia del año —añadió Nikki mientras Bree se sentaba a su lado.

—Ese hombre ha estado comprometido —señaló Sarah. Se sirvió una copa de vino—. Seguro que ha tenido un montón de citas.

Rosie intercambió una mirada con Nikki. Seguro que su amiga sabía que la relación entre Sabrina y Devlin no había estado repleta de citas, flores y besos robados.

—¿Qué os parece este vestido? —Rosie alzó el que sostenía en la mano izquierda.

—Perfecto... para leer las cartas del tarot en Jackson Square.

—Oye, ¿qué tiene eso de malo? —Sarah dejó la copa de vino en la mesita de noche.

—Nada. —Bree alzó ambas manos—. Pero va a Firestones, no a un festival *hippy* tipo Woodstock.

Nikki se rio.

—Vale, lo he entendido. Este vestido, no. —Soltó un suspiro y lo devolvió al armario—. ¿Y este otro?

—¿Vas a ir a una discoteca? —preguntó Sarah, sentándose en la silla del rincón con la botella de vino—. Porque esa miniatura negra apenas te tapa el trasero y las tetas.

Rosie miró el vestido.

—Cierto.

—De hecho, lo llevaste en una discoteca en Alabama y estuviste todo el rato bajándotelo —dijo Nikki.

—¡Ah, sí! Lo recuerdo. —Se dio la vuelta, lo colgó en el armario y fue a por su copa de vino. Hacía muchos años que no sentía un cosquilleo en el estómago como ese al pensar en una cita inminente. No creía haber cometido ningún error al aceptar salir a cenar con él. De lo contrario, no le habría dicho que sí. Pero estaba nerviosa porque... porque Devlin le gustaba y, bueno, quería que esa noche fuera el comienzo de *algo*.

—Bebe —le ordenó Sarah desde el rincón—. Tienes todo el aspecto de necesitar un buen trago.

Rosie obedeció. Levantó la copa y bebió un sorbo mientras miraba la funda que había detrás de Bree.

—Espero que ahí dentro tengas un vestido mágico que no me haga parecer que voy a un festival *hippy* o a una discoteca.

—Lo tengo —respondió Bree con una sonrisa enorme. Agarró la funda, se levantó para colgarla en la puerta del armario y la abrió—. Sabía que no ibas a poder escoger un vestido, así que me he traído este. Solo me lo he puesto una vez, pues no he tenido una buena razón para ponérmelo otra, pero como tenemos la misma talla, creo que te servirá.

Sarah bajó la botella de vino.

—¡Oh, vaya!

Una tela verde bosque asomó por los pliegues de la funda. Cuando Bree sacó el vestido por completo, sintió que se le paraba el corazón.

—Es precioso —dijo Nikki con los ojos abiertos como platos.

Rosie entrelazó las manos y contempló el impresionante vestido. Punto uno: tenía un color bonito que le favorecía mucho. Punto dos: las mangas de tres cuartos parecían caer un poco sobre los hombros, pero podía llevar sujetador, y no uno sin tirantes. Punto tres: tenía un escote pronunciado, pero no tanto como para que se le saliera un pecho. Punto cuatro: era de talle alto y la tela caía de forma elegante por las caderas y muslos. Punto cinco: no parecía ni demasiado largo, ni demasiado corto.

Si le quedaba bien, sería absolutamente perfecto.

—Pruébatelo —la animó Nikki—. Quiero verte con él puesto.

Rosie esbozó una gran sonrisa, sacó del todo el vestido de la funda y se lo puso. El vestido le quedaba como un guante.

—Quiero que me lo prestes —dijo Nikki.

Bree sonrió.

—Serás la siguiente.

—¿Y a mí? —preguntó Sarah.

—También.

Al ponerse frente al espejo, el cosquilleo en el estómago se incrementó. El color resaltaba el verde de sus ojos y le iba fenomenal a su complexión.

—Es muy bonito —señaló Nikki.

—Y te hace un culo de muerte —agregó Sarah.

Giró la cintura para ver cómo le quedaba por la espalda. La espalda escotada era muy favorecedora y le sentaba de maravilla a su trasero.

Sin lugar a dudas, ese era el vestido para la cita.

—¿Sigues teniendo esos tacones de aguja negros? —preguntó Bree, rodeándola—. Irían muy bien con el vestido. ¡Vaya! —Se detuvo en seco—. ¿Qué le ha pasado a tu armario?

¡Mierda! Se había olvidado de que todavía podía verse el desastre en el que se había convertido su armario tras encontrar las cosas de Andrea.

—¡Oh! Mmm. Sí, ha habido un problema con la pared. Lo están arreglando. —Apartó a Bree y encontró los zapatos en cuestión—. ¿Te refieres a estos?

—Sí. —Bree se apartó del armario—. ¡Ah, mira qué hora es! Devlin no tardará mucho en llegar. Será mejor que nos vayamos... Sarah, ¿te has bebido todo el vino?

Sarah levantó la botella.

—No. Queda por lo menos para dos copas.

—¿Solo eso? —Bree soltó un suspiro—. Me debes unos tragos esta noche.

—¿Vais a salir? —inquirió Rosie, apoyando una mano en la pared para no perder el equilibrio mientras se ponía el zapato.

—Sí. Bree es mi cita —sonrió Sarah—. Espero que no me salga muy cara.

—Cariño, yo siempre salgo cara.

Tras prometerles que les informaría de cómo iba la cita en cuanto pudiera, se despidió de ellas e intentó ignorar las mariposas que le revoloteaban en el estómago y el pecho y que parecían haberse convertido en parásitos carnívoros dispuestos a salir de ella a mordiscos.

¿Por qué estaba tan nerviosa?

Se habían ido todas menos Nikki, que se quedó con ella mientras se daba los últimos retoques al maquillaje. Aunque, al paso que iba, estaba a una capa de rímel para que sus pestañas se parecieran a las patas de una araña.

Nikki se apoyó en el marco de la puerta y se cruzó de brazos.

—¿En qué estás pensando, Rosie?

—Sinceramente, no lo sé. —Bajó la vista al tubo de rímel—. ¿Puedo hacerte una pregunta? ¿Crees que todo esto es un despropósito? ¿Que yo salga con Devlin? *¿Yo?*

—He de confesarte que es una de las cosas que jamás me imaginé que sucederían. No por ti, sino por Devlin. Me cuesta mucho imaginármelo teniendo una cita con alguien.

Rosie la miró.

—¿Sabes? No es tan malo. —Al ver que Nikki alzaba ambas cejas, sonrió un poco y volvió a mirarse en el espejo—. Está bien. Puede ser un poco difícil, pero es bastante entretenido y, bueno, es diferente, eso es todo.

—Sin duda —replicó Nikki con tono seco.

Rosie se rio y levantó el cepillo del rímel.

—Es extraño, Nikki. No nos llevábamos bien, pero hay algo entre nosotros. ¿Tienes algún consejo que darme?

—Normalmente, eres tú la que me da los consejos —le señaló mientras Rosie se ponía otra capa de rímel—. ¡Cómo cambian las cosas!

Rosie soltó un resoplido.

—Ya ves.

—El único consejo que puedo darte es que estos hermanos, estos tres hombres, a pesar de toda la fortuna y poder que ostentan, no han tenido una vida fácil. Todos ellos son complicados, pero tengo la sensación de que Devlin es el que más.

Rosie bajó el cepillo y lo metió en el tubo, pensando que, incluso Nikki, que prácticamente se había criado con los De Vincent, no tenía ni idea de lo complicado que era Devlin.

31

Desde el momento en que Dev vio a Rosie con ese vestido impresionante, que realzaba las motas verdes de sus ojos, hasta ese preciso instante, en el que la estaba mirando examinar la carta de postres, lo tuvo absoluta e irremediablemente embelesado.

Jamás había sentido nada parecido por nadie. A diferencia de sus hermanos, e incluso su hermana, no tenía ningún talento oculto. No se le daba bien pintar ni la ebanistería. Y aunque Gabe decía que cantaba muy bien, no solía hacerlo. Ni siquiera recordaba la última vez que había cantado. En ese momento, sin embargo, le habría encantado tener el talento de Lucian. Sus dedos ansiaban capturar los llamativos rasgos de su rostro y la plenitud de su boca. Se preguntó qué colores tendría que mezclar para obtener el tono que más se pareciera al de sus ojos y su piel.

Le fascinaba la forma en que la luz de las velas se proyectaba sobre sus mejillas y cómo se mordía el labio inferior cuando pensaba mucho en algo. Jugueteaba mucho con su pelo, retirándose ese rizo rebelde que siempre terminaba cayendo en su cara hiciera lo que hiciese. La notó un poco nerviosa; un detalle que le pareció adorable. No era una palabra que solía usar, pero era la primera vez que la veía así. La había visto enfadada y molesta. Bromeando y relajada. Excitada y satisfecha, pero nunca nerviosa.

Rosie era una mujer preciosa, segura de sí misma y con un carácter fuerte. Nunca se había imaginado que podría ponerse nerviosa. Pero lo estaba. Y eso no la hacía más débil o delicada a sus ojos. Simplemente le parecía adorable.

No recordaba haberse sentido tan cautivado por alguien, haber disfrutado de verdad estando sentado frente a una persona, escuchándola hablar.

Mientras comían los pasteles de cangrejo y el marisco a la plancha al estilo cajún, aprendió mucho sobre ella.

Cómo había conocido a Nikki. Por qué decidió ir a la universidad de Alabama, que resultó ser un efecto colateral de su espíritu viajero. Encontró inspiradora su capacidad para tomar una decisión como esa y marcharse, y más cuando él también solía sentirse atrapado allí, por su apellido y el legado de su familia. También le contó la primera vez que vio a un fantasma con forma corpórea. Le maravilló la forma en la que se inclinaba hacia delante cuando hablaba de ello y cómo se le iluminaban los ojos. El entusiasmo de su mirada y el tono con el que hablaba le provocaron un efecto del todo inapropiado.

Sí, allí sentado, en Firestones, tuvo una erección; una erección tan potente que tuvo que separar las piernas todo lo que pudo para que no le doliera. No le resultó fácil cenar con aquella reacción física, pero no cambiaría nada de esa noche.

Durante la cena no se había aburrido ni una sola vez, ni tampoco se había distraído, pensando en todo lo que estaba sucediendo en su vida y en su familia en ese momento. Cuando estaba con Rosie, desaparecía esa necesidad de hacer cualquier cosa para garantizar la seguridad de su familia. Sin embargo, por extraño que pareciera, también quería que ella conociera esa parte de él.

Rosie dejó la carta de postres en la mesa, alzó la vista y miró a su alrededor.

—La gente sigue observándonos.

Dev tomó su vaso de agua y también miró a su alrededor. Unas pocas personas los estaban mirando, sobre todo gente que lo conocía.

—Creo que solo sienten curiosidad.

—¿Curiosidad porque estás comiendo en un restaurante?

Dev sonrió.

—Curiosidad porque estoy cenando con una mujer preciosa.

—¡Oh! Eso ha sido todo un halago. —Rosie se rio con suavidad y agarró su copa de vino.

Dev enarcó una ceja.

—Sí, ¿verdad?

—Sí, pero he visto fotos de Sabrina. Es una mujer impresionante.

—Supongo que sí. —Se encogió de hombros—. Pero su belleza solo es superficial. Esa mujer es...

—¿Qué? —preguntó Rosie.

Dev respiró hondo y dejó el vaso de agua. Estaba en uno de los reservados que ofrecía mayor privacidad. Era imposible que nadie los oyera.

Rosie se mordió el labio inferior.

—No tienes por qué responder. Lo siento...

—Sabrina estaba enamorada de Gabe. Bueno, más bien obsesionada con él. Desde la universidad.

Rosie lo miró con cara de asombro.

—¿En serio?

—¿No lo sabías? —preguntó con auténtica curiosidad—. Me sorprende que Nikki no te lo haya contado.

—Nikki no habla de ese tipo de cosas. —Rosie se retiró el rizo rebelde de la cara—. Tengo que preguntártelo. Si sabías que quería a Gabe, ¿por qué estabas con ella?

Y ahí estaba la pregunta del millón. Miró la luz de la vela.

—Es una larga historia.

—Bueno, tenemos tiempo, ¿no?

Dev esbozó una leve sonrisa.

—Sí. —Se quedó callado un buen rato—. ¿Qué te ha contado Nikki del pasado de Gabe?

—¿Te refieres a lo de su hijo y la madre del niño? Creo que murió hace unos meses, por un accidente de coche. No recuerdo su nombre, pero sí, sé algo de ella.

—Se llamaba Emma. Tenían una relación muy intensa. Se dejaron y volvieron varias veces. Pero algo pasó en la universidad. Sufrió una agresión sexual.

—¡Oh, no! —susurró ella, apoyando las manos en su regazo.

Dev asintió.

—Gabe se enfrentó al tipo que atacó a Emma y reaccionó de forma muy violenta. Digamos que no terminó bien. —Hizo una pausa y la miró a los ojos, esperando su reacción. Rosie era una mujer inteligente. Seguro que había entendido lo que le estaba insinuando. Sin embargo, salvo por esa primera muestra de consternación al enterarse de lo que le había sucedido a la novia de Gabe, no había tirado la servilleta sobre la mesa y salido corriendo del restaurante—. Emma debió de contárselo a Sabrina.

—¿Por qué? ¿Acaso no sabía lo que Sabrina sentía por Gabe?

—Emma era una buena persona, que confiaba en los demás —replicó él, acordándose de ella—. Siempre creía lo mejor de la gente y, por desgracia, no siempre le fue bien. Al confiar en Sabrina le dio una enorme ventaja, pues le proporcionó una información con la que podía hacer daño a Gabe. Y como Lawrence siempre estaba presionando para que un De Vincent se casara con un Harrington, Sabrina podría haber usado aquello para obligar a mi hermano a contraer matrimonio con ella. Gabe habría estado atado a ella para siempre. No podía tolerarlo.

Rosie lo miró perpleja.

—Un momento. ¿Te...? —Puso las manos sobre la mesa—. ¿Te comprometiste con ella para evitar que chantajeara a Gabe?

Se revolvió incómodo en la silla.

—Me comprometí con Sabrina porque creía que la fusión entre las empresas de nuestras familias sería rentable.

—¿Y para que dejara de ir detrás de Gabe?

—Bueno, durante un tiempo pensé que sí. Pero al final, no resultó como esperaba. Sabrina siguió obsesionada con Gabe. Ya sabes lo que pasó entre Nikki y Parker—. Levantó el vaso de agua—. Pero eso no es lo peor.

—Es imposible que haya algo peor que el ataque de Parker a Nikki.

—Cuando Parker intentó matar a Nikki, le dijo algo que sugirió que Sabrina y él tuvieron algo que ver con el accidente de Emma.

Rosie se llevó la mano a la boca.

—¡Santo Dios!

—Por suerte, Parker ya no está entre nosotros y... no creo que Sabrina vuelva a causarnos ningún problema.

—¿Le habéis contado a la policía todo esto? —Nada más hacer la pregunta, Rosie puso los ojos en blanco—. No, por supuesto que no. Los De Vincent no acuden a la policía.

—Normalmente, no. Además, ninguno queríamos involucrar a Nikki más de lo necesario y Parker está muerto y Sabrina...

—Está en algún lugar ahí fuera, esperando a convertirse en la pesadilla de alguien.

—Estoy de acuerdo, pero acabo de enterarme de que Sabrina está muerta. La noticia aún no ha salido, aunque no tardará mucho.

—¿Qué? —Rosie abrió los ojos como platos.

Dev le proporcionó una versión abreviada de lo que le habían contado.

—No sé lo que le ha pasado. —A pesar de que era cierto, no pudo evitar sentir algo de culpa. Algo que nunca le había sucedido.

—No sé qué decir. Lo siento por la familia Harrington, pero no... no me dan lástima ninguno de los dos. Me parece que ambos han sido unos seres humanos horribles—. Rosie bebió un sorbo de vino—. ¿Lo sabe Gabe? ¿La razón por la que estabas con ella?

—Como te he dicho, me pareció que...

—Eso es una tontería, Devin. Puede que uno de los motivos fuera la fusión de las empresas familiares, pero tú estabas intentando salvar a tu hermano de un futuro terrible, sacrificando el tuyo. Eso es... increíble por tu parte.

Dev sintió que se ponía rojo y apartó la mirada.

—No soy ningún caballero de brillante armadura, Rosie. Ni alguien completamente desinteresado.

—Lo sé. —Ella lo observó durante un momento—. Pero hay algo que no entiendo. Si Sabrina estaba obsesionada con Gabe, ¿por qué estaba contigo? No es mi intención ofenderte, pero...

—No es ninguna ofensa. —Dev meditó durante unos instantes su respuesta, porque tampoco lo tenía muy claro—. Creo... creo que Sabrina pensaba que, al casarse conmigo, conseguiría estar más cerca de Gabe y que esa proximidad terminaría jugando en su favor. Dicho así, suena ridículo.

—Cierto —señaló Rosie.

—Pero era evidente que ella no veía las cosas como realmente eran. Sus padres le consintieron todos sus caprichos. Igual que Parker. Supongo que creía que terminaría consiguiendo lo que quería, como siempre. —Se encogió de hombros—. Es la única razón que se me ocurre.

Rosie lo miró durante un buen rato y luego susurró:

—¿Los ricos sois siempre así de raros? Porque mira que sois raros.

Y así fue como sucedió.

Empezó con una leve inclinación de la comisura del labio, pero enseguida se transformó en una sonrisa que terminó siendo una carcajada en toda regla. Dev echó la cabeza hacia atrás y se rio con fuerza sin importarle que lo estuvieran mirando o escuchando.

Cuando volvió a mirar a Rosie, ella lo estaba contemplando con una sonrisa de oreja a oreja.

—Tienes una risa muy bonita. Deberías reírte más a menudo.

—Sí, debería —repuso, consciente de que los estaban mirando—. Entonces, ¿no te importa lo que te acabo de contar?

Rosie no respondió de inmediato.

—No sé por qué me da que es una pregunta con dobles intenciones.

—Lo es.

El mechón rizado volvió a caer por su mejilla.

—Intento no juzgar a la gente, sobre todo cuando las malas personas reciben su merecido. Tal vez esto me haga una mala persona, pero soy incapaz de sentirme conmovida por un violador que ha tenido un final trágico.

Aquello lo sorprendió.

—¿En serio?

Ahora fue ella la que se encogió de hombros.

—Tengo una opinión muy particular al respecto, que muy pocas personas comparten. Soy de las que piensan que cuando alguien ha matado a otra persona, o ha hecho algo atroz, que va más allá de la decencia humana, pierde su derecho a la vida. Aunque, al mismo tiempo, me pregunto si realmente podemos decidir quién vive o no. En este asunto voy de un lado a otro. A veces entiendo que, cuando alguien le hace mucho daño a uno de tus seres queridos, se pueda llegar a perder los estribos. Los crímenes llevados por el calor del momento existen y los pueden cometer buenas personas que estén sometidas a una situación de extrema angustia. La gente a veces resulta desconcertante.

Aquello parecía un eufemismo.

—Alguno de los libros, películas y series más populares tratan de personas o superhéroes que se toman la justicia por su mano. A la gente le encanta ese tipo de historias. Que se acabe con los malos mediante la violencia o a través del sistema legal. Y sí, es ficción, pero lo que a la gente le gusta dice mucho de sus instintos primarios y fantasías. Cuando un padre se venga de un violador, se le aplaude. Fíjate en el Antiguo Testamento, con todo eso del ojo por ojo. No sé... Como te he dicho, a veces uno puede llegar a entender por qué alguien ha hecho algo. La gente es complicada. —Rosie lo miró—. Hay un montón de cosas que no son solo blancas o negras. Algunas personas se niegan a reconocerlo.

Dev no sabía qué decir.

—Da igual. Bueno, los postres tienen una pinta estupenda, pero estoy llena. —Torció los labios mientras se reía—. Ha sido un cambio muy drástico de tema, ¿verdad?

A Devlin se le escapó otra carcajada.

—Pero ha funcionado. Por cierto, siento debilidad por el chocolate.

Rosie enarcó una ceja.

—¿En serio?

Dev hizo una mueca.

—Sí. Intento comer sano, pero si me pones delante una tableta de chocolate, no dejo ni una onza.

Rosie sonrió.

—No te imagino comiendo bombones o teniendo todo un alijo de chocolate escondido en un cajón.

—Te sorprenderías.

Ella lo miró a los ojos.

—Entonces, ¿quieres postre?

Dev sabía perfectamente el postre que le apetecía en ese momento y no aparecía en el menú.

—No quiero postre.

Rosie le sostuvo la mirada.

—¿Qué quieres?

—Quiero que vengas a casa conmigo.

Ella no lo dudó ni un instante.

—De acuerdo.

Rosie nunca había visto la mansión De Vincent de noche. Bueno, vale, solo había visto la zona donde vivía Gabe y la parte en la que Richard la había dejado esperando cuando le llevó a Devlin los objetos que había encontrado en el armario.

De camino a la mansión, le había preguntado si había descubierto algo al respecto. Devlin le había comentado que había logrado cargar y desbloquear el iPad, pero no le dio más detalles, aunque no tuvo la sensación de que fuera por desconfianza hacia ella; simplemente porque no le apetecía hablar más del tema en ese momento. La conversación ya se había vuelto bastante lóbrega durante la cena; no quería atraer más oscuridad esa noche.

Además, aunque estaba claro que Devlin no había querido a Sabrina, sospechaba que todavía estaba intentando asimilar la noticia de su muerte.

Cuando salió del garaje y esperó a que Devlin se uniera a ella, el silencio le resultó inquietante.

—Esto es un poco raro.

—¿El qué? —Devlin se unió a ella.

Rosie miró los alrededores iluminados de la mansión. Cuando salieron del garaje se había encendido un foco y había luces de jardín por toda la propiedad. También había luces de exterior colocadas entre las ventanas de todas las plantas, que proyectaban una tenue iluminación, aunque suficiente para que vieran por dónde pisaban. Sin embargo, a pesar de la oscuridad, pudo ver toda la hiedra y enredaderas trepando por la fachada.

—Hay mucho silencio.

—Un circo sería silencioso comparado con lo que debes de oír todas las noches en la zona en la que vives.

Se rio y lo miró. Estaba de pie, de espaldas a las sombras. Parecía como si pudiera sumergirse en ellas en cualquier momento y desaparecer.

—Eso es cierto, pero escucha. No se oye a ningún insecto o animal.

Devlin se quedó en silencio un momento.

—Pues tienes razón. Nunca me había dado cuenta.

—¿En serio? —Ese era el tipo de cosas en las que ella se fijaba de inmediato—. ¿Cómo es posible?

—Crecí aquí —le recordó él—. Para mí, esto es lo normal.

Era un buen razonamiento, pero ella no pudo evitar sentir un escalofrío por toda la piel. Los insectos y animales solían evitar los lugares en los que había una intensa actividad paranormal.

Sin decir palabra, Devlin la tomó de la mano y la condujo a la escalera exterior trasera. Su palma estaba fría contra la de ella y su agarre era firme. Por alguna razón, se encontró sonriendo como si volviera a tener dieciséis años. Solo porque le estaba sujetando la mano.

—La cena ha estado bien —dijo ella, mientras subían por las anchas escaleras.

—¿Solo bien?

—Venga, vale, más que bien.

Devlin le apretó la mano y ella sintió esa presión alrededor del pecho.

—Estoy esperando.

Lo miró mientras alcanzaban el tercer tramo de escaleras.

—¿A qué?

—A que reconozcas que te equivocaste.

—¿En qué me he equivocado exactamente?

—Pensaste que me arrepentiría de haberte invitado a cenar —dijo él con tono divertido— y que iba a ser un absoluto desastre.

Rosie bajó la barbilla para ocultar una sonrisa.

—No pensé que fuera a ser un desastre.

Al llegar a la tercera planta, Devlin le soltó la mano y presionó con el dedo una especie de cerradura. Después de oír un clic, la puerta se abrió. Tecnología de vanguardia.

—Sigo esperando —dijo él. Abrió del todo la puerta, entró y encendió el interruptor.

—Está bien. Tienes razón. —Rosie se rio mientras lo seguía—. ¿Contento?

—Sí. —Lanzó las llaves del coche sobre la estrecha mesa de madera oscura de la entrada—. ¿Te apetece beber algo?

—No, gracias —dijo, mirando a su alrededor. Dejó el bolso de mano en la mesa, al lado de las llaves de él. Su salón era del mismo tamaño que el de Gabe, con el mismo diseño minimalista. Había un sofá, una televisión enorme montada en la pared y, salvo por la mesa de la entrada y una mesa rinconera, nada más. Ningún cuadro, ni ninguna silla o sillón—. No recibes muchas visitas, ¿verdad?

—No. —Esbozó una leve sonrisa mientras se dirigía a la zona de la cocina equipada con todos los muebles propios de tal espacio. Lo vio agarrar una botella de lo que parecía ser burbon de un bar completamente abastecido—. ¿Te importa si me sirvo un trago?

—Por supuesto que no.

Devlin se volvió al bar.

—¿Tan evidente es que no tengo muchos invitados?

—Bueno, solo tienes un sofá y un taburete alto en el bar. De modo que sí, es bastante obvio. —Rosie se rio.

—No hay mucha gente a la que me apetezca tener en mi espacio personal. —Se sirvió un vaso y guardó la botella—. Pero a ti sí te quiero aquí.

Cuando Devlin se volvió hacia ella, sintió que se quedaba sin aliento.

—¿Por qué?

—Me gustas, Rosie —respondió él, rodeando el bar—. Y no suelen gustarme muchas personas.

Ella soltó un resoplido y se metió un mechón de pelo rizado detrás de la oreja.

—Jamás lo habría adivinado.

Devlin se rio entre dientes.

—¿Quieres ver el resto?

Rosie asintió.

Él bebió un sorbo de su bebida, se volvió hacia la izquierda y la llevó por un estrecho pasillo. Allí tampoco vio ningún cuadro.

—¿Sabes qué fue lo primero que me gustó de ti?

—¿Mi personalidad deslumbrante?

—Por sorprendente que te parezca, no —replicó él. Rosie sonrió detrás de él—. Fueron las peonías.

—¡Ah!

Cuando llegaron al final del pasillo, abrió una puerta.

—Fuiste muy amable. Eres una buena persona.

—Entonces, ¿me crees ahora cuando te digo que, al principio, no supe quién eras?

—Debería haberte creído desde el primer momento —reconoció él. Se hizo a un lado—. Esto, lógicamente, es el dormitorio.

Lo era, y lo supo por la cama tamaño extragrande que había en el centro de la habitación. Pero, al igual que en el salón, no había ningún objeto personal en las mesitas de noche o en las largas y estrechas cómodas. Ni fotos, ni cuadros. Ni siquiera un libro o una prenda de ropa tirada en la cama.

—¿De verdad vives aquí? —preguntó, volviéndose a él.

—¿Qué?

—Que si vives aquí —repitió, señalando la habitación—. Es un dormitorio bonito, pero es aséptico. No hay nada personal en él.

Devlin la miró fijamente unos segundos, y luego dijo:

—Eso es lo segundo que más me gusta de ti.

Rosie frunció el ceño.

—Dices lo que piensas. —Fue hacia la cama y se sentó—. No te da miedo hablarme con franqueza. Aunque sepas que no me va a gustar o que me va a resultar incómodo de oír. No te cortas.

—A la mayoría de la gente no le gusta.

—La mayoría de la gente es imbécil.

A Rosie se le escapó una carcajada.

—¡Vaya!

—Es la verdad. —Se encogió de hombros y dio un sorbo a su bebida—. Me plantas cara. No me pasas ni una. Me dices lo que no quiero oír, pero lo que quizá necesito escuchar. Nunca me había pasado.

Rosie echó un vistazo a las puertas con cortinas que daban a la galería y luego volvió a mirarlo.

—Estás empezando a hacer que me sienta especial.

Devlin la miró a los ojos.

—Eres especial.

Se acercó un paso a él con las mejillas ardiendo.

—Gracias.

Devlin no apartó la mirada mientras bebía otro sorbo.

—Probablemente lo que más especial te hace es que, a pesar de la forma en que me he comportado contigo, sigues aquí. No te he dado muchas razones para que estés hoy aquí, junto a mí.

—Eso no es verdad. —Rosie respiró hondo y acortó la distancia que los separaba, deteniéndose justo enfrente de él—. Sí, ha habido veces en las que te he odiado. Con todo mi corazón.

Él la siguió mirando en silencio.

—Pero... siempre he tenido la sensación de que escondías algo más que el arrogante idiota que parecías ser.

Lo vio sonreír.

—Ahí está. Esa sonrisa. —Le quitó el vaso y lo dejó sobre la mesita de noche—. La primera vez que te vi sonreír, que te reíste, me di cuenta de que no era algo que hicieras a menudo.

—Eres muy observadora.

—Sí. —Apoyó las manos en sus hombros y se sentó a horcajadas en su regazo. Devlin la agarró por las caderas y emitió ese gruñido bajo tan característico en él—. No nos hemos llevado bien siempre, pero ha habido momentos en los que hemos congeniado, y durante esos momentos me has gustado. Mucho.

—¿Ah, sí?

—Sí. —Colocó las manos en su cara y le acarició la mandíbula con los dedos—. Y me sigues gustando muchísimo. Sé que... esto no va a ser fácil, pero quiero...

Él la agarró con más fuerza de las caderas.

—¿Qué quieres?

—Eres un montón de cosas. —La tomó de la nuca—. Te quiero a ti, en todas tus facetas.

—Ya me tienes. —Devlin trazó el contorno de su mejilla con el pulgar. Su caricia fue suave como una pluma, pero ella la sintió en cada fibra de su ser y se revolvió inquieta sobre su regazo. Su piel ardía por el deseo. Devlin bajó las yemas de los dedos por su garganta, por encima de su hombro. A ella se le escapó un suspiro.

Lentamente, movió la mano hacia su escote y presionó la palma contra la curva de su pecho.

—Soy tuyo por completo —dijo él.

Rosie deslizó las manos por sus costados y le acarició la espalda, masajeando sus tensos músculos. Pero él la agarró por las muñecas y se las colocó en el pecho. Antes de que se diera cuenta, bajó la mano hacia su cadera y la atrajo hacia él. Sus suaves formas se pegaron a sus duras líneas. Sintió su erección, encerrada en sus pantalones, presionar contra su centro. Cuando Devlin la frotó contra él en un movimiento lento y ondulante, jadeó y se puso rígida.

—Te deseo. —Devlin arqueó las caderas. Cuando volvió a hablar su voz era un grave y áspero gruñido—. Te deseo por completo, ya.

Ahora fue Rosie la que se frotó contra su erección. Devlin bajó la cabeza y le rozó con los labios la mejilla que acababa de acariciar.

—Entonces tómame.

Él deslizó la mano que tenía libre por su cadera y estómago, deteniéndose justo debajo de sus pechos, donde le rozó el pezón con el pulgar. Rosie se quedó sin aliento mientras él le besaba la comisura de la boca. Ella giró la cabeza un poco y sus labios por fin se encontraron.

—¿Y si quiero quedarme contigo?

Se agarró a su camisa mientras seguía frotándose contra él.

—Tendré que pensármelo.

—¿Y si me esfuerzo mucho para convencerte? —Hundió la cabeza en la curva de su cuello y su hombro. Después, volvió a agarrarla de las caderas y le acarició el cuello con la nariz. Su mano volvió a subir y se cerró sobre su pecho. El calor de su palma la abrazó a través de la fina tela del vestido y del sujetador.

Rosie se arqueó hacia atrás y se apretó con más fuerza contra él. Devlin respondió apartando la tela hacia un lado para revelar su sujetador y le acarició con el pulgar el enhiesto pezón.

Continuó jugueteando con su pecho mientras la miraba a los ojos. Ella bajó la mano por su fuerte pecho y se le contrajo el estómago.

—Necesito verte, tocarte, probarte.

Las palabras de Devlin enviaron un ramalazo de pura lujuria por todo su cuerpo.

—Sí.

Le metió la mano debajo del vestido y alzó la tela. Rosie alzó los brazos para ayudarle a que se lo quitara. La prenda cayó al suelo. Devlin inhaló con fuerza, encontró el cierre del sujetador y se lo desabrochó. También terminó en el suelo.

—Eres preciosa. —Bajó la cabeza y le lamió un pezón.

Rosie gimió y se agarró a él. Después, procedió a quitarle la camisa. Devlin se rio por lo bajo, se apartó de su dolorido pecho y la ayudó a desprenderse de la prenda. Rosie devoró con la mirada cada centímetro de su cuerpo desnudo. Su pecho era un contraste de suave piel con duros músculos. Cuando le puso las manos en el estómago, se le contrajo el vientre. Continuó mirándolo, trazando con los dedos los patrones de sus músculos.

—Y tú eres perfecto.

—Para nada. —Devlin dirigió la mano hacia su otro pecho y volvió a lamerle el pezón—. Es necesario que lo sepas.

Rosie echó la cabeza hacia atrás y jadeó.

—La perfección no es un estado constante.

Él le cubrió el pezón con la boca y le pellizcó el otro entre el pulgar y el índice.

—¡Dios! —gimió ella, girando las caderas—. ¿Lo ves? Perfecto.

El deseo se iba arremolinando en su interior, haciendo que perdiera el control y se embriagara de él. ¿Por qué se sentía así? ¿Era algo más que lujuria? Con la boca de Devlin en un pecho y su lengua en un pezón, le costaba pensar. Lo único que podía hacer era sentir, disfrutar de esas crudas y exquisitas sensaciones que sacudían su centro, excitándola y humedeciéndola.

Quería formar parte de él, tanto su lado suave y cincelado, como de su parte áspera y rígida.

Tocó sus abdominales, duros como piedras, que se hundían y tensaban ante su caricia. Ese hombre era la perfección masculina. Balanceó las caderas, frotándose contra la erección que presionaba entre sus piernas. ¡Señor! Parecía tan grande...

De pronto, él la levantó y la tumbó en el centro de la cama. Rosie se apoyó sobre los codos y, con el corazón latiéndole a toda velocidad, contempló cómo se quitaba a toda prisa los pantalones y los bóxeres. En cuestión de segundos, estaba desnudo. Ella todavía llevaba los tacones de aguja. Cuando intentó incorporarse para quitárselos, Devlin la agarró del tobillo.

—Déjatelos —le ordenó con voz ronca.

Su estómago se convirtió en una espiral de deseo.

Devlin estiró la mano hacia la mesita de noche. Abrió un cajón y sacó un preservativo que dejó en la cama, al lado de Rosie. Después se subió encima de ella y se tumbó de costado a su lado.

Cuando fue a tocarlo, jadeó al ver que él la agarraba de las muñecas y se las ponía por encima de la cabeza, presionándola contra la cama. Volvió a colocarse encima de ella y la soltó, acariciándole los brazos y bajando hasta sus pechos antes de continuar descendiendo. Cuando atrapó un pezón entre los dientes, Rosie gimió y arqueó las caderas contra su erección. La tensión entre sus muslos crecía a una velocidad vertiginosa, robándole el aliento, conmocionándola. Nunca se había excitado de esa forma, pero... ¡Oh, Dios! Sentía el placer acumulándose poco a poco en la boca del estómago. Se movió con frenesí. El gruñido de Devlin le quemó la piel. Levantó la cabeza para mirarla fijamente y sus ojos verde mar prendieron un fuego devastador en su interior.

Estiró la mano hacia él. Esta vez pudo acariciarle la suave piel de la curva de la mandíbula. Sus ojos se encontraron. Se le hizo un nudo en la garganta por la emoción.

Devlin bajó la cabeza mientras sus besos descendían por su vientre y se detenían justo debajo de su ombligo.

—Me haces querer... tantas cosas, Rosie. No tienes ni idea.

Ella alzó la cabeza para darle un beso en los labios.

—Enséñame qué es lo que quieres.

Su alto y poderoso cuerpo tembló sobre ella, enviando unos ardientes y dulces dardos por toda su sangre. Cerró los ojos y se quedó sin respiración cuando la mano de él se deslizó más abajo, acariciándola con dulzura.

—Pero hay un pequeño problema —dijo, besándola.

Luego se apartó un poco y trazó con la lengua el contorno de sus labios. Entonces la penetró lentamente con los dedos. Ahora fue ella la que tembló y contrajo los músculos.

—¿Qué problema?

—Que cuando quiero algo, no lo dejo escapar. —La siguió atormentando hasta que ella movió las caderas contra su mano. Pero cada vez que ella intentaba obtener más, tomar el control, él le mordía el labio inferior y luego la garganta—. Jamás.

Esa única palabra despertó en ella un sinfín de crudas emociones. Supo que estaba perdida. Un gemido escapó de sus labios y el orgasmo se apoderó de ella. Devlin la atrajo hacia él, abrazándola mientras se sacudía. Tenía el cuerpo cubierto de sudor, los músculos tensos y rígidos de tanto aguantar. Entonces, él la giró, tumbándola de lado, de espaldas a él. Con el muslo, le separó las piernas. Rosie se arqueó, apretando el trasero contra su gruesa erección.

—¿Y si para mí eso no fuera un problema?

—No hagas promesas que no puedes cumplir —repuso él.

Sintió su cálido aliento sobre la mejilla. Le acunó el pecho, arrastrando el pulgar por su pezón.

A Rosie se le aceleró la respiración.

—Nunca hago promesas que no tengo intención de cumplir.

Devlin la penetró lentamente, centímetro a centímetro. Hacía tiempo que no se acostaba con nadie, así que tardó unos segundos en acostumbrarse, pero cuando lo hizo, se sintió increíblemente llena. Entonces él empezó a moverse y a hundirse tan profundamente en su interior, que creyó que estallaría en una lluvia de chispas. La fricción constante la enardeció. Enseguida, sus lentas y constantes embestidas no fueron suficiente. Más.

Necesitaba más. Cuando movió las caderas, él respondió con un gruñido que le aceleró el pulso.

—Más fuerte —susurró—. Por favor.

Las cosas que Devlin le susurró al oído, mientras la ponía de rodillas y la penetraba desde atrás con más ímpetu cada vez, podrían haberse calificado de depravadas, pero a ella la excitaron sobremanera. Cada embestida aumentaba su placer y el volumen de sus gemidos. Cuando sus paredes vaginales empezaron a contraerse alrededor de su miembro, Devlin la agarró de la barbilla y la obligó a echar la cabeza hacia atrás y girarla hacia él para besarla mientras ambos se corrían.

—¡Joder! Ha sido... —Él apoyó la frente contra su hombro y volvió a estremecerse—. Ha sido una puta maravilla.

—Oye —murmuró ella, mientras se agarraba a su brazo—, volvemos a estar de acuerdo en algo.

Devlin se rio contra su piel. Luego levantó la cabeza y le dio un beso en la mejilla.

—Vuelvo enseguida.

Rosie hizo un mohín cuando se apartó de ella y se puso de pie. Pero como no quería desperdiciar la oportunidad de verlo en su gloriosa desnudez, rodó sobre su espalda. Lo primero que vio fue un trasero firme con unas musculosas nalgas que pedían a gritos que les diera un mordisco.

Pero entonces levantó la mirada.

—¡Santo Dios! —jadeó, enderezándose al instante.

Devlin se quedó paralizado durante un segundo, antes de volver la cabeza hacia ella. Por su sombría expresión, estaba claro que se había dado cuenta de lo que había pasado. Se dio la vuelta, pero era demasiado tarde. Rosie ya lo había visto.

—Tu espalda —susurró, acercándose al borde de la cama. La tenía cubierta de cicatrices que se entrecruzaban unas con otras, formando un perturbador mapa que solo podía deberse a una cosa—. ¡Por Dios, Devlin! ¿Qué te ha pasado?

32

Devlin era incapaz de moverse. Ni siquiera podía respirar cuando miró a Rosie. Se había olvidado. ¡Joder! En la cama, a pesar de que había estado perdido en Rosie, se había acordado de evitar que le tocara la espalda, pero en cuanto se levantó, se le había pasado por completo.

Se volvió de inmediato en dirección a la puerta. No tenía ni idea de adónde ir, completamente desnudo como estaba, pero tenía que salir de allí. Alejarse del horror que veía en los ojos de Rosie.

—No. No. —Ella salió de la cama a toda prisa, también desnuda, y se puso delante de él bloqueándole el camino. Sorprendido, no supo qué hacer cuando lo detuvo, poniéndole las manos en el pecho—. Te he dicho que lo quiero todo de ti, y esto, sea lo que sea, también forma parte de ti. Ya no tienes que huir de mí.

La conmoción volvió a apoderarse de él. Abrió la boca, pero no supo qué decir. Era una parte de su cuerpo que nadie había visto nunca. Algo de lo que nunca hablaba.

Rosie lo miró a los ojos y se apretó ligeramente contra su pecho.

—¿Qué te pasó?

Dev no podía encontrar las palabras mientras su mente retrocedía a través del tiempo. Se apartó de Rosie y siguió caminando hacia atrás como si estuviera sumido en una especie de aturdimiento. Se sentó en la cama, miró el vestido que yacía en el suelo de madera. ¿Cómo había podido ser tan estúpido y olvidarse de lo de su espalda? Nadie se la había visto. Nadie la tocaba. *Nadie.* Y ahora, esta hermosa, fuerte y segura mujer acababa de contemplar lo débil que había sido una vez.

—Por favor —le suplicó Rosie mientras se agachaba y recogía su camisa del suelo. Luego se la puso y cerró los lados para cubrirse—. Háblame, por favor.

362

Tal vez fue por la forma en que se lo pidió, o quizá porque se trataba de ella. En cualquier caso, logró encontrar la voz y expresó en palabras un episodio de su vida que nunca le había contado a nadie.

—Lawrence —murmuró con voz ronca.

—¿Tu padre? —Rosie se sentó al lado suyo—. ¿Tu *padre* te hizo esto?

Continuó con la vista clavada en el vestido del suelo, aunque en realidad no lo estaba mirando. Solo veía la primera vez que su padre le pegó. Que quizá no fue la primera ocasión en que lo hizo, pero sí la primera que él recordaba. Fue justo antes del incidente. Dev había estado correteando por el jardín. Lawrence se había enfadado y le había cruzado la cara.

—No es mi... Lawrence no es mi padre, Rosie.

—¿Qué? —susurró ella.

Fue como si un dique se rompiera en lo más profundo de su ser y saliera a la superficie todo lo que había estado conteniendo.

—Era el padre biológico de Lucian y Madeline, pero no de Gabe y mío. Obviamente no es algo que todo el mundo sepa. Nosotros mismos nos enteramos el año pasado, pero ese hombre no era mi padre.

—¿Sabes quién es? —preguntó, después de un incómodo silencio.

Dev por fin alzó la vista y miró a Rosie. Otra respuesta que jamás había salido de su boca.

—Creo que sí. Ni siquiera sé si Gabe sospecha lo mismo que yo, no es algo de lo que hablemos, pero creo que nuestro padre es Stefan.

Rosie lo miró con cara de asombro.

—Retorcido, ¿verdad? —Dejó escapar una risa carente de humor—. Es la única explicación sensata. Tanto Gabe como yo nos parecemos demasiado a Lawrence y a Stefan. Prácticamente soy clavado a ellos cuando eran jóvenes. Lucian y Madeline heredaron los rasgos de nuestra madre. Sé que mi teoría no está basada en ningún dato científico, pero si estoy en lo cierto, entonces es Stefan.

Rosie negó despacio con la cabeza.

—¿Tienes alguna evidencia sólida que lo demuestre?

—No. Podríamos tratar de averiguarlo, pero si supiéramos quién es hijo de quién, traería muchos cambios a nuestras vidas. Lucian terminaría con el negocio familiar a su cargo, y eso es algo que no quiere. Me ofrecí a entregárselo, pero no desea ese tipo de vida.

—Eso fue muy... generoso por tu parte.

Dev apretó los labios. ¿De verdad había sido generoso?

No lo creía, no cuando había días en los que lo único que quería era dejar toda esa mierda atrás.

—Ahora entiendo por qué nunca te refieres a él como «padre» o como «papá» —comentó ella—. ¿Qué te hizo Lawrence?

—¿Qué no me hizo? —replicó con una risa amarga—. Siempre supo que no éramos sus hijos, y creo que por eso nos odiaba tanto. Pero, por alguna razón desconocida, detestaba todavía más a Lucian y a Madeline por ser sus hijos. Ese hombre era un sociópata. —Echó la cabeza hacia atrás y cerró los ojos—. Perdía los estribos con facilidad, y si estaba cerca, nunca terminaba bien para mí. ¿El día que casi muero? Me pegó, perdí el equilibrio y me golpeé la cabeza contra la esquina de su escritorio. Besson, el padre de Nikki, me encontró y me hizo una RCP.

—Espera. ¿Me estás diciendo que fue por culpa de Lawrence y él ni se dignó a pedir ayuda, ni tampoco intentó ayudarte?

—No. Por lo visto salió de su despacho como si tal cosa. Cuando Besson pasó por delante de la puerta, me vio. —Se pasó una mano por el pelo—. No sabía qué me había pasado y yo no dije nada cuando me llevaron al hospital. Todo el mundo supuso que me caí, como se caen todos los niños, y me di un golpe en la cabeza.

—Pero... no se detuvo ahí, ¿verdad?

—¿Sabes? Lo más raro de todo es que sí paró... hasta que nacieron Lucian y Madeline, entonces... sí. —Bajó la mano—. Mientras crecía, como lo conocía bien, procuraba estar siempre cerca de él, porque era... era el mayor. Las cicatrices de la espalda son de la noche que me metí en problemas en el internado, cuando intenté evitar que Gabe y Lucian se escaparan. Era el mayor, tenía que dar ejemplo y todas esas chorradas que me soltó cuando se enteró. ¿Quién iba a saber que un cinturón podía dejar tantas marcas?

—¡Dios! Devlin, lo siento tanto...

—No. No quiero tu simpatía ni tu compasión.

—Pues claro que tienes mi simpatía.

—Tenía que protegerlos...

—No, eso no te competía a ti. No es algo que le competa a un niño.

La miró de inmediato. Obviamente, ahora lo sabía, pero era muy difícil desprenderse de ese papel de protector.

—Si no me hubiera llevado yo los golpes, les habría hecho algo peor. Lo sé.

Rosie estudió su rostro.

—¿Cómo es que los padres de Nikki no se dieron cuenta de lo que estaba pasando?

—A Lawrence se le daba muy bien esconder ese tipo de cosas, Rosie. Ellos no tuvieron la culpa de nada. Y yo tampoco se lo conté, era demasiado débil, estaba demasiado asustado para hablar. Podría haberlo detenido. Podría haber...

—¡Por Dios, Devlin! No eras débil. Solo eras un niño. —Le puso la mano en la mandíbula y lo obligó a mirarla—. No te eches eso a los hombros. El único culpable es ese puto monstruo. Me alegro de que esté muerto.

Devlin torció los labios.

—Eres un poco sanguinaria.

—No te haces una idea. —Le acarició la mandíbula con el pulgar—. Hay pocas cosas que me saquen de mis casillas, pero no puedo con los violadores, los maltratadores y los que abusan de su posición de superioridad sobre los demás. —Hizo una pausa y arrugó la nariz—. Y con los que abandonan a sus mascotas. En ese orden.

Dev la agarró de la muñeca.

—Nadie ha visto estas cicatrices.

—¿Ni siquiera tus hermanos?

Él negó con la cabeza.

—Nunca estoy sin camisa delante de ellos. —Se llevó su mano a la boca y le besó la palma—. Cuando he estado con Sabrina o con otra mujer, nunca me desvestía del todo. Siempre he tenido mucho cuidado.

—Me alegro de que hoy no lo tuvieras —susurró ella—. No puedes esconder esas cicatrices para siempre, Devlin. Al final, te carcomerá por dentro.

¿No le estaba carcomiendo ya?

Cerró los ojos y le besó las yemas de los dedos.

—Lo que Lawrence me hizo no es lo peor de todo, Rosie. Estuvo metido en cosas atroces. Te he adelantado ya algo, pero no tienes ni idea de hasta qué punto era grave.

Ella tragó saliva y se inclinó hacia él.

—Entonces, cuéntamelo.

Dev abrió los ojos y bajó la mano de Rosie hasta su muslo.

—Mis hermanos no saben nada sobre esto y me gustaría que siguiera así. No quiero que lo sepan porque me estoy ocupando de eso y lo voy a solucionar.

—Nunca les diría nada, ni traicionaría tu confianza de cualquier otro modo.

La creyó. Por primera vez, creyó a Rosie sin la menor duda.

—Lawrence, uno de los hombres más ricos del mundo, estaba involucrado en la trata de personas.

—¡Dios mío! —Rosie se llevó la otra mano a la boca y lo miró horrorizada—. ¡Oh, Dios mío!

—Antes de morir, empecé a sospechar que estaba metido en algo turbio. Hizo varios viajes sospechosos y depósitos que no tenían buena pinta. Un perito contable tardó meses en desenredar todo el entramado que había montado. Creo que eso fue lo que descubrió Andrea Joan.

—Entonces, ¿Stefan también está metido en eso?

—O lo estaba o lo sabía, y Andrea confió en la persona equivocada. Eso es lo que había en su iPad. Pruebas. Y fue a contárselo a Lawrence, ¿no? Eso fue lo que Ross te dijo. Si eso es cierto, se metió de lleno en la boca del lobo.

—Es horrible. —Sus ojos se humedecieron—. ¡Dios, mío! Ni siquiera sé qué decir. Yo...

—¿Qué se puede decir? Es algo asqueroso. Y lo peor de todo es que hay mucha gente implicada, ya sea de forma activa o como encubridores. —Pensó en el antiguo jefe de policía y en su muerte prematura—. Las pruebas que recopiló Andrea incriminan a muchas personas. Ahora están en las manos adecuadas. No van a terminar con toda la red, pero...

—Pero se llevará por delante a algunas malas personas y eso es importante —insistió ella—. Es un gran paso, Devlin, y ha sido gracias a ti. A ti, a Andrea y a cualquiera que esté intentando hacer lo correcto.

Pero él no siempre había hecho lo correcto. Lo que era necesario, sí, ¿pero lo correcto? Eso era debatible.

—No lo sabes todo, Rosie.

—Pues cuéntamelo. Mira, si hemos podido hablar de esto contigo completamente desnudo y yo vestida solo con tu camisa, estoy segura de que podemos hablar de cualquier otra cosa.

Aquello lo hizo sonreír.

—Tienes razón.

—Yo siempre tengo razón. —Rosie se pegó a él y lo besó. Un beso demasiado breve para su gusto—. Devlin, puedo soportar todo lo que tengas que decirme.

¿Podría? No estaba seguro.

—No te merezco.

—¿Qué? —Intentó soltarse de su mano, pero él continuó agarrándola—. No digas eso.

Estaba harto de las mentiras (de todas ellas). Sabía que, si le contaba ese secreto, era posible que la perdiera antes siquiera de haberla tenido. Tomó una profunda bocanada de aire. Si quería un futuro con ella, tenía que decírselo.

La miró a los ojos.

—Ese día, en el cementerio, no era yo.

Rosie lo miró con expresión confundida.

—¿Qué?

—Que no era yo. Era mi hermano gemelo.

33

Durante unos segundos, a Rosie dejó de funcionarle el cerebro. O esa fue la impresión que tuvo mientras lo miraba.

Devlin pronunció su nombre. Al ver que ella no respondía, la miró inquieto.

—Dime algo, Rosie. Estás empezando a preocuparme.

Ella parpadeó.

—¿Tienes un gemelo?

Él asintió.

—Sí.

Abrió la boca, pero volvió a cerrarla inmediatamente. Pasaron unos instantes antes de que volviera a hablar.

—No lo entiendo.

Aquello no tenía sentido. De todo lo que le había contado, eso era lo único que no entendía. Lo de su padre era impactante. Pero lo que había pensado mientras Devlin hablaba había sido aún más inquietante. Había pensado... ¡Dios! Había pensado que cabía la posibilidad de que hubiera sido él.

De que Devlin había matado a Lawrence.

Y sin embargo, ahí seguía, sentada a su lado. Horrorizada no por sus sospechas, sino porque aquello no la había afectado. ¿Cómo podía estar mirando a la cara a alguien que podía haber matado a otra persona y sentir de todo menos horror? Le había dado una pena tremenda todo lo que Devlin había vivido y soportado para proteger a sus hermanos. Y cuando le confesó lo de la trata de personas, una parte de ella (una parte muy importante) entendió por qué había tenido que actuar.

¿Qué decía eso de ella?

En base a sus estudios de Psicología, debía de tener algún problema, ¿pero cómo podía odiar o tener miedo de un hombre que había hecho todo lo posible por detener a un ser tan vil? ¿Cómo podía estar de acuerdo con lo que había hecho? El fin no justificaba los medios, pero a veces... a veces sí.

Como le había dicho durante la cena, las cosas no siempre eran blancas o negras. Había zonas grises. Y para los De Vincent, incluso más.

Sin embargo, lo que más le había sorprendido fue su última revelación. ¿Tenía un gemelo? ¿No era él quien había estado en el cementerio? Se sentía entumecida, así que se apartó de él. Esta vez, Devlin la soltó. Necesitaba espacio para pensar. Se levantó de la cama, cerrándose los bordes de la camisa.

—Voy a necesitar que me expliques esto con más detalle —dijo, paseándose de un lado a otro—. Porque estoy confusa. Hace un rato, acabas de decir que lo de las peonías era una de las cosas que más te gustaban de mí...

—Y es verdad. —Él también se puso de pie. Recogió sus pantalones del suelo y se los puso, aunque no se abrochó la cremallera—. Solo que no me las diste a mí. Ni siquiera estaba en la ciudad. No llegué hasta por la tarde. Tampoco sabía que mi hermano estaba aquí. Fue al cementerio a visitar la tumba de nuestra madre. Me dijo que se había encontrado con alguien. Lo entendí al día siguiente, cuando Gabe y yo fuimos a tu apartamento.

Rosie se detuvo al recordarlo.

—¿Por eso no me reconociste al principio?

—Esa mañana, en tu apartamento, fue la primera vez que te vi, Rosie.

Un horrible pensamiento atravesó su mente, contrayéndole el estómago.

—¿Ha habido más ocasiones en las que he creído estar contigo y no lo estaba?

—No. Absolutamente no. Después de eso, siempre he sido yo. Te lo juro.

Quería creerlo.

—¿Y cómo sé que estás diciendo la verdad?

—Ya no tengo más motivos para ocultarte nada —respondió él, sentándose en la cama—. Te estoy contando todo esto porque quiero... quiero un futuro contigo, Rosie, y para tenerlo, tienes que saber la verdad.

¡Jesús! Ella también quería un futuro con él, pero antes necesitaba tener más información sobre aquello. Necesitaba entender por qué Devlin había ocultado algo como aquello.

—¿Tus hermanos lo saben?

—No. Yo mismo lo descubrí en primavera. Mi hermano se llama Payton. El hombre que lo adoptó le contó la verdad. Su madre adoptiva falleció hace unos años, y luego su padre cayó enfermo. Antes de morir, le dijo que era adoptado y que tenía varios hermanos. Payton se puso en contacto conmigo. Al principio no lo creí, pero luego me mandó una foto de él. Somos casi idénticos, Rosie. Si estuviéramos aquí los dos juntos, notarías la diferencia, pero...

El corazón le latía a toda velocidad.

—¿Cómo es que lo adoptaron?

—Ni siquiera sabía que tenía un hermano. Ninguno de nosotros. Mi madre nunca lo mencionó. Lawrence, menos aún. Y los Besson, los padres de Nikki, empezaron a trabajar para nosotros poco después de mi nacimiento. No tengo ni idea de por qué adoptaron a Payton, pero no me cabe la menor duda de que fue por culpa de Lawrence. Quizá porque sabía que no éramos sus hijos. O tal vez porque era un puto psicópata y lo hizo simplemente porque podía. No lo sé y nunca lo sabré. Payton tampoco. —Su voz destilaba ira—. Lawrence nos robó una vida juntos, Rosie. Somos gemelos. Siempre sentí que... que me estaba perdiendo algo. Crecí pensando que era porque casi había muerto. Que no había vuelto al mundo de los vivos completo, pero creo... creo que era porque me habían separado de alguien que, en cierta manera, formaba parte de mí.

¡Cielo santo!

Rosie se dio la vuelta y tragó saliva. No sabía lo que era tener un gemelo, pero tenía una hermana. Y si no hubiera sabido nada de ella durante todos esos años, se le habría roto el corazón, sobre todo si no existía un motivo de peso para esa separación. ¿Pero que te alejaran de ese modo de un gemelo? Sabía el intenso vínculo que se creaba entre ellos en el útero de la madre y había leído muchos estudios sobre gemelos separados al nacer. Muchos habían sentido que les faltaba una parte de sí mismos.

—Payton me explicó que se enteró de nuestra existencia cuando murió su padre. Lawrence estaba relacionado de alguna forma con la familia que adoptó a mi hermano. No sabemos exactamente qué tipo de relación, pero vivió en un pueblo pequeño de Nebraska. Creció allí y no supo nada de nosotros hasta que su padre se lo contó. —Respiró hondo—. No se lo he dicho a mis hermanos porque Payton me pidió que no desvelara nada hasta que estuviera listo. Y yo tenía que... respetar su decisión.

Rosie lo miró de nuevo. Sentía una presión en el pecho que le estaba retorciendo las entrañas. Esa familia era un desastre. No, se corrigió a sí misma, un hombre había sido un desastre como persona y había estado a punto de arruinar a toda su familia. Y ese hombre no era Devlin.

Lo vio tomar una profunda bocanada de aire.

—Ahora mismo está en la ciudad. En mi apartamento del puerto. Mis hermanos no saben que tengo una vivienda allí. Es un lugar al que me gusta ir cuando necesito alejarme de todo. No sabía que Payton había vuelto. Se marchó después de vuestro encuentro en el cementerio. Dijo que... —Se interrumpió, negando con la cabeza.

—¿Qué? —quiso saber ella—. ¿Qué te dijo?

—Que había tenido un extraño presentimiento. Que necesitaba volver aquí.

Rosie se quedó pensativa durante unos segundos.

—No sé qué decir o qué pensar. Pero tus hermanos se van a enfadar, Devlin.

—Lo sé. —Se frotó las rodillas con las manos—. Y me tocará lidiar con ello.

Lo observó durante un buen rato y luego apartó la mirada.

—La primera vez que hablé contigo, ni siquiera eras tú. Fue una mentira.

—Pero no todo lo que pasó después. Has visto lo peor de mí. Y también lo mejor de mí. Has visto partes de mí que nadie ha contemplado. —Se puso de pie y dejó que sus brazos cayeran a los costados—. Sé que esto va a sonar fuera de lugar, y que quizá no es el momento adecuado, pero creo... No, sé lo que siento...

—¿Dev? ¿Estás ahí? —Alguien llamó a una puerta no muy lejos de ellos. Rosie se sobresaltó y se dio la vuelta—. Tienes que venir ahora mismo.

Devlin soltó una palabrota y miró en dirección al salón.

—Lo siento. Yo...

—No pasa nada. —Rosie retrocedió.

Lo vio dudar durante un instante, y luego salió del dormitorio como un león enjaulado. Entonces Rosie se dio cuenta.

—Espera.

Devlin se detuvo y se volvió hacia ella.

—Tu espalda. Vas sin camisa. —Fue corriendo hacia él, se quitó la camisa y se la dio—. Toma.

Se había puesto pálido. Pero entonces la miró y recuperó el color.

—¡Dios! —gruñó él. Se arrojó sobre ella, la tomó de la nuca y la besó con ferocidad antes de decir—: Lo siento.

Cuando la soltó, se sentía un poco aturdida. Lo vio ponerse la camisa.

—Gracias —susurró. Entonces se volvió y salió por el pasillo.

Rosie se quedó mirándolo durante unos segundos. Pero luego se puso en acción. Buscó a toda prisa su ropa interior y el vestido y se los puso. Por suerte, no se había arrugado mucho. Recogió sus zapatos y salió del dormitorio sin saber muy bien qué hacer. ¿Llamar a un Uber? ¿Quedarse a esperar? Necesitaba tiempo para asimilar todo lo que había descubierto esa noche, pero...

—¿Qué quieres decir con que Stefan está aquí? —Devlin parecía furioso—. ¿Cómo coño ha entrado en la casa?

—No tengo ni idea. —Era Lucian—. Pero está en tu despacho. Gabe estaba saliendo para ir a casa de Nikki cuando lo ha visto.

—¿Qué? —Devlin explotó mientras Rosie entraba en el salón.

Lucian estaba en el umbral de la puerta. Cuando la vio, se quedó asombrado. Seguramente se habría sorprendido menos si hubiera visto a un fantasma detrás de Devlin. Contra todo pronóstico, se las arregló para no hacer ningún comentario sobre su aspecto desaliñado.

Tampoco tuvo oportunidad.

Devlin salió por la puerta y Lucian no tardó tiempo en seguirlo. Rosie se quedó allí unos instantes, sin saber qué hacer, pero al final se dejó llevar por su instinto. Dejó caer los zapatos al suelo y se fue detrás de ellos. Los alcanzó en el largo pasillo.

Ninguno de los dos dijo nada, pero Lucian miró en su dirección. Supuso que si no hubieran querido que los siguiera, le habrían dicho algo.

El pasillo superior era una sucesión de puertas cerradas y el de la segunda planta era igual, pero con menos habitaciones. Más adelante, vio unas puertas dobles abiertas y oyó voces provenientes del interior.

—Tienes que largarte de aquí —estaba diciendo Gabe—. Esto es inaceptable.

—Soy de la familia. ¿No puedo estar aquí?

—¿De noche? ¿Sin que nadie te haya invitado? —respondió Gabe—. ¡Por supuesto que no!

A Rosie se le revolvió el estómago cuando vio a Devlin irrumpir en el despacho.

—¿Cómo has conseguido entrar? —exigió saber Devlin—. No tienes llaves de casa, y mucho menos de mi despacho.

—Pues claro que tengo llaves —replicó Stefan.

Al acercarse a la puerta, Rosie vio a un hombre alto dirigirse hacia el sofá. En la mesa baja, había una botella de burbon y dos vasos.

En cualquier otro momento, se habría puesto a echar un vistazo al despacho de Devlin, pero ahora estaba fascinada por lo que estaba sucediendo.

—¿Cómo has conseguido las llaves, Stefan? —volvió a preguntar Devlin.

El senador se sirvió un vaso mientras Lucian se acercaba al escritorio de Devlin, se sentaba y apoyaba los pies en él como si fuera un martes por la noche cualquiera.

Cuando Stefan la vio, enarcó una ceja.

—Supuse que te mantendrías ocupado un poco más de tiempo, Devlin. Me has decepcionado.

A Rosie se le escapó un grito ahogado cuando Devlin se acercó a Stefan.

—No le hables, ni siquiera la mires. Dime, ¿qué coño haces en mi despacho?

—Quería pasar un rato contigo. —Agarró el vaso que acababa de servirse—. Estabas ocupado. Lo entiendo. Oí que ambos estuvisteis cenando en

Firestones. Me sorprendió bastante, teniendo en cuenta que nunca llevas...

—Contesta a la puta pregunta —le interrumpió Devlin.

Rosie se quedó quieta cuando Gabe pasó junto a ella, negando con la cabeza. Le dijo algo sobre salir de allí, pero fue incapaz de moverse. Algo iba mal. Vio a Stefan sentarse de nuevo y levantar el vaso con la mano izquierda. El movimiento hizo que la luz se reflejara en su reloj de oro, llamando su atención.

De pronto, recordó la sesión de espiritismo con Sarah. ¿Qué le había dicho el espíritu?

Que no debería estar muerto.

Clavó la vista en la mano de Stefan mientras los hermanos se paseaban de un lado a otro. En ese momento se dio cuenta, lo supo en lo más profundo de su ser.

El espíritu que se había comunicado con Sarah aquella noche no había sido Lawrence.

—¡Dios bendito! —murmuró, mirando la cara del hombre. Gemelos idénticos. Como Devlin y su hermano—. Ese no es Stefan.

Devlin se volvió hacia ella.

—¿Qué?

—Es Lawrence. Fíjate en su reloj. —Estaba tan horrorizada que apenas podía respirar—. Stefan llevaba su reloj en la otra muñeca. Me lo dijo Ross. Así es como él los diferenciaba. Este hombre es Lawrence.

34

Dev se volvió hacia Stefan, con la mirada fija en su muñeca. Rosie tenía razón. El reloj no estaba en el sitio correcto, pero eso por sí solo no podía significar que...

Alzó la vista para mirarlo a la cara. Todo su ser se rebeló ante la idea de que el hombre que tenía delante pudiera ser Lawrence.

Sentado con arrogancia en el sofá, Stefan enarcó una ceja.

—¿Qué? —Lucian se rio—. Está claro que es Stefan, el senador incompetente.

Gabe también sonrió y se recostó en el respaldo de la silla en la que se había sentado, cruzándose de brazos.

—Devlin —susurró Rosie, desde el lugar en el que estaba, junto a la ventana.

Era imposible. Mientras miraba a aquel hombre el corazón se le subió a la garganta. No podía ser Lawrence, porque eso habría significado que...

De pronto, se acordó de lo que Rosie le había dicho sobre el espíritu que supuestamente se había comunicado con ella. No solo había afirmado que lo habían asesinado; también había asegurado que se había tratado de un error.

¡Mierda! ¿Sería cierto que se le había aparecido el espíritu de Stefan? ¿De verdad estaba planteándose creer en la palabra de una médium?

—Parece como si hubieras visto a un fantasma saliendo de su tumba —comentó Stefan, ladeando la cabeza—. ¿Necesitas sentarte, Devlin?

Se le aceleró el pulso. El terror se apoderó de él. Su mente iba a toda velocidad. Entonces se acordó del día en que Nikki les había llevado el té. ¿Qué le había dicho Stefan?

Veo que hay cosas que nunca cambian. Y añadió algo más: *Sigues siendo incapaz de no hacer ruido.*

Un escalofrío le recorrió la nuca. Stefan nunca le había prestado atención a Nikki cuando era pequeña. Lawrence, sin embargo, no había soportado que hiciera ruido, incluso cuando la niña apenas lo hacía. Siempre había estado pendiente de ella.

—Quiero ver tu reloj —exigió Dev—. Ahora.

Stefan se rio mientras se echaba hacia delante y dejaba el vaso en la mesa.

—¿Para qué?

Gabe se giró en su asiento hacia Dev.

—No puedes estar hablando en serio...

—Déjame ver tu reloj —repitió—. Ya.

Todo rastro de humor abandonó el rastro del senador. Se recostó en el sofá.

—Ya sabes lo que vas a encontrar.

La conmoción cayó sobre él, inmovilizándolo.

—¿Qué se supone que vas a encontrar? —inquirió Gabe, volviéndose hacia el sofá. Empezó a levantarse.

—Las iniciales. —Stefan abrió la correa del reloj y se lo lanzó a Lucian, que lo agarró en el aire sin problema—. Quiere saber qué iniciales hay grabadas.

Lucian frunció el ceño y dio la vuelta al Rolex que tenía en la mano. Su sonrisa burlona se esfumó al instante.

—Rosie —dijo Dev en voz baja—. Será mejor que te vayas.

—No, creo que debería quedarse —replicó el muy desgraciado, levantando ambas cejas desde el sofá.

—¿Lucian? —Gabe se volvió hacia su hermano—. ¿Qué iniciales son?

Lucian bajó lentamente las piernas del escritorio y puso los pies en el suelo.

—LDV...

Un temblor bajó por su espina dorsal. Miró de nuevo a Rosie.

—Por favor, tienes que...

—Ella no se va a ningún lado.

—Devlin —consiguió susurrar ella.

—¡¿Qué haces?! —explotó Gabe.

Dev se giró y la rabia lo invadió. El hombre que habían confundido con Stefan tenía un arma en la mano.

—Lawrence de Vincent —indicó Lucian antes de soltar el reloj como si le quemara. Cuando alzó la vista, el horror se reflejó en cada uno de sus rasgos.

—¡Qué tonto que he sido!, ¿verdad? Pero era un Rolex hecho a medida. No podía desprenderme de él así como así. —La sonrisa que se fue extendiendo lentamente por sus labios era, sin lugar a dudas, de Lawrence.

¡Cielo santo! ¿Cómo había sucedido aquello? ¿Cómo es que ninguno se había dado cuenta? ¿Por qué no se fijaron en el detalle del reloj, como había hecho Ross?

Gabe dio un paso hacia atrás y chocó con la mesa. Estaba completamente pálido.

—¡Jesús!

—Bueno, no creo que Jesús vaya a venir a ayudaros. —Lawrence sonrió con sarcasmo—. Os he criado a los tres. Os guste o no, sois mis hijos. Sin embargo, ninguno de vosotros supo que he sido yo todo este tiempo. No sé si sentirme halagado por mi talento para hacerme pasar por Stefan o asombrado por lo estúpidos que sois. Aunque también es cierto que no es la primera vez que Stefan y yo nos cambiamos de lugar. Después de todo, era uno de nuestros pasatiempos favoritos.

Dev era incapaz de apartar los ojos de Lawrence. Esperaba que Lucian se acordara del arma que guardaba en su escritorio. Si lograba que Lawrence se centrara en él, tal vez Lucian podría sacarla a escondidas.

—¿De verdad que ninguno ha notado nada? ¿Ha sido *ella* la que lo ha descubierto? —Lawrence soltó una carcajada—. Una puta criolla con un culo bonito y unos cuantos cientos de dólares en su cuenta bancaria.

Rosie lo miró al instante.

—¡Que te jodan!

Lawrence esbozó una sonrisa divertida.

—¡Oh! Me encantaría, pero no creo que tengamos tiempo.

La furia se apoderó de Dev. Apretó los puños.

—Voy a matarte.

—¡Pero si ya lo intentaste! ¿No te acuerdas? —replicó Lawrence con suavidad—. Justo en la habitación que hay debajo de esta. Una noche de primavera.

Dev apretó la mandíbula. Podía sentir la mirada de sus hermanos y la de Rosie sobre la de él.

—¿No hiciste eso ya, Devlin? —insistió Lawrence mientras se levantaba, sin soltar el arma—. ¡Ah! Es verdad. Que mataste a Stefan en vez de a mí.

—¡Dios mío! —murmuró Gabe.

—¡Oh, sí! —Lawrence se rio entre dientes—. Mató a Stefan porque pensó que era yo.

—¿Es eso cierto? —quiso saber Gabe.

—Pues claro que es cierto. —Lawrence volvió a reírse—. Mató a Stefan por error y luego hizo que pareciera un suicidio.

Devlin sabía que Rosie lo estaba mirando, pero no se atrevió a ver la decepción que seguro que había en sus ojos.

—No te lo he preguntado a ti —siseó Gabe al hombre que los había criado—. ¿Lo hiciste, Dev?

—No te lo quiere decir, pero ya te lo cuento yo. Devlin creyó que lo tenía todo controlado. Y tengo que felicitarte. —Lawrence le guiñó un ojo—. Descubriste lo que estaba haciendo, ¿pero eso importó al final?

—¿Cómo? —inquirió Dev con voz ronca—. ¿Por qué terminó siendo Stefan? Llevaba tu ropa. Estaba en...

—Cuando te enfrentaste a mí por... mis asuntos de negocios...

—¿Asuntos de negocios? —jadeó Rosie, llamando la atención de Lawrence—. ¡Estabas traficando con seres humanos! Eso no es ningún asunto de negocios, ¡monstruo asqueroso!

Lawrence la mandó callar.

—Cariño, es el negocio más antiguo del mundo, y el más rentable.

—¿Por qué? —preguntó ella, sorprendiendo a Dev y a sus hermanos. No mostró miedo alguno mientras miraba a Lawrence—. ¿Por qué lo hiciste? Tienes todo el dinero del mundo.

—Nunca se trató de dinero. Fue por el poder —respondió con tono condescendiente, como si le costara creerse que tuviera que explicar algo como aquello—. Cuando tienes la vida de alguien en tus manos, eres su Dios.

—Eso es repulsivo —repuso ella, temblando.

Lawrence se encogió de hombros con indiferencia.

—¿Y no crees que el asesinato es repulsivo?

Rosie no dijo nada, pero Dev ya conocía la respuesta a esa pregunta.

—Volvamos al momento más importante de la trama. Devlin vino a hablar conmigo y en ese momento lo supe. —Lawrence rodeó la mesa, con el arma en la mano—. Lo vi en tus ojos, muchacho. Del mismo modo que lo vi el día que regresaste. Tenías solo cinco años, pero vi tu odio. Supe que me querías muerto entonces y también lo supe la noche que te enfrentaste a mí.

—¿Que regresó de dónde? —preguntó Gabe.

Lawrence sonrió.

—Digamos que, cuando Devlin era pequeño, de vez en cuando se me iba la mano con los castigos. El chico necesitaba que fuera firme.

—¿Ser firme es que casi me abriera la cabeza contra el escritorio porque me pegaste? —escupió Dev. Oyó a sus hermanos maldecir por lo bajo—. Si Besson no me hubiera encontrado, habría muerto.

—No, Devlin, habrías *seguido* muerto.

—¿Por qué nunca hemos sabido nada de eso? —inquirió Gabe—. ¿Por qué nadie...?

—Porque Devlin también es un mentiroso. ¿Por qué no les cuentas la verdad? —le provocó Lawrence—. Diles lo que hiciste.

Devlin alzó la barbilla.

—Hice lo que era necesario. Alguien tenía que detenerte, y sabía que la policía no lo haría. Que al final, te saldrías con la tuya, como siempre.

—¿Y no me habría detenido a menos que me mataras? Tienes razón. No habría parado. Pero no me mataste. Me intercambié con Stefan. Me lo debía.

Esa noche le dije que tenía una reunión. Solíamos hacerlo. Y no lograste matarme, pero sí acabaste con la vida de tu verdadero padre.

El jadeo ahogado de Rosie fue amortiguado por el grito de indignación de Gabe. Pero Dev pareció perder la capacidad de oír durante unos minutos. Cuando la recuperó. Lawrence seguía hablando. Sus labios se movían y Dev lo oía, pero todo giraba a su alrededor.

—Tu madre no lo sabía. No hasta que nacieron Lucian y Madeline. —Lawrence sonrió en dirección a Lucian—. Entonces le dije que tú y tu hermana erais mis únicos hijos. Puso una cara... —Esbozó una media sonrisa—. Que quede entre nosotros, pero creo que siempre lo supo.

—¡Dios! —murmuró Dev.

—Tampoco te culpes demasiado —comentó Lawrence—. Stefan era un imbécil.

—¿Por qué has venido esta noche? —preguntó Gabe.

—¿Por qué? Un pajarito me ha dicho que alguien ha estado husmeando en asuntos que no son de su incumbencia —respondió Lawrence. Dev pensó inmediatamente en Archie—. Sabía que eso significaba que Devlin había descubierto algo. Y he venido para ver de qué se trata. He supuesto que tenía algo que ver con Stefan. Mi hermano estaba metido en todo. ¿Te acuerdas de ese puto periodista? ¿Ross? Si Stefan hubiera pensado con la cabeza, en vez de con el miembro, y hubiera mantenido la boca cerrada, nunca tendríamos que habernos preocupado por él. Pero no. Ese hijo de puta retrasado tuvo que enamorarse de su pasante y tuvo que contarle todo para redimirse o algo por el estilo.

—Andrea —susurró Rosie.

—Vino a verme, pensando que la ayudaría a detenerlo. Fue de lo más incómodo. —El muy cabrón se rio—. Porque Stefan empezó a sentirse mal y estuvo a punto de arruinarlo todo. Ahora está muerto, por tus propias manos, y esa pobre pasante está..., bueno, en algún lugar en el fondo del océano.

Rosie se llevó una mano a la boca.

—Déjame adivinar. ¿También has matado a Sabrina? Era un riesgo porque lo sabía todo. Lo supo desde el principio, ¿verdad? —inquirió Dev.

—Sabrina era una mujer encantadora que debería haberse casado con uno de vosotros, pero ella..., bueno, todos sabemos que tenía sus obsesiones y ya no se podía confiar en ella. Tanto Stefan como Sabrina me pusieron en la picota.

—No fue por Stefan o Sabrina, estúpido tarado. —Dev fue hacia Lawrence—. Es tu sed de poder lo que te ha perdido. Tú eres el único culpable. El único responsable de lo que te suceda.

—¿Mi sed de poder? Dime una cosa, Devlin. ¿Nebraska? No estabas allí en busca de una propiedad, ¿verdad?

Se puso rígido.

—No.

—¿Desde cuándo hace que lo sabes? —preguntó Lawrence.

—El tiempo suficiente.

—Mmm. —Lawrence miró a sus hermanos—. ¿Así que el pasado vino llamando a tu puerta y todo empezó encajar en su lugar?

Dev sonrió.

—Como te acabo de decir, eres un estúpido tarado.

El hombre que lo había criado hizo una mueca de desprecio.

—¿Lo saben? Seguro que no.

—Quiero saber de qué coño estáis hablando —intervino Gabe. Parecía estar a punto de perder los estribos.

—Ya me resultaba difícil criar a uno de los bastardos de Stefan, ¿pero a los dos? Os sorprenderíais de lo que la gente puede llegar a hacer por dinero. Pagué al personal del hospital para que le dijeran a esa perra que uno había muerto. Pero no sirvió de mucho, ¿verdad? Porque unos años después vino este otro. —Señaló a Gabe con la mano—. Lo hice porque quería saber lo que se siente al vender a un crío.

—¡Jesús! —jadeó Gabe.

—No era mío. —Lawrence se encogió de hombros.

—Eres un puto enfermo —dijo Dev, negando con la cabeza.

—Un momento. ¿Tenemos...? ¿Tenemos otro hermano? —La voz de Lucian resonó entre la avalancha de emociones que se arremolinaban en la estancia—. ¿Sabías que teníamos otro hermano?

—¡¿Qué?! —gritó Gabe.

Por el rabillo del ojo, Dev vio que Lucian había abierto el cajón superior de su escritorio.

—Dev tenía un gemelo —explicó Lawrence—. Bueno, por lo visto lo sigue teniendo.

—¡Santo Dios! ¿Es eso cierto? —preguntó Gabe, pálido.

Dev asintió.

—No lo he sabido hasta...

—Lo ha sabido el tiempo suficiente —le interrumpió Lawrence—. Como también sabía que Sabrina tuvo algo que ver con la muerte de la madre de tu hijo.

—Eso no lo sabía a ciencia cierta —arguyó Dev, apartando la mirada de Lawrence—. Tenía mis sospechas, pero no tenía pruebas.

Gabe lo miró mudo de asombro.

Volvió a centrarse en Lawrence. La ira bullía en su interior.

—¿Y qué crees que va a pasar ahora? ¿Tienes pensado hacerte pasar por Stefan el resto de tu vida?

—¿Por qué no? Está funcionando bastante bien y seguirá funcionando —explicó Lawrence—. Veréis, me vais a dejar salir de aquí. Y me iré para siempre. Tengo el dinero y los medios para hacerlo. No tendréis que preocuparos por volver a verme la cara.

—Ni lo sueñes —dijo Lucian.

Dev lo miró. Había salido de detrás del escritorio con el arma en la mano.

—No te vas a ir a ninguna parte —sentenció él.

Lawrence se rio sin un atisbo de humor.

—¿Cómo vas a hacerlo esta vez, Devlin? ¿Me vas a estrangular como a tu padre?

Dev se estremeció.

—Cállate —gruñó Lucian—. Cierra la puta boca.

—¿Qué? ¿Lo harás tú? ¿Me vas a disparar? ¿A tu padre?

—No me tientes.

Lawrence sonrió y movió la muñeca de la mano en la que sostenía el arma.

—Nunca has sido capaz de terminar nada en tu vida, Lucian. No estoy preocupado.

El insulto dio en la diana. A Lucian le tembló el brazo. Gabe, que casi siempre hacía de mediador, dio un paso al frente con las manos levantadas.

—Esto no nos va a llevar a ningún lado.

—Sí —lo cortó Dev—. Él lo sabe, porque su única otra opción es la cárcel.

—Y la tuya —contratacó Lawrence—. ¿Crees que si caigo no te arrastraré conmigo? Mataste a Stefan. ¿Crees que no te pondré a los pies de los caballos? Estás loco si piensas eso.

A Dev se le tensaron los hombros. Lanzó una rápida mirada a Rosie. Habría dado cualquier cosa para evitar que presenciara aquello. Su reputación. Su dinero. Incluso su vida para que no viera lo que estaba a punto de suceder.

—No —dijo Gabe—. Nadie te va a creer, Lawrence. No con todo lo que has hecho. Vas a ir a la cárcel, puto monstruo.

—Claro que me creerán. Sobre todo cuando exhumen el cadáver de Stefan y otro forense, uno al que nadie haya comprado, lo examine. —Lawrence posó su fría mirada en Rosie—. ¿Qué se siente al follar con un asesino?

Rosie se sobresaltó.

—No la mires —le advirtió Dev, acercándose a Lawrence—. Te juro por Dios que si vuelves a mirar en su dirección una sola vez más...

—¿Qué? —Lawrence se rio una vez más—. ¿Me matarás?

—Eso es lo que quiere —razonó Gabe—. No le vamos a dar esa satisfacción.

—¿Cómo es? —preguntó de nuevo Lawrence—. ¿Saber que te has follado a un hombre que mató a sangre fría a su padre?

Dev se dispuso a abalanzarse sobre él, pero Gabe estiró un brazo y lo detuvo.

—No —le ordenó su hermano en voz baja—. No le des lo que quiere.

—¡Le tendiste una trampa! —gritó Rosie. Dev volvió la cabeza bruscamente en su dirección. ¿Lo estaba defendiendo?—. Sabía que iba a ir a por ti y tendiste una trampa a tu propio hermano. ¿Qué se siente al ser un sociópata?

—En realidad, uno se siente de maravilla. Deberías probarlo. —Lawrence le guiñó un ojo—. Puede que no sea su padre biológico, pero lo he criado. Lo he convertido en lo que es hoy, y te aseguro que de tal palo, tal astilla.

Rosie cerró la mano en sendos puños.

—Él no se parece en nada a ti.

—¿Ah, no? —Lawrence miró a Dev con cara de asombro—. ¿Le has fundido las neuronas mientras te la follabas?

—Cierra la puta boca —gruñó Dev, apartando a Gabe. Consiguió avanzar otro paso—. Eres un hijo de...

—Eres un despojo retorcido, ni siquiera se te puede considerar persona —escupió Rosie—. Después de lo que has hecho, de lo que has formado parte, mereces que te corten en pedazos y los arrojen a los cerdos.

Lawrence la miró con ojos entrecerrados.

—¿Y el jefe de policía...?

—¡Te estaba encubriendo! —gritó Dev—. Y a cambio le conseguías chicas. ¡*Niñas,* hijo de puta! Estaba tan enfermo y era tan depravado como tú.

Lawrence lo ignoró.

—Dime, Rosie, ¿eres de las que creen que el fin justifica los medios?

—Te juro por Dios, que si vuelves a dirigirle la palabra, ¡te mataré! —explotó Dev, intentando liberarse del agarre de su hermano.

Lawrence lo miró, ladeando ligeramente la cabeza.

—¡Joder! Estás... estás enamorado de ella.

A Dev se le paró el corazón.

—No hace falta que digas nada. Lo veo. —Lawrence lo estaba mirando con auténtico asombro—. La quieres y vas a... renunciar a todo por ella.

Dev volvió despacio la cabeza hacia Rosie. Ella ya no estaba mirando a ese monstruo. Tenía la vista clavada en él. Su pecho se agitaba por su respiración entrecortada.

—Es verdad —susurró.

Fue como si la tierra temblara bajo sus pies. Estaba enamorado de Rosie. No tenía ni idea de cuándo había sucedido. Tal vez cuando vio esas horrorosas cortinas de cuentas, o la primera vez que lo llamó «idiota». Quizá fue durante su primer beso, o la primera vez que ella lo puso en su lugar. O cuando se sentó con él y lo escuchó. Puede que fuera justo en ese momento, cuando lo estaba defendiendo, a pesar de que sabía lo que había hecho.

Sí, estaba enamorado de Rosie.

Sus miradas se encontraron y repitió en voz más alta.

—Es verdad.

Las lágrimas se agolparon en los ojos de Rosie. Y ese fue el único momento de distracción que se permitió. Volvió a centrarse en Lawrence. Sabía lo que tenía que hacer.

Había llegado el final.

Todo había terminado.

Gabe tenía razón. Aunque le habría encantado acabar con ese bastardo y ver cómo se le escapaba la vida de los ojos, no iba a hacerlo. No delante de sus hermanos. Y mucho menos delante de Rosie. Ya la habían involucrado demasiado en ese asunto.

Ella no se merecía aquello.

—Llama a Troy.

—¡¿Qué?! —exclamó Lucian, sin dejar de apuntar con el arma a Lawrence—. ¿Hablas en serio?

—Devlin —susurró Rosie, dando un paso hacia él. Como siempre, logró sorprenderlo—, piénsatelo bien...

—Ya está pensado. —La miró—. Todo va a salir bien.

—Irás a la cárcel conmigo —le advirtió Lawrence.

—De eso nada —gruñó Gabe.

Lawrence se rio de forma siniestra.

—¡Oh! Ya me encargaré yo de que así sea.

—¡Cállate! —gritó Dev—. ¡Cierra la puta boca! —Se volvió hacia Lucian—. Llama a Troy. Dile que venga.

—¿De verdad quieres hacer esto, Devlin? —preguntó Lawrence, levantando las cejas.

Dev respiró hondo.

—Es lo que hay.

De la garganta de Rosie salió un sonido ahogado que terminó convirtiéndose en un sollozo desgarrador. Ahora ya no podía mirarla. Solo podía estar pendiente del hombre que lo había criado.

El hombre que lo había convertido en lo que era.

—No —dijo en voz alta, apartándose de Gabe.

Lawrence frunció el ceño mientras Gabe lo miraba.

No. Dev se dio cuenta de que no era verdad. Y de nuevo sintió como si el suelo temblara bajo sus pies. Si él hubiera sido el hombre que Lawrence había esculpido a su imagen y semejanza, lo habría matado en el momento en que se dio cuenta de que no era Stefan. No habría estado dispuesto a renunciar a todo.

Ni se habría enamorado.

Sonrió. Sintió cómo se relajaban los músculos de su cuello y espalda. Y esa sonrisa fue real, sincera y, que Dios se apiadara de él, liberadora. Una sonrisa que se hizo más amplia cuando se encontró con la mirada de Lawrence.

—No soy como tú.

Sus palabras golpearon a Lawrence como si le hubiera propinado un puñetazo. La sangre abandonó su rostro. Durante un instante, solo oyeron el reloj de pared, marcando los segundos.

—Tienes razón —reconoció Lawrence con voz ronca—. No lo eres.

Entonces lo vio levantar el arma y sintió como si todo a su alrededor sucediera a cámara lenta. Gabe soltó una palabrota y Dev tuvo claro lo que Lawrence iba a hacer: se iba a suicidar delante de todos. Sin embargo, en lo único en lo que podía pensar era en Rosie. Ella no tenía por qué presenciar ese tipo de cosas. Se volvió hacia ella, con su nombre en la punta de la lengua. Pero entonces oyó a Gabe gritarle una advertencia.

Se dio la vuelta y descubrió con creciente horror lo equivocado que había estado.

Lawrence no se iba a suicidar.

Estaba apuntando con su arma. Pero no hacia ninguno de ellos. ¡Oh, Dios mío! Iba a matar a Rosie.

—Y tú vas a tener que cargar con esto el resto de tu vida —dijo Lawrence con una sonrisa.

Hubo gritos. De Rosie. De sus hermanos. De él. Gritos que se silenciaron cuando el disparo irrumpió como un trueno.

35

—¡Hostia puta! —susurró Lucian, completamente pálido.

Rosie se tambaleó hacia atrás y se topó con una silla vacía. Trató de respirar, pero fue incapaz de tomar aire mientras miraba a Lawrence. El corazón se le había acelerado tanto que estuvo a punto de vomitar.

Lawrence había querido dispararla. La había apuntado con el arma con la intención de apretar el gatillo.

Pero no pudo hacerlo.

Ese ser malvado ahora yacía en el suelo, frente al sofá, con una bala en el centro de su pecho. La sangre empezó a formar un charco cada vez más grande. Tenía los ojos abiertos, mirando al techo.

Estaba... estaba muerto.

—Lucian... —comenzó a decir Gabe, pero se detuvo.

—No he sido yo. —Lucian estaba mirando a un punto detrás de Devlin y Gabe—. Iba a hacerlo. Iba a matar a ese cabrón, pero no he sido yo. Ha sido *él*.

Rosie se volvió lentamente, como si estuviera en un sueño. Había un hombre parado en el umbral de la puerta, un hombre que se parecía tanto a Devlin que se sobresaltó. De hecho, al principio creyó que era él, con una pistola en la mano. Pero eso era imposible, porque Devlin estaba a su lado, rodeándola con un brazo y tocándola para comprobar que no le había pasado nada. Ese hombre que era casi idéntico a Devlin era su gemelo.

—Lo seguí. Pero he tardado un poco en llegar. —Payton bajó el arma—. Iba a dispararla. Tenía... tenía que hacer algo.

Gabe también estaba diciendo algo, pero Rosie tenía la cabeza tan embotada que no entendió nada, ni vio nada.

Lo único en lo que podía pensar era que había un hombre muerto allí mismo.

Después de todo lo que había aprendido y vivido, no debería haber estado tan conmocionada, pero lo estaba. Le temblaba todo el cuerpo y tenía un zumbido en los oídos que también corría por sus venas.

De pronto, unas manos la agarraron de los brazos, sobresaltándola. Devlin bajó la cabeza hasta ponerla a la altura de la de ella.

—¿Estás bien? Rosie, háblame. ¿Te encuentras bien?

Se puso de puntillas para ver por encima de su hombro. Ni siquiera supo por qué. Quizá para asegurarse de que Lawrence estaba muerto.

—No lo hagas, Rosie. Vamos, no lo mires. —Devlin le tomó el rostro entre las manos y la obligó a mirarlo—. Concéntrate en mí.

Cuando se miraron a los ojos, por fin pudo respirar. Logró enfocar la vista y el zumbido desapareció.

—¿Sabes? —Su voz le sonó áspera, como si no la hubiera usado en mucho tiempo—. Podías haber encontrado un mejor momento para decirme que estabas enamorado de mí.

A Devlin se le escapó una risa ronca.

—Sí, tendría que haber escogido una oportunidad mejor. —La besó en la frente y luego se apartó un poco para volver a examinarla—. ¿Seguro que estás bien? ¿No te ha hecho nada?

Rosie tragó saliva.

—No creo que le diera tiempo a disparar —respondió sin dejar de mirarlo.

Devlin suspiró aliviado, la atrajo hacia él y la abrazó.

—Lo siento mucho —dijo él. Notó cómo le temblaba el cuerpo—. Siento muchísimo que hayas tenido que ver esto. Que lo oyeras todo.

—No pasa nada. —Apoyó la cabeza en el hombro de él y le abrazó con la misma fuerza—. Todo está bien.

Devlin le colocó la mano en la nuca y le agarró el pelo.

—No, Rosie, no está bien. Nada de esto está bien.

Sintió una punzada de dolor en el corazón.

—Ya lo sé —susurró—. Pero lo va a estar. Va a estar bien.

Volvió a sentirlo temblar, y entonces el infierno pareció desatarse.

Un grito atravesó la habitación. Devlin retrocedió y se giró para protegerla y ponerla detrás de él. Por encima del hombro de él, vio a Julia en el umbral de la puerta, detrás de Payton.

—¡Oh, Dios mío! —La joven levantó las manos, como si quisiera protegerse de lo que estaba viendo. Luego corrió hacia Lucian. Ya no sostenía el arma que no había usado. Ahora la tenía Gabe. Julia acunó las mejillas pálidas de su novio entre sus manos—. ¿Qué ha pasado? Lucian, cariño...

Sus gritos se amortiguaron cuando Lucian la atrajo hacia él y la rodeó en sus brazos con todas sus fuerzas. La estaba abrazando como... como Devlin la abrazaba a ella, como si ella fuera la única que podía evitar que se hundiera.

Menos mal que Nikki estaba en su apartamento y no había presenciado nada de aquello.

A partir de ese momento, todo sucedió muy rápido. Gabe guardó el arma en el cajón del escritorio y se puso a hablar por teléfono con alguien. A Rosie la sacaron de la habitación, junto con Lucian y con Julia, que seguía mirando a Payton y a Devlin como si sus ojos le estuvieran jugando una mala pasada. Y antes de darse cuenta, los tres estaban en la planta de abajo, en una acogedora y cómoda sala de estar, que parecía una habitación de verdad y no una que no se usara nunca.

Lucian se sentó en el sofá y hundió la cabeza entre sus manos, mientras Julia le frotaba la espalda. Le habían contado todo lo sucedido. Rosie se dio cuenta de lo preocupada que estaba por su pareja cada vez que ambas intercambiaban una mirada. Lucian no había apretado el gatillo, pero había estado más que dispuesto a hacerlo. Y era evidente que aquello lo había dejado hecho polvo.

Rosie no pudo quedarse quieta, imaginando lo que Gabe y Devlin estarían haciendo arriba. Se paseó por todo el salón como unas cien veces. En algún momento, oyó voces; voces que no eran de ninguno de los dos.

¿A quién habían llamado?

Porque alguien tendría que encargarse de aquello, ¿no? Retirar el cuerpo y eliminar cualquier evidencia de lo que había sucedido allí.

¡Santo Dios! Una parte de ella no se podía creer que estuviera pensando en eso, pero... así era ahora su vida, porque en ningún momento, desde que Payton disparó el arma y mató a Lawrence, se había planteado llamar a la policía.

De hecho, cuando Devlin dijo de hacerlo, le entró un ataque de pánico. Esa... esa no era ella. O quizá siempre lo había sido y acababa de descubrirlo. En cualquier caso, no podía culpar a Devlin.

Tal vez empezara a tener pesadillas y puede que tardara muchos, muchos años en asimilar lo sucedido, pero tenía claro que nunca se iba a arrepentir de no haber llamado a la policía. Lo único que lamentaba era haber estado en esa situación por culpa de una persona malvada y fuera de control.

Como le había sucedido a Devlin y a su familia durante todos esos años.

Se estremeció y se abrazó a sí misma. Miró a Lucian y a Julia y se mordió el labio inferior. Ella se preocupaba por él. Lo había atraído hacia ella y estaba apretando su frente contra la de él. Rosie se volvió un poco para darles algo de intimidad.

No tenía idea de cuánto tiempo había pasado, pero fuera todavía era de noche cuando Devlin y Gabe entraron por la puerta. Payton no venía con ellos. Por un momento, se preguntó si no se había imaginado su presencia.

Antes de que tuviera la oportunidad de reaccionar, Lucian habló por primera vez desde que habían bajado a aquella habitación.

—¿Dónde está *nuestro* hermano?

—Se ha ido —respondió Devlin—. Creyó que era mejor volver... en un mejor momento.

—¿Un mejor momento? —Lucian dejó escapar una risa seca.

Rosie se descruzó de brazos y corrió hacia Devlin mientras Gabe se derrumbaba en un sillón. Lo agarró de los brazos y lo miró a los ojos.

—¿Va... va todo bien?

Devlin no respondió. Simplemente la atrajo hacia sí y apoyó la frente sobre la de ella. Ella le colocó las manos en el pecho y sintió cómo su corazón latía bajo la palma de su mano.

—Nos hemos ocupado de todo. —Gabe parecía cansado—. Se acabó.

Rosie se echó hacia atrás y alzó la mirada hacia Devlin.

—No preguntes —le dijo él, ahuecando su mejilla—. No quieres saberlo.

Una parte de ella quería saber, seguro que por una especie de curiosidad morbosa. Sin embargo, por la expresión destrozada de Devlin, se dio cuenta de que él no quería que conociera los detalles más escabrosos. Al menos no por el momento. Así que le preguntó:

—¿Y ahora qué?

—Ahora haremos las cosas como siempre. —Fue Lucian el que respondió, haciendo que Rosie se volviera hacia él. En ese momento se había enderezado y estaba apoyado en el sofá—. Denunciaremos la desaparición de Stefan, puesto que Lawrence ya estaba muerto. Será otra de las misteriosas desapariciones de la familia De Vincent de las que todo el mundo habla.

Rosie se estremeció.

—Y haremos como si nada hubiera pasado, ¿verdad? —Lucian volvió a soltar una risa desprovista de humor—. Creo que es lo que deberíamos hacer. Ese cabrón no se merecía vivir. ¿Pero en qué nos diferenciamos de él?

—¡Oh, cariño! —Julia le acarició le mejilla—. No te pareces en nada a ese hombre. A ninguno de los dos.

—No somos como él. Nunca lo hemos sido —señaló Gabe—. Tú, sin embargo...

Rosie jadeó sorprendida al darse cuenta de que el mediano de los De Vincent estaba mirando directamente a Devlin.

—¿Qué cojones, Dev? —continuó—. Lo hiciste.

—Vamos. —Lucian negó con la cabeza—. Tampoco es ninguna sorpresa.

—Para ti, tal vez no —replicó Gabe.

Devlin no se movió ni un ápice. Se quedó todo el tiempo allí, de pie, tragándoselo todo, como siempre.

—No me digas que nunca lo sospechaste —indicó Lucian.

—Sí, pero esperaba estar equivocado. —Gabe apretó la mandíbula—. Quizá soy un ingenuo optimista por querer creer que no era capaz de hacer algo así.

—¿Creer que no era capaz de qué? —Lucian se deslizó hasta el borde del sofá—. Sabes perfectamente que tú y yo no somos mejor que él en ese aspecto.

Julia abrió la boca.

—Emma —dijo simplemente Lucian. Gabe se echó hacia atrás ante la mención de la madre de su hijo—. ¿De verdad puedes decirme que lo que hicimos fue diferente a lo que hizo Dev?

—Tenía que hacer algo —dijo por fin Devlin—. Sabéis que acudir a la policía no habría detenido a Lawrence. La mitad de ellos estaban en el ajo, y a la otra mitad, o los pagaba, o terminaban muertos. No podéis entenderlo...

—No, tienes razón. No lo entendemos. —Gabe se puso de pie—. Nunca nos contaste nada. Ni una sola vez nos explicaste en qué andaban metidos. Lo que estaban haciendo.

—¡No quería que lo supierais! —Devlin perdió los estribos. Sus hermanos y Julia lo miraron sorprendidos, pero no Rosie. Eso, todo eso, llevaba gestándose desde hacía mucho tiempo. Devlin se apartó un poco de ella—. ¿Te habría hecho la vida más fácil o mejor saber que el hombre que te crio y su hermano vendían personas? ¿Que traficaban con mujeres y menores? ¿Con niñas pequeñas?

Julia se tapó la boca con la mano.

—¿Habrías dormido mejor sabiendo que la mitad de esas personas fueron vendidas en contra de su voluntad o que las engañaron, haciéndolas creer que dejaban a sus familias por una vida mejor? ¿Que la otra mitad fue asesinada? ¿De verdad querías saberlo?

Ninguno de los dos hermanos respondió.

—Eso es lo que creía. Porque sé lo que le pasa a uno cuando descubre ese tipo de cosas. Empiezas a investigar. Empiezas a saber lo que le hacen a la gente, cómo las drogan y amenazan para que hagan lo que ellos quieren. —Devlin tensó los hombros—. En cuanto te enteras, no duermes mucho. Así que perdóname por querer ahorraros todo eso.

Gabe se pasó una mano por el pelo.

—Pero somos familia. No tendrías que haber lidiado con esto tú solo. Haberlo sabido tú solo. ¿Acaso no sabes que por muy jodido que fuera no íbamos a estar contigo, a apoyarte en todo?

—Ni siquiera sabíamos que casi te mata —dijo Lucian, llamando la atención de Devlin—. ¡Mierda! Richard seguro que lo sabía. ¿Y Livie?

—Sabían que me hice daño —respondió Devlin al cabo de un rato—. Besson fue el que me encontró inconsciente. Me hizo la RPC, pero ni él ni su mujer saben lo que pasó de verdad.

—¿Por qué no nos lo has dicho nunca? —Gabe levantó las manos—. ¿Y qué sabías sobre Sabrina? ¿Sabías que...?

—Estaba intentando protegerte —lo interrumpió Devlin. Rosie se quedó sin aliento. ¿Iba a contarle lo de Sabrina?—. Protegeros a ambos.

Llegados a ese punto, a Rosie le costó horrores no hablar, porque sabía que era algo que Devlin necesitaba decir, que tenía que quitarse de encima.

—¿Y lo de nuestro hermano? ¿También nos lo has ocultado porque intentabas protegernos? —quiso saber Lucian. Julia bajó la mano lentamente hacia su rodilla— ¿Por eso no nos lo contaste?

Devlin apretó la mandíbula.

—No supe de su existencia hasta la pasada primavera.

—¡Eso es hace casi seis meses! —explotó Gabe.

—No sabía cómo decíroslo —repuso Devlin—. Y él tampoco quería que se supiera. ¡Por Dios! Acababa de enterarse de que había sido adoptado y que era pariente nuestro. No tenía pensado...

—¿Decírnoslo nunca? —lo interrumpió Lucian.

—¡No! —espetó Devlin—. Íbamos a contároslo cuando él estuviera preparado.

Gabe negó con la cabeza y empezó a alejarse, pero antes de hacerlo se volvió hacia Devlin.

—Se llama Payton. Me he enterado esta noche. Hace meses que sabes que Lawrence... lo dio en adopción por puro rencor. Que le mintió a nuestra madre, porque... porque podía.

—Era un monstruo —murmuró Julia, apoyando la mano en la rodilla de Lucian—. Me alegro de que haya muerto. Y esta vez de verdad.

Rosie no podía estar más de acuerdo con ella. Puede que eso la hiciera una persona horrible, pero ese hombre y su hermano eran demonios con apariencia de seres humanos.

—Deberías habérnoslo dicho —dijo Gabe, volviéndose y yendo hacia la chimenea. Apoyó las manos en la repisa y agachó la cabeza—. Ni siquiera... ¡Jesús, Dev! Ya ni siquiera sé quién eres.

Al ver que Devlin daba un paso atrás como si lo hubieran golpeado, Rosie sintió que se le hundía el corazón. Intentó agarrarlo, pero él salió de la habitación antes de que le diera tiempo a decir algo.

Increíble.

Eso fue lo único en lo que pudo pensar mientras se volvía lentamente hacia sus hermanos. Acababa de enterarse de cosas bastante inquietantes, por decirlo de algún modo, y antes de lo que había pasado, no tenía claro lo que sentía por él.

Pero ahora lo sabía.

Cuando habló, no miró a Julia. Se dirigió directamente a los dos hombres.

—No tenéis ni idea. En serio. Ni idea.

Lucian la miró de inmediato.

—Rosie...

—No. Todo lo que Devlin ha hecho ha sido por vosotros. Si se ha *convertido* en lo que es hoy, ha sido por vosotros. No tenéis ni idea.

—Siempre hemos querido saberlo. —Gabe se apartó de la chimenea—. Él nos obligó a permanecer en las sombras.

—No. Por supuesto que no. —A Rosie le tembló la voz por lo enfadada que estaba—. No os mantuvo en las sombras. Os mantuvo en la luz.

A Lucian pareció temblarle todo el cuerpo a modo de respuesta.

—Aguantó a una psicópata que estaba obsesionada contigo para protegerte. Sabrina lo sabía todo, y si no hubiera sido por Devlin, te habría chantajeado. De no ser por él, ahora no estarías con Nikki. Estarías atrapado con esa mujer —le dijo a Gabe, antes de volverse hacia Lucian. La ira corría por sus venas—. ¿Recuerdas esa historia tan divertida que me contaste de los tres cuando estabais en el internado y a Devlin lo castigaron por saltarse el toque de queda? Lo más gracioso de todo es la paliza que le dio Lawrence después. Todavía tiene las cicatrices. Tampoco lo sabíais, ¿verdad? ¿Alguna vez le habéis visto la espalda?

Ambos hermanos se quedaron en silencio mientras las lágrimas le bloqueaban la garganta.

—¿Habéis visto sus cicatrices? Tiene la espalda llena. Seguro que no. Seguro que ninguno ha dejado de mirarse el ombligo el tiempo suficiente como para preguntarse por qué Devlin es como es, o para darse cuenta de que, mientras vosotros disfrutabais de vuestras vidas, él estaba atrapado aquí, con esos monstruos. De modo que no, no os mantuvo en las sombras. Os mantuvo en la luz. Pensadlo antes de seguir arrastrándolo por el fango en el que lleva años viviendo.

No esperó a que le respondieran. Salió de la habitación y se fue a buscar a Devlin. Lo encontró en el vestíbulo de la entrada, bajo la lámpara de araña. Estaba mirando la gran escalinata.

—Esta... esta maldita casa —dijo cuando ella se acercó. Siguió la dirección de su mirada, pero no vio nada. Aunque eso no impidió que se le pusieran los pelos de punta cuando le oyó murmurar—: Esta casa está encantada. Tanto por los vivos, como por los muertos. Ojalá no te hubiera traído aquí nunca.

—Devlin —le tocó el brazo, pero él no la miró—, ¿estás bien?

Él se rio.

—Sí, ya sé que es una pregunta estúpida.

—No lo es, pero no deberías preguntarme eso.

—Tus hermanos...

—Tienen todo el derecho del mundo a estar cabreados. Les he mentido.

—No. —Apretó su agarre sobre el brazo—. Los protegiste. Les diste una vida a costa de sacrificar la tuya. Sí, están cabreados, pero también tienen que superarlo. Que es precisamente lo que les he dicho. Así que espero que no me culpes por eso.

Devlin se volvió hacia ella y la miró sorprendido.

—¿Que has hecho qué?

—Mmm, bueno, básicamente les dije que dejaran de mirarse el ombligo, entre otras cosas, pero... sí, eso es lo principal.

Devlin la miró fijamente.

Rosie empezó a preocuparse un poco.

—Tienen que ser conscientes de lo que has hecho por ellos. Necesitan...

—Gracias. —Bajó la cabeza y la besó—. Nadie... ha hecho eso por mí nunca. Nadie me ha defendido. Gracias.

—No tienes que agradecerme nada. Lo he hecho porque...

—No —susurró, como si supiera lo que había estado a punto de decir. La volvió a besar, al principio con ternura, luego con más pasión. Su beso se volvió ardiente, desesperado, y cuando por fin separó su boca de la de ella, Rosie estaba temblando y sentía... sentía como si se estuviera despidiendo de ella—. Ahora necesito que te vayas a casa. ¿De acuerdo? Nunca has estado aquí.

—¿Qué? Creía que os habíais ocupado de todo.

—Así es, pero por si acaso. Además, hay algo que tengo que hacer.

Todavía le estaba acunando las mejillas. Vio un brillo de súplica en sus ojos.

—¿De acuerdo? Necesito que te vayas. Te prometo que te llamaré.

—No quiero irme.

—Pero tengo que hacer esto yo solo y necesito que te vayas.

—¿Hacer qué?

Devlin se apartó de ella y fue hacia la escalinata.

—Creo que ya va siendo hora de liberar a esta tierra de todos sus fantasmas.

—Entonces soy tu chica. Puedo...

—No ese tipo de fantasmas, Rosie. —Siguió caminando hacia la escalera—. Por favor, vete. Es algo que tengo que hacer yo solo.

Sintió un tipo diferente de ansiedad.

Intentó apartar las lágrimas, asintió y se oyó decir a sí misma que estaba de acuerdo.

—Lo que he dicho antes era verdad. —Sus miradas se encontraron—. Te quiero, Rosie. Sé que puede parecer imposible, pero es muy real.

—Devlin.

Ya había empezado a subir los escalones. Rosie oyó una puerta abrirse detrás de ella. Se volvió, esperando ver a alguien, pero no había nadie. Solo ella y el viento, agitando la hiedra.

Dev era un asesino.

Lo había asumido desde hacía mucho tiempo.

Había matado a Stefan pensando que era Lawrence. Había ordenado el asesinato del jefe de policía que estaba encubriendo los delitos de Lawrence. Había matado.

No se arrepentía (ni lo haría nunca) de lo que había hecho. Puede que eso hablara de la oscuridad de su alma. No lo sabía, aunque le daba igual.

Esa noche, había estado dispuesto a entregarse a las autoridades. Ahora estaba listo para hacer algo que debería haber llevado a cabo hacía décadas.

Cuando bajó las escaleras, con una bolsa de viaje en la mano, sus hermanos ya se habían marchado. Dejó la bolsa negra junto a la puerta principal y agarró la lata que había traído del garaje. No le pilló por sorpresa. El instinto le dijo que Gabe se había ido con Nikki y que Lucian y Julia estarían juntos, a salvo y lejos de allí.

¿Lo perdonarían? ¿Lo entenderían?

Caminó por la casa, contemplando la intrincada marquetería que Gabe había tallado con sus propias manos y los pasillos abovedados. No había ninguna foto, solo los macabros aunque hermosos cuadros que habían pintado sus hermanos. Se detuvo en su despacho y pensó en la ironía de haber comprado al forense que había ido a examinar el cuerpo de Lawrence esa noche. Si no lo hubiera hecho, habrían descubierto que el cadáver que había entrado en la morgue no era el de Stefan, sino el de su gemelo.

Ambos habían sido cómplices de algunos de los crímenes más atroces que existían y habían supuesto una maldición no solo para esa propiedad, sino para todos aquellos que habían entrado en contacto con ellos.

Sus pasos resonaron en el pasillo mientras recorría el pasillo de la tercera planta y pasaba frente a la habitación de su madre; una mujer que había estado tan atrapada allí como él. Al pasar junto a las dependencias de Lawrence, recordó el amargo temor que lo había consumido de niño y el odio visceral que había surgido de aquello. Bajó a la segunda planta y se acordó de Nikki cuando era pequeña, corriendo por los pasillos. Entonces se detuvo y recordó a Pearl y a él haciendo lo mismo.

Un escalofrío le hizo cosquillas en la nuca. Creyó oír el débil sonido de la risa de un hombre.

Bajó por la escalinata, despacio. Se paró en la ventana trasera que daba al jardín de rosas y a la piscina.

Y allí vio a su hermana. No estaba flotando bocabajo en el agua, sino de pie, junto al bordillo, mirando hacia la ventana. Su pelo rubio claro ondeaba con el viento. Tal vez solo fuera un recuerdo. O puede que fuera un fantasma. Quizá había perdido la cabeza. El caso era que la vio. Y en ese momento, en el silencio, oyó la voz de su madre susurrarle: «Gracias».

Quizá los estaba liberando a todos.

Regresó al vestíbulo de entrada y aspiró el penetrante olor a gasolina mientras recogía la bolsa de viaje. Hurgó en su bolsillo, sacó un mechero que había encontrado en la despensa, lo encendió con el pulgar y vio aparecer la llama.

Las paredes de la casa eran como las cicatrices que cubrían su espalda. Los suelos, como los huesos. Lawrence habría intentado romperlos una y otra vez y el interior de la casa no era más que carne en descomposición y músculo desgarrado.

Y todo estaba a punto de arder.

36

Los escándalos hicieron arder los medios locales y se fueron extendiendo como un incendio forestal por todo el país.

Primero fue la noticia de la muerte de Sabrina. Oficialmente, y aquí Rosie supuso que los De Vincent habían tenido mucho que ver, sucedió como consecuencia de un trágico robo que terminó mal. No se reveló ninguno de los casos en los que la heredera de los Harrington había estado involucrada.

Luego Gabe denunció la desaparición del senador Stefan de Vincent. Una noticia que desplazó el foco de atención de Sabrina. Rosie no tenía ni idea de lo que había pasado con el cuerpo de Lawrence, ni quería saberlo. Por terrible que pareciera por su parte, lo único que le importaba era el hecho de que dos malas personas, Lawrence y el senador, ya no estaban en este mundo.

La noticia sobre la falsa desaparición de Stefan eclipsó algo más, algo que Rosie había entendido, pero que no había esperado. Algo que fue absolutamente desgarrador.

Devlin había quemado la mansión De Vincent.

La casa ya no existía. Las autoridades consideraron que se había tratado de un incendio accidental (la vivienda había quedado reducida a cenizas; algo que, según Nikki, nadie entendía).

En palabras de Gabe, el incendio había tenido algo de sobrenatural.

Tanto los hermanos como Julia y Nikki sabían que Devlin lo había provocado. Cualquiera habría pensado que estarían enfadados, pero por extraño que pareciera se les veía... aliviados por que ese lugar hubiera desaparecido.

Al principio, Rosie había sufrido un ataque de pánico paralizante. Devlin se... se había esfumado, y temió que hubiera quedado atrapado en la casa durante el incendio. Luego se enteró de que lo habían visto posteriormente.

Había ido a la casa de Richard y Livie, los padres de Nikki, y por lo visto, les había entregado una bolsa de viaje llena de dinero. Un gesto que había sorprendido tanto a los Besson como a Nikki y a sus hermanos.

A Rosie, sin embargo, no la tomó por sorpresa.

Había una bondad innata en el interior de Devlin, aunque estaba enterrada bajo un montón de oscuridad.

Habían pasado dos semanas desde esa noche. Una noche que había comenzado muy bien, pero que terminó de una forma horrible.

Desde entonces, no había tenido noticias de Devlin. Gabe y Lucian tampoco sabían nada. Era como si después de visitar a los padres de Nikki, hubiera desaparecido de la faz de la tierra, y Rosie... ¡Dios! Estaba loca de preocupación por él, aunque también furiosa por que no hubiera contactado con ella.

—¿Estás bien?

La pregunta la sacó de su ensimismamiento. Parpadeó y se centró en Jilly. Estaba en casa de Jilly y Liz, y se suponía que estaba prestando atención a lo que le decían, aunque nada más lejos de la realidad.

—Lo siento. —Forzó una sonrisa.

—No pasa nada. —Liz la miró con preocupación—. Podemos hablar de esto más tarde.

—Por supuesto —señaló Sarah—. No tenemos por qué tratar este asunto ahora.

—No, por favor, seguid —insistió.

Las tres mujeres la miraron fijamente. Estaba claro que sabían que no estaba bien. Les había contado lo que había podido, que no era mucho, pero sabían que Devlin se había ido y...

Que estaba enamorada de él.

No tenía ni idea de cuándo había sucedido. Seguro que la primera vez que lo vio sonreír o que lo oyó reír. Sí, era un poco cursi, pero era la verdad.

Lo único, que no se había dado cuenta hasta que desapareció. ¿No era irónico?

Había empezado a entenderlo cuando se enteró de que Devlin había dado a los padres de Nikki más dinero del que iban a necesitar en toda su vida. Y se convenció por completo cuando Ross le dijo que le habían enviado el álbum de fotos de forma anónima, creyendo que había sido ella. Rosie tenía claro que era obra de Devlin.

El periodista había estado muy ocupado con todos los acontecimientos recientes y era consciente de que pasarían muchos años antes de que cejara en su empeño de saber lo que le había sucedido a su novia, pero también sabía que nunca averiguaría la verdad. Le costó mucho no confirmar sus sospechas de que Andrea estaba muerta, pero temía que si lo descubría, también se enteraría de que la mujer de la que había estado enamorado, y que había perdido de la noche a la mañana, había tenido una aventura con Stefan.

En ocasiones, era mejor no desenterrar algunos secretos.

—Está bien. —Sarah asintió—. He estado en la casa de los Méndez y puedo confirmar que allí ya no hay ningún espíritu. No obstante, la he purificado con un montón de salvia y he puesto una barrera en caso de que algún fantasma quiera volver a entrar.

—¿Te refieres a cuando los espíritus decidan salir de nuevo de la casa de Lucian? —señaló Jilly.

Después de examinar la vivienda, Sarah estaba convencida de que el fantasma que estaba acechando a los Méndez provenía de la casa de Lucian, lo que no le hizo ninguna gracia a Julia.

—Como le dije a Lucian, cuando hayan terminado con la reforma, haré lo mismo con su casa, aunque no creo que vayan a tener más problemas. —Sarah miró a Rosie—. Creo que alguien más se encargó de esos fantasmas.

Rosie se quedó sin aliento. No le había contado nada a Sarah de lo que Devlin le había dicho antes de incendiar la casa.

La médium sonrió, y sí, se le pusieron los pelos de punta.

Cuando terminaron de hablar del asunto, Sarah la siguió hasta el porche.

—Hace bastante frío —dijo Rosie, cerrándose el grueso cárdigan—. No recuerdo...

—Lo sé —la interrumpió Sarah.

Rosie se volvió hacia ella.

—¿Sabes qué?

—Solo necesita un poco de tiempo para aclarar sus pensamientos. —Su amiga le guiñó un ojo—. Para... recuperar su luz interior.

—De acuerdo. —Rosie miró a su alrededor. Le resultó imposible no estremecerse—. ¿Eso te lo está susurrando ahora mismo al oído algún espíritu?

Sarah bajó un escalón y le sonrió.

—Volverá —le aseguró Sarah. Y lo dijo con tal convicción, que Rosie llegó a preguntarse si no lo sabía ya por uno de esos presentimientos—. Y cuando lo haga, intenta no gritarle demasiado.

Rosie esbozó una tímida sonrisa mientras la esperanza se instalaba en su pecho.

—Eso es algo que no te puedo prometer.

Estaba sentado en un banco, en medio de un campo de peonías. Estaba de espaldas a ella, pero Rosie lo reconoció al instante. Mientras se acercaba a él, no se lo podía creer.

Se le llenaron los ojos de lágrimas, amenazando con ahogarla cuando rodeó el banco. Su corazón seguía latiendo, pero sentía como si se lo estuvieran estrujando en una exprimidora.

Era *él*.

Y así fue como supo que estaba soñando.

—Ian —susurró, sentándose en el banco a su lado.

Él no la miró; se quedó contemplando el brillante prado.

—Rosalynn.

El aliento se le quedó atrapado en un nudo de cruda emoción. Su voz. ¡Oh, Dios mío! Era *su* voz.

—Esto... esto es un sueño.

Ian sonrió. Una brisa acogedora recorrió el campo, agitando las peonías.

—¿Eso crees?

Tomó una bocanada de aire que se convirtió en un suave sollozo.

—No lo sé. No quiero que lo sea.

—¿Acaso importa? —preguntó él. Entonces levantó la mano y la abrió. En el centro de la palma descansaba su alianza de bodas—. Ha llegado la hora.

—No lo entiendo.

Un sonido estridente resonó en la distancia, haciéndose cada vez más fuerte.

La alianza se desvaneció.

—Ha llegado la hora de que me dejes marchar.

Rosie se despertó sobresaltada y se incorporó en busca de oxígeno. El sonido era la alarma de su móvil. Estiró la mano y la silenció, intentando respirar. En la oscuridad de la habitación, agarró la cadena que llevaba alrededor del cuello y sacó la alianza de debajo de su camiseta. Cerró los dedos sobre el tibio metal.

Ha llegado la hora.

El nudo en su garganta se expandió. Cerró los ojos para contener las lágrimas. En los diez años que hacía que se había ido, jamás había soñado con él. Nunca. Ni una sola vez. Y ese sueño le había parecido tan real... Todavía podía oír su voz en su cabeza, ver su sonrisa, sentir la brisa en la piel.

Ha llegado la hora de dejarme marchar.

Cuando las lágrimas empezaron a caer por sus mejillas, le temblaron los hombros. Ese sueño podía haber sido un mensaje de su subconsciente, o quizá solo era Ian, que por fin se había comunicado con ella.

No sabía qué pensar.

Volvió a tumbarse en la cama, se colocó de costado y levantó las piernas contra su pecho mientras sostenía el anillo. Los sollozos se convirtieron en llanto y enseguida todo el cuerpo le estaba temblando. No sabía si estaba llorando por el sueño, porque había llegado el momento de dejar marchar a Ian o por todo lo que había vivido con Devlin, lo que había presenciado y por no saber nada de él.

Tal vez era porque, en el fondo, tenía miedo de no tener la oportunidad de decirle que le quería.

Fue como si algo se rompiera en su interior, liberando las profundas emociones que se habían ido acumulando, hasta resquebrajar esa parte de ella.

No supo cuánto tiempo estuvo llorando. Le parecieron horas, pero al final se desahogó por completo.

Con los ojos rojos y la vista borrosa, se sentó y cruzó las piernas debajo de la manta.

Había llegado la hora.

Levantó la alianza y la besó. Después, lentamente, se quitó la cadena. Salió de la cama y se dirigió a la cómoda. Allí, sacó una pequeña caja de puros que había pertenecido a Ian. No fumaba puros, pero le gustaba coleccionar las cajas. Tras su muerte, había regalado todas las cajas a su familia, salvo esa. La abrió, dejó dentro el anillo junto con la cadena y la cerró.

La tarde siguiente, cuando regresaba a casa de su trabajo en Pradine's, se encontró con un extraño paquete en la puerta de su apartamento.

—¿Pero qué...?

Recogió la caja de tamaño mediano. No pesaba mucho. Su nombre estaba escrito con una elegante caligrafía en una etiqueta de envío blanca. No había ninguna dirección; ni la suya, ni la del remitente. Alguien tenía que haberlo llevado directamente allí.

Frunció el ceño, se apresuró a abrir la puerta y entró en su apartamento. Cerró la puerta de un empujón y dejó el paquete en la mesa.

Tiró el bolso en el sofá y fue hasta la zona de la cocina, donde encendió las luces. Una suave iluminación inundó la estancia mientras se hacía con un viejo cuchillo de carne de un cajón. Un cúter le habría venido mejor, pero no le gustaban demasiado, pues la cuchilla solía partirse en lo que estabas cortando.

Se estremeció ante la idea.

Metió el cuchillo en la cinta de embalaje y empezó a abrirla. Percibió de inmediato un olor dulzón a madera. Reconoció la fragancia al instante:

sándalo. El papel marrón ocultaba lo que había debajo. Quiso romperlo, pero en el centro había una pequeña tarjeta blanca doblada.

Se retiró un mechón de pelo rizado de la cara, sacó la tarjeta y quitó el papel.

—¡Santo Dios! —exclamó.

El papel marrón se le escurrió de entre los dedos y cayó hasta el desgastado suelo de madera, aterrizando con un susurro seco.

En el interior de la caja, se encontraban las piezas más impresionantes de madera tallada que jamás había visto. Y no era una madera normal y corriente, sino sándalo, que costaba un ojo de la cara. Las piezas eran cuentas redondas y cilíndricas, separadas por otras más cortas y ovaladas.

Asombrada, metió la mano y sacó las preciosas piezas de color canela. Cuando las hileras de cuentas se fueron separando y chocando entre sí, abrió los ojos como platos.

Era una cortina de cuentas.

Una cortina que, sin exagerar, debía de costar más que su Toyota Corolla. Contempló las cuentas con brazos temblorosos y la boca abierta hasta el punto de que temió que se le desencajara la mandíbula.

Miró la tarjeta en la mesa.

Con el corazón en la garganta, la tomó y la abrió con tantas ganas que estuvo a punto de romperla. Solo había una frase escrita. Sin firma.

He pensado que serían una mejora.

Despacio, se volvió hacia sus viejas cortinas de cuentas compradas en Walmart, que colgaban entre su dormitorio y el salón.

Acarició las suaves cuentas y susurró:

—Devlin.

En ese momento, llamaron a la puerta.

Con la tarjeta en la mano, corrió hacia la entrada y abrió la puerta, tratando de no albergar muchas esperanzas.

El corazón se le paró al instante.

Frente a ella estaba Devlin de Vincent, con el pelo no tan peinado como de costumbre y una barba de tres días. Tenía un aspecto estupendo, demasiado estupendo.

Le impactó ver esos ojos verde mar que la miraban llenos de esperanza, deseo y algo mucho más poderoso.

Sin embargo, hubo un detalle que la sorprendió aún más.

—Llevas vaqueros —dijo de sopetón.

—¿Qué?

Los bordes de la tarjeta se le clavaron en la palma.

—Que llevas vaqueros.

—Sí —respondió él, frunciendo el ceño—. Son vaqueros.

—¡Vaya! —murmuró ella—. Pensaba que no tenías ningún vaquero. En serio.

Devlin esbozó una media sonrisa.

—¿Eso es lo único que tienes que decirme?

—No. —Se acercó hacia él y le golpeó en el pecho. No fuerte. Más bien una palmada cariñosa—. ¿Dónde has estado? Tenía miedo de que no volvieras. Todo el mundo te...

Devlin entró en su apartamento y la besó antes de que pudiera terminar la frase. Su boca se fundió con la suya, acallando cualquier cosa que quisiera gritarle. La besó como si la estuviera reclamando, como si nunca se hubiera permitido el lujo de tener algo para sí mismo.

Cuando se apartó de ella, se dio cuenta de que había cerrado la puerta.

—¿Te han gustado las cortinas de cuentas?

Rosie seguía teniendo la tarjeta en una mano, mientras con la otra se agarraba a su camisa. Apoyó la cabeza en su pecho y se tragó las lágrimas que empezaban a agolparse en sus ojos.

—Sí. Son una mejora.

—Perfecto.

Tomó una temblorosa bocanada de aire y trató de apartarse. No llegó muy lejos, pues la mano que Devlin había tenido en su cabeza, bajó hasta su nuca.

—¿Dónde está? —preguntó él, mirándola a la cara—. La cadena. La alianza.

—¡Oh! Había llegado la hora.

Devlin alzó ambas cejas.

Ella se agarró a su camisa con más fuerza.

—Pensé... Tenía miedo de que no volvieras.

—Te dije que te llamaría. —Le acunó la mejilla—. Además, ¿cómo no iba a volver si todavía no te he contado en qué consiste la otra parte de la maldición De Vincent?

Ella se rio. Las lágrimas no la dejaban ver bien su rostro.

—Es verdad, no me lo contaste.

Devlin le acarició la mandíbula con el pulgar.

—Nuestra tatarabuela decía que cuando un hombre De Vincent se enamora, lo hace rápida, perdidamente y sin medias tintas.

—¿En serio? —susurró ella.

—Sí. —Apoyó la frente contra la suya—. Nunca me lo creí.

—Normal.

—Pero cambié de opinión cuando te conocí —confesó él—. Y ahora lo creo a pies juntillas.

Rosie sonrió.

—Supongo que eso es una buena noticia.

—¿Por qué?

—Porque yo también te quiero. —Le acarició la mejilla mientras él soltaba un suspiro de alivio—. Estoy enamorada de ti, Devlin de Vincent. De modo que sí, que estés maldito es una buena noticia.

—Sí. —Él la abrazo—. En este caso, es una muy buena noticia.

Epílogo

Devlin estaba perdido.

Se perdía cada vez que estaba con Rosie, y después encontraba una parte de sí mismo que había permanecido oculta durante todo ese tiempo. Y esa ocasión no iba a ser distinta, aunque la noche anterior el padre de Rosie les había atiborrado con tantos bombones y licor que tenía la sensación de que ambos estaban hechos de azúcar y alcohol. Cuando se desplomaron en la cama, le pareció imposible realizar cualquier actividad física. Había refunfuñado por las malditas estrellas fosforescentes y ella se había reído, como si sus quejas de borracho fueran la cosa más divertida del mundo. Después, se habían quedado dormidos en una maraña de brazos y piernas, mientras discutían sobre si en el techo del dormitorio de la casa que estaban construyendo juntos pondrían o no ese tipo de adornos. Puede que también sacaran a colación lo del aglomerado. Dev ya tenía asumido que tendría cortinas de cuentas en su nuevo hogar.

En ese momento, sin embargo, sus cuerpos estaban enredados de una forma muy diferente.

Dev se movía encima de ella y dentro de ella, con un brazo debajo de su cabeza. Con la otra mano la sostenía de la cintura mientras embestía entre sus muslos. Rosie había colocado las piernas alrededor de él de una manera deliciosa, y arqueaba las caderas para encontrarse con él en cada embestida. La pasión le empapaba la piel, derramándose por sus músculos y huesos. Pero él seguía queriendo más.

Siempre quería más de ella. Siempre estaba listo para ella, para quitarse la ropa y desnudar su cuerpo y alma bajo su suave cuerpo y acogedores brazos. Nunca se cansaba del sabor de su boca, ni del almizcle salado de su piel. Jamás se cansaba de ella, ni de sus estrellas que brillaban en la oscuridad, sus investigaciones paranormales (de las que ahora sabía demasiado) ni de sus malditas cortinas de cuentas.

Estar con ella había provocado una auténtica revolución en su alma. ¿Quién habría pensado que Devlin de Vincent terminaría convirtiéndose en una persona tan poética?

Se rio y deslizó la nariz por la elegante curva de su cuello.

—¿De qué te ríes? —preguntó ella, acariciándole la espalda, trazando con los dedos sus cicatrices con tal ternura que casi se rompía de nuevo cada vez que lo hacía.

—Simplemente... —Alzó la cabeza y la miró fijamente a los ojos. Después, ralentizó el movimiento de sus caderas, pero la penetró con la suficiente profundidad como para hacerla jadear—. Estaba pensando que debemos de estar sudando azúcar y licor.

—Cierto. —Ahora fue ella la que se rio.

—Y que estar contigo ha sido una revolución para mi alma —reconoció, pegando sus caderas a las de ella. Se sintió un poco tonto por haber reconocido aquello en voz alta, pero ya no había ningún secreto entre ellos.

Rosie esbozó una amplia y preciosa sonrisa, mientras lo miraba un tanto asombrada.

—¿De... de verdad piensas eso?

—No lo pienso, lo sé.

Ella levantó la cabeza, le rodeó el cuello con el brazo y lo besó con tal ímpetu que estuvo a punto de correrse en ese instante.

—Te quiero, Devlin.

Gruñó mientras aquellas palabras recorrían su columna vertebral y le hacían perder cualquier atisbo de control. Rosie sabía el efecto que esa declaración tenía en él cada vez que se lo decía. La alzó contra él y se hundió una y otra vez en su interior, con su boca devorando la de ella. Cuando la sintió apretarse alrededor de su miembro, no pudo aguantar más. Se perdió en ese momento de dicha. Cuando su corazón se ralentizó y sus cuerpos se calmaron, salvo por sus pechos, que subían y bajaban en busca de aire, se dio cuenta de que no tenía ningún problema con el poder que el amor de Rosie tenía sobre él.

Ningún problema en absoluto.

No supo cuánto tiempo había pasado cuando rodó sobre su costado. No fue muy lejos, le rodeó la cintura con un brazo y la atrajo hacia él para que su mejilla descansara sobre su pecho.

Mientras contemplaba el revoltijo de rizos y le acariciaba la espalda con los dedos, pensó en quién era y en quién se estaba convirtiendo. Había transcurrido un año desde que había empezado a enterrar sus demonios. Todo había cambiado. Y no solo para él.

Julia y Lucian se habían casado (en secreto) e iban a dar la bienvenida a su primer hijo en verano, en una casa libre de fantasmas. Gabe y Nikki también se habían casado, pero en una ceremonia que había ocupado los titulares de los medios locales durante semanas. Se habían mudado a Baton Rouge, para estar más cerca de William, el hijo de Gabe. Al fin y al cabo, Nikki quería que el niño pasara el mayor tiempo posible junto a su medio hermana, Livie, que apenas tenía tres meses y a la que habían llamado así en honor a su abuela materna.

Incluso Payton, su gemelo, estaba empezando a entrar en razón. En ese momento, estaba en Nueva Orleans, alojado en la casa que tenía en el puerto. Esa noche tendrían su primera cena familiar. Sin duda era un comienzo.

En cuanto a él, era una persona diferente... la mayor parte del tiempo.

No sentía remordimientos ni vergüenza por lo que había tenido que hacer para detener a Lawrence y a su padre. Eso podía hacerle una mala persona, pero no le importaba, y sabía que a Rosie tampoco. No le atormentaba su pasado, aunque a veces plagaba sus sueños, pero esas noches, Rosie siempre estaba ahí. Con sus besos, sus caricias, sus suspiros y su mismo aliento, ahuyentaba a todos sus fantasmas.

Le habría gustado decir que era mejor persona gracias a Rosie, pero sabía que si alguien se atrevía a tocarla un pelo, lo destruiría sin pensárselo. Esa parte brutal de él seguía existiendo. Y continuaría ahí por todos sus seres queridos. Amaba a Rosie por encima de todas las cosas.

Y había llegado el momento de demostrárselo.

—Oye —dijo mientras le apartaba unos cuantos rizos de la cara—, ¿puedes hacerme un favor?

—Depende. —Rosie se movió para que sus pechos se apretaran contra su costado. Luego apoyó la barbilla en su pecho y sonrió—. Si me vas a pedir que cancele la investigación paranormal en Waverly Hills...

—Jamás osaría hacer tal cosa —repuso él riendo y colocando un brazo debajo de su cabeza—. ¿Puedes levantar tu almohada?

Rosie hizo una mueca.

—¿Para qué?

—Ya lo verás.

Ella lo miró fijamente durante un buen rato. Luego se apoyó sobre un codo y alzó la almohada, mostrando lo que él ya sabía que iba a encontrar. Devlin tuvo claro el momento exacto en que vio la pequeña caja negra, pues Rosie se quedó tan quieta que se preguntó si todavía respiraba.

—Devlin...

Él se mordió el labio inferior.

—Ábrela.

Volvió a mirarlo unos instantes. Después se puso de rodillas, agarró la caja y se sentó sobre sus muslos, cómoda en su desnudez. La abrió despacio y jadeó sorprendida.

—Devlin —repitió.

Él también se puso de rodillas. Le quitó la caja de sus temblorosos dedos y sacó el anillo del interior forrado de terciopelo. Con el corazón acelerado, la miró y vio que sus ojos brillaban por la emoción.

—¿Cuánto tiempo lleva ahí debajo? —preguntó Rosie con voz ronca.

Devlin esbozó una sonrisa.

—Solo dos días.

—¡Dos días! —Juntó las manos—. ¿Ese anillo ha estado debajo de mi almohada dos días y no me has dicho nada?

—Estaba esperando el momento perfecto.

—¡Cualquier momento habría sido perfecto!

Su sonrisa se hizo más amplia.

—Si me dejas hablar, este también lo será.

—Adelante. Habla. Estoy expectante.

Él se rio y le acunó la mejilla con la otra mano.

—Antes de conocerte, nunca creí en el amor. Al menos no veía que estuviera hecho para mí, pero entonces me demostraste lo equivocado que estaba. Hablaba en serio cuando te he dicho que has sido una revolución para mi alma. Pero eres mucho más que eso. Eres un bálsamo para mi espíritu, y aunque sé que no te merezco, me voy a pasar el resto de mis días tratando de ser digno de ti. ¿Quieres casarte conmigo, Rosie?

—No —susurró ella.

Devlin parpadeó.

—¿No?

—Ya *eres* digno de mí —reconoció ella. Se aflojó la opresión que se había apoderado de su corazón—. Claro que me mereces. Por eso, sí, quiero casarme contigo.

—¡Gracias, Dios mío! —gruñó él.

Devlin de Vincent no recordó quién dio el primer paso, ni cómo llegó el anillo al dedo de Rosie. Lo único que supo fue que, de pronto, la estaba besando, tumbándola sobre la cama e introduciéndose de nuevo en la mujer que se convertiría en su esposa; la mujer que se había enfrentado al Diablo y demostrado al mundo que incluso un hombre como él podía llegar a amar.

Agradecimientos

Nada de esto hubiera sido posible sin la serie *Expedientes Paranormales*. Lo sé, suena raro, pero la idea para el primer libro surgió de un episodio en el que hablaban de una tierra maldita.

Quiero dar las gracias a Tessa Woodward y al increíble equipo de edición, mercadotecnia y publicidad, junto con Kristin Dwyer, Jenn Watson, Social Media Butterfly, mis agentes Kevan Lyon y Taryn Fagerness, y mi asistente y amiga Stephanie Brown. Publicar un libro es un auténtico trabajo en equipo.

Un agradecimiento especial a mis amigos, mi familia y mis compañeros autores que me apoyan. Ya sabéis quiénes sois.

Y por último, pero no menos importante, gracias a TI. Porque sin ti, no habría historia.

¿TE GUSTÓ ESTE LIBRO?

escríbenos y
cuéntanos tu opinión en

 /Sellotitania    /@Titania_ed

 /titania.ed

#SíSoyRomántica